KB151048

민 변호사(閔辯)의 쓴 소리 바른 소리

민 변호사(閔辯)의 쓴 소리 바른 소리

초판 1쇄 인쇄일   2019년 1월 25일
초판 1쇄 발행일   2019년 1월 30일

지은이   민경한
펴낸이   최길주

펴낸곳   도서출판 BG북갤러리
등록일자   2003년 11월 5일(제318-2003-000130호)
주소   서울시 영등포구 국회대로72길 6, 405호(여의도동, 아크로폴리스)
전화   02)761-7005(代)
팩스   02)761-7995
홈페이지   http://www.bookgallery.co.kr
E-mail   cgjpower@hanmail.net

ⓒ 민경한, 2019

ISBN 978-89-6495-130-9 03810

이 도서의 국립중앙도서관 출판시도서목록(CIP)은 e-CIP홈페이지(http://www.nl.go.kr/ecip)
와 국가자료공동목록시스템(http://www.nl.go.kr/kolisnet)에서 이용하실 수 있습니다.
(CIP제어번호 : CIP2019002007)

민 변호사(閔辯)의

쓴 소리
바른 소리

― 왜, 나는 분노하고 기록하는가?

민경한 지음

BIG 북갤러리

글머리에

1990. 4. 1. 인천에서 희망을 안고 당차게 변호사로 출발했는데 채 한 달도 되지 않아 형사사건 소개비 지급, 전관 출신 변호사의 엄청난 고액 수임료, 오만하고 무례한 검사 언행 등 법조계의 여러 가지 고질적인 병폐를 접하게 되었다.

이것이 일부 법조인들만의 일탈된 모습인지, 내가 가야 할 길인지, 개선은 가능한 일들인지에 대해 신출내기 변호사는 심각한 회의와 혼돈에 빠졌다. 1990. 6. 1. 최초로 인천에서 청년 변호사들을 중심으로 변호사 자정운동이 시작되자 법조 정화운동에 앞장서면서 '폐업하는 그날까지 정도를 걷는 변호사가 되자.'고 다짐하고, 지금까지 30년 가까이 나름으론 정도를 걷고 사법개혁에 일조하기 위해 노력해 왔다.

존경하는 시골 농부인 선친은 공무원들과 마을 이장의 부당한 행위에 당당히 맞서고 불의와 싸웠다. 못 배우고 힘없는 주위 노인들에 대한 차별 시정과 배려를 위해 힘쓰시던 모습을 어린 시절 자주 목격하였다. 선친의 모습을 보고 세상의 불의와 싸울 투지와 용기를 자연스럽게 배웠고, 30년 가까이 사법개혁에 열심히 참여하고 있는 것도 아마 선친의 DNA가 흐르고 있는지도 모른다.

루소는 《사회계약론》에서 "누군가 나랏일에 관해 '그게 나랑 무슨 상관이야'라고 말하는 순간 그 나라는 끝장난 것으로 간주되어야 한다."고 했고, 일본 변호사 연합회 회장을 지낸 우즈노미야 겐지는 "기업 내부에서 불법을 알고도 입을 다무는 변호사는 법비(法匪)다."고 했고, 공자도 "옳은 일을 보고 행하지 않는 것은 용기가 없기 때문"이라고 했다(見義不爲 無勇也). 프랑스의 유명한 사회운동가이자 사상가인 스테판 에셀은 《분노하라》는 책에서 "인간의 핵심적인 성품 중 하나가 분노이며, 분노할 일에 분노할 줄 아는 사람만이 자신의 존엄성과 행복을 지킬 수 있고, 정의롭지 못한 일이 자행되는 곳에 압박을 가하는 것이 우리 각자가 해야 할 일"이라고 강조하였다.

참다운 지성인은 전문지식을 갖추고 자신을 갈고 닦으며 잘못된 사회 현상을 분석, 비판하고 다양한 관점과 해결책을 제시하여 사회를 올바른 방향으로 이끌어갈 책무를 지녀야 한다. 법률적 분쟁의 예방과 해결, 변론만이 변호사 역할의 전부라고 생각하지 않는다. 부당한 법과 불합리한 제도, 잘못된 관행, 불공정한 수사와 재판 등에 대해 비판하고 대안을 제시하는 것도 법률가로서 중요한 책무라고 생각한다. 필자는 경제적 여유는 좀 없더라도 용기와 소신을 갖고 원칙과 정의를 지키고 실천하는 변호사로 살기로 다짐하고, 30년간 그런 변호사가 되기 위해 노력하였고 앞으로도 그렇게 할 것이다.

그간 필자는 NGO 활동하고, 글 쓰고, 강연하고, 토론회 참석하고 때론 집회 현장에 함께 하며 실천하려고 노력하였다. 지금까지 수많은 칼럼, 토론회 참여, 신문 및 방송과 인터뷰, 법무부 감찰위원, 대한변협 감찰위원, 25명의 예비 법조인들(사법연수생 20명, 로스쿨 5명)의 변호사 실무수습 지도, 대한변협 인권이사(인권위원장), 민변 부회장과 사법위원장, 한국 투명성기구 이사와 감사, 참여자치21(광주) 대표, 공·사석에서의 논쟁을 통해 법조계와 사회의 불합리한 법과 제도, 관행을 개선하기 위해 줄기차게 노력해왔다. 아닌 것은 아니라고 분명하게, 잘못된 것은 잘못이라고 단호하게, 옳은 것은 옳다고 소신 있게 말해 왔다. '미스터 쓴 소리', '원칙주의자, 용기와 소신 있는 변호사'라는 평가와 함께 '성격이 너무 강하다, 융통성이 없다.'는 말을 들어왔다.

법조계는 권위주의와 특권 의식, 희박한 준법의식, 오만과 편견, 집단 이기주의, 연고 주의, 출세 지향으로 가득 찬 법조인들로 인해 그들만의 동굴 속에서 탐욕을 채울 뿐, 투명하거나 정의롭지 못하고, 사법 불신을 초래하고, 사법개혁의 장애가 되었다. 탐욕스럽고 특혜를 누린 전관출신 변호사와 대형 로펌이 수임질서를 교란하고 사법 불신을 초래하였다. 최근의 사법농단 사태는 사법부의 문제점을 적나라하게 보여주었다. 최근 급격한 변호사 수의 증가와 법조 환경의 악화로 문제점이 개선되기는커녕 더 악화되고 있다. 그래도 낙숫물이 바위를 깨트리듯이 개혁을 위한 노력은 계속되어야 하고 언젠가는 개선될 것이라는 소박한 희망을 가져 본다.

2006년, 광주에서 서울로 사무실을 이전하면서 변호사 개업 후부터 2005년까지 15년간 각종 신문과 잡지에 기고했던 칼럼 모음집《민 변호사의 조용한 외침》을 펴냈다. 두 번째는 2012년 겨울, 법정 안팎에서 직접 보고 들은 판사, 검사, 변호사들의 나상(裸像)을 그린 임상 보고서《동굴 속에 갇힌 법조인》을 발간하였다. 이번의 세 번째 책은 2006년 이후 최근까지 각종 신문, 잡지에 기고한 칼럼과 2006. 9.부터 운영해 오던 필자 블로그(2018. 9. 폐쇄)에 올린 글, 각종 인터뷰 등을 모은 두 번째 칼럼 모음집이다. 몇몇 가까운 지인들 카톡방에서 의견을 수렴하였고, 〈대한변협신문〉 '쓴 소리 바른 소리' 코너 필진(2013. 9.~2015. 3.)으로 썼던 글 10편을 싣게 되어《민 변호사(閔辯)의 쓴 소리 바른 소리》로 제목을 정했고, 카톡방에서 여러 사람이 추천한 '왜, 나는 분노하고 기록하는가?'를 부제로 하였다.

이번 칼럼 집에는 10여 년 전의 글도 있어 시의성이 떨어진 것도 있고 주장 내용이 일부 시행된 것도 있지만 칼럼들을 공유하고 정리하기 위해 금년에 회갑 기념으로 발간하게 되었다. 법조인은 불의한 시대의 증언자와 역사의 기록자가 되어야 한다고 역설한 존경하는 전 감사원장 한승헌 변호사님의 충언을 실천하고 싶은 마음도 크다.

글은 저자의 살아온 삶이며 앞으로 살고 싶은 삶이다. 필자가 쓰는 글은 대부분 필자가 평소 주장하고 싶은 것을 솔직하고 간결하게 전달하는 데 목적이 있기 때문에 대부분 담백하고 건조한 것들이다. 그래서인지 '쉽다, 시원하다, 객관적이다.'는 평을 듣곤 해서 다행스럽다.

29년 동안 빈농의 장남 며느리로 가정을 화목하게 이끌고 갈등과 긴장으로 고민할 때 격려와 질타로 조언해 준 사랑하는 아내(모니카)에게 감사의 마음을 전한다.

2018년 12월
민경한 올림

차례

2장_ 사건 단상

3장_ 사회 프리즘

4장_ 인터뷰와 대담

1장

법조 광장

쓴 소리는
역사 발전의 원동력

〈대한변협신문〉의 '쓴 소리 바른 소리' 필진이 된 뒤에 사전을 찾아보니 쓴 소리(苦言)의 사전적 의미는 '듣기에는 거슬리나 도움이 되는 말'이라고 되어 있는데, '좋은 약은 입에 쓰다.'는 속담과 궤를 같이 한다. 상대방에게 도움이 될지라도 상대방이 싫어할 것이므로 쓴 소리를 하기란 쉽지 않다. 상대방이 지위가 높거나 인사권을 갖고 있다면 더더욱 어려울 것이다.

우리나라 사람들은 지위가 높은 사람일수록 쓴 소리를 싫어하고, 아랫사람도 '상대방 입맛에 맞는 단 소리를 하면 되지 나 혼자만 왜 굳이 쓴 소리를 하여 원망을 듣거나 오해받을 필요가 없다.'는 생각으로 쓴 소리 하는 것을 무척 어려워한다.

모 정치 평론가가 "역대 우리 대통령들 중 좋은 평가를 받는 사람이 드문 것은 대통령의 참모나 측근들이 대통령에게 여론을 제대로 전달하지 않고 미사여구로 달콤한 소리만 전달하여 민의가 왜곡되고 대통령이 자신의 실정이나 잘못을 깨닫는 기회를 갖지 못한 게 주요 이유 중 하나"라는 글을 본 적이 있는데 정말 수긍이 간다.

필자가 전에 인사(감찰)와 관련한 2개 정부 위원회 위원을 6년(4년, 2년)간 한 적이 있다. 당연직 위원인 내부 위원들이 발언하는 것을 거의 본 적이 없다. 나중에 들으니 피징계자(피감찰자)들이 어떤 경로를 통해서든지 발언 내용을 다 알게 되므로 피징계자들로부터 '징계위원인 당신은 깨끗하냐. 부하 직원 하나 못봐 주느냐.'는 후환이 두려워 제대로 발언하기가 어렵다는 것이다. 외부위원들도 말을 무척 아끼거나 주위를 의식하며 매우 조심스럽게 발언을 한다. 공사를 구별하고 신상필벌 원칙에 따라 공정하게 소신껏 발언하면 되는 것이지 눈치를 볼 필요가 없는 것이다.

　다른 각종 위원회에서도 위원들이 위원장 눈치만 보고 주최 측에서 이미 결정한 내용대로 따르려만 하고 반대 의견이나 비판적인 목소리를 내지 못한 경우를 수없이 보았다. 직무를 유기한 이런 위원들에 대한 수당 지급은 세금이나 회비를 낭비하는 것이니 차라리 소신껏 활동할 수 있는 사람에게 자리를 양보하는 게 낫다.

　작년에 인기 있는 변협 계간지 〈더 웨이〉의 폐간 여부에 대하여 설문조사를 하였다. 그러나 변협 회장이 조사결과를 발표하지도 않고 상임이사회에서 압도적인 다수로 존속을 결정하였으나, 위 잡지를 폐간해버렸다. 그러자 당시 변협 공보이사가 〈변협신문〉에 회장이 1년에 수차례 해외출장을 가는데 한 번 가는 비용만 절약하면 위 잡지를 발행할 수 있다고 폐간에 대해 쓴 소리를 했다. 그때나 지금이나 주변에서 "집행부 일원으로 어떻게 협회장을 비난하는 글을 쓸 수 있느냐."면서 위 공보이사의 인격까지 비난하는 것을 여러 차례 들었다.

　필자는 위 잡지의 애독자로서 무척 아쉽고 공보이사의 지적에 크게 공감한다. 장관이나 고위 공무원은 같은 행정부 구성원이니까 대통령이 아무리 잘못된 정책을 펼쳐도 건전한 비판을 해서는 안 되는 것인가? 패거리 문화와 집단 이기주의는 우리나라 발전의 커다란 저해요소이다.

　루스벨트 대통령이 'NO--Man'이라는 별칭을 붙여준 최측근 참모인 하우가 루스벨트와 가장 가까운 위치에 있으면서 유능한 비판자 역할에 충실한 것은 잘 알려진 사실이다. 그는 루스벨트의 자존심을 건드리고, 게으름을 질타하고, 생각의 폭을 넓히도록 자극했다. 리더가 끊임없이 발전하고 변화하려면 리더 본인의 의지와 노력도 필요하지만, 그의 옆에서 리더를 자극하고 격려하는 사람이 반드시 필요하다.

　미국 제1의 퍼스트레이디로 칭송받고 있는 프랭클린 루스벨트 대통령 영부인

엘레나 여사도 여성, 아동, 인권 문제에 대해 끊임없이 남편의 정책에 대한 비판과 견제, 설득을 통하여 정책을 펴 대공황을 극복하고 4선 대통령으로 만들었다.

당 태종의 정관지치는 위징의 "안 됩니다."는 간언 때문에 가능했다고 평가받고 있다.

역사적으로도 충신과 간신의 가장 큰 차이는 적재적소에 임금에게 쓴 소리를 할 수 있느냐의 여부라고 하였다. 간신배의 달콤한 간언과 모략으로 쇠망한 나라도 많다. 권력은 크던, 작던 남용되고 부패하기 쉽다. 권력은 항상 비판과 견제, 쓴 소리가 필요한 것이고, 쓴 소리는 역사 발전의 원동력이다. (《대한변협신문》 2013. 9. 2. '쓴 소리 바른 소리')

법조인들이여,
권위의식을 벗어던지자

언젠가 판사들은 등산갈 때도 서열 순으로 걷는다는 모 판사의 글을 본 적이 있다. 모 법무부장관이 퇴임 후에 후배 검사들을 집으로 초청하였는데 식탁 좌석에 검사들 이름표를 붙여놓았다는 최근 기사를 보고 실소를 금치 못했다. 무슨 의도로, 어떤 순서로 붙였을까 몹시 궁금하다.

오래 전에 인천에서 연수원 ○○기 동기판사들과 K 변호사가 점심식사를 하였는데 변호사가 테이블 가운데 앉고 말을 많이 했다는 이유로 나중에 동기 판사가 K 변호사를 비난했다는 얘기를 들은 적이 있다. 작년 모 지방변호사회 회장이 LA 인근 어바인에서 개최된 'US-Korea Law Day' 행사에서 축사 순서에 불만을 갖고 철수하는 웃지 못 할 촌극을 벌였다고 한다. 대한변협도 집행부 회의 때 협회장과 사무총장 양쪽으로 부협회장들은 연수원 기수 순으로, 상임이사들은 '임원인사 규칙'에 열거된 순서대로 자리가 배치되어 있다.

변협 인권위원회 회의 때도 위원장이 가운데 앉고 양쪽으로 연수원 기수 순으로 자리가 배치되어 있다. 기수가 낮은 사람은 항상 제일 끝자리 귀퉁이에 앉아야 하고, 기수가 높은 사람은 회의 도중에 와도 가운데 앉는다. 직원들은 참석위원들의 기수 순으로 명패를 놓아야 하므로 회의 시작 전까지 참석자와 기수를 파악해야 하는 불편함이 많다. 금년에 필자가 인권이사가 된 후로 인권위원회 회의 때 기수에 관계없이 위원들이 도착한 순서대로 각자 종이 명패를 들고 앉고 싶은 곳에 앉게 하였다. 위원들은 앉고 싶은 곳에 앉을 수 있다며 좋아하고, 직원들은 참석 여부나 기수를 일일이 파악할 필요가 없으니 아주 편하다고 한다. 한 위원이 이를 벤치마킹하여 서울지방변호사회 모 위원회 회의 때 건의하였으나 중견 변호사가 반대하여 자유롭게 앉도록 바꾸지 못했다고 한다.

왜 기수나 자리, 순서에 그렇게 연연하는지 이해할 수 없다. 서열 순으로 자리가 배치되면 회의가 경직되고 건설적이고 합리적인 토론 문화가 형성되기가 어려울 것이다. 회의 주재자인 회장(위원장)만 가운데 앉고 기수나 지위에 관계없이 자유롭게 앉으면 얼마나 좋을까. 막내 기수가 가운데 앉아 자유로운 분위기에서 부드럽게 회의를 운영하면 의사소통도 쉽고 창의적인 의견이 나오는 데 도움이 될 것 같다. 변협이나 각 지방변호사회부터 이사회나 각 위원회 회의 시 기수나 서열을 탈피하여 자연스럽게 앉아서 회의를 진행해 보자.

금년에 울산과 서울에서 민사사건을 진행하던 재판장이 변호사를 감치(대기)한 사건이 있었다. 두 건 모두 재판장이 변론을 종결하자 소송대리인인 변호사가 더 주장, 입증할 것이 있다거나 신청한 증거에 대해 채택 여부를 결정해 주고 불채택한다면 그 이유를 알려주라면서 변론종결에 대해 항의하자 재판장이 감치 대기명령을 한 것이다. 감치의 적정성 여부에 대해서는 다툼이 있고, 다른 이유도 있었을 것이다. 그러나 변협에서 작성한 두 건의 감치보고서를 보면 소송지휘권이 있는 '갑'인 재판장이 변론종결을 선언했는데 '을'인 변호사가 감히 재판장의 변론종결에 대해 항의하면서 재판장의 권위에 도전하느냐는 식의 권위의식도 중요한 이유 중 하나로 여겨진다. 재판장이 권위의식에 사로잡히지 않고 조금만 더 대리인의 말에 귀를 기울이고 부드럽게 의견을 교환하며 소통을 하였다면 감치까지는 가지 않았을 것이다. 법조인들의 권위의식에서 비롯된 잘못된 언행을 수없이 목격하였지만 지면관계상 더 나열할 수가 없다.

권위란 타인이 부여하는 것인데 법원과 검찰, 변호사에게 부여되지 않은 권위를 억지로 찾아 누릴 수는 없는 것이다. 능력과 인격을 갖추면 권위란 당연히 따라 오게 마련이고, 능력이나 인격이 부족하면 아무리 권위를 찾으려고 해도 따라오지 않는 것이다. 법조인들이여, 자리와 순서가 뭐가 그리 중요한가? 제발 그 알량한 권위의식을 버리고 좀 더 낮은 자세로 겸손하게 생활해 보자. (《대한변협신문》 2013. 11. 4. '쓴 소리 바른 소리')

재판장의 배려와 소통

몇 달 전 서울 서부지방법원에 소액 사건 변론을 하러 갔다. 오후 재판 시간에 맞추어 갔는데 담당 판사가 사건번호 순서대로 재판을 진행하여 거의 1시간가량을 기다리면서 재판을 자세히 구경하게 되었다. 피고가 부산에서 오느라 변론 시간보다 30여 분 늦게 도착하여 이미 그 사건의 재판이 끝나버렸다. 판사가 여직원에게 상대방인 원고에게 전화하여 법원에서 멀리 가지 않았으면 다시 법원으로 와 달라고 연락하라고 하였다. 직원이 전화를 걸고 와서는 원고가 회사 근처에 다 가서 올 수 없다고 하였다. 판사가 법정에 있는 피고에게 마지막 순서까지 기다릴 것인지 아니면 다음에 한 번 더 올 것인지 묻자, 마지막까지라도 기다리겠다고 하였다. 판사가 직원더러 원고에게 다시 전화해서 6시경까지 올 수 있는지 연락해 보라고 하였다. 직원이 회사일 때문에 못 오겠다고 한다고 전했다. 판사가 피고에게 원고가 올 수 없다고 하니 다시 한 번 출석하라고 했다. 조금 늦었지만 멀리서 온 당사자를 배려하는 젊은 여 판사의 모습이 너무 좋아 보였다.

수 년 전 인천의 민사재판 법정에서 목격했던 일이 오버랩되었다. 증인신문 시 재판부에 따라서는 당사자가 증인을 대동하면 증인신문을 못 하게 하고 재판부가 증인에게 소환장을 보내서 소환된 증인만 신문을 하게 하는 경우가 있다. 어떤 사건에서 변호사가 증인을 대동하였는데 재판장이 소환하지 않은 증인은 신문을 못 한다고 하였다. 다른 지역에서 온 변호사인데 증인을 반드시 소환해야 하는 줄을 몰랐고, 증인이 어렵게 순천(여수?)에서 왔으므로 증인신문을 해 달라고 통사정을 하여도 재판장이 끝내 허락하지 않았다. 증인에 대한 배려가 부족하고 참 융통성이 없는 부장이라는 생각이 들었다.

위에서 당사자를 배려했던 따뜻한 재판장이 재판 진행시에 사용한 용어들을 당사자들이 이해하지 못한 모습을 보고는 몹시 안타까웠다. 판결문이나 법률 용어가 너무 어렵다는 비판의 목소리가 많이 있듯이 재판 진행시에도 당사자들의 눈높이에 맞추어 용어를 사용하고 설명해 주어야 할 필요가 있음을 실감하였다. 원고가 사실조회 신청을 하자 재판장이 채택한 후 "기일은 추정합니다."고 하였다. 피고는 다음 재판 날짜를 몇 월, 며칠, 몇 시라고 기대했을 것인데 '추정 한다.'(추후 지정한다의 줄임말)고 하니까 이해를 못 하고 고개를 갸우뚱하며 뭔가를 물으려다가 그냥 나왔다. "다음 재판 날짜는 사실조회 결과가 도착하면 그때 정해서 다시 연락하겠습니다."고 설명했으면 좋았을 것 같다. 재판장이 원고에게 "청구취지의 지연손해금의 기산일은 소장송달 익일부터로 정정합니다. 피고는 동의하시죠?"라고 말했다. 소액사건 당사자 중 이 표현을 이해할 수 있는 사람이 몇 명이나 되겠는가. 당사자들이 이해하기 쉽도록 쉬운 용어로 설명을 해주면 좋겠다는 생각이 들었다.

간혹 법정에서 재판장이 당사자에게 "주장, 입증하세요."라거나 "서증 인부하세요."라고 하면 당사자들이 이해를 못하고 멍하니 쳐다보거나 머뭇거리고 있는 경우를 자주 목격하게 된다. "원고가 소송을 한 주된 이유가 무엇이고, 원고 주장을 증명할 수 있는 서류나 증인이 있나요?"라거나, "원고는 피고가 제출한 증거서류 중 원고가 작성한 것이 맞는지, 본 적이 있는지, 내용은 사실인지에 대한 의견을 말해보세요?"라고 하면 이해가 쉬울 것 같다.

변론주의 때문에 또는 많은 사건을 처리하기 때문에 그렇게 자세히 설명할 시간이 없다고 항변할지도 모른다. 시간은 약간 더 걸릴지라도 친절하고 쉽게 설명하면서 재판을 진행하면 재판부에 대한 신뢰와 판결에 대한 승복이 높아져 상소가 줄어들어 장기적으로는 시간, 노력, 사법 비용을 줄이는 효과를 가져 올 수도 있다. 변호사도 의뢰인에게 사건 진행과정을 설명하고 상의하면서 변론을 수행하면 설사 재판결과가 좋지 않더라도 당사자가 수긍하고 불만을 갖지 않는 경우를 많이 경험하게 된다. 국민들과의 소통을 위해서 법원에서 음악회를 개최하고 판사들이 1일 업무 체험을 하는 형식적인 행사보다 재판장이 법정에서 당사자 눈높이에 맞추어 설명해주고 당사자들을 배려하고 소통하는 것이 훨씬 공감을 얻을 것이다. (《대한변협신문》 2014. 1. 6. '쓴 소리 바른 소리')

선비 변호사(辯護士)가 되고 싶다

변호사 공실(휴게소)이나 사석에서 변호사들만 모여 있는데도 '재판관님, 원장님, 검사장님, 부장님'이라는 호칭이 자주 들린다. 동료 변호사들이 헌법재판관, 법원장, 검사장, 부장판(검)사 출신의 변호사들을 변호사라 부르지 않고 과거 관직에 있을 때의 호칭을 그대로 부르는 것이다. 언젠가 변호사 몇 명이 모인 사석에서 모두들 재판관과 부장판사 출신의 변호사에게 재판관님, 부장님이라고 부르는데 나만 ○○○ 변호사님, S 변호사님이라고 부르자 당사자들도 의아한 듯 필자를 쳐다보고 동료 변호사들도 왜 그렇게 부르느냐는 듯이 쳐다보아 몹시 쑥스러웠던 적이 있다. 고등법원 부장판사 출신의 P 변호사는 필자가 친근하게 생각하여 선배님이라고 불렀더니 면전에서 "선배님이 뭐야!"라고 핀잔을 주기도 하였다.

옛날 시골에서 면장이나 교장으로 퇴직한 어른에게 '면장님', '교장댁'이라고 불렀다. 아마 '김씨 아저씨'나 '홍길동 씨'라고 부르기도 어색하고 마땅히 부를 현재의 호칭이 없으니 옛날 호칭을 불렀던 것 같다. 그러나 재판관, 법원장, 부장 출신의 변호사들은 현재 신분이 변호사이지 재판관이나 법원장이 아니고, 또한 현재의 신분을 나타내고 부르기에도 좋은 변호사라는 호칭이 있는데 과거 관직에 있을 때의 호칭을 부르는 것은 뭔가 잘못되었다. 이는 변호사를 스스로 비하하는 것이고, 관존민비의 잘못된 사고에서 나온 것이다. 앞으로는 헌법재판관, 법원장, 부장 출신의 변호사들에게 과거 관직을 호칭하지 말고 당당하게 변호사라고 부르자.

다 아는 얘기지만 판사(判事)와 검사(檢事)는 일 사(事)자이고, 변호사(辯護

士)는 선비 사(士)자이다. 판·검사는 국가의 녹을 받고 재판과 수사라는 공적인 일을 처리하고, 글 기고나 토론자 참석도 제약을 받는 등 고위 공직자로서 언행에 제약이 너무 많다. 변호사는 의뢰인의 이익을 위해 열심히 싸우기도 하지만, 소수자나 약자, 억울한 사람을 대변해 주고 인권옹호나 공익활동을 통해 보람을 느낄 수 있고, 자유롭게 정치활동도 하고, 각종 단체나 모임에 자유로이 가입하고, 자유롭게 글을 쓰고 토론할 수 있으며, 얼마든지 선비처럼 멋있고 유유자적하게 살 수 있다.

변호사들은 사건과 의뢰인, 수사기관과 법정, 재판 결과, 직원, 사무실 경영 등 여러 곳에서 많은 스트레스를 받는 직업이라고 한다. 그러나 주변에 이 정도의 스트레스가 없는 직업이나 직장이 얼마나 되겠는가. 젊은 변호사들은 선비 같은 생활은 좋은 시절에 변호사를 하던 선배 변호사들 시대의 일이고 지금은 사무실 유지에 급급한데 무슨 선비 같은 생활이냐고 반문할 것이다. 경력이 짧은 변호사들은 10년, 20년 후의 이런 생활을 그리면서 지금은 시간, 노력, 비용을 투자하는 단계라고 생각하면 좋을 것 같다. 또한 법조 환경이 많이 변한 만큼 과거에 비해 기대수준을 낮추면 편할 것이다.

중견 변호사들은 욕심을 버리고 검소하게 생활하면서 인권 옹호나 공익 활동, 봉사 활동 등을 수행하면 재밌고 보람 있는 변호사 생활을 할 수 있다. 마음 맞는 동료와 사무실을 공동으로 운영하면서 운영비용 줄이고, 차량 유지가 부담스러우면 전철 타고, 집 없으면 전세 살고, 양주 마실 형편 못 되면 삼겹살에 소·맥 폭탄주 마시고, 자식에게 재산 물려줄 생각 안 하고, 맞벌이 부부하고 살면 얼마든지 선비처럼 살 수 있는 것이다. 화엄경에 일체유심조(一切唯心造)라고 하지 않았는가, 모든 것은 마음먹기에 달려있다. 필자는 가정환경, 성격과 가치관, 변호사로서의 활동 등에 비추어 보면 변호사를 한 게 정말 다행이고, 자랑스럽고, 보람을 느낀다.

최근에 사무장에 고용된 변호사, 집사 변호사, 돈벌이에 혈안이 되어 사건 소개비 주고 양심을 팔면서 변호사법을 위반하는 변호사, 사기, 횡령 등 재산범죄로 처벌받은 변호사가 급증하는 등 선비답지 못한 일탈된 변호사들이 늘어나는 것을 보면 너무 안타깝다.

미국의 유명한 정치가 대니얼 웹스터의 "최선의 법률가는 바르게 살고, 부지런히 일하며, 가난하게 죽는다."는 법언을 깊이 새겨볼 때이다. 우리 모두 떳떳하게 변호사라고 불리는 멋진 선비 변호사가 되도록 노력해 보자. (《대한변협신문》 2014. 3. 10. '쓴 소리 바른 소리')

근본적으로 재검토 되어야 할 지역법관제 (향판제)

최근 '황제노역' 판결로 인해 환형유치제도와 지역법관제(향판제)가 뜨거운 이슈가 되었고, 대법원은 내년 정기인사에 반영하는 것을 목표로 지역법관제의 문제점 개선에 착수하겠다고 했다. 지역법관제는 긍정적인 면도 있을지 모르나 폐해가 훨씬 심각하므로 근본적인 재검토가 필요하다. 지역법관제의 시행 근거에 대한 반박과 폐해를 살펴보고자 한다.

지역법관제 시행의 첫째 이유는 그 지역 언어, 문화, 풍습 등에 익숙하여 지역 실정에 맞는 효율적인 재판을 할 수 있다는 것이다. 우리나라는 단일 언어, 단일 민족, 동일한 문화, 좁은 영토 등으로 인하여 지역에 따른 언어, 문화, 풍습 차이가 별로 크지 않아 재판 진행에 별다른 어려움이 없다. 광주 출신 법관이 대구에서, 부산 출신 법관이 대전에서 재판하는데 무슨 지장이 있는가? 설사 약간의 차이가 있더라도 다양한 자료와 편리한 인터넷 검색, 동료 법관과의 상의 등으로 얼마든지 보완할 수 있다.

두 번째는 잦은 인사이동으로 인한 재판의 계속성이 보장되지 않아 재판이 지연된다는 것이다. 2, 3년만의 잦은 인사이동으로 재판부가 변동되어 재판이 지연되고 있는 것은 사실이나, 지역 법관들도 법원간의 이동만 없을 뿐이지 동일한 법원 내에서 1, 2년만의 민사, 형사, 가사, 신청 등 업무 분장의 변경으로 재판부가 변동되어 재판이 지연되는 현상은 똑같이 발생한다.

세 번째는 2,700여 명가량의 판사를 전국 단위로 인사하는 것은 정말 어렵다는 것이다. 지역법관제를 실시한 현재도 지역법관 300여 명을 제외한 나머지 많은 판사들을 전국 단위로 인사를 하고 있고, 이는 기술적인 문제로 일정한 기준과 원칙을 세우면 되는 것이며, 설사 약간의 어려움이나 불편이 있더라도 감수해야 할 것이다.

법조 일원화를 시행하는데 지역법관제를 없애고 전국 단위로 인사를 하면 경력 법조인의 충원이 어려울 것이라고 우려하는 사람도 있다. 지역법관제가 존속하더라도 수도권에 근무하는 법관 숫자는 한정되어 있어 지방 근무는 필수적이므로 경력 법조인이 반드시 수도권 근무만을 바라고 지원할 수는 없는 것이고. 지방의 법관을 모두 그 지역 출신의 법조인만으로 충원할 수도 없고, 충원해서도 안 되는 것이므로 법조 일원화시 경력 법조인의 법관 신청과 지역법관제는 상관성이 거의 없다고 본다.

지역법관제의 가장 큰 폐해는 사법의 중요한 이념인 공정한 판결을 저해하고 사법 불신을 초래하는 것이다. 지역법관 중에도 공정한 판결을 하고, 2, 3년 근무하다 전근 간 법관도 유착관계가 있을 수 있다는 반론도 있을 것이다. 그러나 지역법관은 그 지역 출신이 대부분이어서 학연, 혈연, 지연, 동호회 등으로 많은 인적 네트워크를 형성하게 된다. 여러 법조비리 사건에서 경험했듯이 지역의 사업가나 유지들이 유사시에 판사를 활용하거나 주변에 과시하기 위해 끊임없이 판사들에게 접근을 시도하고 유착관계를 형성하게 된다. 또한 우리 국민은 주변에 사건이 발생하면 정상적인 법적 절차에 의한 해결보다 학연, 혈연, 지연, 전관예우 등 연줄에 의하여 문제를 해결하려는 정실주의가 강하고 청탁이 관행화되어 있다. 지역법관의 경우 법과 양심에 따라 재판을 하는 법관도 많겠지만 오랫동안 끈끈하게 형성된 연고에 의한 유혹과 청탁에 빠질 위험성이 아주 높고 청탁에서 자유롭지 못한 재판을 하게 될 경우도 있을 것이다. 이런 연고 의식과 지역 토착 세력과 관료들의 유착을 막기 위해 고려시대부터 상피제가 중요한 제도로 정착되어 왔고, 검찰이 2년 단위로 전국적인 인사를 하는 것은 시사하는 바가 크다.

또한 지역법관의 법정 언행이 거칠고 부당하게 재판 진행을 해도 한 번 찍히면 좁은 지역에서 금방 소문이 나고 오랫동안 변호사 업무에 큰 지장이 있어서 지역 변호사가 항의하거나 시정을 요구하기가 어렵다. 지역법관 중 거친 언행이나 부당한 재판 진행 등 '슈퍼 갑'의 행세를 하는 법관들을 가끔 보게 된다. 지방은 수도권 법원에 비해 복잡, 다양한 사건을 접할 기회가 적고, 법관에 따라 다르기는 하겠지만 지역법관은 일반적으로 안주하는 경향이 강해 자기계발을 소홀히 하는 측면도 있다. 장점은 거의 없고 폐해가 큰 지역법관제의 단계적 폐지를 비롯한 전면적인 재검토가 절실히 필요한 때이다. (《대한변협신문》 2014. 5. 19. '쓴 소리 바른 소리')

임지봉 교수의 지역법관제 옹호에 대한 반론

얼마 전 '황제노역' 판결이 많은 비판을 받았고, 일부 언론은 지역법관제(향판제)를 환형유치의 주요 원인으로 지목했다. 임지봉 서강대 교수는 지난 13일 〈한겨레〉 시론 '지역법관제, 폐지가 능사인가'에서 거액 노역장 유치 결정은 서울지역 법원의 이른바 경판(京判)들에게서도 나왔고, 과도한 법관 재량에 기인한 것이므로 지역법관제가 황제노역 판결의 주된 원인이라고 생각하지 않는다고 했다. 필자도 이에 동의한다. 그러나 임 교수는 지역법관제 시행의 장점을 살리면서 문제점을 보완하는 것이 급선무라고 했다. 필자는 지역법관제는, 장점은 거의 없고 폐해가 많다고 생각해 반론을 제기하고자 한다.

임 교수는 첫째로, 많은 판사들이 서울과 수도권 근무를 희망하는데 지역법관이 지방에 남아 지역법관으로 일하겠다고 하여 법관 인사의 숨통이 트였다고 했다. 그러나 지역법관제를 실시한 현재도 전국 2,700명의 법관 가운데 지역법관은 300여 명에 불과하고 나머지 판사들을 전국 단위로 인사를 하고 있다. 인사 문제는 일정한 기준과 원칙을 세우면 되는 것이고, 설사 약간의 어려움이 있더라도 지역법관제 폐해 방지를 위해 감수해야 할 것이다.

둘째, 임 교수는 지역법관제가 조만간 시행될 법조 일원화의 연착륙을 위한 중간 단계의 역할을 하고 있어, 전국 순환근무를 하게 되면 40살 전후의 중견 법조인들이 법관 신청을 꺼릴 것이라고 우려했다. 그러나 지역법관제가 존속하더라도 수도권의 근무 법관 수는 한정되어 있어 지방 근무는 필수적이다. 경력 법조인이 반드시 수도권 근무만을 바라고 지원할 수는 없는 것이다. 또, 지역법관제가 시행되더라도 각 지역 법관을 모두 그 지역 출신의 법조인만으로 충원할 수도 없고 충원해서도 안 되는 것이므로 중견 법조인의 법관 신청과 지역법관제는 상관성이 거의 없을 것으로 본다.

외국의 경우 일본을 제외하고는 우리처럼 전국의 판사들을 2, 3년 주기로 순환 전보시키는 나라가 없고, 판사 임용부터 정년 때까지 한 지역의 법원에서 근무하는 것이 원칙이라고 주장한다. 외국은 판사를 하다 변호사로 개업하는 경우가 거의 없어 전관예우가 존재하지 않고, 또한 지역법관과 지역 유지들의 유착 문제도 대두되지 않는 등 법률 제도나 문화, 국민 성향이 우리나라와 매우 다르므로 외국 제도를 그대로 적용할 수는 없을 것이다.

지역법관제의 가장 큰 폐해는 사법의 중요한 이념인 공정한 판결을 저해하고 사법 불신을 초래하는 것이다. 지역법관은 그 지역 출신이 대부분이어서 학연, 혈연, 지연, 동호회 등으로 얽히기 쉽다. 여러 법조비리 사건에서 경험했듯이 지역 유지들은 끊임없이 판사에게 접근한다. 또한 우리 국민은 학연, 혈연, 지연, 전관예우 등 연줄에 의하여 문제를 해결하려 한다. 법과 양심에 따라 재판을 하는 지역법관이 많겠지만 오랫동안 끈끈하게 형성된 연고에 의한 유혹에 빠질 위험성이 아주 높다.

마지막으로 지역 법관과 지역 유지들의 유착 문제는 철저한 감찰제도의 도입과 지역사회 내의 감시와 견제 장치를 통해 해소하면 된다고 주장한다. 지역에서 오랜 기간 법관과 유지들의 유착 문제에 관심을 가졌던 필자로서는 언론, 시민단체, 수사기관, 주민 등 지역 사회의 누가, 어떻게 이들의 유착 문제를 감시하고 견제할 수 있는 것인지 심히 의문이 간다. (《한겨레신문》 2014. 5. 28. '왜냐면')

재판과 판결에 대한 비판과 의견표명

많은 판사들과 사회적 이슈가 된 사건의 재판부는 재판이 진행 중인 사건에 대해 국민들과 언론이 비판하거나 의견 표명하는 것을 매우 못마땅해 한다. 사건에 대한 사실관계, 법리와 증거를 자세히 알지 못하면서 비판하는 것은 잘못된 것이고, 유리한 여론을 조성해서 재판부에 부담을 주고 영향을 끼쳐 재판의 독립을 저해한다는 것이다. 판결에 대한 학술적인 비판이나 평석은 그 사건의 사실관계나 적용법률, 증거 등을 정확히 파악하고 면밀히 분석해서 논리적인 근거에 기해 비판해야 하는 것은 지극히 당연한 것이다.

그러나 일반 국민과 언론 등은 고위 공직자의 뇌물이나 성추문 사건, 4대강이나 세월호 사건, 살인 및 강도의 강력사건 등 사회적 이슈에 대해 사실 관계나 증거 등을 정확히 모른 채 언론 보도와 주변을 통해 알게 된 대강의 내용만 아는 상태에서 비판하고 의견을 표명할 수 있는 것이고, 이는 민주사회의 시민으로서 매우 자연스러운 것이다. 마찬가지로 사회적 이슈가 된 사건에 관하여 진행 중인 재판이나 판결에 대해서도 일반 국민, 언론 등이 정확한 사실관계나 증거를 모르고 대강만 아는 상태에서 자유롭게 비판하고 의견을 표명할 수 있는 것이다. 재판은 법적 분쟁 해결을 위해 국민이 법원에 사법권을 위임한 사법작용의 일환으로서 국민들로부터 비판과 견제의 대상이 될 수 있고 되어야 하는 것이다. 왜, 재판과 판결만은 비판의 대상이 되어서는 안 되고 성역으로 존재해야만 하는가? 국민적 관심사가 된 사건의 담당 재판부는 여론이나 비판에 구애받지 않고 헌법에 명시되어 있듯이 헌법, 법률과 직업적 양심에 따라 소신껏 재판을 하면 되는 것이다.

필자는 10여 년 전 소록도 한센병 환자들이 일본 후생노동성을 상대로 일본 동경 재판소에 제기한 행정소송의 한국 변호인단으로 일본을 몇 차례 다녀온 적이 있다. 일본 변호사단이, 첫 재판 전날인 2004. 10. 24.과 패소판결을 받은 2005. 10. 25. 소송 당사자인 한센병 환자들과 국민들을 상대로 가진 두 차례의 사건 설명회에 참석하고 깊은 감동을 받았다.

첫 설명회는 평일 날 저녁, 〈마이니치신문사〉의 큰 홀에서 가졌는데 천 명 이상의 많은 국민들이 참여했던 것 같다. 변호사들이 소송 제기 배경과 의미, 사건의 쟁점, 향후 변론계획, 소송전망 등에 대해 설명하고 당사자인 한센병 환자들의 소회를 들었다. 이어서 전국 각지에서 참석한 다양한 직업의 시민들의 자유발언이 이어졌고 설명회가 시종일관 자유스럽고 진지하게 진행되었다. 재판 당일 일본 변호인단이 법원 근처의 변호사회관에서 동경지방법원까지 당사자를 앞세우고 깃발을 들고 행진하면서 여론을 환기시키는 데 한국 변호인단도 동참하였다.

패소 판결일에 가진 두 번째 설명회는 일본 변호사회관에서 열렸는데 수백 명이 참석했다. 당일 유사한 대만 한센병 환자들 소송은 승소판결이 내려졌고 소록도 한센병 환자들은 패소했다. 그러나 일본 변호사들은 당당하게 기자들과 인터뷰를 하고 당사자들과 참석자들에게 판결의 의미와 문제점, 향후 항소 계획을 자세하고 진지하게 설명했다. 이어서 변호사들과 참석자들이 후생노동성 정문 앞으로 가서 판결의 근거가 된 고시를 개정하라며 집회 및 연설을 했다. 변호사들의 진지하고 성실한 자세, 국민들의 참여 의식과 소통 문화를 통하여 일본의 성숙된 사법 문화의 일면을 볼 수 있었다.

만약 우리나라에서 첫 재판 전날, 담당 변호사들이 이 같은 설명회를 하고 재판 당일 행진을 한다면 재판부는 재판이 시작되기도 전에 여론을 조장하여 재판에 영향을 끼치려고 한다고 매우 불만을 가질 것이다. 또한 변호사들 스스로도 진행 중인 사건에 관해 설명회를 하여, 괜히 재판부의 심기만 불편하게 하여 재판상 불이익을 입지 않을까 염려되어 심적 부담을 가질 것이다.

　재판부는 진행 중인 사건에 대한 비판, 의견 표명이나 사건 설명회 등에 대해 여론의 조장, 압력이라고 부담을 갖거나 부정적으로만 볼 것이 아니라 당사자나 국민들의 권리라고 생각하고 법률과 양심에 따라 올바른 판단을 하면 될 것이다. 변호사들도 재판부를 너무 의식할 필요가 없고 당사자와 국민들에게 국민적 관심사인 사건에서 소송의 의미, 진행상황, 향후 변론계획 등을 설명하는 것은 소송대리인의 의무라고 볼 수도 있다. (《대한변협신문》 2014. 7. 21. '쓴 소리 바른 소리')

로스쿨 출신 변호사에 대한
관심과 애정

우여곡절 끝에 로스쿨이 출범한 지 6년이 지났고, 3회 변호사시험 실시로 4,500명가량의 로스쿨 출신 변호사가 배출되었다. 그동안 로스쿨의 입학절차, 교과 과정과 학사 관리, 비싼 학비와 사법시험 존치 여부, 변호사 시험 합격률과 성적 공개, 변호사 자격 취득 후 6개월 연수, 취업, 법관 임용 시 필기시험 실시 여부 등에 관하여 공청회도 몇 차례 열렸고 다양한 의견이 존재한다.

50년 전부터 실시해 온 최고 권위의 사법시험도 1차, 2차 시험과목 수, 출제방식과 문제형태, 3차 면접시험 방식과 탈락자 수, 3차 탈락자의 1차, 2차 시험면제 유무, 합격자 수의 증감, 사법연수원 교육방식과 평가시험의 변경 등 수많은 변화와 시행착오를 겪어 왔고 많은 논의 끝에 좀 더 나은 방향으로 개선되어 왔다.

예나 지금이나 모든 분야의 기득권층의 저항과 진입 장벽의 견고함은 법조계도 예외는 아니고 다른 분야 못지않은 것 같다. 1981년 제23회 사법시험부터 합격자가 140명에서 300명으로 늘어났고, 1984년 사법연수원 수료 후 현직 경험 없는 변호사(연수원 13기)가 처음으로 배출되었다.

초창기 연수원 출신 변호사들은 판·검사는 물론이고 선배 변호사들로부터도 무시당하고 의뢰인들도 신뢰하지 않아 많은 어려움을 겪었다. 인천에서는 1980년대 후반, 이런 어려움을 극복하기 위해 연수원 출신 변호사들이 '청법회'를 만들어 친목을 도모하고 법조 자정 작업에 앞장서기도 하였다.

1990년대 중반에도 인천의 모 부장판사가 연수원 출신 변호사의 형사변론 때 법정에서 "300명을 뽑으니까 별 놈이 다 들어온다."고 힐난하여 그 변호사가 분노했다는 얘기를 동료 변호사로부터 들은 적이 있다. 그러나 연수원 출신 변호사들이 4, 5년간 열심히 성실하게 변론하여 좋은 결과를 낳게 되자 몇 년 후부터는 선배 법조인이나 당사자들도 연수원 출신 변호사들의 능력이나 자세를 신뢰하게 되었고 변호사 활동에 지장이 없게 되었다.

최근에 사법연수원을 수료한 청년 변호사들의 심정은 이해하지만 로스쿨 출신 변호사들에 대한 폄하는 너무 심한 것 같다. 로스쿨 출신 변호사를 후배 변호사로 인정하고 싶지 않다거나 심지어는 '로퀴(로스쿨 바퀴벌레)'라고까지 표현하고, 교수 컴퓨터를 해킹하여 시험문제를 훔친 Y대 로스쿨생을 집단으로 고발한 것은 너무 옹졸해 보이고 안타까운 생각이 든다. 변호사들이 집단으로 고발하려면 공권력이나 힘 있는 집단의 불법행위에 대해 고발해야지 고작 한 로스쿨생의 범법행위를 단체로 고발한 것은 너무나 명분이 약해 보인다.

시행된 지 몇 년 되지 않은데다 충분한 준비 없이 출발한 로스쿨에 여러 가지 문제가 있는 것은 사실이다. 입학 과정이 공정한지, 원래의 취지대로 다양한 전공자가 다양한 법 과목 등을 이수하면서 리걸 마인드를 함양하고 있는지, 실무교육을 담당할 교수진은 충분한지, 어려운 환경의 학생이 로스쿨을 다닐 수 있는지, 취업과정은 투명한지, 학사관리나 변호사시험 합격률 등 고민하고 연구, 개선해야 할 과제가 산적해 있다.

또한 로스쿨 출신의 일부 변호사들이 학습기간도 짧고 실무교육이 부족하여 실무지식이 약간 미진할 수도 있다. 입학 절차나 양성 과정이 서로 다르고 로스쿨의 도입 취지를 고려할 때 연수원 출신과 로스쿨 출신 변호사들을 수료 직후의 실무지식만으로 단순하게 비교해서는 안 된다. 로스쿨 입학생의 53%가 비법학도로서 사회 경험과 현장에서 배운 지식들이 변호사 생활에 강점이 되고 발전 가능성이 높다는 평가도 많다.

법조인들은 장기적인 안목으로 꾸준히 지식과 경험을 쌓고 실력을 연마해야 되는 것이고 노력을 게을리 하거나 실력 향상이 안 되면 스스로 도태될 것이다. 로스쿨이나 로스쿨 출신 변호사를 적대시하거나 폄하만 할 것이 아니라 출발한 지 얼마 되지 않았고 우리의 법 제도나 정의 실현을 담당할 법조인의 배출기관인 로스쿨이 온전하게 정착되도록 관련자들이 논의를 계속하고 좋은 방안을 찾도록 지혜를 모아야 한다. 선배 법조인들은 로스쿨 출신 변호사들이 안착할 수 있도록 따뜻하고 진심어린 관심과 애정을 갖도록 노력해야 한다.

로스쿨 출신 변호사들도 30년 전에 연수원 출신 변호사들이 그랬던 것처럼 성실하게 열심히 전문지식과 경험을 쌓아 선배 법조인과 의뢰인으로부터 신뢰를 받을 수 있도록 꾸준한 노력을 경주하길 바란다(각주 – 본 글은 민경한 변호사가 대한변협 상임이사로서의 의견을 적시한 것이 아니라 '쓴 소리 바른 소리' 필진으로서 개인 의견을 집필한 글임을 밝힙니다). (《대한변협신문》 2014. 9. 22. '쓴 소리 바른 소리')

 * 당시 변협 회장이 편집인에게 필자 개인 의견이라는 각주를 달도록 하였는데, 꼭 각주를 달아야 했는지 이해할 수 없다.

대법원의 헌법상
'신속한 재판을 받을 권리' 침해

사례 1) 2008. 10. 해고된 〈YTN〉 기자 6명이 부당해고 소송을 제기하여 서울중앙지법은 2009. 11. 6명 모두 부당해고 판결을, 서울고법은 2011. 4. 3명 해고는 정당하다는 판결을 선고하였으며, 2011. 5. 상고하였으나 3년 반이 넘도록 아직 판결이 선고되지 않았다. 1년 이내에 상고심 판결이 선고되는 사건도 부지기수이므로 업무부담만으로 3년 반이 넘도록 판결이 선고되지 않은 것은 분명 아닐 것이다. 해고무효의 경우 근로자가 1, 2심에서 승소해도 회사가 대법관 출신 변호사를 선임하여 심리 불속행을 막고 재판을 질질 끌어 근로자를 지치게 하는 소송 전략을 쓴다는 것은 잘 알려진 사실이다.

사례 2) 서울고법은 2007. 2. 불법체류 외국인도 우리나라에서 근로를 제공하고 임금을 받으며 생활하는 이상 노동조합을 설립할 수 있는 근로자에 해당한다며 미등록 이주노동자의 노동 3권을 인정한 판결을 내렸다. 국적에 따른 근로조건의 차별대우를 금지한 근로기준법, 조합원 자격과 관련해 인종 등에 의한 차별대우를 금지한 노동조합과 노동관계조정법, 노동자의 단결권 및 단체교섭권 등을 보장한 헌법을 근거로 들었는데 지극히 당연하고 타당한 판결이다. 대법원은 이 사건에 대해 거의 8년째 침묵하고 있다

법리판단 문제이고 별로 복잡하지 않아 대법원이 쉽게 판결할 수 있는데도 8년간 판결하지 않은 것은 이주노조의 출범을 꺼리는 정치적 판단에 의한 것일 가능성이 높다는 의심을 받고 있다. 국제 노동기구도 이주노조를 인정하라고 여러 차례 권고하였다. 미등록 이주노동자들은 임금체불이 되고 각종 인권침해를 당할 때 노동조합이 있으면 많은 도움을 받을 것이다. 대법원이 이렇게 직무를

유기하고 있는 동안 이주노조 간부와 조합원들은 표적 단속이 되어 초대 지부장부터 6대 지부장까지 강제 추방 또는 강제 출국되었다. 많은 이주노동자들의 노동권이 침해되고 있는 사건을 대법원이 8년간이나 판결을 선고하지 않은 것을 보면 이해할 수 없다.

사례 3) 2009. 6. 친일 반민족행위 진상규명위원회는 전 〈조선일보〉 사장 방응모를 친일 반민족행위자로 결정하였다. 손자인 방우영 〈조선일보〉 명예회장은 2010. 1. 위원회를 상대로 친일 반민족행위 결정처분 취소청구 소송을 제기하였다. 1심은 2010. 12. 위원회가 인정한 친일행위 3개 중 2개를 인정한 판결을 선고했고, 방우영이 2011. 1. 항소하여 항소심도 2012. 1. 위원회가 인정한 친일행위 3개 중 2개를 인정한 판결을 선고하자 방우영은 2012. 2. 상고하였다. 주장, 입증을 해야 하므로 훨씬 시간과 노력이 많이 필요한 1, 2심은 모두 1년 이내에 선고를 하였으나 법률심인 대법원은 2년 9개월이 되도록 아직 선고하지 않고 있다. 법조인의 한 사람으로서 대법원이 언론권력의 힘을 신경 쓰는 게 아니냐는 분석을 믿고 싶지 않다.

사례 4) 전남 화순과 나주의 B 국회의원이 19대 총선 후 공직선거법 위반혐의로 2012. 8. 20. 기소되어 1심 판결은 2012. 11. 14., 항소심은 2013. 8. 22., 대법원은 2014. 6. 12. 선고되어 대법원 판결까지 1년 10개월이 걸렸다. 공직선거법(제270조)은 '선거범의 재판기간에 관한 강행규정'의 제목으로 '선거범에 관한 판결 선고는 1심은 공소가 제기된 날부터 6월 이내에, 2심, 3심은 전심 판결 선고일부터 각 3월 이내에 반드시 해야 한다.'고 규정하였다. 1심은 공소제기 후 3개월 만에 선고하였는데 항소, 상고심은 각 9개월 만에 선고하여 오히려 상급심에서 위 강행규정을 위반하였다. 19대 국회의원 당선자들의 공직선거법 위반 사건 중 법정기간을 훨씬 초과하여 선고된 사건이 여러 건이다. 1, 2심에서 당선 무효형을 받은 의원들은 대법관 출신 변호사를 선임하여 재판을 최대한 끌어 의원 신분을 조금이라도 더 유지하려는 게 최대 전략이고, 재판부는 강행규정을 위반하면서까지 이를 묵인하고 있는 셈이다.

  대법원은 상고심 개선방향을 논의하기에 앞서 위에서 열거한 종류의 사건 등을 신속하게 처리하여 국민들의 신뢰를 회복하는 것이 선행되어야 할 것이다. 헌법 제27조 제3항은 '모든 국민은 신속한 재판을 받을 권리를 가진다.'고 규정하여 신속한 재판을 받을 권리는 헌법상 보장된 권리다. '지연된 정의는 정의가 아니다.'는 법언이 있고, 소설가 정을병은《육조지》에서 "판사는 미뤄 조진다." 고 풍자하고 있다. 대법원은 신속한 재판은 정의실현을 위한 중요한 이념이고 헌법상 권리임을 인식하고 헌법과 강행규정을 철저히 준수하여 신속한 재판을 할 것을 강력히 촉구한다. (《대한변협신문》 2014. 11. 17. '쓴 소리 바른 소리')

특별법의 제정과 개정을
남용해서는 안 된다

몇 년 전 대검 감찰위원회가 검찰총장에게 법률 적용을 잘못한 '조두순 사건'의 수사 검사에 대해 주의조치를 권고하였고, 얼마 전 황제노역 판결 후 노역장 유치에 관한 형법규정(70조 2항)이 신설되었는데 검사와 판사가 노역장 유치기간을 잘못 산정한 확정판결에 대해 검찰총장이 비상상고를 하여 대법원에서 판결문을 수정하였다고 보도되었다.

법률 해석과 적용을 업으로 하는 법조인은 제·개정된 법률과 판례 등을 숙지하고 이를 잘 해석하여 담당 사건에 잘 적용해야 낭패를 막을 수 있다. 그러나 각종 특별법이 쏟아져 나오고 많은 법률이 너무 쉽게 제·개정되어 이를 일일이 습득하여 적용될 관련 법률과 구체적인 조항을 철저히 파악하는 게 쉬운 일이 아니다.

전과가 있는 25세의 성인 남성이 만 19세가 안 된 대학 1년생 여자를 강간한 사건을 접하게 되었다면 검토해야 할 법률과 조항이 너무 많다. 언뜻 떠오르는 것만 해도 성폭력 범죄의 처벌 등에 관한 특례법, 아동·청소년의 성보호에 관한 법률, 성폭력 방지 및 피해자보호 등에 관한 법률, 특정 범죄자에 대한 보호관찰 및 전자장치 부착 등에 관한 법률, 성폭력 범죄자의 성충동 약물치료에 관한 법률, 치료 감호법, 형법, 성폭력범죄 등 사건의 심리·재판 및 피해자 보호에 관한 규칙 등 관련 법률이나 조항이 너무 많다. 무슨 법률의 어느 조항을 적용해야 할지, 신상 정보의 등록 및 공개의 범위, 고지, 절차는 어떠한지, 수사나 재판 단계에서의 피해자나 변호인, 증인의 특례 조항은 왜 그렇게 많은지 정말 헷갈린다. 법 전문가도 해당 법률이나 조항의 습득은 물론이고 찾기도 어려운데 일반 국민들은 더욱 어려울 것이다. 법이란 법 전문가를 위해 존재하는 것이 아니고 도덕의 최소한으로서 상식을 갖춘 평균적인 국민이라면 법률의 존재나 내용을 충분히 이해하고 습득하며 지킬 수 있어야 그 기능을 제대로 발휘할 수 있는 것이다.

입법 당시 예상하지 못한 구성요건이나 시대와 상황 변화로 구성요건의 변경이나 추가, 처벌 조건이나 법정형 등을 변경할 필요성이 생긴 경우 기존 법률을 개정하거나 법률 해석과 판례 등으로 보충하고 가능한 특별법의 제정은 신중해야 한다. 예컨대, 형법상 강간죄의 법정형은 3년 이상인데 성폭력범죄의 처벌 등에 관한 특례법은 친족관계인 사람이 강간한 경우에는 7년 이상으로 규정하였다(5조). 특례법의 취지는 법정형의 하한을 높이고 가능한 집행유예를 방지하기 위한 것으로 보인다. 친족 간의 범행으로 죄질이 불량하여 중형을 선고할 사안이면 형법으로도 30년까지 가능하며 중형을 선고하고 집행유예를 선고하지 않으면 되는 것이지, 굳이 특례법에 7년 이상의 조항을 새로이 둘 필요가 없다. 특별법에는 이와 유사한 취지의 조항이 수없이 많다. 위에서 열거한 성폭력과 관련한 많은 법률도 형법 개정으로 부족하다면 '성폭력 범죄의 처벌 등에 관한 특례법' 하나에 충분히 담을 수 있고 담아야 한다. 관련 법률이 그렇게 많을 필요가 없는 것이다.

정부나 국회의원들은 여론 무마나 인기 영합적인 차원에서 또한 이해관계에 따라 졸속으로 문제투성이의 법률을 제·개정하는 경우를 자주 본다. 각종 특별법이나 소위 조두순법, 소위 유병언법, 황제노역 판결 등 무슨 사건이 터진 뒤에 여론에 편승해서 단기간에 졸속으로 법률을 제·개정하지 말고 향후 오랫동안 개정이 필요 없을 정도로 충분한 시간을 갖고 다양하게 의견을 수렴하여 신중하게 준비해 법률을 제·개정해야 한다. 민변이 2003년부터 각종 입법, 특히 개혁 입법에 대한 평가와 과제를 제시하여 오고 있고, 대한변협이 2014년에 입법평가위원회를 발족하여 입법과정과 결과를 모니터링하고 감시 시스템을 구축한 것은 매우 바람직하다고 생각한다. 앞으로 두 단체가 법률가 단체로서 입법 감시 역할을 더욱 활성화하여 각종 법률의 제·개정의 남용을 방지하는 데 일조하기를 바란다. (《대한변협신문》 2015. 1. 19. '쓴 소리 바른 소리')

왜,
나는 분노하고 기록하는가?

 판사는 판사답게, 변호사는 변호사답게, ~는 ~답게, 각자 자신의 영역에서 자긍심과 사명감을 갖고 자신의 직분을 지키며 살아야 한다. 참다운 지성인은 잘못된 사회 현상을 분석, 비판하고 다양한 관점과 대안을 제시하며 사회를 올바른 방향으로 이끌어갈 책무를 지녀야 한다. 그러기 위해서는 용기와 실천, 기록이 필요하다.

 프랑스 사상가 스테판 에셀이 "분노할 일에 분노할 줄 아는 사람만이 자신의 존엄성과 행복을 지킬 수 있고, 정의롭지 못한 일이 자행되는 곳에 압박을 가하는 것이 우리 각자가 해야 할 일"이라고 강조하였다. 그러나 우리 현실은 자신의 존엄성이 훼손되고 불법과 부정의가 자행되고 원칙이 무너져도 용기와 소신이 부족하여 분노하지 못하고 침묵을 지키는 경우가 너무 많다.

 '판사들은 판결로만 말한다.'를 금과옥조로 여기면서 불합리한 사법제도나 불공정한 재판, 인사 문제, 최근의 사법농단 사태 등에 관한 의견 표명을 매우 꺼려한다. 대법원장, 대법관, 법원행정처장 등 최고 수뇌부와 법원에서 최고 엘리트들이 근무한다는 법원행정처 판사들이 누구 하나 부당한 지시를 거부하지 못하고 몇 년에 걸쳐 재판 거래, 재판 개입을 하였다. 법원행정처와 청와대는 전교조 법외노조 통보 사건의 재항고 이유서를 작성, 전달, 제출케 하고, 강제징용 사건에서는 두 명의 법원행정처장이 청와대 비서실장이 소집한 대책회의에 참석하여 재판 진행방향에 관해 논의하고, 대법원장이 집무실과 식당에서 강제징용 사건 당사자인 일본 전범기업 대리인 김앤장 변호사를 사적으로 만나 자료를 검토해 주고 진행을 논의하고, 법원행정처가 통합진보당 재판에 관여하는 등 수차례 재판에 관여, 개입, 협력하며 명백하게 헌법과 법률을 위반하고 양심에 어긋나는 부끄러운 일들을 하였다. 법을 밥으로 먹고 사는 법조인으로서 이런 언론보도를 접하고 너무 참담하였다. 대법원의 사법정책에 반대한 판사들을 사찰하고 판결을 비판했다는 이유로 멀쩡한 부장판사를 정신이상자로 만들어 재임용에서 탈락시키려고 한 것을 보면 너무나 비열하고 말문이 막힐 뿐이며, 요새 유행하는 말로 '이게 판사냐?'고 묻고 싶다.

고위 법관들이 집단으로 다년간 수차에 걸쳐 이렇게 명백한 헌법파괴와 법률위반 행위를 했는데 3차례 진상 조사단이나 상당수 법관들은 사법권 독립이라는 미명하에 진상 규명 노력은 소홀히 한 채 조사나 수사를 대충하고 넘어가자고 한다. 법치주의와 민주사회에서 있을 수 없는 일이다. 사법농단 사태 이후 몇명의 고위직 법관들이 전·현직 고위 법관들에 대한 압수, 수색과 구속영장 신청과 발부의 남용, 잘못된 야간수사 관행을 강력하게 비판하였다. 타당한 지적이지만 이전에 수많은 피의자들에게 남용될 때는 침묵을 지키다가 전·현직 고위법관들에게 해당되자 이제야 비판하는지 그 진정성이 매우 의심스럽다. 직권남용죄 해당 여부는 별론으로 하더라도 고위 법관들이 집단으로 헌법과 법률에 위반되는 행위를 하였고, 심판의 저울이 기울어지고 사건 당사자들에게 피해가 발생한 것은 분명한 사실이며 이로 인해 국민들의 사법 불신은 극에 달해 있다. 사법에 대한 국민들의 신뢰를 회복하기 위해서는 사법농단 사태의 진실을 규명하여 관련자를 처벌하고 재발방지를 위해 불합리한 제도 등을 개선해야 하는 것은 너무 당연한 것이다. 그러나 이런 참담한 사법농단 사태에 대해 분노하고 처절하게 반성하며 제도 개선 의지를 갖는 판사는 아주 소수에 불과하고 대부분 침묵을 지키고 있다.

안철상 법원행정처장은 "명의는 환부를 정확하게 지적해 단기간 내 수술해 환자를 살리는 것이지, 아무리 병소를 많이 찾는다고 하더라도 해부하는 것은 바람직하지 않다고 생각합니다."는 말로 검찰의 수사 확대에 불만을 토로하였다.

일응 맞는 말처럼 보이지만 전제가 잘못되었다. 환부를 정확하게 지적해 단기간 내 수술하려면 환부의 위치, 크기, 정도, 원인 등을 정확히 진단하여 그에 맞는 수술을 해야 한다. 정확한 진단을 위해서는 문진과 혈액 검사 등 기초적인 검사만으로 알 수 있는 질병도 있지만 CT, MRI, 초음파 검사 등 정밀진단이 필요한 경우도 상당히 많다. 검찰이 진실을 규명하기 위해 수사를 하는데 법원이 수사에 매우 비협조적이고, 압수수색 영장은 90% 기각되고, 핵심 당사자는 진술을 거부하거나 모르쇠로 일관하므로 사실관계를 정확히 확정하기 위해서는 관련된 많은 판사들의 진술에 의존하고 수사를 확대할 수밖에 없는 것이다.

최근 몇 년 사이에 당당하고 소신 있는 4명의 여자 검사들(임은정, 서지현, 진혜원, 안미현)이 상사의 부당한 지시나 업무 처리에 분노하고 항의하면서 잘못된 제도와 관행을 시정하고 개선하기 위해 비리를 폭로하였다. 그들은 상명하복 문화와 조직 이기주의가 팽배한 검찰에서 많은 불이익을 감수하고 부당한 지시와 제도, 관행의 개선을 위해 용기 있게 비리를 폭로하고 문제를 제기한 것이다.

남자 검사들은 출세 지향적이고 상사의 부당한 지시나 압력, 청탁에 항의나 거부를 못하고 순응하는 데 익숙하여 상사의 부당한 지시나 업무처리에 분노하고 항의하면서 잘못된 제도나 관행, 업무처리 개선을 위해 비리를 폭로한 검사를 본 적이 없다. 우리의 검찰 현실에서 많은 불이익을 감수하며 당당하게 올바른 문제 제기를 한 위 4인의 여자 검사들에게 힘찬 격려를 보내야 한다. 그러나 많은 검사들은 이들이 폭로한 내용의 진위, 폭로 이유, 그 이후 처리 상황이나 개선책 등에 대해서는 거의 관심이 없고 그들의 사소하고 지엽적인 평소 언행을 트집 잡고, 폭로 배경을 왜곡하고, 조직의 배신자, 소영웅주의, 잘못된 인성의 소유자로 폄하하고 매도하며 조직에서 '왕따'시킨다. 본말이 전도되었다. 우리 사회는 같은 직역 종사자는 똑같이 생각하고, 똑같이 말하고, 똑같이 행동하기를 바라고 그렇지 않으면 이단시하고 왕따를 시킨다. 다름과 소신을 인정하는 데 아주 서툴다.

변호사들의 사명은 인권옹호와 사회정의 실현이다. 폼 나는 축사 자리나 변호사들이 불리한 상황에 놓일 때면 대한변협은 대표적 인권단체라고 강조하면서도 국가권력과 부정부패에 저항하고 법치주의 실현이나 인권옹호에는 매우 소홀하다. 국정원 댓글 사건 때 규탄 성명 한 번 못 내고, 사법 농단 사태 때도 초기에 규탄 성명 한 번 내고 법관 대표회의마저 사법행정권 남용 판사들에 대한 탄핵 소추 검토를 의결하는데, 하물며 변협은 수사 협조나 탄핵 촉구 한 번 제대로 한 적이 없다.

과거에는 변협이 국가권력이나 법원, 검찰에 대한 견제, 인권옹호 단체로서의 역할을 나름대로 잘 해왔으나 2000년대 이후로 인권옹호 단체로서의 역할은 현저히 축소되고 출신에 따라 편이 갈리고 직역 수호와 이익단체 역할이 큰 비중을 차지하여 변협 위상이 많이 약화되었다. 급기야 변협 회장이 '변호사의 세무사 자격 자동취득 폐지' 세무사법 개정 반대를 위해 삭발투쟁을 할 정도로 이익단체화되었다.

필자는 인권옹호와 사회정의 실현을 사명으로 하는 변호사로서, 대한변협의 인권위원장으로서, 소수자, 약자 보호와 민주주의 발전에 기여하는 민변(民辯) 부회장으로서 국가권력이 남용될 때, 소수자와 약자가 차별받고 인권이 침해될 때, 정의롭지 못한 일이 자행될 때, 법조단체와 법조인들이 본분을 다 하지 못 할 때, 인간의 존엄성과 변호사의 자긍심을 찾고 원칙과 정의를 세우고 지성인으로서 책무를 다하기 위해 분노하고 외치며 글을 써 왔고 앞으로도 기록할 것이다.

조지 오웰은 에세이 《나는 왜 쓰는가》에서 글 쓰는 네 가지 이유로 순전한 이기심, 미학적 열정, 역사적 충동, 정치적 목적이라고 하였다. 필자의 《동굴 속에 갇힌 법조인》 책 추천사를 써 주시고 감사원장을 지낸 존경하는 민변 창립 회원인 한승헌 변호사님은 45권의 책을 저술하였는데 "법조인은 불의한 시대의 증언자가 되고 역사의 기록자가 되어야 한다."고 역설하였다. 혼자의 체험과 생각으로 묻어버리지 말고 세상과 미래에 널리 알리기 위해서 글과 증언을 남기라는 것이다.

대다수 법조인들은 부당한 법과 불합리한 제도, 불공정한 수사와 재판, 잘못된 관행 등을 보고도 분노할 줄 모르고 침묵을 지키며 글과 증언을 남기는 것을 매우 꺼려한다. 필자는 글재주가 없어 멋있는 글을 쓸 능력이 없고 글을 쓰는 게 몹시 어렵다. 필자가 글을 쓰는 이유를 위 네 가지에서 군이 찾자면 역사적 충동, 즉 현상을 있는 그대로 보고 진실을 알아내고 그것을 후대를 위해 보존해 두려는 욕구라고 볼 수 있겠다. "불의한 시대의 증언자와 역사의 기록자가 되어야 한다."는 한 변호사님의 충언을 실천하고 싶은 마음도 크다. 부당한 법과 불합리한 제도, 잘못된 관행 등 세상의 불의와 싸울 투지와 용기를 선친으로부터 물려받은 DNA도 일조한 셈이다.

필자는 옳다고 생각하는 가치나 사회 정의를 지키고, 법조계와 이 사회가 투명해지고 정의가 강물처럼 흘러넘치는 사회가 될 수 있도록 용기 있고 소신 있는 참다운 지성인으로 살고 싶고 변호사로서 직분을 다하며, 필자 경험과 생각을 세상과 미래에 널리 알리기 위해 기록하고 글을 쓰는 것이다. 글은 저자의 살아온 삶이며 앞으로 살고 싶은 삶이다. 필자가 쓰는 글은 대부분 필자가 평소 주장하고 싶은 것을 솔직하고 간결하게 전달하는 데 목적이 있기 때문에 대부분 담백하고 건조한 것들이다. 그래서인지 '쉽다, 시원하다, 객관적이다.'는 평을 듣곤 해서 다행스럽다.

금년에 회갑이 지났다. 벌써 조금씩 정신적, 육체적 피곤함이 느껴지는데 앞으로도 계속 정의롭지 못하고 부당한 일을 접하면 분노하고 기록할 수 있는 힘을 유지할 수 있을지 의문이다. 그러나 DNA가 그런 것을 어떻겠는가? 힘이 닿는 데까지 분노하고, 글 쓰며, 쓴 소리 바른 소리를 하도록 노력할 것이다. (2018년 어느 날, 필자 블로그)

변호사들이여!
더 이상 인권을 논하지 말라

서울지방변호사회관에는 '정의의 붓으로 인권을 쓴다.'는 푯말이 있고, 변협 홈페이지엔 "변협은 항상 억울한 약자의 편이 되어 강자의 횡포를 막는 데 선봉이 됨으로써 법과 인권을 수호하는 숭고한 사명을 지니고 있다. 변협은 불필요한 국가권력과 부정부패에 저항하고 법치주의를 세우는 역할을 담당해오고 있다."고 소개하고 있다. 폼 나는 축사 자리나 변호사들이 불리한 상황에 놓일 때면 대한변협은 대표적인 인권 옹호단체라고 강조하곤 한다. 변협 인권위원 4년, 인권이사 2년 동안 이런 말들이 실상과 너무 다른 것을 수없이 목격하였다.

2013년 가을, 서울지방변호사회 인권이사가 사퇴하여 임기가 1년 반이나 남았는데 인권이사를 선임하지 않고 사업이사가 겸임하다가 임기 만료 3주 전인 2015. 1. 초순에야 인권이사를 선임하였는데 인권에 대한 비중을 한 눈에 가늠해 볼 수 있다.

2013년 헌정질서를 파괴하고 민주주의를 훼손한 국정원 대선개입 사건에 대해 최근 몇 십 년 동안 가장 많은 단체와 사람들이 규탄 성명에 참여했다는데 변협은 납득할 수 없는 사유로 규탄 성명을 발표하지 않았다. 2014년 봄, 4명의 야당 국회의원이 변협에 공동개최를 제의한 '국정원 합동신문센터의 문제점 개선' 토론회나 2014. 가을, 법원의 국제인권법 연구회에서 공동개최를 제안한 '양심적 병역거부의 문제점과 대체복무제 도입' 토론회를 변협 명의로 개최하지 못하고 우여곡절 끝에 겨우 인권위원회 명의로 토론회 개최를 승낙하였다. 실정법을 해석하고 재판하는 고등법원도 고용노동부의 전교조 법외노조 통보는 위헌 소지가 있으므로 효력을 정지하고 위헌제청까지 하였는데 변협은 성명은커녕 인권위원회 명의로 항의 서한도 못 보내게 하였다.

많은 인권침해 사안은 국가 공권력으로부터 발생하거나 법과 제도에 의한 것으로 정치적인 문제와 결부되는 경우가 많다. 소수자와 약자의 인권을 옹호하고 국가 공권력의 불법, 남용에 대해서 비판 감시 역할을 해야 하는 변협은 인권 침해 사건이 발생하면 여성아동, 장애자, 일제피해 등 의견 대립이 없는 사안은 물론이고 환경, 노동, 국정원, 쌍용자동차, 양심적 병역거부 등 견해가 대립되거나 정치와 관련 있는 사안일지라도 진상을 조사하고 문제점을 분석하여 성명 발표, 토론회 개최, 입법 청원, 대안 제시 등 다양한 인권활동을 해야 한다. 변협은 지역, 종교, 직능, 정당, 선거 등 어떤 이해관계에도 얽매이지 않는 객관적인 인권옹호 단체로서 이런 논쟁적인 사안에 대해서도 회피할 것이 아니라 적극적으로 적절한 대안이나 올바른 방향을 제시하는 것이 변협의 역할이라고 본다. 시기가 적절한지, 여야 어느 쪽과 입장이 같은지, 수사나 재판이 진행 중인지, 정치적인 문제인지 여부는 소수자와 약자의 권리를 보호하고 인권옹호를 위한 활동에 장해가 될 수 없으며 적절한 절차와 방식으로 올바른 방향으로 활동하면 되는 것이다. 과거 변협은 정치적이거나 민감한 사건, 견해가 대립되는 사건, 수사 및 판결, 인사 등까지 비판 대상이나 주제, 시기에 제한 없이 국민의 인권이 침해되거나 위법, 부당한 공권력 행사에 대해 다양한 방법으로 비판, 감시하고 인권옹호 활동을 활발히 하여 변협의 위상을 드높였던 것이다.

최근 대한변협 회장 선거의 4명의 후보자들 공약 중 두 후보는 아예 인권이라는 단어 자체가 한 번도 등장하지 않고, 한 후보의 인권은 변호사 인권이고, 인권이 언급된 후보도 구체적인 인권 공약이 아니라 인권단체를 지원하겠다는 것에 불과하였다. 서울지방변호사회 회장 선거의 6명의 후보자들도 구체적인 인권공약이 있는 후보는 아무도 없고 대부분 인권이라는 단어 자체가 전혀 등장하지 않았다. 인권을 언급한 후보도 구체적인 공약이 아니라 인권활동 강화나 지원하겠다는 것에 불과하였다. 이번에 당선된 대한변협 회장이나 서울지방변호사회 회장의 공약에 인권이라는 단어가 단 한 번도 등장하지 않는다. 그 많은 공약 중에 인권공약은커녕 인권이라는 말 한 마디 언급되지 않았다면 인권이 얼마나 소홀히 될지 예상되는 것이고, 이것이 변호사 단체장들의 현주소다.

위 두 선거 모두 최대 쟁점이 사법시험 존치였고, 사시 존치를 열렬히 지지하는 사시 출신의 청년 변호사들의 몰표를 받은 두 후보가 당선되었다. 당선된 회장들의 공약에 인권옹호 하나 없고 변협은 사시 존치와 회원 권익을 수호하기 위한 직능 단체가 된 만큼 앞으로 변협이 인권옹호 단체이고 변호사의 사명이 인권옹호라는 말을 할 수 있을까? (《대한변협신문》 2015. 3. 23. '쓴 소리 바른 소리')

7명의 전직 변협 회장들에 대한 공개 질의서

2014. 9. 1. 오전, 7명의 전직 대한변협 회장들(이하 협회장들)이 긴급 조찬 회동을 한 뒤에 정재헌(77·41대), 천기흥(71·43대), 이진강(71·44대), 신영무(70·46대) 4명의 협회장들이 기자들에게 알린 후 사전 약속 없이 현 위철환 변협 회장(이하 위 협회장)을 항의방문한 뒤 세월호 특별법 제정 과정에서 보여준 현 대한변협 집행부의 편파성에 대한 우려를 담은 의견서를 전달하였다.

〈조선〉, 〈동아〉의 9월 1일자 조간과 다른 언론에서 1일 오후, 2일 오전, 4명의 협회장들이 위 협회장을 항의 방문한 사실과 의견서 내용을 대대적으로 보도하고 사설까지 등장하였다. 협회장들의 이러한 행동은 절차적으로나 내용적으로 도저히 납득할 수 없어서 변협 집행부의 일원이자 회원의 한 사람으로서 협회장들에게 공개질의서를 보냅니다.

먼저 절차적인 문제에 대하여 질의하겠습니다.

협회장들은 2년간 변협을 이끌어온 수장으로서 변협에 대한 사랑이 지극할 것이고 법조 경륜이 원숙하여 협회장이나 집행부에 얼마든지 조언, 비판, 의견 제시 등을 할 수 있고, 집행부는 이를 귀담아 들어야 할 것이다. 협회장들이 의견서에 적시한 대로 현 집행부가 잘못된 방향으로 가고 있다면 상시적으로 조언이나 충고, 의견 제시를 할 수 있었을 것이고 조찬 회동에 위 협회장을 초청하여 배경이나 경위 설명을 듣고, 문제가 있다면 그때 직접 의견서와 같은 지적을 했더라면 얼마나 좋았을까요? 사전에 한 번도 조언이나 의견제시 없이 갑자기 의견서와 항의방문 사실을 언론에 알리고 월요일 아침에 연락도 없이 갑자기 항의방문하는 것이 전직 협회장들로서 있을 수 있는 일인가요?

또한 9월 1일 조간에 보도되었으므로 전날 언론사에 제공한 것으로 보이는데 7명의 조찬 회동은 9월 1일 아침에 있었으므로 언론에 제공한 내용은 7명의 의사가 합치된 것인가요, 아니면 주도한 몇 사람의 개인적 의견인가요?

변협은 5월부터 세월호 특별법 준비, 공청회와 설명회 개최, 서명 등 4개월가량 꾸준히 활동을 해왔다. 협회장들은 4개월 동안 비판이나 아무런 의견제시를 하지 않다가 9월 1일 오후 3시, 여당 대표단과 유가족 대표의 3차 협상이 예정되어 있었는데 당일 아침에야 갑자기 언론에 보도되게 하고 항의방문을 한 배경이 무엇인가요? 많은 회원들이 그 배경을 의심하고 있는데 잘못된 것인가요?

다음으로 내용적인 면에 대해서 질문 드리겠습니다.

수사권·기소권을 담은 세월호 특별법에 대해 법률적 의견이 대립되는 것은 사실이다. 헌법에는 기소권에 대한 규정이 없고, 형소법에 국가소추주의가 규정되어 있을 뿐이며, 수사권은 '특별사법경찰관리' 제도에 따라 이미 50여 개 관련 공무원에게 부여되어 있으므로 헌법 위반은 아니라고 본다. 이명박 내곡동 특검 때 야당에 특검 추천권을 준 전례가 있고, 1949년 반민특위는 수사권과 기소권은 물론 재판권까지 가졌으며, 지난 15년간 11차례의 특검에도 수사권과 기소권을 부여하였으므로 세월호 특별법은 입법기관인 국회가 합의하면 법치주의 위배는 전혀 문제되지 않는다고 본다. 회원에 따라 이에 대한 법적 견해가 다를 수는 있을 것이나, 변협은 의견대립이 되는 사안에 대해서는 절대로 의견 표명을 하면 안 되는 것인가요? 4대강 공사, 상설특검 제도 도입, 대법관 증원, 로스쿨 도입, 사법시험 존치 등 회원들 간에 의견대립이 있는 경우가 많은데 이런 경우에 변협은 의견 표명을 하면 안 되나요? 위 문제들에 대해서도 변협에서 이미 의견 표명을 한 적이 있었지요.

법률적으로 견해가 대립되는 사안은 전체 회원의 의견을 수렴하는 것이 바람직하다는 주장은 저도 전적으로 동의합니다. 그러나 전국 회원의 의견을 수렴하는 게 그렇게 쉬운 일인가요. 간혹 전국 회원에게 의견을 수렴하면 응답자가 몇 명 되지 않았지요. 전직 협회장들은 2년 재임기간 동안 의견대립이 있는 사안에 대한 결정이나 성명 발표 시에 전국 회원들의 의견을 수렴한 적이 있었나요? 세월호 특별법 제정 과정에서 특위 구성, 공청회, 설명회, 1,043명의 회원 서명을 받은 것이면 회원들의 의견 수렴은 어느 정도 된 것 아닌가요?

세월호 참사의 진상규명과 재발방지를 위한 특별법을 제정하기 위해 변협은 유가족의 법률 대리인으로서 유가족의 의견을 반영하고 국회 공청회까지 거쳐 세월호 특별법 초안을 만들어 유가족이 입법청원을 하였지요. 그 이후 특별법의 구체적인 내용은 여야 국회의원들이 논의를 통하여 결정할 문제이고, 입법 논의 과정에서 여야가 갈등과 논쟁을 벌이는 것은 흔한 일입니다. 무슨 근거로, 변협이 세월호 특별법 입법과정에서 정치적으로 편향되었다는 것인지 도저히 이해하기가 어렵습니다. 답변을 기다립니다.

＊'쓴 소리 바른 소리' 필진으로 필자의 순서인 2014. 9. 22.자 신문에 기고하였는데, 〈변협신문〉 간행규칙의 게재불가 사유에 전혀 해당되지 않음에도 불구하고 이해할 수 없는 사유로 게재해 주지 않아 다른 글로 대체하였다.

너무나 실망스러운 청년 변호사들!

청년 변호사들의 개념이 애매하지만 최근에 사법연수원을 수료하고 사법시험 존치를 열렬히 지지하는 젊은 변호사들을 지칭하기로 합니다. 법조환경의 악화로 청년 변호사들이 취업과 사무실 유지가 매우 어려운 것은 분명하고 이런 상황이 너무 안타깝습니다. 법조인들 사이에도 사시존치 여부에 대한 의견이 다양하지만 청년 변호사들이 사시존치를 적극적으로 지지할 수 있다고 봅니다.

그러나 최근에 청년 변호사들 수백 명이 집단으로 로스쿨 또는 로스쿨생 관련의 일탈행위나 부당한 행위에 대한 대응방법을 보면 본질을 벗어나고, 대의명분도 약하며, 균형 감각이 부족하고 로스쿨 흠집 내기에 혈안이 되어 있는 것처럼 보입니다.

청년 변호사들은 집단으로 최근에 김태원 의원의 로스쿨 출신 변호사 아들과 윤후덕 의원 딸의 취업특혜 의혹, 신기남 의원 아들이 재학 중인 로스쿨에 대한 청탁 및 압력 의혹, Y대 로스쿨생의 교수 컴퓨터 해킹행위 등에 대해 형사고소, 기자회견, 징계 요구, 감사 청구 등 다양한 조치를 취했습니다. 물론 국회의원들이 지위를 이용하여 취업 청탁과 압력을 행사하고 로스쿨생의 일탈 행위는 잘못된 것이고 비난받아 마땅하며 반드시 시정되어야 합니다. 그러나 이는 우리 국민들의 정실주의와 관행화된 청탁문화 등에 의한 고질적인 병폐이고 모든 분야에 만연되어 있는 것이며, 의원들의 잘못된 특권의식에서 비롯되고 로스쿨생 개인의 일탈행위이지 로스쿨 제도와 관련된 문제는 전혀 아니라고 보며, 사시존치 이유는 더 더욱 될 수 없는 것입니다.

청년 변호사들이 집단으로 이런 문제에 대해서만 여러 조치를 취하는 것보다 사법부와 검찰의 독립이 침해될 때, 국정원과 검찰이 간첩사건을 조작했을 때, 국정원 대선개입 사건 수사 시 국정원장의 공직선거법 위반 기소 문제로 수사 검사들과 법무부장관이 대립할 때 등 법치주의와 민주주의가 후퇴할 때 정의감에 사로잡힌 분노로 법적 조치나 강한 항의를 하면 얼마나 멋있겠습니까.

작년 대한변협 회장 선거 직전인 2015. 1. 8. 사시존치 주장의 최선봉에 서고 현재 변협 임원인 A 변호사가 청년 변호사들의 카페 '사시사랑'에 올린 글을 보았습니다. 사시존치를 주장하는 협회장 후보 B, C에게 각 캠프의 핵심 참모 중 로스쿨에 우호적인 참모를 배제할 것과 당선 후 청년 변호사들을 변협 집행부에 여러 자리 보장을 요구하였고, 위 요구대로 핵심 참모를 팽하고 더 많은 자리를 보장한 B 후보를 지지하자고 역설하였습니다.

변협 회장은 청년 변호사, 로스쿨 출신 변호사 등 전체 변호사들의 대표이므로 선거 캠프에 로스쿨에 우호적인 변호사가 있는 것은 매우 자연스러운 것입니다. 청년 변호사들이 사시존치를 주장하는 후보를 지지할 수는 있겠지만 몰표를 무기로 선거캠프 구성까지 관여하고 자리 보장을 요구하는 것은 수단 방법을 가리지 않는 정치판의 선거 브로커처럼 여겨집니다.

작년 가을, 문서 유출로 형사고발까지 되어 있는 변협 내 '사시존치 TF' 문건에는 야당 국회의원을 성향별로 나눠 접촉하고, 사시존치에 반대하는 의원의 지역구에서 시위를 계획하고, 고시생들을 조직적으로 동원해 국회를 압박하고 여론전을 펼치며, 로스쿨 1~3기 출신 변호사들의 주거지와 출신대학, 부모 직업 등이 등록된 데이터베이스를 협회장에게 보고하고 활용 방안을 모색한다는 내용 등이 들어있다고 보도되었습니다. 이는 여론을 조작하고 로스쿨 졸업생의 개인정보를 악용했다는 의혹이 제기되기도 하였습니다.

수차례의 회의와 점검을 거쳐 사시존치에 의한 치밀한 계획, 철저한 보안, 전방위적인 로비, 다양한 행동과 이벤트 등 사시 존치를 위한 대책과 전략, 로비 등이 정말 놀랍습니다. 수많은 청년 변호사들이 이렇게 치밀하고 집요하게 정략적으로 사시존치를 위해 집단의 힘을 사용하는 것이 정말 가치 있는 일이고 법치주의와 정의 실현에 도움 되는 일인지 공감하기가 매우 어렵습니다. 10년, 20년 후에 우리 법조, 우리나라의 동량이 될 청년 변호사들의 이런 모습을 볼 때 너무나 서글퍼집니다.

변협은 강력하게 사시존치를 추진하면서도 지금까지 사시존치에 대한 회원들의 여론조사를 실시하지 않았습니다. 사시존치 공약으로 당선되었지만 전국 회원의 20% 지지로 당선되었고 첨예하게 대립된 사안인 만큼 회원들을 상대로 당장 여론조사를 실시하여 의견수렴을 해야 합니다. 변협은 사시존치를 찬성하는 사람과 반대하는 사람을 모두 아우르는 단체이고, 회원들의 몇 %가 사시존치를 찬성하는지 알지 못한 상황에서 공약이라는 이유로 갈등과 대립만 조장하는 사시존치를 강력하게 추진하는 게 정당한 것인지 의문입니다. (《법률신문》 2016. 1. 28. '법조광장')

변호사의 변론권 침해는 헌법 위반이다

최근 한 달여 간 모든 언론이 이석기 의원 내란음모 혐의사건(이석기 사건)으로 도배됐다. 얼마 전 〈중앙일보〉는 이석기 사건을 변론하고 있는 변호인단 20여 명 중 주축 변호사 7명 명단과 소속, 경력을 공개하였다. 며칠 전에는 몇몇 보수단체 회원들이 변호인단이 속한 법무법인과 민변 앞에서 플래카드를 들고 이 변호사들을 규탄하는 시위를 하였다.

필자가 이석기 사건을 동조하거나 그를 두둔하는 것은 전혀 아니다. 이석기 사건은 현재 수사 중이므로 수사와 재판을 거쳐 유죄가 확정되면 그에 상응한 처벌을 하면 되는 것이다. 아무리 공안사범이라 하더라도 압수·수색 단계부터 생중계를 하고 피의사실을 공표하여 여론재판을 하는 것은 피의사실 공표죄와 공무상 비밀누설죄에 해당될 소지가 크고 공정한 재판을 받을 권리와 무죄추정의 원칙에 위배되는 것이다.

모든 피고인의 적법절차 보장, 진술 거부권, 변호사의 조력을 받을 권리, 무죄추정, 공정한 재판을 받을 권리는 헌법에 분명하게 규정되어 있다(12조·27조). 형사소송법은 단기 3년 이상에 해당하는 사건은 필요적 변호 사건이라 하여 변호인이 없으면 재판을 할 수 없도록 하고 있다(282조). 이는 곧 모든 범죄 혐의자는 법과 절차에 따라 수사와 재판을 받고 중한 죄일수록 반드시 변호사의 도움을 받으라는 의미이다. 흉악범이나 파렴치범, 공안사범이라 하여 이런 규정을 지키지 않아도 되고 죄질이 나쁜 사람들이므로 대충 수사하고 재판해서 엄벌에 처하라는 것은 더욱 아니다.

수사 과정에서 보통의 범죄자에게 적법절차를 어기거나 인권침해가 발생하는 경우는 매우 드물다. 불법적인 수사나 인권침해는 공안사범이나 흉악범, 파렴치범에 대한 수사에서 대부분 발생하므로 오히려 공안사범 등에게 위와 같은 헌법상의 규정들이 더욱 필요한 것이다. 피고인의 인권을 보장하는 법 규정이나 가치 있는 형사 판례는 대부분 공안사범 변호인들의 투쟁의 산물인 경우가 많다.

이석기 사건도 필요적 변호 사건일 뿐만 아니라 변호사를 선임할 수 있는 헌법상 권리가 있다. 또한 변호사 윤리장전에도 '변호사는 의뢰인이나 사건의 내용이 사회 일반으로부터 비난을 받는다는 이유만으로 수임을 거절하여서는 안 된다.'고 규정하고 있다(19조).

아마 거의 모든 변호사는 이석기 사건, 왕재산 사건, 서울시 공무원 간첩 조작 사건 등 공안사건을 의뢰받아도 사회적으로 비난받는 사건인데다 수임료도 거의 없고, 수천 쪽의 기록을 검토해야 하고, 재판도 수차례 진행해야 하는 등 시간과 노력, 비용이 너무 많이 소요되므로 수임을 거절할 것이다.

변호사가 연쇄 살인범이나 극악무도한 피고인을 변호한다고 해서 그 변호사가 살인행위를 용납하고 살인범을 동조해서 변호하는 것은 아니다. 마찬가지로 이석기 사건의 변호인단이 이석기 사건을 동조하거나 용납해서 변론을 하는 것은 아닌 것이다.

실비만 받고 수사·재판 과정에서 많은 시간과 노력을 기울여 헌법상의 적법절차를 보장하고, 변호사 윤리장전을 준수하며, 변호사로서 본연의 임무에 충실한 변호인단에게 칭찬과 격려를 보내야 한다.

언론에서 이석기 사건의 변호인단 명단과 소속 등을 공개하는 것은 위법의 소지가 크고 그 저의가 매우 의심스럽다. 또한 변호사 사무실 앞에서 벌이는 보수

단체의 시위는 변호인의 조력을 받을 수 있는 피고인의 헌법상 권리와 변호사의 변론권을 심하게 침해한 것으로서 매우 위험한 행동인 만큼 반드시 중단되어야 한다. (《한겨레신문》 2013. 9. 24. '시론')

우리의 사법정의, 한참 멀었다!

2013년 7월 1일 아침, H 신문 8, 9면을 보던 중 법조관련 뉴스 3건을 접하게 되었다. 3건 중 1건만도 모두가 사법정의를 심하게 훼손하는 일인데 3건을 한꺼번에 접하니 25년간 법조생활을 해 온 사람으로서 분통이 터지고 정말 부끄러웠다. 일반 국민들은 이런 사례를 보면서 무력감을 느끼고 사법기관을 도저히 신뢰할 수 없을 것이다.

첫 번째 뉴스는 이주노동자의 노동 3권 인정 여부에 대해 대법원이 6년 4개월째 판결하지 않고 침묵을 지키고 있다는 것이다.

미등록 이주노동자들은 임금체불이 되고 각종 인권침해를 당할 때 노동조합이 있으면 많은 도움을 받을 것이다. 서울고등법원은 2007년 2월, 불법체류 외국인이라 하더라도 우리나라에서 근로를 제공하고 임금을 받으며 생활하는 이상 노동조합을 설립할 수 있는 근로자에 해당한다며 미등록 이주노동자의 노동 3권을 인정한 판결을 내렸다. 국적에 따른 근로조건의 차별대우를 금지한 근로기준법, 조합원 자격과 관련해 인종 등에 의한 차별대우를 금지한 노동조합과 노동관계조정법, 노동자의 단결권 및 단체교섭권 등을 보장한 헌법을 근거로 들었다. 헌법과 법률에 비추어 보면 지극히 당연하고 타당한 판결이다.

법리판단 문제로 별로 복잡하지 않은 사건일 것이므로, 대법원이 쉽게 판결할 수 있을 텐데도 6년 4개월 동안 판결하지 않는 것은 이주노조의 출범을 꺼리는 정치적 판단에 의한 것으로 추측된다는 말에 동의하지 않을 수 없다. 국제노동기구도 이주노조를 인정하라고 여러 차례 권고하였다고 한다. 대법원이 이렇게 직무를 유기하고 있는 동안 이주노조 간부와 조합원들은 표적 단속이 되어 초대 지부장부터 6대 지부장까지 강제추방 또는 강제출국 되었다고 한다. 정을병의 풍자소설 《육조지》의 "판사는 미뤄 조지고, 검사는 불러 조지고, 경찰은 때려 조지고…… (생략)"라는 말이 실감이 난다.

두 번째는 '버티는 김학의에 두 손 든 경찰'이라는 뉴스다.

건설업자 윤 모 씨의 성 접대 로비 의혹을 받고 있는 김학의 전 법무부차관이 몇 차례 출석을 거부하며 경찰 소환에 불응하자 경찰이 체포영장을 신청하였으나 검찰이 기각하고 입원중인 병원을 방문해 조사하였다고 한다. 김 차관 측은 맹장 수술과 신경과 치료로 건강상태가 좋지 않아 출석할 수 없다는 것이다.

얼마 전에는 N 의원 남편 K 부장판사가 기소청탁과 관련한 경찰 소환에 3회에 걸쳐 불응하고 서면조사만 받았고, 이상득 의원이 여비서 계좌에서 발견된 출처 불명의 현금 7억 원에 대해 처음에 서면조사를 받고 여론의 질타를 받아 나중에 구속되었다. 이명박 대통령 아들 이시형 씨는 내곡동 사저구입과 관련하여 고발 당하였으나 서면조사만 받고 무혐의 처분되었다가 특검이 실시되었다. 어떤 피의자가 경찰이나 검찰에 소환되어 조사받고 싶겠는가? 모든 피의자가 서면조사나 방문조사를 받고 싶을 것이다. 경찰로부터 소환 요청을 받은 평범한 시민이 맹장 수술 받고 스트레스로 병원에 입원했다는 이유로 3차례 이상 소환에 불응해도 방문조사해 줄 것인가? 법무부 차관, 부장판사, 대통령의 형이나 아들 등 권력층에게만 왜 특혜를 주는가? '정의의 여신'이 강조하고 있는 것처럼 정의와 형평은 법의 중요한 양대 이념이다.

세 번째는 '전두환 동생 전경환, 8번째 형집행 정지' 뉴스다.

사기죄로 5년형을 선고받은 전두환 전 대통령의 동생 전경환이 2010년 5월 수감된 이래 1년간 복역한 것을 제외하고는 뇌경색 등 건강이 좋지 않다는 이유로 8번째 형집행 정지를 받아 병원생활을 하고 있다는 것이다. 최근에 여대생을 살해하고 무기징역을 선고받은 모 제분회사 사장 부인 윤 모 씨가 수차례 형집행 정지 결정을 받고 4년여 간 호화생활을 하였다는 보도로 국민들의 공분을 사고 있다. 꾀병도 있겠지만 전국의 교도소 수감자들 중 뇌경색을 비롯하여 다양한 병으로 건강이 좋지 않은 사람들이 수없이 많을 것이다. 이들은 한 번의 형집행 정지는 커녕 외부병원에서 진찰받는 것도 쉽지 않다고 한다. 그런데 전경환의 병력이나 건강상태에 대해 정확히 알 수는 없지만 3년 사이에 8번이나 형집행 정지를 해 준 것은 극히 이례적일 것이다. 조사를 해 보면 알겠지만 8번의 형집행 정지 중 상당수는 특혜성 형집행 정지가 아니냐는 지적에 공감이 간다. 위 3가지 사례를 접한 아침 매우 우울한 마음으로 출근하면서 우리나라에서 사법정의는 아직 요원하고, 아니 불가능한 것처럼 여겨졌다. (《법률신문》 2013. 7. 22. '법조광장')

한국 검찰의
부끄러운 자화상

지난 8월 2일 아침, 〈한겨레신문〉 8, 9면을 보던 중 검찰 관련 뉴스 3건을 접하게 되었다. 3건 중 어느 1건도 납득하기 어려운데 3건을 한꺼번에 접하니 27년간 변호사 활동을 해 온 사람으로서 분통이 터지고 너무나 부끄러웠다. 위 3건을 보면 최근 계속되는 검찰의 부패, 비리는 검사 개인의 일탈이라기보다는 검찰의 정의관념 실종과 정치적 편향 등에서 비롯된 구조적인 문제라고 여겨진다.

2013. 5. 〈한겨레〉가 입수해 공개했던 국정원의 '서울시장의 좌편향 시정 운영 실태 및 대응방향'(박원순 제압문건)은 전국경제인연합회 등 재계 단체와 저명교수와 논객, 언론은 물론 어버이연합 등 민간 극우 보수단체들을 활용해 박시장에 대한 비난여론을 조성하게 하는 등의 계획이 적힌 문건이다.

당시 민주통합당은 이 문건을 바탕으로 원세훈 전 국정원장 등 9명을 국정원법과 공직선거법 위반 등의 혐의로 서울중앙지검에 고발했다. 검찰은 같은 해 10. 국정원의 기존 문건과 글자 폰트나 형식이 다르므로 국정원이 작성한 문건으로 보기 힘들다며 사건을 각하 처리하였다.

지난 8월 1일 시사주간지 〈시사인〉은 복수의 전직 국정원 핵심 관계자들의 말을 인용해 위 박원순 제압문건이 국정원에서 작성된 문건이고, 위 문건에 나온 그대로 기획하고 실행했다고 보도하였다.

두 번째는 SNS의 유령계정을 동원해 세월호 참사에 대한 부정적인 여론을 조직적으로 유포해온 정황이 드러난 보수단체 간부가 2014. 8.부터 2015. 4.경까지 자신의 트위터를 이용해 "이재명 성남시장은 종북 수괴이며 북한 지령을 이행하고 있고, 북한 사이버 댓글 팀이 성남시장 선거를 도왔고, 세월호 사건을 선동해 지방선거에서 당선됐다."는 등의 글을 수시로 올렸다. 이것이 사실이라면 중대한 공직선거법 위반일 뿐만 아니라 성남시장에 대한 엄청난 명예훼손과 모욕죄가 성립되고 죄질도 극히 불량하다.

성남시장이 2015. 5. 위 간부를 상대로 명예훼손과 모욕죄로 고소하자 서울중앙지검은 2015. 12. 증거 불충분으로 무혐의 결정을 하였다. 이 시장이 2016. 3. 서울고법에 재정신청을 하자 서울고법(형사 27부)은 2016. 7. 15. 재정신청 결정문에 이례적으로 "증거자료를 보면 이 사건은 충분히 유죄로 인정할 수 있다고 판단된다."고 표현하며 공소제기를 결정하고 재정신청을 받아들였다.

조그만 시사 주간지도 국정원이 작성한 문건이라고 쉽게 밝혀내고 있고, 수사권도 없이 기소 여부를 판단하는 법원도 충분히 유죄를 인정할 수 있다고 판단한 사건을 막강한 조직과 수사력을 가진 검찰이 수사의지만 있었다면 얼마든지 밝혀낼 수 있었을 것이다. 수사 의지가 있었음에도 밝혀내지 못했다면 검찰의 무능을 만천하에 드러낸 것이고, 혐의가 인정되는데도 정권의 눈치를 보고 무혐의 결정을 하였다면 검사가 출세를 위해 영혼을 파는 것으로 볼 수밖에 없다.

세 번째는 검찰이 지난 6. 20. 검사장 출신의 홍만표 변호사를 변호사법 위반, 탈세 등의 혐의로 구속기소하면서 대한변협에 홍 변호사에 대한 징계개시를 신청했다. 변협은 홍 변호사에 대한 징계 개시 여부를 검토하면서 지난 6월말 중앙지검에 홍 변호사의 몰래 변론 목록을 제공해 달라는 사실조회를 하였다. 검찰은 정식으로 답변하지 않고 사적으로 답변하면서 몰래 변론은 수사도 하지 않았고, 변협에 요청한 징계요구 대상에 포함되지 않았으며, 사건 관계자들도 공개되기를 원하지 않고 목록이 없다며 제출을 거부하였다고 한다.

선임계를 내지 않고 한 몰래 변론은 전관 변호사들이 부정한 방법으로 사건에 영향을 끼치거나 탈세 등의 목적으로 이용하여 변호사법 위반이고 과태료 부과 대상이다. 몇 달 전에도 검사장 출신 변호사 2명이 선임계 미제출로 각 2,000만 원의 과태료 징계를 받았다. 몰래 변론은 범법행위이고 과태료 부과 대상이므로 검찰은 당연히 징계요구 대상에 포함시켜야 한다.

공소제기가 되지 않아 징계요구 대상에 포함시키지 않았고, 징계요구 대상이 아니므로 자료 제출을 할 수 없다는 것은 구차한 변명이고 형평성에도 매우 어긋난다. 검찰은 2014년 간첩 조작 사건과 세월호 집회 사건을 변론했던 민변의 장·김 변호사에 대해서는 공소제기는 물론 수사조차 전혀 이루어지지 않았는데도 변협에 징계개시 신청을 하였다. 변협이 징계개시와 이의신청을 모두 기각하였는데도 법무부가 징계절차 개시결정을 하였다. 위 두 변호사가 행정소송을 제기하여 승소하였으나 법무부는 항소까지 하면서 집요하게 다투고 있다.

전 국민의 분노를 사고 있는 홍 변호사의 62건이나 되는 몰래 변론 행위에 대해 징계개시 신청도 하지 않고 자료 제출도 거부하는 모습은 제 식구 감싸기에 급급하고 너무나 편향적이다. 몰래 변론에 대한 자료 제출 거부는 62건의 몰래 변론 과정에서 검찰의 부당한 업무처리가 드러날까 두려워 목록을 숨기고 싶은 것이다.

위 3가지 사례를 접한 아침, 매우 우울한 마음으로 출근하면서 우리 검찰의 정의와 법치사회 구현은 요원하고, 아니 불가능한 것처럼 여겨졌다. (《대한변협신문》 2016. 8. 29. '자유기고란')

법무, 검찰의 법과 제도 개선을 위한 몇 가지 제언

오랫동안 변호사로 활동하면서 수사나 검찰 제도 운영, 검찰 인사 등에 많은 문제가 있음을 보았는데 그 문제점을 살펴보고 법과 제도 개선을 위한 몇 가지 제언을 하고자 한다.

첫째, 검찰청법을 개정하여 검사 보직에 대통령이나 청와대 관여를 없애야 한다.

검찰청법은, 검사의 임명과 '**보직**'은 법무부장관의 제청으로 대통령이 한다고 규정하고 있다(34조 1항). 오랫동안 검찰 주요 간부 인사 때마다 검사장 승진이나 주요 보직에 청와대 등이 깊이 관여하고 큰 정치적 사건을 처리하거나 청와대 파견근무 경력이 있는 검사가 인사에서 혜택을 입었고 정치 편향적인 인사라는 비판이 많았다.

검찰청법은, 검사는 정치적 중립을 지켜야 한다고 규정하여(4조 2항) 검사의 정치적 중립의무를 명문으로 강조하고 있다. 검사는 행정부 소속 국가기관이므로 행정부 수반인 대통령이 검사를 임명하는 것은 당연하다고 볼 수 있으나 검사 보직까지 대통령이나 청와대가 관여할 필요가 없고 관여해서는 안 되며, 법무부장관이 해야 된다고 본다. 대통령의 검사 보직권을 삭제하도록 검찰청법을 개정하여 사전에 검사의 정치 편향이나 청와대 관여를 방지하고 검사가 공정하고 공평하게 직무를 수행할 수 있는 환경을 조성할 필요가 있다.

둘째, 기소유예 처분에 대해서도 헌법소원 이외의 불복방법을 마련해야 한다.

치열하게 무죄를 다투는 피의자가 기소유예 처분을 받으면 헌법소원 이외에 달리 불복 방법이 없다. 헌법소원은 헌법재판 특성이나 입증 한계 등으로 무죄를 다투며 기소유예 취소를 구하기가 매우 어렵다. 폭행 범죄 등 상당수는 기소유예 처분에 만족할 것이다. 그러나 의사, 약사, 유치원 교사 등이 사소한 위반행위로 위법 여부를 다투는데, 기소유예를 받으면 상당기간 영업정지 처분을 받는 등 심한 불이익을 입는다. 약식명령에 대해 정식재판 청구가 가능한 것처럼 기소유예 처분도 재판으로 무죄를 다툴 수 있는 기회를 부여해야 한다.

셋째, 대법원의 사건검색 사이트처럼 검찰도 형사사건 검색 사이트를 만들어 국민들에게 편의를 제공해야 한다.

대법원 사건검색 사이트는 사건번호와 재판부, 원·피고 소송대리인, 피고인의 변호인, 재판 기일과 진행 절차 등을 공시하여 당사자와 대리인(변호인)이 무척 편리하다. 검찰도 형사사건 검색 사이트에 사건번호, 담당 검사, 검찰 송치일, 피의자와 변호인, 고소인과 대리인, 압수수색 일시와 피의자, 참고인(비실명) 소환 일시, 기소와 불기소 여부 등을 공시하면 사건 관계자들이 매우 편리할 것이다. 검찰의 늑장수사, 고위직 검사 출신 변호사의 선임계 미제출과 전화변론, 전관예우 방지 등에도 상당한 효과가 있을 것이다.

검찰은 수사의 신속성과 밀행성, 수사방해, 프라이버시 보호 등을 이유로 강력하게 반대할 가능성이 많다. 수사의 신속성, 밀행성이 필요한 경우는 압수수색 등 강제처분이나 참고인 조사 후 상당 기간(1, 2주) 경과 후 공시하면 될 것이다. 수사방해는 적정하게 제재를 가하면 될 것이고 프라이버시 보호는 인증절차나 보안 기능강화 등 기술적으로 충분히 보완이 가능할 것이다. 현재 대검에 형사사법 포탈 사건조회 사이트가 있지만 공시사항이 매우 한정되어 있다. 사이트

접속 절차를 간소화하고 공시사항을 확대하고 보안사항을 보완하면 빠른 시일 내에 시행할 수 있을 것이다.

넷째, 더 이상 검사들의 외부기관 파견은 금지되어야 한다.

검찰이 행정부처 등 외부기관에 검사를 파견하게 된 배경 등은 알 수 없으나, 아마 과거에 이들 외부기관에 법률 전문가가 없어 법규 해석이나 적용, 분쟁 예방 및 분쟁 발생 시 대응, 인권침해 방지 등을 위해 검사가 필요했고 검사가 나름대로 역할을 했을 것이다. 지금은 이들 기관에 대부분 법무팀과 법률 전문가들이 많아 파견검사가 하던 업무를 충분히 수행하기 때문에 파견검사들이 할 역할은 거의 없다고 한다. 1, 2년 근무하다 검찰로 복귀하므로 전문성이 부족하고 책임감도 없고, 파견검사가 인맥 형성에 관심이 많고 로비 창구가 되기도 한다고 한다. 파견검사가 각 기관 정보 수집이나 사찰로 이어져 정치적 중립성을 훼손한다는 지적도 있었다. 2013년 국정원에 파견된 검사들이 불법을 방지하거나 시정하기는커녕 오히려 '국정원 댓글 사건' 수사를 방해한 혐의로 일부 검사는 구속 기소되고 검사와 변호사가 자살하는 부작용만 발생하였다.

행정 부처나 공공기관 등에 법률 전문가가 많아 검사를 파견할 필요성이 전혀 없고 부작용만 발생하므로 검사들의 외부기관 파견은 금지되어야 한다. 2017년 9월 기준으로 국가정보원을 비롯한 28개 기관에 63명, 외국에는 주미대사관 등 10개 기관에 10명 등 총 73명이 법률자문과 사법정책 보좌, 법무협력 등을 이유로 파견되어 있다. 검찰은 부족한 수사 인력을 탓하지 말고 위 중견검사 73명을 수사현장에 투입하면 수사 인력도 확충되고 다른 검사의 업무 부담도 크게 줄게 될 것이다.

다섯째, 법무부 인사제도를 정실이나 비선을 배제하여 시스템화하고 공정하고 투명하게 운영하도록 하자.

인사를 총괄하는 검찰국장이 자신의 성추행 피해 검사에게 직권을 남용하여 인사권을 행사한 죄로 재판이 진행 중이다. 2번의 재공모 끝에 임용된 법무부 감찰관이 연임하여 임기를 1년 남겨 둔 상태에서 인사 업무와 무관한 법무부 간부가 감찰관에게 사퇴를 권유하여 결국 사직하였다. 후임 감찰관의 공모절차 진행 중에도 인사 업무와 전혀 무관한 인권국장이 면접을 통과한 2명(통과자 3명 중 1명은 개인사정으로 자진철회) 중 유력 후보자를 밤에 찾아가 여러 가지 황당한 이유를 제시하며 포기를 종용하였다.

공정하고 정의사회 구현이 목표인 법무부가 비선이나 사적 감정, 비공식적으로 인사 절차를 진행하지 말고 누구나 납득할 수 있는 합리적인 인사 기준을 마련하고 시스템에 따라 공정하고 투명하게 인사절차를 진행하기 바란다. (《법률신문》 2018. 9. 13. '법조광장')

특별재판부 구성은
위헌의 소지가 전혀 없다

　지난 25일, 법원 내부통신망에 올린 현직 고법 부장을 비롯한 일부 판사들과 정치권에서 사법행정권 남용 '특별재판부' 구성이 위헌 소지가 있다고 문제를 제기하나, 필자는 위헌 소지가 전혀 없다고 본다. 특별재판부는 대한변협, 법원 판사회의가 추천하는 각 3인, 학식과 덕망 있는 시민 3인 등 9인의 '특별재판부 후보 추천위원회'를 대법원에 두고 위원회가 현직 판사 중에서 2배수로 추천하면 대법원장이 3명을 임명하고 이들로 구성된 재판부에서 사법농단 사건을 담당한다.

　특별재판부 구성 배경은 사법농단 사건이 배당될 서울중앙지법 형사 합의부 7개부 중 5개부 재판장이 사법농단 조사 대상이거나 피해자라는 점이다. 일반 사건은 압수수색 영장 발부율이 90%지만 사법농단 사건은 단 한건도 온전히 발부된 적이 없고 발부율도 10%에 불과하고 기각 사유도 정말 납득하기 어렵다. 이런 상황에서 서울중앙지법 형사 합의부가 사법농단 재판을 담당하면 공정성을 담보할 수 없고 국민들도 그 결과를 승복할 수 없을 것이다. 공정한 재판을 담보하기 위해 사법농단 사건과 관련 없는 현직 판사들 중 변호사, 판사, 국민들이 신뢰할 수 있는 사람들로 재판부를 구성하자는 것이다.

　특별재판부는 국민 대표기관인 국회가 법을 제정하고 판사회의에서 선출한 판사들도 포함된 추천위원회에서 추천한 판사들 중 대법원장이 임명한 현직 판사들로 재판부를 구성하는 것으로서 국왕이 순간의 기분에 따라 담당 법관을 정한 것도 아니고, 이미 재판을 진행하고 있는 법관이 마음에 들지 않는다고 다른 사람으로 바꾸는 것도 아니며, 사건을 자신이 직접 결정한 것도 아니므로 위 부장판사가 언급한 상황과는 전혀 다른 것이다.

국회는 서울 중앙지법(서울고법)에 현직 판사들로 특별재판부를 구성하는 절차만 제정할 뿐 특별재판부 구성이나 재판에는 전혀 관여하지 않고 영향력을 행사할 수도 없으므로 사법권, 법관 자격, 재판을 규정하는 헌법(101, 103조)이나 3권 분립에도 전혀 위반되지 않는다. '어떤 하나의 사건만을 재판하기 위해 예외법원을 설치하는 것은 금지된다.'는 비판은, 특별재판부는 사법농단 사건을 재판하는 한 개의 형사 재판부로서 일종의 업무분장에 불과하고 군사법원 같은 특별법원(110조)은 전혀 아니므로 사실을 오인한 것이다.

현재 법원은 접수된 사건을 무작위 전자배당을 하고, 무작위 배당이 공정한 재판을 담보하는 중요한 제도인데 특정 사건을 인위적으로 특정 재판부에 배당하는 것은 문제라고 지적한다. 무작위 배당절차는 법원 내부의 예규에 불과하고, 재판부와 변호인이 연고가 있는 경우 인위적으로 재배당하고(안희정 사건), 신설 재판부에 인위적으로 사건을 배당한 사례(이재용 항소심)처럼 재판의 공정성을 담보할 수 없거나 필요한 경우 예외가 많다. 사법농단 사건의 경우 공정성을 기대하기가 매우 어려운 만큼 특별재판부에 배당하는 것은 전혀 문제가 되지 않는다.

일부에서 사법농단 사건을 전담하는 특별재판부를 구성하는 선례를 남기면 특검처럼 향후 정치적 사건에 대해 특별재판부를 구성하자는 주장이 많을 것으로 우려한다. 사법농단 사건은 수십 명의 전·현직 고위판사가 당사자이거나 조사대상이고 재판을 담당할 합의부 재판장 상당수가 사법농단 사건과 직·간접적으로 관련 있는 매우 특수한 경우여서 극히 예외적으로 특별재판부를 구성하는 것이다. 앞으로 이번 같은 사법농단 사태는 발생해서도 안 되고 발생하지 않을 것이고, 특별재판부 구성은 최대한 자제해야 하므로 이런 우려는 하지 않아도 된다. (《한겨레신문》 2018. 10. 30. '시론')

미온적인 검찰의 수사권 조정

　새 정부 출범 후 검찰개혁이 최대 화두였으나 사법농단 사태와 국회사법개혁특별위원회 구성이 늦어져 최근에야 논의 중이다. 수사권 조정 논의 지연은 야당의 소위원회 구성 비협조와 검찰의 미온적 태도, 법무부 장관의 개혁의지 부족과 리더십 부재 등이 어우러진 것이다.

　검찰은 여러 구실을 대며 수사권 조정에 미온적이다. 지난해 6월 21일 법무부와 행정안전부 두 장관이 협의하여 검경 수사권 조정 합의문을 발표하였다. 법무부는 이후 정부안을 제출하지 못했고, 백혜련 의원(더불어민주당)이 대표 발의한 형사소송법 및 검찰청법 개정안이 사실상 정부안으로 밝혀졌다.

　검찰은 수사권 조정에 소극적 태도를 보이면서 자치경찰제가 선행돼야 하고, 경찰 수사 시 인권침해가 많이 발생하므로 인권보호 기관인 검찰의 사법적 통제가 필요하고, 부패범죄나 경제범죄 등 중요범죄는 경찰이 제대로 수사할 수 없으니 검찰이 일차적으로 직접 수사해야 한다고 한다.

　자치경찰제 도입은 필요하지만 반드시 선행되어야 할 제도는 아니고 수사권 조정 이후 실시해도 별다른 문제가 없다. 자치경찰제를 꼭 수사권 조정과 연계할 필요는 없으며 지연 전략으로 보일 뿐이다.

　수사는 압수, 수색과 체포·구속을 필요로 하므로 항상 인권침해 우려가 있다. 경찰은 수사의 97%를 담당하고 초동 수사를 하므로 인권침해 빈도는 검찰보다 높을지 몰라도 수사사건 수 대비 인권침해 비율이나 침해 정도는 검찰이 결코 경찰에 뒤지지 않을 것이다. 2005년부터 2014년까지 검찰 수사를 받던 중 자살한 사람만 108명이고, 국가인권위원회가 2016년 검찰에 자살방지 대책을 마련하라고 촉구하기도 했다. 현재 검찰 과거사위원회가 조사하는 사건에서도 검찰의 부실수사, 인권침해가 여실히 드러나고 있다. 검찰이 경찰보다 인권보호 측면에서 낫다고 볼 수는 없다. 물론 경찰 수사 시 발생할 수 있는 인권침해 예방과 통제를 위한 제도는 마련되어야 하나, 수사권 조정에 미온적인 이유가 될 수는 없다.

백 의원 안은 검찰의 직접 수사 대상으로 부패범죄, 경제범죄, 공직자 범죄 등 중요범죄를 규정하고 있다. 검찰은 경찰이 중요범죄에 대해 경험과 능력이 부족하므로 검찰이 직접 수사해야 한다고 한다. 초기에는 경찰이 중요범죄에 대해 경험이 부족해 미흡할지 모르지만 우수한 인력 채용, 전문 교육, 경험 축적 등으로 얼마든지 해결할 수 있다. 세계적으로 유례없는 검찰의 수사와 기소권 독점으로 인한 검찰권 남용의 폐해를 방지하기 위해 수사와 기소 분리를 통한 견제와 균형의 원리를 실현하려는 수사권 조정의 기본이념에 반하는 검찰의 직접 수사는 가능한 한 지양해야 하며 장기적인 관점에서 접근해야 한다.

2000년, '진료는 의사가, 약은 약사가' 하는 의약분업 때 의사들은 기득권을 뺏기지 않으려고 집단 휴업을 하면서 거칠게 반대했다. 의사들은 약사들의 조제 실력이 부족하고, 약품 오남용이 우려되며, 국민의 건강권이 심각하게 침해될 우려가 있다는 이유로 반대했다. 초기에는 불편함과 약간의 시행착오가 있었지만 지금은 정착되어 잘 시행되고 있다. 수사는 경찰, 기소는 검찰이 하도록 수사권을 조정하려고 하자 기득권을 유지하려는 검찰의 여러 미온적인 태도를 보면 의약분업을 반대하던 의사들 모습이 떠오른다. 통제되지 않고 수사와 기소권을 독점 행사하는 검찰권의 오남용을 막기 위해서는 반드시 수사권 조정이 이루어져야 한다. 검찰은 국민의 70%가 수사권 조정을 찬성하는 현실을 직시하고 적극 협조하기 바란다. (《한겨레신문》 2019. 1. 4. 기고)

대한변협에 대한
언론의 오해와 무책임

〈동아일보〉는 『민변이 접수한 변협, '反법치 세월호 법안' 만든 책임 크다』는 제목의 사설(9월 2일자)에서 "현 대한변협 위철환 회장이 선거과정에서 민주사회를 위한 변호사 모임(민변)의 도움을 받으면서 변협 집행부 구성과 운영에 민변의 입김이 강하게 작용하였고, 변협이 '반법치적 세월호 법안'을 만든 것도 민변의 입김 때문인 것 같다는 말이 나온다."고 보도하였다. 〈중앙일보〉도 같은 날 새누리당 의원의 말을 빌려 '민변이 변협 접수에 성공했다는 말이 나올 정도', 또는 다른 당 관계자의 입을 빌려 "민변이 사실상 위 회장을 밀었고, 이후 집행부에 진보성향 인사들이 대거 들어온 것으로 안다."고 보도하였다.

〈데일리안〉은 『세월호법 강경 이유가…… 민변이 변협 지도부 장악?』의 기사에서(8월 28일자) "현 변협 회장이 민변 지지로 첫 직선제 회장에 선출되고 핵심 상설위원도 진보성향 인사들로 구성되어 변협의 정치적 성향이 한 쪽으로 기울고 있고 위철환 회장이 사실상 민변의 영향을 받고 있다는 점을 시사한다."고 보도하였다. 민변의 일부 회원들이 협회장 선거 시 현 회장을 지지한 것은 사실이다. 그러나 부협회장, 상임이사, 사무처장, 감사, 대변인 등 30여 명의 변협 집행부에 민변 변호사는 인권이사인 필자 1명에 불과하고, 인권위원회에서 의결된 인권관련 안건이 집행부 회의에서 수차례 부결되었고, 필자 혼자 고군분투하여 안타깝다고 한 사람이 주위에 많다. 변협 세월호 특위의 주요 간부인 두 명의 공동위원장, 대변인, 진상조사단장 등도 모두 민변 회원이 아니다.

민변이 변협 집행부 구성과 운영에 영향을 미칠 수도 없고 미친 적도 없다. 무슨 근거로, 민변이 변협을 접수하였고, 지도부를 장악하였으며, 반법치나 강경한 세월호법이 변협 집행부를 장악한 민변 때문이라는 허위 사실을 보도하는지 이해할 수가 없다. 언론사나 기자의 제1의무는 팩트의 진실 여부를 확인하는 것이다. 30여 명의 변협 집행부 중 한두 사람에게만 확인해도 바로 알 수 있을 텐데 이렇게 사실 확인을 소홀히 하고 자극적인 제목을 뽑는 우리 언론의 현주소를 보는 것 같아 씁쓸하다.

〈조선일보〉는 사설에서(9월 2일자) "변협이 의견대립이 되는 사안에서 특정 세력에 편향된 주장을 하려면 법정 공익단체의 지위를 포기하고 시민운동 단체로 나서는 게 옳다."고 하였다. 다른 언론들도 변협이 마련한 수사권·기소권을 담은 세월호 특별법이 헌법에 위반되고 형사 사법의 근간을 흔드는 것이며 정치 편향적이라고 호되게 비판하였는데, 이는 사실을 오인한 것이다. 헌법에는 기소권에 대한 규정이 없고, 형소법에 국가소추주의가 규정되어 있을 뿐이고, 수사권은 '특별사법경찰관리' 제도에 따라 이미 50여 개 관련 공무원에게 부여돼 있으므로 헌법 위반은 아니라고 본다. 이명박 내곡동 특검 때 야당에 특검 추천권을 준 전례가 있고, 1949년 반민특위는 수사권과 기소권은 물론 재판권까지 가졌으며, 지난 15년간 11차례의 특검에도 수사권과 기소권을 부여하였으므로 세월호 특별법은 입법기관인 국회가 합의하면 법치주의 위배는 문제되지 않는다. 이에 대한 법적 견해가 다를 수는 있다. 대표적인 인권옹호 기관인 변협은 의견대립이 되는 사안에 대해서도 합리적인 근거가 있고 옳다고 생각하면 의견표명을 할 수 있고 의견표명을 해야 한다. 이전에도 4대강 공사, 상설특검제, 대법관 증원, 로스쿨 도입 등 의견대립이 있는 사안에 대해서 의견표명을 한 적이 여러 번 있었다.

세월호 참사의 진상규명과 재발방지를 위한 특별법을 제정하기 위해 변협은 유가족의 법률 대리인으로서 유가족의 의견을 반영하고 국회 공청회, 설명회까지 거쳐 세월호 특별법 초안을 만들어 유가족이 입법청원하였다. 특별법의 구체적인 내용은 여야 국회의원들이 논의를 통해 결정할 문제이고, 입법 논의과정에서 여야가 갈등과 논쟁을 벌이는 것은 흔한 일이다. 정쟁이 발생하고 협상이 지연되는 것은 여야 의원들이나 정부의 책임이지 변협과 무슨 관련이 있는가? 무슨 근거로, 변협이 정치적으로 편향되었다는 것인지 도무지 이해할 수 없고 무책임하다. (〈법률신문〉 2014. 10. 23. '법조광장')

* H신문에 기고하였으나 게재해 주지 않았는데 같은 언론사로서 동종 업계의 문제점을 지적하는 글을 게재하지 않는 것으로 보여 H신문에 대한 실망이 너무 컸다. 〈법률신문〉은 흔쾌히 게재 승낙을 하였으나 〈동아〉, 〈중앙〉, 〈조선일보〉를 D, J, C일보로, 〈이데일리신문〉을 E 인터넷 신문으로 표기하고 기사 게재 일을 생략하였다.

지난 1년간 법치주의의 현저한 후퇴

* 대한변협이 2014. 1. 주최한 '박근혜 정부 1년간의 법치주의에 대한 평가' 토론회에서 정성진 전 법무부장관의 발제문 '인권과 공공질서 - 한국 법치주의의 딜레마'에 대한 필자의 토론문임.

1. 글머리에

발제자는 법학 교수와 법무부 장관을 지낸 풍부한 지식과 경험을 토대로 법치주의의 의미와 역사, 법치주의의 정착을 저해하는 요인, 법치주의의 정착을 위한 대책 등에 대해 충실한 논거를 제시하며 성실하고 자세한 발표를 하였고 수긍이가는 부분도 많다.

이번 토론회는 '박근혜 정부 1년간의 법치주의에 대한 평가'인데 법치주의에 대한 이론적인 접근에 치우치고 지난 1년간 박근혜 정부의 법치주의 운용 실태에 대한 현황 파악이나 분석, 평가가 부족한 점은 아쉬운 부분이다.

법치주의의 확립은 자유민주적 기본질서를 실현하는 중요한 요소이고 헌법정신을 구현하는 것이다. 성숙한 민주주의는 인권이 존중되는 법치가 뿌리를 내려야 하고 권력을 행사함에 있어서도 국민의 자유와 인권을 최대한 보장하는 것이다. 이명박 정부와 박근혜 정부의 보수정권이 출범하면서 법의 이름을 앞세워 법치 질서를 심각하게 훼손하고 인권과 헌법상의 기본권을 유린하고 있어 몹시 우려스럽다. 박근혜 정부는 집권 후 공안 정국을 조성하고[1] 공권력을 남용하여 헌법상 사상의 자유나 표현의 자유, 집회 및 시위의 자유, 노동 3권 등 헌법상의 여러 기본권을 심각하게 침해하고, 적법절차를 준수하지 않은 것을 보면 박근혜 정권 사람들이 법치주의나 헌법 정신을 제대로 구현할 의지가 있는지 의문이 간다.

2011년 영화 '부러진 화살'이나 최근 1,200만 관객을 넘긴 '변호인'이 대박을 터뜨린 것은 재판과 수사의 불공정성, 사법 정의와 법치주의 실종과 같은 한국 사회의 최근 현실이 영화를 통해 투영되어 국민들의 큰 호응을 얻은 것이라고 본다. 필자는 법치주의에 대한 이론적인 접근보다 지난 1년간 박근혜 정부의 법치주의 운용 실태에 대한 분석, 평가에 주안점을 두고 토론해 보겠다.

2. 법치주의 의의, 내용과 필요성

법치주의란 '인(人)의 지배'나 '힘에 의한 통치'가 아니라 '법에 의한 지배(Rule of Law)'를 말한다. 법치국가는 국민의 자유를 제한하거나 의무를 부과할 때 국민의 대표기관인 국회가 제정한 법률에 근거를 두고 법률에 따라 이루어져야 한다. 또한 법치국가에서 법률은 국가권력의 발동 근거일 뿐만 아니라 국가권력을 제한하고 통제하는 헌법상 원리로 해석되고 있다.

우리 헌법이 채택하고 있는 법치주의 원리는 법률의 형식만을 중시하는 '형식적 법치주의' 내지 '법률 만능주의'가 아니라 그 법률의 목적과 내용 또한 기본권 보장의 헌법 이념에 부합하여야 하며 자유, 평등과 정의를 실현시키는 '실질적인 법치주의'를 의미하는 것이다.

---

1. 2013년 국가보안법 위반사범이 늘고 구속률과 기소율이 늘어나고 기소율 85.5%는 16년 만에 최고이며, 이는 정부가 종북·공안몰이를 한 결과라는 분석(《오마이뉴스》 2014. 2. 5.)과 대통령 비서실장, 민정 수석, 법무부 장관을 모두 공안전문 검사 출신으로 임명하였다.

법치주의란 일반적으로 인간에 대한 불신을 근거로 자의적, 폭력적 지배를 배제하고 국민의 의사에 따라 제정된 법에 의한 지배를 요구하는 통치원리로 이해되고 있다. 그 필요성은 입법자의 자의를 금지하며 규범의 명확성, 예측 가능성 및 규범에 대한 신뢰와 법적 안정성을 확보하기 위한 것이고, 이는 국가 공권력에 대한 통제와 이를 통한 국민의 자유와 권리의 보장을 이념으로 한다.

법치주의의 일반적인 내용은 대체로 기본권 보장, 권력분립, 적법절차의 보장, 사법적 권리보장, 포괄적 위임입법 금지, 신뢰보호의 원칙과 소급입법 금지, 과잉금지 원칙, 성문헌법, 의회 민주주주의 제도 등이 있다.

3. 법치주의 훼손의 구체적 사례

국정원 직원의 대통령 선거개입 사건

검찰의 직무는 범죄수사를 하고, 공소를 제기하고 유지하여 법령의 정당한 적용을 청구하여 재판 집행을 지휘 감독한다(검찰청법 제4조 제1항). 검사는 범죄혐의가 인정되는 경우 지위고하, 여야를 막론하고 정치적 중립을 지키고 권한을 남용해서는 안 되고(동법 제4조 제2항), 철저히 수사하여 범죄자에게 범죄에 상응한 처벌을 하여 거악을 척결하고 사회 질서를 유지하는 것이 주된 역할이다.

법무부 장관이나 검찰 고위 간부는 검찰총장과 수사팀장 등과 마찰과 갈등을 일으키고, 베테랑 수사팀이 모의재판까지 하면서 철저히 준비하고 수사하여 국정원장 등을 공직선거법 위반 등으로 기소하려 하자 수사에 협조를 하지 않고 기소를 지연시키면서 방해하였다. 결국 공직선거법 위반 등으로 기소하자 검찰총장을 직무와 무관한 일로 낙마시키고, 수사팀장을 징계까지 하면서 교체하고, 공소유지 검사마저 이동시켜 수사나 공소 유지의 의지가 있는지 의심스럽고 직무유기에 가깝다.

서울시 전 공무원 간첩 사건 증거 조작

지난해 국정원과 검찰은 유우성 씨를 '서울시에 암약한 간첩'이라고 대대적으로 발표하고 국가보안법 위반으로 구속기소하였다. 핵심 증거였던 여동생의 국정원 합동신문센터에서의 진술이 조작되었다는 사실이 밝혀지면서 1심에서 무죄가 선고되었다.

검찰이 항소심에서 무죄를 뒤집기 위해 재판부에 제출한 3개의 공문서, 유우성 중-북출입경기록(화룡시 공안국 문서), 유우성 중-북 출입경기록 발급 확인서(화룡시 공안국 문서), 유우성 중-북 출입경기록 관련 정황설명 확인서(삼합 변방검사참 문서)가 위조임이 밝혀져 충격을 주었고, 국민들로 하여금 검찰 수사나 공소 제기에 커다란 불신을 초래하고 중국 정부가 공문서 위조 범죄에 대해 조사할 예정이니 협조해 달라고 하는 등 국가의 위신이 현저히 손상되었다.

변호인들이 변론과정에서 수차례 위 서류들의 위조 의혹을 제기하며 발급 경로, 입수자, 문서의 진위 확인 등을 요청하였으나 검찰은 진실한 문서라고 하면서 발급 경로나 검찰에 제출자 등은 밝히지 않았다. 검찰이 자료를 입수할 당시 중국 쪽에 미리 문서의 진위를 확인했다면 진위 여부를 얼마든지 확인할 수 있었을 것이다. 또한 〈한겨레신문〉(2014년 2월 17일자 4면, 2월 18일자 사설)은 국정원과 검찰이 공문서 위조를 알고도 위 서류들을 재판부에 제출했을 가능성을 지적하고 있다.

중국 정부에서 위조라고 회신한 후에 검찰, 국정원, 외교부 모두 납득할만한 설명을 하지 못하고 서로 책임 떠넘기기에 급급하다. 수사기관의 증거위조는 심각한 범죄다. 국가보안법은 다른 사람을 형사처분을 받게 할 목적으로 국가보안법상의 죄에 대하여 증거를 날조, 인멸, 은닉한 자는 그 범죄에 정한 형에 처하도록 하여(국가보안법 제12조), 일반 공문서 위조죄나 증거 인멸죄보다 훨씬 가중 처벌하고 있다.

2010년 일본 오사카에서는 기소 내용에 맞추어 압수물의 날짜를 바꾼 검사는 물론 이를 묵인하고 허위 보고한 부장, 부부장 검사까지 구속기소 되었다고 한다. 증거조작 여부를 철저히 수사하여 위법행위가 드러나면 반드시 상응한 처벌을 해야 할 것이다. 법치사회에서 공신력 있는 최고의 수사기관인 검찰과 국정원이 간첩 사건의 유죄 인정을 위해 타국의 공문서를 위조한 범행까지 한 것을 보면 정말 무섭고 희망이 없는 사회라고 여겨진다.

전교조에 대한 법외 노조 통보

2013. 9. 23. 고용노동부는 전교조에게 규약 시정명령과 미이행 시 노조의 자격을 인정하지 않겠다(법외노조)고 통보하였다. 전교조 조합원 수는 6만여 명이고 활동 중인 해직자는 9명 내외로서 전체 조합원의 0.015%에 불과하다. 해직교사 9명의 활동을 이유로 6만 교원이 가입한 헌법상의 자주적 단결체인 교직원 노동조합의 법적 지위를 박탈하는 것은 헌법 제37조 제2항에서 규정한 본질적인 내용 침해 금지와 과잉금지의 원칙 위반이고, 깃털 하나로 몸통을 흔드는 격이다.

교원노조법 제2조 규정 자체가 단결권의 취지에 정면으로 위배되어 위헌적임은 물론이다. 국제적으로도 해직자의 조합원 자격을 부정하고 있는 외국 입법례도 없고, ILO 결사의 자유위원회는 우리 정부에 "조합원 자격요건이나 조합임원 자격요건의 결정은 노동조합이 재량에 따라 정할 문제이지 행정당국이 개입해서는 안 된다."며 조합원 자격 제한 규정을 폐지할 것을 수차례 권고한 바 있다.

우리 법원도 사용자가 노동조합을 상대로 제기한 노동조합 활동금지 가처분 사건에서 "노동조합이 사용자의 이익 대표자의 참가를 허용함으로써 조합원 중에 일부가 조합원으로서의 자격이 없는 경우, 바로 노조법상의 노동조합의 지위를 상실하는 것이 아니라 이로 인하여 노동조합의 자주성이 현실적으로 침해되었거나 침해될 우려가 있는 경우에 노동조합의 지위를 상실한다고 보아야 한다."(서울고등법원 1997. 10. 28.자 97 라 94 결정)고 판시함으로써 조합원 중에 일부가 조합원으로서 자격이 없더라도 자주성 침해 여부와 관계없이 노동조합의 지위를 곧바로 상실시킬 수는 없다는 점을 분명히 확인해 주고 있다.

국가인권위원회는 2010. 9. 30. 고용노동부장관에게 위 노조법 시행령 제9조 제2항은 위법적이고 위헌적인 조항이므로 '이 법에 의한 노동조합으로 보지 아니 한다.'는 부분을 삭제할 것을 권고한 바 있다.

지금까지 어느 정부에서도 법외노조 통보를 한 적이 없는데 갑자기 박근혜 정부 들어 위헌적인 요소가 많은[2] 노조법 시행령을 근거로 고용노동부가 전교조의 법적 지위를 박탈하겠다고 한 것은 공무원 노조설립 반려처분과 함께 자주적 노동조합과 노동 기본권에 대한 전면적인 부정을 의미한다.

경찰의 위법한 민주노총 사무실의 강제 진입

경찰은 2013. 12. 22. 체포영장이 발부된 철도노조 위원장을 체포한다는 명목

---

2. 우리 노동조합 및 노동관계조정법(이하 '노조법')은 노동조합에 대한 설립신고증이 교부된 이후에는 노동조합 설립신고서를 반려하거나 노동조합의 설립을 취소할 어떠한 근거 규정도 두고 있지 않다. 다만, 노조법 시행령 제9조 제2항에서 "노동조합이 설립신고증을 교부받은 후 법 제12조 제3항 제1호(노동조합 결격사유)에 해당하는 설립신고서의 반려사유가 발생한 경우에 행정관청은 30일의 기간을 정하여 시정을 요구하고 그 기간 내에 이를 이행하지 아니하는 경우에는 당해 노동조합에 대하여 이 법에 의한 노동조합으로 보지 아니함을 통보하여야 한다."고 정하고 있다. 그러나 위 시행령 규정은 모법인 노조법의 위임 없이 행정입법(대통령령)의 형태로 도입한 것으로서 헌법 제37조 제2항의 법률주의에 반하여 그 자체로 무효이다.

으로 경찰관 약 5,000여 명을 동원하여 민주노총 사무실이 있는 〈경향신문사〉 본관 건물을 봉쇄하고, 민주노총 조합원들과 시민들의 출입을 전면 통제하였다. 경찰은 압수·수색 영장도 없이 체포영장 집행에 항의하는 조합원과 시민들이 바로 뒤에 서 있었음에도 불구하고 부상의 위험을 아랑곳하지 않은 채 망치로 유리문을 깨부순 다음 조합원과 시민들 약 140여 명을 무차별적으로 체포하였다. 나아가 경찰은 조합원과 시민들에 대하여 적법하게 집회장소가 이루어진 〈경향신문사〉 앞 인도에 접근하는 것을 철저하게 차단하여 집회를 방해하였다. 그 후 경찰은 건물 내에 진입하여 민주노총 사무실을 샅샅이 뒤졌으나, 철도노조 위원장은 민주노총 사무실에 없었다. 경찰의 민주노총 강제침탈은 영장주의, 강제수사 비례의 원칙, 경찰행정 비례의 원칙을 위반한 위법한 행위로 판단된다.[3]

박근혜 정부의 표현의 자유 침해[4]

이명박 정부는 〈MBC〉 PD수첩의 광우병 사건, 인터넷 논객 미네르바 사건, 〈KBS〉, 〈MBC〉, 〈YTN〉의 기자와 PD들 대량 해고 및 징계사건 등에서 본 바와 같이 제도권 언론과 인터넷 언론을 단속하는 것으로 시작하여 경영진을 정부 입맛에 맞는 사람들로 물갈이한 후 방송사의 정부정책에 대한 비판적인 보도를 봉쇄하였다. 2012년 총선 및 대선 시기에 국정원과 국군 사이버 사령부가 저지른 정치개입 사건을 보면, 정부기관이 직접 나서서 마치 일반 국민의 의견인 것처럼 가장하여 왜곡된 정보를 제공하고 여론조작을 시도하였다. 야권을 포함하여 정부를 비판하는 국민들을 종북 세력으로 규정하고 비방하는 글을 인터넷과 SNS 등을 통해 광범위하게 유포하였다. 공무원과 군의 정치적 중립성을 명시한 헌법규정은 사문화되었고 국정원법상 정치개입 금지 규정도 무용지물이 되어 버렸다.

국정원 등 정부기관의 선거개입 행위는 이명박 정부 시절에 자행된 일이지만

---

3. 민변 2013. 12. 24. 성명서 '경찰의 민주노총 강제진입은 명백히 위법이다' 참조
4. 한국형사정책학회 '형사정책 25권' 장주영 변호사 '박근혜 정부 출범 이후 표현의 자유 현황'

문제는 이러한 행위에 대한 박근혜 정부의 인식이다. 남재준 국정원장은 "대북 심리전은 국정원의 기본 업무이고 심리전단 활동에 대해 정확한 지침이 없어 일탈이 있었다."고 말하였고, 김관진 국방부 장관은 '북한의 잘못된 선정선동에 국민이 이용되지 않도록 하는 대내 심리전도 정당한 심리전에 포함된다.'는 식의 인식을 보이고 있다.

그러나 대북 심리전은 국정원법이 규정한 5가지의 직무범위에 포함되지 않고, 국군 사이버사령부가 적국을 상대로 실시되어야 하는 심리전을 자국 국민들을 상대로 실시하겠다는 것은 군의 정치적 중립에 위배되는 위헌적인 발상이다. 이명박 정부시절 정부기관의 대선 개입과 정부비판 세력을 적대시하는 불법행위에 대해 박근혜 정부는 진상을 규명하고 책임자를 처벌하여 재발방지를 모색하기보다는 진실을 은폐하고 수사를 축소하면서 정당한 업무이지만 일부 일탈이 있었다는 식의 인식을 보여 주고 있다. 표현의 자유를 억압하는 정부기관의 불법행동을 엄단하고 재발방지를 위한 근본적인 조치를 취하지 않는다면 표현의 자유는 상당기간 후퇴할 것으로 보인다.

대법원에서 이주노동자 인정 여부 판결 7년간 미선고[5]

공직 선거의 재판 기간 강행규정 위반

공직선거법 제270조(선거범의 재판기간에 관한 강행규정)에 의하면 '선거범과 그 공범에 관한 재판은 다른 재판에 우선하여 신속히 해야 하며, 그 판결 선고는 제1심에서는 공소가 제기된 날로부터 6월 이내에, 제2심 및 제3심에서는 전심의 판결 선고가 있은 날로부터 각각 3월 이내에 하여야 한다.'고 규정되어 있는데, 그 취지는 의원의 신분상실 여부를 신속히 종결하여 선거구 주민들 간의 갈등을

---

5. 37, 59쪽 참조

해소하고 의정 공백을 방지하기 위함일 것이다.

그러나 2012. 4. 실시된 국회의원 선거에 관한 재판에 있어서 몇 개 지역의 경우 거의 2년이 다 된 2014. 2.까지도 재판이 확정되지 않은 경우가 있으며, 의원직을 상실하게 될 의원들이 2년 이상 의정활동을 하고 후임자를 선출할 기회를 박탈한 것은 정의 관념이나 선거구민의 의사에도 배치되는 것이다. 대법원은 이 강행규정을 준수하여 선거범에 관한 재판은 다른 재판에 우선하여 신속히 결정하여야 한다.

한전 밀양 송전탑 건설 공사의 불법성

한전의 밀양 초고압 송전탑 공사 면적은 환경영향평가 때의 두 배로 확장되고 (31만 3550㎡ → 66만 7746㎡), 헬기로 자재 운반 시 헬기 사용도 공사장 6곳에서 36곳으로 늘어나는 등 불법공사를 벌였으나, 정부는 환경영향평가 위반 사실을 알고도 한전을 처벌하기는커녕 환경영향평가 변경을 서둘러 마친 것이다.

한전은 공사 면적 변경과 헬기를 이용한 자재 운송의 사업내용 변경 사항을 담은 검토서를 2014. 1. 29. 주무부처인 산업통상 자원부로 발송해 환경영향평가 변경 협의를 하고 산자부는 2. 3. 이에 대한 검토 결과를 환경부 산하 낙동강 유역 환경청에 통보함으로써 변경협의 절차를 끝냈으므로 산자부의 검토는 설 연휴를 제외하면 이틀 만에 졸속으로 심사한 것이다.

환경영향평가법 제34조는 '사업자는 협의, 재협의 또는 변경 협의 절차가 끝나기 전에 환경영향 평가 대상 사업의 공사를 하여서는 아니 된다.'고 규정하고 있다. 한전은 변경 협의 중에도 불법공사를 지속하였고, 한전과 정부는 공사 중단 없이 변경협의를 벌이는 불법행위를 저질렀다. 정부와 한전은 아무리 송전탑 건설이 시급하다 해도 최소한의 관련 규정이나 절차는 지켜야 한다.

4. 법치주의 정착의 저해요인

가. 발제자가 법치주의 정착의 저해 요인으로 역사 및 사회적 경험, 유교 문화적 전통, 법 제정 및 집행기관에 대한 불신과 참여 민주주의적 욕구, 교육과 인터넷 매체를 포함한 언론을 지적하였는데 상당부분 동의한다. 특히 공정하지 못한 법 집행이나 권위적인 수사 또는 재판 태도 등으로 행정기관이나 검찰, 법원이 국민의 불신 대상이 되고 있는 것을 저해 요인으로 지적한 것은 매우 타당한 지적이다.

그런데 노동이나 환경, 군사 기지와 관련된 사회적 쟁점이나 농어업 관련 이슈가 제기될 때마다 거의 직업적으로 등장하여 국회 등 대의기관이나 행정부를 제쳐놓고 직접 주민과 이해관계인들을 선동하여 일부 이념적 주장을 관철하려는 사람이나 세력을 나쁜 시각으로 보고, 개개인이나 시민단체를 통한 참여는 법률이 정한 절차를 따라야 할 것을 강조하고 있는데, 이는 오해에서 비롯된 것이고 형식적 법치주의만 강조한 것으로 보인다.

근로자나 환경 피해시설 인근의 주민 등은 사회·경제적 약자로서 자신의 권리 의식이나 피해에 대한 인식, 법적 지식 등이 부족하고, 권리 구제나 가해 기업, 행정 기관과의 협상 능력 및 기술도 미흡하고, 관련자가 다수인 경우 의사 결정이나 지휘 통솔이 어려워 전문가, 시민 단체, 시민운동가의 조언 및 지도, 협력이 절대적으로 필요하다. 가능한 한 법 테두리 내에서 해야겠지만 헌법상의 권리인 집회나 시위, 단결권, 단체교섭권, 단체행동권에 기인한 파업, 표현의 자유 보장 등을 절대 소홀히 해서는 안 된다.

법질서란 하위 질서와 상위 질서(필자가 편의상 분류한 것임)가 있는데, 법질서하면 도로나 거리질서, 집회 및 시위 질서 등 하위 질서를 먼저 떠올리고 이에 국한하여 다루는 경향이 강하다. 그런데 훨씬 영향력이 크고 준법 의식이 필요한 정치 질서, 경제 질서, 행정 질서 등 상위 질서에 있어서 정치인이나 고위 공직자, 재벌, 언론 등 권력층과 화이트칼라의 법질서 확립과 준법의식 고취에 대해 보다 더 집중할 필요가 있다. 정부에서 법질서 바로 세우기를 빙자하여 공권력을 동원하여 파업이나 시위, 집회 등을 억압하고 이에 대한 기본권을 심각하게 침해하고 있는데 그에 앞서 대기업들의 횡포와 부당 거래질서, 공무원들의 권력 남용과 위법 실태, 선거나 인사, 언론, 수사 절차 등 훨씬 시급하고 파급 효과가 큰 분야에서의 법치 질서 확립에 치중해야 한다.

나. 필자는 우리나라에서 법치주의 확립의 저해 요소로는 위에서 열거한 것 보다는 형평성 없는 수사와 처벌, 준법의식 부족, 공권력 남용, 가석방과 사면권 남용, 의회, 언론과 시민 단체 등의 국가 권력에 대한 비판과 통제 기능 약화가 훨씬 주된 요인이라고 본다.

다. 법치주의 정착의 주된 저해 요인

형평성 없는 수사와 처벌

검찰의 형평성 없는 수사와 처벌은 수없이 많지만 최근 몇 개월간만 보더라도 재벌 총수의 관대한 처벌, 채동욱 검찰총장의 혼외자 정보 유출 의혹 수사 시 수차례 진술을 번복한 청와대 조모 행정관의 늑장 수사와 압수, 수색 미실시, 이○○ 대구지검 서부지청장의 여기자들 성추행 사건의 경고 처분(대검 예규 '검찰공무원의 범죄 및 비위 처리지침'에 따르면 성 풍속 관련 사안에 대해 견책 이상의 징계를 내리도록 되어 있고, 다른 검사들의 유사한 성추행의 경우 견책 이상의 처분을 함), 이명박 대통령 형과 아들, K 부장판사, 법무무 고위직 출신 K 변호사 등은 서면 조사에 그침.

공권력의 남용

위 3항의 법치주의 위반 사례에서 보듯이 정부와 수사기관의 공권력의 남용이 심각하여 법의 권위가 실종되고, 사법 불신을 초래하고, 사법 정의가 실현되지 못하고 있다.

가석방과 사면권의 남용

재벌관련 범죄, 공직선거 사범 등의 가석방과 사면권이 너무 남용되고 있다. 단적인 예는 2009. 12. 31. 삼성 이건희 회장만을 위한 1인 특별사면과 친박 연대 대표인 서청원 의원의 경우 2009. 5.경 18대 총선에서 비례대표 후보 공천 대가로 거액의 금품을 받은 혐의로 징역 1년 6월의 실형이 확정되었으나, 1년만인 2010. 8. 15. 특별사면 되어 2013. 10. 경기 화성 보궐선거에 당선되어 국회의원으로 활동 중이다.

준법의식의 부족

형평성 없는 수사와 처벌, 공권력의 남용, 가석방과 사면권의 남용 등으로 범법행위에 대한 철저한 처벌이 이루어지지 않아 위법 행위를 하여도 범죄의식이 없고 반성은커녕 재수 없이 나만 걸렸다는 생각이 강하고 사법기관에 대한 불신이 팽배하여 처분 결과에도 승복하지 않으려는 경향이 강하다.

의회, 언론, 시민 단체 등의 국가 권력에 대한 비판과 통제기능 약화

법치주의의 중요한 요소 중 하나는 국가 권력을 견제하고 통제하는 것인데 의회, 언론과 시민 단체 등이 여러 가지 이유로 국가 권력에 대한 비판과 통제 기능을 제대로 수행하지 못한 것도 법치주의가 확립되지 못한 중요한 요소 중 하나다(* 시간과 지면 관계상 법치주의를 확립할 수 있는 자세하고 실효성 있는 대안을 제시하지 못하여 아쉽다).

법치주의 훼손하는 정부

법치주의의 확립은 자유민주적 기본질서를 실현하는 중요한 요소이다. 이명박 정부도 출범하면서 이를 주요 전략과제 중 하나로 삼았다. 그러나 현 정부의 최근 행태를 보면 도리어 법치 질서가 훼손되어 가는 것 같아 몹시 우려스럽다. 몇 가지 예를 들어보자.

먼저, 최근 있었던 외교부 인사다. 미국 시민권자인 이웅길 씨를 애틀랜타 총영사로, 미국 영주권자인 김내수 씨를 로스앤젤레스 총영사로 내정하였다가 반발에 부딪쳐 결국 이씨는 사퇴하였다. 이씨는 전 미주한인회 총연합회 부회장으로 이명박 대선캠프 선대위에서 해외 파트를 담당했고, 김씨는 BBK 사건의 네거티브 대책단의 해외 팀장을 맡았다. 외무 공무원법은 대한민국 국적을 가지지 아니한 자는 외무공무원이 될 수 없도록 하고 있고(9조), 외무공무원은 외국의 영주권을 보유하거나 취득해서는 안 된다(19조)고 명백히 규정하고 있다.

총영사는 외교부의 중요한 고급정보를 접하고 국익과 재외동포를 보호하는 중요한 직책을 담당하므로 자격을 엄격히 제한하고 있다. 현행법상 분명히 임용 결격사유에 해당하고 현지에서도 강하게 반발하는 사람을 무리하게 총영사에 임명하려는 것은 지난 대선 때의 '보은인사'라고 볼 수밖에 없을 것이다.

또 문화부와 환경부 등 여러 정부 부처가 공기업의 기관장들, 특히 국책 연구기관 기관장들에게까지 유·무형의 압력을 가하면서 시한까지 정해놓고 일괄 사표를 강요하고 있다고 한다. 그런데 지난해 4월 1일부터 시행된 '공공기관의 운영에 관한 법률'은 엄격한 심사기준에 따라 공공 기관장 등을 임명하도록 하고 있다. 또 이 법은 기관장들에 대한 임기를 보장하는 한편, 엄격한 평가 시스템을 마련해 놓고 있다. 특히 법령이나 정관을 위반하는 행위를 하는 등 특별한 경우를 제외하고는 임기 중 해임되지 아니한다고 규정돼 있다(법 25조 5항).

이 법은 공기업의 방만한 경영을 차단하고, 정권교체에 따른 코드인사를 방지하여 안정적이고 책임 있는 경영체제를 확립하고 자율성을 보장해 주기 위해 제정된 것이다. 법으로 임기가 보장된 공기업 임원들에게 정권 교체를 이유로 능력과 무관하게 외압을 가하면서 일괄 사표를 제출케 하는 것은 법에 정면으로 위배되는 것이다. '법에 의한 지배'가 아니라 '사람에 의한 지배'의 전형적인 모습이다.

마지막으로, 경찰이 정보과 형사를 통해 야당 정치인의 유세를 감시하고 대운하에 반대한 교수들을 사찰하고 있다는 것이다. 법무부는 일명 '떼법 문화 청산'을 강조하면서 시위 진압 경찰에게 면책권을 주겠다고 했다. 불법적이고 폭력적인 시위나 집회를 엄단하여야 하는 것은 당연하다. 그러나 시위나 집회에 대한 공권력의 행사도 적법절차에 따라 정당하게 행사하여야 하는 것은 너무 당연한 것이다. 정치인의 유세나 대운하 반대 교수를 사찰하는 것 또한 명백한 불법행위다.

법치 질서 확립은 거창한 구호로만 되는 것이 아니다. 사람에 의한 지배가 아니라 법에 의한 지배를 통해 국민의 자유, 평등, 정의를 실현하려는 확고한 신념에 의해서 되는 것이다. (《경향신문》 2008. 5. 2. '시론')

| MB 정권의 법치주의의 현주소

　법치주의의 확립은 자유민주적 기본질서를 실현하는 중요한 요소이고 헌법정신을 구현하는 것이다. 성숙한 민주주의는 인권이 존중되는 법치가 뿌리를 내려야 하고 권력을 행사함에 있어서도 국민의 자유와 인권을 최대한 보장하는 것이다. 이명박 정부도 출범하면서 법치 질서의 확립을 중요한 국정지표의 하나로 삼았으나 현 정부의 최근 행태를 보면 법의 이름을 앞세워 법치 질서를 심각하게 훼손하고 인권과 헌법상의 기본권을 유린하고 국민을 우매화하는 것 같아 몹시 우려스럽다.

　애초에 현 정권에 법치사회를 기대하는 것은 무리였다. 부동산 폭등과 양극화 심화 등 경제 위기를 해소하라고 헌법 수호 의지와 능력도 없는 건설회사 CEO 출신을 대통령으로 뽑은 우리의 잘못이다. 한 번의 위장전입으로 총리, 장관 등 많은 고위 공직자들이 중도 하차하였다. MB는 수차례의 위장전입, 자녀와 운전기사의 위장 취업, 탈세의 위법행위를 하고 지금도 많은 국민들이 의혹을 가지고 있는 도곡동 땅 사건이나 BBK 사건을 보면 대통령의 법치의식을 한 눈에 알 수 있고, 애초에 법치를 실현하고 헌법상의 권리를 보호할 자격이나 의식이 없는 것이다.

　집권 후의 무자비한 공권력 행사나 헌법상의 사상의 자유나 표현의 자유, 언론출판의 자유, 집회 및 시위의 자유 등 헌법상의 여러 기본권을 심하게 침해하고, 적법절차를 준수하지 않은 것을 보면 MB 정권 사람들은 헌법이라도 한 번 읽어봤는지 의문이 간다. 고위 공직자들의 프로필을 보면 대통령의 경제 과외교사는 많던데 지금까지 어떤 정권에서도 대통령의 헌법 교사, 법률 과외교사를 했다는 경력은 들어본 적이 없다. 전혀 인정할 수 없지만 자칭 '경제 대통령'이라고 하니 경제 과외 교사는 필요 없을 것이다.

대통령 취임 선서 시 여러 의무 중 헌법 준수 의무가 제일 먼저이고, 헌법 제66조 제2항은 '대통령은 헌법을 수호할 책무'를 지기 때문에 대통령의 임무를 충실히 수행하기 위해서는 헌법을 잘 알고 헌법 정신과 가치를 실현해야 한다. 대통령이 되기 전 위법 행위를 많이 하였고 헌법이나 인권에 무지하고 법치 질서를 유린하여 민주주의를 후퇴시키고 있으므로 민주주의를 회복하고 더 이상의 인권침해를 막기 위해서라도 MB에게는 헌법과 법률 과외교사가 반드시 필요할 것 같다.

현 정권은 국민을 우매화하고 무시하며 공복이라는 공무원들은 대통령의 충복으로서 영혼을 팔고 있다. 정부가 심각한 환경파괴를 초래하고 경제적 효율성도 전혀 없는 대운하(4대강 살리기)를 하든, 국가안보와 안전에 심대한 지장을 초래하는 제2롯데월드를 건설하든, 언론을 장악하기 위해 재벌과 신문사에 방송을 허용하는 미디어 법을 개정하든, 광우병 위험이 있는 미국산 쇠고기를 졸속으로 협상하여 수입하든, 추천 도서인《나쁜 사마리언들》을 포함한 금서 목록을 만들어 군인들이 소지나 독서를 못하게 하든 간에 모든 국민들은 귀 막고 입 닫고 용비어천가만 읊조리며 정부 정책에 박수치고 찬양하고 따라야만 한다는 것인가.

현 정권은 우매한 국민들이 인권과 법치를 잘 알지도 못하면서 촛불 들고, 블로그에 글을 올리고, 방송 보도를 하고, 헌법소원을 하고, 반대 토론을 하며 시국 선언을 하고, 정부정책을 비판, 감시하고 의견 표시를 하는 것은 용납할 수 없다는 것이다. 일제 강점기에 한일합방의 불법성을 지적하는 지식인을 탄압하고, 유신시대에 대통령과 유신헌법, 긴급조치를 비판하는 국민들을 고문하고 투옥하던 암울했던 시대가 다시 도래하는 것 같다.

지난 정권 때 안보와 안전에 치명적인 위험을 초래하므로 제2롯데월드는 절대 불가하다는 수십 쪽 분량의 보고서를 쓴 공무원들이 정권이 바뀌자마자 활주로를 조금만 변경하면 안전에 아무런 지장이 없다는 보고서를 만들고, 고교, 대학 추천도서를 불온서적으로 지정하여 소지나 독서를 금지하자 법을 전공한 법무관들이 헌법상의 권리인 헌법소원을 제기한 것은 너무나 당연한 것임에도 이를 이유로 2명의 법무관을 파면한 국방부 고위관리들, 지난 정권 때는 30개월 미만 소의 살코기로 한정한 미국산 쇠고기를 수입하는데도 그렇게 줄다리기를 하며 협상이 진행 중이었는데, 현 정권에서는 연령 제한도 없이 뼈, 창자까지 수입을 쉽게 허용하며 졸속으로 협상을 마쳐버리는 영혼을 파는 공무원들이 존재한다는 것이 우리를 슬프게 한다.

　현 정권은 국민은 안중에도 없고 목적 달성을 위해서는 수단과 방법을 가리지 않고 어느 정도 궤도에 올려놓은 법치의식이나 인권의식을 몇 십 년 후퇴시키며 인권보호에 역주행하고 있다. 전혀 필요치도 않는 4대강 살리기에 22조 원(숨은 사업과 예산이 있다고 하니 얼마가 추가될지 모르겠다)을 낭비하면서 1년 예산이 얼마 되지 않고, 짧은 기간에 인권 신장에 많은 기여를 하였다고 내·외적으로 평가받는 국가인권위원회를 축소하였다.

　경찰청이 국회에 제출한 '2008년 불법 폭력시위 관련 단체 현황' 자료에 따르면 지난해 광우병 국민대책회의에 참가한 민변, 참여연대, 국회의원실, 민주 노동당 등 2,000여 개의 단체를 불법 폭력시위 단체에 포함시켰는데, 그 기준도 자의적일 뿐만 아니라 촛불시위 참여단체와 정부 정책에 반대하는 단체에 대한 치졸한 보복이다. 지난해 7월, 〈문화방송〉 앞에서 과격 시위를 벌인 '대한민국 고엽제 전우회'와 정당 사무실에 무단 침입해 당직자들을 폭행하고 기물을 부순 특수임무 수행자회(HID) 등 보수단체의 경우 단체 회원이 기소되고 징역형을 받았음에도 이 목록에서 빠져있다.

또 정부 법무공단에서는 작년에 민변 출신 변호사 2명을 공단 변호사로 채용했다는 이유로 공단 이사장과 정부의 마찰 끝에 이사장이 중도 퇴임하고 변호사 7명이 사직하는 일이 있었다. 국정원이 개입하여 진보적인 시민단체에 후원까지 못하게 하는 한심한 작태를 보이고 있다. 아예 시민단체의 싹을 자르고 국민을 귀머거리, 벙어리로 만들 모양이다.

6월 항쟁, 2002년 월드컵, 탄핵 정국, 촛불집회, 노무현 전 대통령 장례식 등 굵직한 이슈가 있을 때마다 많은 국민들의 소통과 표현의 장이자 놀이 마당이었던 서울광장을 단지 폭력집회 우려가 있다는 지극히 추상적이고 편협한 이유로 개방하지 않는 것은 국민을 무시하고 법치를 가장한 반 법치행정의 표본이라 할 것이다.

법으로 임기가 보장된 공기업 임원들 중 전 정권에서 임명되었거나 개혁 성향의 사람들을 선정해 여러 경로로 사임을 강요하다가, 협박이 통하지 않으면 세무조사나 감사를 해 그 결과를 부풀려 언론에 누설하고 그래도 사퇴하지 않을 경우 무리해서 사임시키고 코드가 맞는 사람을 임명한다. 모든 부처에서 발생한 일이지만, 특히 용식(TV '전원일기')에서 갑자기 장관이 되어 인권의식이 희박하고 충성파인 유인촌이 장관으로 있는 문화체육관광부가 가장 심하다. 문화예술위원회 김정헌 전 위원장과 국립 현대미술관 김윤수 전 관장, 한국예술종합학교 황지우 총장이 대표적이다.

2007. 4. 1.부터 시행된 '공공기관의 운영에 관한 법률'은 엄격한 심사기준에 따라 공공기관장 등을 임명하도록 하고 있다. 또 이 법은 '기관장들에 대한 임기를 보장하는 한편, 엄격한 평가 시스템을 마련해 놓고, 특히 법령이나 정관을 위반하는 행위를 하는 등 특별한 경우를 제외하고는 임기 중 해임되지 아니한다고 규정돼 있다(법 25조 5항).' 정권 교체를 이유로 능력과 무관하게 외압을 가하면서 사표를 제출케 하는 것은 법에 정면으로 위배되고 국가권력의 남용과 일탈이다.

필자는 현 정권의 압박에 의해 강제로 사임한 공공기관 임원 해임취소 소송 3건을 진행, 준비 중인데 그 방법이 너무나 치사하고 졸렬하며 공권력을 남용하고 있다. 탤런트 출신의 장관답게 '대한 뉴우스─ 4대강 살리기'라는 기발한 홍보물을 제공하고 막말을 많이 하여 국민들에게 코미디를 제공하고 있다.

검찰이 〈MBC〉 'PD수첩' 제작진을 기소한 직후 청와대 대변인과 한나라당 초선 의원 40명이 〈MBC〉 경영진 총사퇴를 요구하고 나섰고, 검찰은 수사 발표 시 작가의 사적인 이메일 내용까지 자세히 공개하였다. 우여곡절 끝에 기소하였지만 많은 사람들이 수사와 기소에 많은 의문을 갖고 있고 재판이 진행되지 않아 유·무죄도 가려지지 않았는데, 수사 발표 시 작가의 사적인 이메일 내용까지 자세히 공개하는 것은 위법성이 조각되지 않아 피의사실 공표죄나 명예훼손죄가 성립될 것이다.

청와대, 한나라당 국회의원이 검찰의 혐의사실 발표를 근거로 언론사 경영진의 퇴진을 공개적으로 주장하고 검찰이 피고인의 사적인 이메일 내용까지 자세히 보도하는 것은 공권력에 의하여 헌법상 권리인 사상과 표현의 자유를 명백하게 침해한 것으로서 청와대와 한나라당, 검찰의 법치주의의 현주소를 그대로 보여준다. PD수첩 사건의 주임검사인 20년 경력의 부장검사가 처벌 가치가 없다고 광범위한 수사를 하지 않고 무혐의를 주장하다가 의견 대립으로 사표를 낸 것을 보면 검찰 수뇌부의 법치 수준을 가늠할 수 있을 것 같다.

검찰은 최근만 해도 피디수첩 작가 이메일의 압수수색과 공개에 이어 시국 선언한 전교조 사무실을 압수수색하고, 서울시 교육감 선거의 야당 후보였던 주경복의 7년간의 이메일을 압수수색하였다는 보도를 보았다. 검찰은 진정으로 압수수색의 필요성이 있었는지, 압수수색의 대상이나 범위가 적법하고 타당했는지, 치우침 없이 공정했는지 가슴에 손을 얹고 반성해 보아야 할 것이다. 항소심까지 당선 무효형을 선고받은 한나라당 후보였던 공정택 당선자는 단 1년분이라도 이메일을 압수수색하였는지, 시국선언을 한 단체가 뉴라이트 계열이나 보수적인

단체였어도 시국선언을 하였다는 이유로 사무실을 압수수색하였을까.

작년 촛불집회 때 연행된 사람들이 1,600명, 구속된 사람들이 50명, 검찰의 약식기소에 정식재판을 청구한 사람들이 600여 명인데, 경찰로부터 폭력 또는 불법체포 당한 시민들이 검찰에 제출한 경찰의 폭력에 대한 고소, 고발 사건 20여 건은 형식적인 고소인 조사만 한 차례씩 진행되었을 뿐 폭력을 직접 행사한 전·의경이나 그 지휘관에 대한 피고소인 조사는 전혀 진행되지 않았으며, 위 사건 중 기소 여부가 결정된 것은 없다. 검찰의 기소 독점주의 및 기소 편의주의의 전형적인 폐해를 보여주고 있다. 그러면서도 경찰은 얼마 전 작년 촛불집회 때 유모차를 끌고 평화적인 시위를 하였던 사람들을 수사하겠다고 밝혔다. 정말 한심한 경찰이다.

남경필 한나라당 의원마저 "검찰의 PD수첩 제작진의 이메일 공개는 공권력에 의한 인권침해"라고 비판하고 노 전 대통령에 대한 피의사실 공개 문제의 잘못도 언급하면서 "대한민국 검찰에게 엄중하게 주의와 자성을 촉구하며, 인류 보편적인 가치와 헌법적인 가치의 수호자로 거듭나길 바란다."는 충고를 하였는데, 검찰은 겸허히 받아들여야 할 것이다.

그래도 많은 국민들은 인권을 보호하고 정의사회를 구현하며 엄정하게 법 집행을 하여 법치주의를 실현할 최후의 보루는 검찰과 법원이라고 생각해 왔다. 그러나 신영철 대법관 사태나 삼성 에버랜드 사건의 판결에서 보았듯이 법원에게 법치 구현의 최후의 보루라는 희망을 거둔지 오래되었다.

검찰은 실망을 넘어 개탄, 분노의 대상이 되었다. 검찰과 언론 때문에 나라가 망하겠다는 말을 주변에서 자주 듣고, 요사이 검찰 개혁이 최대 화두다. 오죽하면 물라면 물고 물지 말라면 물지 않는 '견검(犬檢), 검새'라는 치욕적인 말들이 회자되는지 검찰은 깊이 음미해 보고 개탄에 귀 기울여야 한다. 진정한 검찰이라면 살아있는 권력이나 죽은 권력, 재벌을 가리지 않고 공평무사하게 혐의가 있다고 의심되어 수사의 필요성이 제기되면 수사하고 처벌해야 한다.

사회정의 실현을 위해 엄정하게 법치 질서를 확립해야 할 검찰이 정권의 하수인이 되어 표적, 보복수사에 앞장선다면 이 나라의 장래는 정말 암담하다. 검찰은 지금 군사 독재시절보다 더 심각한 위기에 빠졌다. 검찰이 군사 독재시절엔 그래도 반체제 인사나 대학생 등을 상대로 대표적 악법인 국가보안법이나 긴급조치 위반을 적용하여 대상이나 적용 법률이 다 알려지고 단순하고 순진한(?) 방법으로 공격을 하여 방어 전선도 구축하기가 쉬웠고 민주주의 쟁취라는 큰 목표가 모든 어려움을 극복하게 해주었다.

그러나 최근의 검찰은 보수 언론을 등에 업고, 교묘하고 지능적이며 정권 편향적인 수사가 더욱 확대되고, 검찰에 대한 국민의 신뢰는 추락하고 있다. 검찰은 대검찰청 홈페이지 초기 화면에 있는 '올바른 정신과 따뜻한 마음으로 국민에 봉사하는 검찰, 국민의 눈으로 정의를 판단하고 정도를 걷는 국민의 검찰'이 되어 국민들로부터 신뢰를 회복하여야 한다.

필자는 2007년과 2008년 제4기, 5기 법무부 정책위원회 위원으로 활동한 적이 있다. 현 정부 취임 이후 작년에 9차례 회의(1회 때 2개의 안건을 처리함) 동안 4개의 안건이 법질서 확립과 준법의식에 관한 것이었다. 법질서란 하위 질서와 상위 질서가 있는데 법질서하면서 도로나 거리질서, 집회 및 시위 질서 등 하위 질서에만 국한하여 다루지 말고 영향력이 훨씬 크고 준법의식이 필요한 정치 질서나 경제 질서, 행정 질서 등 상위 질서에 있어서 정치인이나 고위 공직자, 언론, 지성인 등 화이트칼라의 법질서 확립과 준법의식 고취에 대한 안건을 상정하여 논의해 보자고 건의하고 평가한 적이 있었다. 정부에서 법질서 바로 세우기를 빙자하여 공권력을 동원하여 파업이나 시위, 집회 등을 억압하고 이에 대한 기본권을 심각하게 침해하고 있는데 그에 앞서 대기업들의 횡포와 부당 거래

질서, 공무원들의 권력 남용과 위법 실태, 선거나 인사, 언론, 수사 질서 등 훨씬 시급하고 파급 효과가 큰 법치 질서 확립에 치중해야 한다.

현 정권은 법치 질서를 가장하여 헌법이 보장한 국민의 기본권과 인권은 철저히 무시한다. 토건 사회 마인드와 아날로그 시스템에서 IT 시대의 디지털 시스템으로 전환하지 못하고 아직도 일방 통행식 사고에 젖어 있어 국민들과의 소통이 단절되고, 양극화는 더욱 심해져 서민들의 삶은 피폐해져만 가고, 정치는 실종되고, 민주주의는 후퇴하고 있어 살맛이 나지 않는다. 남은 3년 반은 너무나 긴데 어떻게 견딜까를 생각하면 정말 앞날이 암담해진다. 인권이 유린되고 민주주의가 심각한 위기에 처할수록 민변에 대한 사회적 요구나 기대도 높아졌고, 민변이 할 일도 많아진 것 같다.

제발 지금부터라도 세계 13위 경제 대국이고 민주공화국 대통령답게 헌법 가치를 실현하고 토건국가식 사고는 버리고 국민과 소통하는 대통령이 되어 주길 바란다. 법치 질서 확립은 거창한 구호로만 되는 것이 아니고, 사람에 의한 지배가 아니라 법에 의한 지배를 통해 국민의 자유와 인권을 보장하고 정의를 실현하려는 확고한 신념에 의해서 되는 것이다. **(〈민주사회를 위한 변론〉 2009년 7, 8월호 칼럼)**

| '대법관 증원' 진지한 검토를

법원이 금년 상반기에 상고법원 설치 법안을 통과시키기 위해 대대적인 홍보와 로비를 펼치고 있다고 한다. 상고사건 중 대부분은 상고법원에서 맡고 대법원은 중요한 사건만 재판하는 상고법원은 내용도 문제지만 절차상 몇 가지 문제점이 있는 것으로 보인다. 상고심 개선에 대해 오랫동안 논의된 제도는 상고 허가제, 고등법원 상고부, 상고법원, 대법관 증원 등이 있다. 상고 허가제는 1981년부터 9년 동안 시행되다가 폐지되었고, 고등법원 상고부는 더 이상 언급이 없고, 최근에 상고법원, 대법관 증원이 논의되고 있다.

지난 1월 대한변협이 전국 회원을 상대로 상고심 개선방안에 대한 설문조사를 한 결과, 51%가 대법관 증원을, 34%가 상고법원 설치에 찬성하였다. 또 경실련이 지난 3월 법학교수 120명을 상대로 설문조사한 결과를 보면, 74%가 상고법원 설치에 반대했다. 상당수 법률가와 국민들이 상고법원 설치를 반대하고 대법관 증원을 찬성하고 있다.

상고사건 수를 줄이기 위해 10년간 상고 허가제, 20년간 심리불속행 제도를 시행하였지만 상고사건이 줄지 않았으니 이제는 상고사건을 줄이는 방안보다 대법관을 증원하여 상고사건을 신속하고 충실하게 심리하는 방법을 심각하게 검토해 보아야 한다.

상고법원은 대법관에 의한 국민의 재판받을 권리를 침해하여 위헌의 소지가 있다. 필수적인 대법원 심판 사건과 상고법원 심판 사건의 분류기준이 불명확하고, 상고법원 판결에 대해 대법원에 특별상고 되는 경우 사실상 4심제가 되고,

상고법원 설치를 위해 많은 예산이 소요되는 등 문제점이 많다. 대법관 증원을 반대하는 사람들의 주된 이유는 대법관 수가 많으면 대법관 전체가 모여 토론하는 전원합의체를 구성하기 어렵다는 것이다. 하지만 대법관을 24명으로 늘린다 해도 충분히 토론할 수 있고, 또한 독일 연방법원처럼 민사(소부), 형사(소부), 대민사부와 대형사부, 대연합부 구성 등 운영의 묘를 살리면 얼마든지 할 수 있다. 전원합의체 사건은 최근 3년간 연평균 20여 건에 불과하다. 장점이 많고 어렵지 않게 시행할 수 있는 대법관 증원을 대법원이 반대하는 주된 이유는 대법관 수가 많아지면 대법원 위상이나 대법관 권위가 추락할 것이라는 권위주의적 사고에 기인한 것이라고 보는 사람들이 많다. 대법원의 권위는 숫자의 희소성에서 억지로 형성되는 것이 아니고 신속, 공정한 판결에 대한 신뢰가 쌓이면 저절로 생기는 것이다.

대법원이 많은 사람들이 찬성하고 있는 대법관 증원에 대해 단 한번이라도 진지하고 깊이 있게 조사, 연구하거나 공청회 등을 개최하여 국민들에게 설명이나 설득을 한 적이 있는지 묻고 싶다. 대법원은 지금까지 대법관 증원에 대한 진지한 연구나 검토 결과를 발표한 적이 없다. 대법원이 대법관 증원에 대한 장점이나 문제점, 시행 효과 등에 대해 진지하고 충분한 연구, 검토나 설득 없이 상고법원만 강력히 추진하는 것은 상고심 개선 문제를 국민 입장이 아니라 대법원의 관점에서 접근하는 것이다.

대법원은 상고법원 설치 법안을 의원입법으로 발의하였다. 상고법원은 재판제도에 커다란 변화를 가져오고 그 내용과 문제점 등을 대법원이 가장 잘 알고 있으므로 국민들의 의견을 충분히 수렴한 뒤 정부입법으로 제출하지 않은 것은 절차상 매우 부적절하며 일부에서는 입법매수라고 혹평하기도 한다. 대법원은 위에서 본 것처럼 문제점이 많은 상고법원을 강력히 추진할 것이 아니라 먼저 상당수 국민들이 찬성하는 대법관 증원에 대해서도 진지하고 심도 있는 연구, 검토가 필요하다고 본다. (《한겨레신문》 2015. 5. 11. '시론')

헌재소장,
절차보다 자질 검증을

 능력이나 자질의 검증 문제가 아니라 사소한 절차상의 시비로 헌법재판소장 (이하 헌재소장)이 장기간 공백상태가 초래되어 국민들은 몹시 짜증이 난다. 물론 민주 사회에서는 절차적 정의도 중요하다. 그 절차상의 하자가 중대하고 명백하여 그 하자 치유가 불가능하거나 매우 곤란하다면 인사 청문 요청행위를 철회하거나 다시 거쳐야 할 수도 있다.

 그러나 애초에 국회법, 인사청문회법에 헌법재판관과 헌재소장에 대한 인사청문회가 법제사법위원회, 인사청문특별위원회로 이원화되어 있고 헌재소장에 대한 임기가 규정되어 있지 않아 혼란을 초래하였다. 또한 헌재소장은 재판관 중에서 임명하도록 되어 있기 때문에 재판관과 헌재소장 임명절차를 각각 거쳐야 된다는 견해와 헌재소장 임명에는 재판관이 당연히 포함되기 때문에 헌재소장 임명 절차만 거쳐도 된다는 견해로 헌법학자 간에도 다툼이 있으므로 절차상 하자가 있는지도 분명치 않다.

 전효숙 후보자가 헌재소장으로 지명되기 전에 재판관을 사퇴한 것은 대법원의 요청과 헌재의 의견을 고려하여 헌법재판소의 독립성과 안정성을 위해 임기 6년을 보장하고, 대통령이 지명하는 헌법재판관이 4명이 되는 것을 방지하여 헌법이 규정한 3:3:3이라는 권력의 견제와 균형을 지키기 위한 불가피한 조치라고 할 것이다. 야당이 절차적 하자를 문제 삼자 청와대에서 사과를 하였고 전 후보자에 대한 헌법재판관 인사 청문 요청서를 제출하여 어느 정도 하자가 치유되었다.

 굳이 책임소재를 따지자면 청문절차를 이원화하여 혼란을 초래하고 후보자에 대한 청문회 일정을 마치고 난 후에야 절차상의 하자를 이유로 임명동의안을 본회의에 상정하지 않은 국회, 헌재의 독립성과 안전성 확보에 치우치다 절차를 철저히 검토하지 못한 대통령, 대법원, 헌재 모두에 있다. 이처럼 절차상 하자가 있는지 여부도 불분명하고 설사 하자가 있더라도 하자의 발생이 법령의 모순과 헌재의 독립성과 안정성에 충실하려다 발생한 것이고, 더군다나 하자까지 치유된 상태이다.

설사 하자의 치유가 덜 되었다 하더라도 그 하자가 헌재소장의 공백을 초래하고 전 후보자를 사퇴시키면서까지 문제 삼아야 할 중대하고 명백한 하자는 아닌 것으로 보인다. 이제 절차상의 하자를 문제 삼을 필요성이나 실익도 없으므로 더 이상 문제를 삼지 말자. 절차가 어느 정도 치유되었는데도 한나라당이 전 후보자의 사퇴를 요구하는 것은 절차상의 하자 문제라기보다 다른 의도가 있는 것은 아닌지 의문이 간다.

법규의 지나친 문리해석에만 치중하여 동일한 사람에 대하여 재판관과 헌재소장으로서 중복적인 지명 및 동의 절차를 거쳐야 하는 것은 절차상 번거로움과 낭비만 초래할 뿐이다. 1·2·3기 헌재소장 역시 현재와 동일한 절차를 통해 임명해온 것이 관행이었던 점에 비추어보아도 더욱 그렇다. 한편 헌재소장 임명에는 재판관이 당연히 포함되고 헌재소장 임명 절차만 거쳐도 된다는 견해도 많기 때문에 여야가 합의하여 청문의 효율성과 헌정 공백을 막기 위해 헌재소장으로서의 임명절차만 거치는 것이 낫다고 본다.

정작 중요한 것은 전 후보자의 헌법관이나 도덕성, 개혁성, 사생활 등 헌재 소장으로서의 능력이나 인품을 철저히 검증하는 것이다. 이제 더 이상 절차상의 시비를 따지는 것은 국력 소모이고 정쟁의 산물로밖에 보이지 않는다. 하루빨리 헌재소장에 대한 임명절차를 거쳐 헌재소장 공백을 막자. (《한겨레신문》 2006. 9. 25. '시론')

사법부의 독립

최근 신영철 대법관이 법원장 시절에 촛불집회 사건을 담당한 판사들에 대한 재판개입 문제로 사법부 독립이 뜨거운 논란의 대상이 되고 있다. 헌법 제103조 (법관의 독립)가 '법관은 헌법과 법률에 의하여 그 양심에 따라 독립하여 심판한다.'고 규정한 바와 같이 사법부 독립은 국가기관 중 헌법 조문에 그 독립을 규정한 유일한 기관일 만큼 매우 중요하다. 사법부의 독립이 훼손되면 법치나 정의는 실종되고 사법 불신은 국민들에게 커다란 악영향을 끼치므로 반드시 구현해야 할 최고의 과제이다.

사법부 독립은 법원이 국회나 정부로부터 독립되어야 한다는 법원의 독립과 법관이 그 어느 권력기관이나 사회세력의 간섭으로부터 독립하여 오직 법률과 양심에 따라 재판하는 법관의 독립이 그 요체다. 사법권의 본질적 내용인 재판 작용의 공정성과 독립성을 확보하기 위해서는 무엇보다 법관의 신분과 직무상 독립이 절실히 필요하다. 법관의 신분상 독립을 보장하기 위해 법관의 자격은 법률로 정하도록 되어 있고 법관의 임기와 정년을 헌법에서 보장하고 있다.

법관의 직무상 독립을 위해서 법관은 재판을 함에 있어서 국회, 정부, 헌법재판소 등 다른 국가기관, 소송 당사자, 정당, 사회단체, 언론기관 등 사회적 세력으로부터 독립되어야 하고, 법원 내부로부터 지휘, 감독이나 간섭을 받아서는 절대 안 된다. 민주화된 이후에 국회, 국정원 등 다른 국가기관이나 정치 및 사회 세력의 법원이나 법관에 대한 간섭은 거의 없어졌다. 그러나 얼마 전 국정원 직원이 판사에게 재판과 관련하여 전화를 하고 법정에 출입하여 담당 판사가 호된 질책을 하였다는 보도를 보면 현 정부 들어 국가기관이 재판에 간섭하려고 하지 않나 하는 의구심이 드는데 기우이기를 바란다.

사법부 독립을 저해하는 요소는 여러 가지가 있겠지만 대법원장에게 집중되어 있는 개별 법관에 대한 인사권과 보직권, 법원장의 소속 법관에 대한 인사 평정권, 고등법원 부장판사 발탁 승진제도, 임관 성적 위주의 서열화 등의 불합리한 법관 인사제도로 인한 경직된 사고와 사법 관료화가 가장 주된 원인인 것 같다.

법원은 일 년에 한 번씩 법원장이 소속 판사들의 근무평정을 해서 대법원에 보내고 대법원은 이 근무평정을 토대로 나중에 고등법원 부장판사의 발탁승진 등의 중요한 인사자료로 삼는다. 법원장의 자의적이고 주관적인 평정 방법과 근무평정을 통한 인사상의 불이익에 대해 당해 법관의 반론 가능성이나 소명 기회를 주지 않고 그 불이익 처분에 대한 이유도 명시하지 않는다. 현행 근무평정제도는 주관적, 자의적, 밀행적 근무 평가제도로 적법절차의 위배 가능성이 있으므로 보다 투명성과 객관성을 확보하는 방향으로 개선되어야 한다. 법관이 보직이나 승진에 신경 쓰지 않고 헌법에 보장된 정년까지 법관으로서 소신껏 근무할 수 있도록 인사제도나 승진구조를 개선할 필요가 절실하다.

신 대법관이 촛불 집회 사건의 배당이나 사건 담당 판사들에게 전화나 이메일 등을 통해 재판 개입을 한 행위가 신 대법관의 개인적인 출세욕에 의한 행동일 수도 있으나 소속 판사들에 대한 인사 평정권을 갖고 있었기 때문에 가능했을 것으로 생각되며, 해당 판사들에게는 상당한 압력이나 부담으로 작용하였을 것이다. 더욱이 이메일에서 대법원장의 뜻도 자신의 뜻과 같다며 법관의 모든 인사권과 보직권을 갖고 있는 대법원장을 거명하고 있는데 여기에 압력이나 부담을 느끼지 않는다는 것은 쉽지 않을 것이다.

전국 모든 법관들의 승진 여부에 대한 결정 권한이 대법원장에게 독점되어 있는 한, 대법원장의 인사권을 위임받거나 사실상 나누어 가진 법원장이나 수석

부장판사가 개별 법관들의 재판에 개입하려는 시도는 계속될 수 있다. 별다른 견제장치 없이 대법원장에게 집중되어 있는 개별 법관에 대한 인사권과 보직권을 분산 내지 견제할 장치를 마련해야 한다.

사법 연수원 성적이 판사의 자질과 능력에 반드시 상응하지 않는데 임관 성적 위주로 법관의 서열을 규정하는 인사제도와 법관에 대한 인사 평정을 기초로 한 고등법원 부장판사 발탁 승진 제도도 사법 관료화를 조장하는 주된 원인이다. 지방법원 모 부장판사가 말한 것처럼 이런 사법 관료화가 법관들에게 심한 모멸 감과 좌절감을 안겨주며 법관들의 인격권과 행복 추구권을 침해하며 법관 개개 인의 독립과 민주적 정당성을 심각하게 가로막고 소신 있는 판결을 어렵게 한다.

법원조직법은 각급 법원에 자문회의 성격의 판사회의를 두도록 하고 있는데 판사회의가 현실적으로 실질적인 제 역할을 하지 못하고 있는 만큼 자율성과 독 립성이 보장된 판사회의를 조직하고 운영하여 일선 판사들 스스로 사법부의 독 립을 실현할 수 있는 제도적인 방안을 마련하도록 노력해야 한다. 법관들이 소 신과 자긍심을 가지고 재판을 할 수 있고, 그런 법관들이 제대로 평가받을 수 있 도록 법관 인사제도에 대한 전면적인 재검토와 대대적인 개혁이 필요한 시점이 다. (〈방송기술저널〉 2009. 4. 16. '비평란')

변호사의 의뢰인 비밀유지 의무의 한계

* 〈대한변협신문〉 2007. 11. 20.자 윤배경 변호사의 특별기고문 '변호사의 의뢰인 비밀유지의무'에 대한 반론임.

윤 변호사는 〈대한변협신문〉 특별기고문에서 김용철 변호사의 삼성그룹 비리의 폭로 시기나 동기, 배경을 비난하면서 변호사로서 의뢰인의 비밀유지 의무를 심하게 위반하였으며, 김 변호사의 행보가 변호사 업계 전체를 위기의 구렁텅이에 빠뜨리고 삭풍의 계절에 광야에 내몰린 신출내기 변호사의 앞길을 가로 막고 있어 실로 안타깝다고까지 하였다.

김 변호사는 삼성그룹 법무팀장으로 고용된 임원일 뿐으로 삼성과 김 변호사의 관계는 의뢰인과 수임인의 관계가 아니다. 또한 변호사라 할지라도 비자금을 조성하고 증거를 조작하며 뇌물을 전달하는 불법적인 업무는 변호사로서의 직무가 아니므로 이런 내용이 비밀유지 의무의 대상인지도 의문이다.

백보를 양보하여 김 변호사가 변호사로서의 업무를 처리했다고 하자. 변호사나 의사 등 업무상 고객의 비밀을 많이 알고 있는 전문 직업인들은 법적으론 물론이고 도덕적으로도 비밀을 가능한 한 폭로해서는 안 된다. 그러나 어떠한 경우에도 비밀유지 의무는 지켜져야 하는 것인가. 더 큰 법익 보호나 공익적인 목적을 위해서는 불법이나 비리를 폭로하여 법치 질서를 확립하고 더 큰 피해를 예방해야 하는 것이다. 변호사 윤리장전 제23조도 공익상의 이유가 있거나 변호사 자신의 권리를 옹호하기 위하여 필요한 경우에는 이를 공개할 수 있다고 규정하고 있다.

예컨대 의뢰인인 강도 살인범이 증거를 인멸하기 위해 유일한 목격자를 살해하거나 살인 장소인 조그만 오피스텔을 방화하려는 계획과 실행을 변호인에게 상의하였다. 변호사가 거액의 보수를 받고 일부 공모하기도 하고 중간에 양심의 가책을 느껴 중단한 뒤에 커다란 피해를 방지하기 위해 자신이 알게 된 살인이나 방화 계획 및 실행을 폭로한 것도 비밀유지 의무 위반이므로 안 된다는 말인가.

미국 변호사 윤리규정 등에는 '변호사는 의뢰인의 범죄적이거나 부정적인 행위에 대해서는 의뢰인에게 자문하거나 조력하여서는 안 되고, 의뢰인의 범죄를 저지르려는 의도 및 범죄를 예방하는 데 필요한 정보는 공개할 수 있다.'고 되어 있다. 또한 사내 변호사가 회사의 불법행위를 발견한 경우 회사의 최고책임자에게 시정을 요구하고 그것이 받아들여지지 않으면 그 불법행위로 인하여 회사에 손해가 발생할 것으로 합리적으로 믿을 만한 사유가 있는 경우에는 불법행위를 외부에 공개할 수 있다고 되어 있다. 김 변호사의 폭로내용의 사실 여부는 수사결과 밝혀지겠지만 모 언론사의 여론조사 결과에 의하면 국민의 80%가 진실일 것이라고 믿고 있다고 하였다.

김 변호사가 도덕적으로 문제는 있을 수 있다. 그러나 도덕적으로 문제 있는 사람은 자신의 잘못을 참회하고 불법이나 비리의 폐해를 지적하며 이를 개선하자는 주장이나 폭로는 할 수 없는 것인가. 국세청 간부가 오랫동안 자신이 불법으로 수령한 돈을 상사에게 상납해왔던 관행을 참회하면서 자신과 조직의 불법실태를 폭로하고 이를 개선하자고 주장했을 때 이를 배신자라고 매도해야만 하는가. 그 조직에서는 그럴지도 모르겠으나 많은 국민들은 박수를 보낼 것이다. 언론계, 법조계, 공무원, 회사원 등이 자신이 종사했던 분야나 직장에서 많은 혜택을 받았으므로 자신이 소속한 기관이나 집단의 불법이나 비리를 폭로하고 개선하자는 것은 배신행위이고 절대 안 되는 것인가. 그것은 지극히 편협한 생각이고 집단이기주의의 발로이며, '조폭'적인 논리이다.

그리고 김 변호사의 행동이 어떻게, 왜, 변호사 업계 전체를 위기의 구렁텅이에 빠뜨렸고 신출내기 변호사의 앞길을 가로 막고 있다는 것이며 그 근거는 무엇인가. 대기업들이 자신이 채용한 사내 변호사가 대기업이 지시하고 감독한 불법행위를 폭로할 것이 두려워 사내 변호사를 채용하지 않아 사내 변호사 채용이 위축될 것을 우려하는가.

사내 변호사 업무가 대기업 오너의 재산의 편법승계, 뇌물전달, 비자금 조성, 증거 조작에 협조하고 실행하는 업무에 종사하는 일이라면 그런 부정한 일이나 하기 위해서 사내 변호사로 갈 필요도 없고 절대 가면 안 된다. 또한 대기업도 사내 변호사를 그런 목적으로 활용하고 불법사실을 폭로할 것이 두려워 전전긍긍한다면 사내 변호사 제도는 당연히 없애야 한다. 사내 변호사가 정당하고 적법한 업무를 처리한다면 폭로할 이유도 없고 폭로하더라도 대기업에 아무런 피해가 없다.

김 변호사의 행동을 김 변호사의 개인사나 도덕적인 관점에서만 보지 말고 대기업이 법조계, 언론, 관료 사회, 경제 등 여러 분야에서 저지르고 있는 온갖 불법과 부패행위를 밝혀내고 시정하여 투명한 법치사회를 구현할 수 있는 절호의 계기로 삼아보자. (《대한변협신문》 2007. 12. 3. '특별기고문')

로스쿨 총 정원에 대한
오해와 환상

최근에 교육부가 로스쿨 총 정원을 1,500명에서 2,000명으로 수정, 발표하였다. 대학과 시민단체는 강력하게 반발하며 총 정원이 3,200명 이상이 되어야 국민들이 값싼 비용으로 양질의 법률서비스를 이용할 수 있고 국제 경쟁력이 강화된다고 국민들을 호도하고 있다.

총 정원을 3,000명 이상으로 하여 변호사를 많이 배출하면 저렴한 비용으로 양질의 법률 서비스를 이용할 수 있다는 것은 현실과 너무 동떨어진 얘기다. 법률서비스는 공산품이 아니어서 수요 공급의 법칙이 잘 적용되지 않고 기초비용 이하로 무한정 내려갈 수 없는 것이다. 자신의 전 재산이나 생명이 걸린 소송을 수임료가 싸다는 이유만으로 맡기지는 않는다. 양질의 법률서비스를 제공할 수 있는 사람이 수임료를 싸게 받을 이유가 없다. 공인회계사나 세무사가 대폭 늘어났다고 하여 저렴한 비용으로 양질의 회계 및 세무 서비스가 제공되고 있는가.

우리 국민들은 저렴한 가격의 재화나 서비스는 잘 이용하지 않는다. 서울지방변호사회는 1996년부터, 광주회는 2005년부터 중소기업 고문 변호사단을 운영하면서 중소기업이 연회비로 서울은 30만 원, 광주는 10만 원만 내면(모 은행에서 30만 원을 별도로 후원함) 변호사들이 중소기업에게 여러 법률서비스를 제공해 주고 있다. 2005년, 2006년에 서울은 105개, 102개, 광주는 47, 46개 기업만이 이용할 뿐이다. 광주에서는 소액사건 변호인단을 구성하여 선임료 100만 원으로 변론하였지만 2006년 이용자가 3명이고, 2007년 50만 원으로 감액하였는데도 10명에 불과하였다.

정원을 2,000명으로 하면 저렴한 비용으로 양질의 법률 서비스를 제공할 수 없고

3,000명 이상으로 하면 저렴한 비용으로 양질의 법률 서비스를 제공할 수 있다는 것은 그 논리적 근거가 매우 미약하다. 미국은 100만 명가량의 변호사가 활동하고 있지만 변호사 비용이 높다고 아우성이고 변호사 망국론이 자주 거론된다.

변호사 숫자가 늘어난다고 해서 변호사의 국제 경쟁력이 저절로 생기는 것이 아니다. 로스쿨은 전문화된 변호사를 양성하는 곳이 아니며 법률에 대한 기본 지식과 판례 공부, 분쟁 예방 및 해결 능력을 기르는 곳이다. 다양한 분야를 전공하고 법률을 처음 공부하는 사람들이 로스쿨 3년 동안 기초적인 법률 공부와 변호사 시험 준비하기도 벅찰 것인데 특정 분야의 전문성 있는 변호사를 양산한다는 것은 거의 불가능한 일이고 그럴 필요도 없다. 변호사가 되어 실무를 하면서 전문 지식과 기술을 깊이 연마하여 국제 경쟁력을 갖춘 전문 변호사가 되는 것이다. 이런 상황에서 정원을 2,000명으로 하면 국제 경쟁력이 없고 3,200명 이상으로 하면 국제 경쟁력이 강화된다는 논리는 정말 이해할 수 없다.

시민단체나 법학 교수들은 정원 산출근거로 OECD 국가의 변호사 1인당 국민 수를 자주 인용한다. OECD 국가와 우리나라의 GDP, 변호사의 역할, 법률 문화 등이 다르며 유사 직역(職域)으로 많은 수의 법무사, 변리사, 세무사, 노무사가 있는 나라는 OECD 국가 중 거의 없으므로 OECD 국가의 변호사 1인당 국민 수를 우리나라에 적용하는 것은 전혀 타당하지 않다.

우리의 법률문화는 이들 나라와 판이하게 다르다. 지인인 변호사가 법률 상담이나 내용증명을 작성해주면 상담료나 작성료를 지불한 사람이 몇 사람이나 되는가. 우리나라에서도 술에 취한 사람에게 술을 판 술집 주인을 상대로 소송하고, 옆집 개가 울어서 수면을 방해했다고 소송하는 게 가능할 것인데 그것이 좋은 것인가.

모 광역단체 산하 공사가 컨소시엄을 구성한 큰 회사들과 수천억 원의 위락단지 개발공사 계약을 체결하는데 그 회사들이 유명한 로펌에 수천만 원의 선임료를 지불하고 작성한 20, 30장 분량의 계약서를 제출하였다. 공사는 300만 원의 계약서 검토비용을 지불하지 못하여 결국 변호사의 도움을 받지 못하고 대충 검토하여 계약을 체결하였다. 수천억 원의 공사이고 계약 전문 변호사가 작성한 많은 분량의 계약서이므로 공사는 상응한 비용을 지불하고 전문가를 통하여 그 계약서를 검토하여 차후 공사에 끼칠 손해나 법적 분쟁을 예방했어야 하는 것이다. 300만 원은 위 내용에 비추어 볼 때 절대 많은 것이 아니며 계약서 검토를 제대로 하지 않아 나중에 훨씬 큰 손해를 초래할 수도 있다. 변호사 수가 늘어난다고 하여 달라질 것은 없다. 이런 것이 우리의 법률문화다.

정원을 3,200명 이상으로 하여 30, 40개 대학에 로스쿨을 설치한다고 해도 대학마다 실무가 출신 교수가 10 내지 30%에 불과한데 실무 경험도 없는 대다수의 법학 교수가 실무 교육을 얼마나 잘 할 수 있을지도 의문이다.

만약 3,000명의 변호사가 배출된다면 300명은 판·검사로 임용되고 국가, 정부기관, 기업체 등 사내 변호사로 매년 700명씩(이 정도도 의문이다) 진출한다고 가정할 때 나머지 2,000명의 변호사는 개업을 하게 되는데 한국의 법률 문화나 환경을 고려할 때 이들을 수용하는 데는 한계가 있고 많은 부작용이 발생할 수 있다. 로스쿨 정원 2,000명으로도 얼마든지 좋은 법률서비스를 제공할 수 있고 국제 경쟁력을 강화할 수 있는 것이다. (《법률신문》 2007. 11. 8. '법조광장')

* 모 시민단체 대표가 민변 사법위원장인 필자가 이런 글을 썼다고 혹평하는 글을 보았는데, 1,500명을 배출하는 지금도 취업난이 극심한데 만약 3,000명의 변호사를 배출하였다면 취업난은 상상하기도 끔찍하다.

일본 로스쿨과
우리 로스쿨의 문제점

지난 2011. 9. 9. 오전 대한변협 회관에서 서울지방변호사회에서 초청한 일본 동경대 법학부장 야마시타 토모노부의 일본 로스쿨의 현황에 대한 강연회를 김재구 변호사의 통역으로 1시간 동안 들었다.

강연 내용은 일본에서 로스쿨이 출발할 때 로스쿨 정원이 너무 많았고 최근에 각 학교마다 정원을 10 내지 20% 감축하여 정원이 5,700명에서 4,500명으로 줄었고, 2010년에는 합격률이 25.4%, 2011년에는 23.5%로 합격률이 너무 저조하고, 특히 비법학과 출신과 사회 경험자들은 합격률이 훨씬 낮아 로스쿨에 대한 인기가 떨어져 지원자가 대폭 줄었다고 한다. 몇 개 로스쿨은 폐교되었고, 몇 개는 통폐합되었으며 향후에 많은 로스쿨의 통폐합이 활발히 진행될 것이라고 하였다.

로스쿨을 수료하고 신 사법시험(우리나라 변호사 시험)에 합격한 변호사 수가 급격하게 늘어 법률사무소에 취직은 했지만 월급을 받지 못하고 의뢰인도 직접 찾아야 하는 '노키벤 변호사(집의 처마 밑을 빌리는 것뿐이라는 의미)', 이런 정도도 못 되어 집에서 혼자 독립해서 의뢰인을 찾는 즉독(卽獨) 변호사가 늘어나고 있다고 한다.

기업에서도 고문 변호사로 충분하다는 생각으로 로스쿨 출신 변호사를 사내 변호사로 채용하는 경우가 매우 드물고, 국가나 공공 단체도 몇 개 부처를 제외하고 법무 담당관으로 채용하는 경우가 거의 없다고 한다. 변호사 시험에 합격했지만 법률사무소에 취직하지 못 한 자, 로스쿨을 수료하고 변호사 시험에 합격하지 못한 사람들에 대한 검토나 배려가 전혀 없어 문제가 심각하다고 하였다.

로스쿨의 커리큘럼도 변호사 시험 대비 과목 위주로 짜여 있고 학생들도 변호사 시험 합격을 위한 과목만 듣기 때문에 원래 다양한 과목을 전공한 학생들이 로스쿨에 들어와 폭넓은 전문 직업인을 양성한다는 로스쿨의 주된 도입 취지가 퇴색되었다고 한다. 또한 현재의 커리큘럼과 변호사 시험 합격을 최우선시하는 현재의 상황에서 교수나 학생들이 연구에 관심을 갖거나 활성화하기도 어렵다고 한다. 다양한 커리큘럼에 의한 다양한 교육과 국제적으로 활동할 수 있는 법률가 양성은 요원하며 로스쿨 교육의 자유화가 촉진되어야 한다고 역설하였다.

2004년 개원한 로스쿨의 많은 문제점이 발생하자 일본 변호사연합회는 로스쿨 수료자의 취직난이 심각하고, 재판 사건의 증가도 한계점에 달하였고, 변호사 과소지역 문제도 해소되었고, 변호사의 증가가 질이 낮은 변호사의 증가를 초래하여 법률 소비자의 이익도 저해할 우려가 있으므로 법조인구 증가를 억제해야 한다는 움직임이 활발해지고 있다고 한다. 로스쿨이 많은 문제점을 노출하고 법조인 양성제도에 혼란이 오자 최근에 관계 정부 부처와 여러 단체가 모여 법조인 양성제도의 진정성에 대하여 검토하는 '법조인 양성제도에 대한 포럼'이 설치되어 법조인 양성제도의 진정성에 대하여 활발히 논의하고 있다고 한다.

일본은 로스쿨 수료 후 3회에 한해 변호사 시험에 응시할 수 있고, 로스쿨과 법과대학이 병존하고 사법연수원도 존재하는 등 우리 로스쿨과 몇 가지 점에서 다른 점이 있지만 많은 점에서 유사하다. 일본은 로스쿨 수료생이 배출된 지 5년이 되었고 우리나라는 내년에 첫 졸업생이 배출된다. 아직 로스쿨 수료자도 나오지 않았고 변호사 시험도 시행되지 않았으므로 실상이나 문제점을 정확히 알 수는 없다. 그러나 우리나라도 일본과 너무 비슷하고 유사한 문제점이 발생할 것이라 예상된다.

로스쿨 도입 시 법조인들의 로스쿨 도입 여부에 대한 찬반론이 첨예하게 대립될 때 필자는 현재 일본에서 발생한 여러 문제점이 로스쿨 시행 후 10년 내에 우리 로스쿨에서 발생할 것이라고 설명하면서 로스쿨 성패 여부는 10년 후에 평가해야 한다고 역설하였다. 당시 필자가 주변 법조인들에게 역설했던 로스쿨 제도 시행 후의 문제점의 거의 대부분이 일본에서 그대로 발생하고 있고 우리나라에서도 발생할 가능성이 매우 높다. 필자는 우리 법조 문화와 환경, 우리 국민들의 의식과 정서, 경제 여건과 대학 현실 등에 비추어 볼 때 일본에서 발생한 폐해가 예상되어 처음에는 개인적으로 로스쿨 도입을 반대하였다. 그러나 로스쿨 제도가 시행된 이상 미진한 점은 개선하면서 로스쿨이 성공적으로 정착되기를 바라고 우리 모두 노력해야 한다.

당시 필자가 지적했던 것 중의 하나는 예비시험 제도 도입이다. 며칠 전 보도에 의하면 최근 3년간 로스쿨 입학자 중 SKY 대학 출신이 54%일 정도로 편중되어 있다. 특히 상위권 대학 로스쿨의 경우는 SKY 대학과 카이스트 출신이 80~90% 이상 된다고 한다. 고등학교 때 학업을 소홀히 하여 중하위권 대학에 진학한 사람은 대학 이후 무척 열심히 공부하더라도 좋은 로스쿨에 입학하는 것이 거의 불가능에 가깝다고 한다. 비싼 등록금을 납부할 수 없어 로스쿨에 진학할 수 없거나 하위권 대학의 학생들은 로스쿨 진학도 어려워 자신을 업그레이드 하거나 법조인이 되는 길이 막혀 버리므로 비 로스쿨 수료자도 예비시험 제도를 두어 일정 비율 이상의 사람에게 변호사 시험에 응시할 수 있는 길을 열어 두어야 한다.

한 시간 동안 들은 동경대 법학부장의 일본 로스쿨의 상황과 과제에 대한 강연은 우리 로스쿨 제도에 대하여 시사하는 바가 매우 컸고 우리 법조인이나 정책 당국에서 귀담아 들어야 할 것이다. **(2011. 9. 10. 필자 블로그)**

사법시험 존치 논쟁에 대한 소고(小考)

2015년 초, 대한변협 회장과 서울지방변호사회 회장 선거에서 사시 존치를 제 1공약으로 내세운 후보들이 사시출신 청년 변호사들의 몰표에 힘입어 당선되었다. 5명의 새누리당 의원들이 5개의 유사한 사시존치 법률안을 발의하였고, 최근 각 언론에서도 핫이슈가 되고 있다. 사시와 로스쿨 출신의 청년 변호사들의 갈등과 대립은 갈수록 심해진다. 로스쿨과 로스쿨이 설치되지 않은 법대 교수들 사이에도 이해관계에 따라 입장 차이가 크고 성명전을 펼치고 있다.

대한변협은 사시 존치안을 발의한 의원들과 함께 5회의 토론회를 개최하였다. 같은 주제로 5회나 토론회를 한 것은 지나친 예산 낭비다. 당선자 공약이기는 하지만 당선자는 전국 회원의 20% 지지에 불과하고 회원의 80%는 사시존치 공약에 반대하거나 의견표시를 하지 않았다. 의견이 팽팽하고 사법제도에 큰 영향을 미치는 중대한 사안이라면 최소한 전국 회원을 상대로 설문(여론)조사 등을 통해 의견 수렴을 해야 한다. 신·구 변협 집행부에서 위 중요한 사안에 대해 회원들의 의견수렴을 한 번도 하지 않은 것은 정말 잘못되었다. 지금 당장 전국 회원을 상대로 여론조사를 해야 한다.

사시 존치를 위한 토론회나 기고, 행사, 홍보는 수 없이 많은데 사시존치를 반대하는 이유에 대해서는 정보가 거의 없다. 완전한 정보의 비대칭이다. 사시 존치의 당부에 대한 올바른 판단을 위해서는 찬성과 반대 양쪽의 입장을 들어봐야 한다. 필자가 사시 존치를 반대하는 이유는 사시 존치 찬성 쪽에서 제시하는 근거를 반박하는 것으로 대신하겠다.

첫째, 로스쿨은 학비가 너무 비싼 '돈 스쿨'로서 형편이 어려운 사람들은 로스쿨을 다닐 수가 없고, 가난한 사람들도 법조인이 될 수 있는 기회를 부여해야 한다는 것이다. 필자도 빈농의 장남으로 어렵게 공부하여 사시에 합격했다. 어려운 사람들에게도 법조인이 될 기회가 반드시 주어져야 한다는 것은 백번 맞는 말이다. 그러나 꼭 사시 존치가 아니더라도 방송통신대(사이버대) 로스쿨과 야간대 로스쿨 설치, 예비시험 도입, 저소득층 자녀들에 대한 장학금 액수나 비율을 법정화해서 미이행 시 인가 취소 등 강력한 제재를 하는 등 현행 로스쿨 제도 하에서도 얼마든지 가능하다. 또한 사법시험 준비 기간에 학비는 안 들더라도 평균 준비기간인 5, 6년간의 비용과 합격한 2.94%를 제외한 나머지 불합격자의 기회비용을 고려하면 사시준비에 소요되는 사회적 비용도 적지 않다.

둘째, 로스쿨 입학 과정과 절차가 투명하지 못하고 불공정하여 고위층 자녀들이 많이 합격하는 부작용이 크다. 고위 법조인, 대기업 임원, 정치인 등 로스쿨 재학생의 부모 직업을 나열하면서 '현대판 음서제'라고 비판하고 있다. 과거와 달리 요즘은 사법 시험이나 로스쿨, 명문대 입시 모두 공부하기에 여건이 좋아야 합격 가능성이 높기 때문에 부모가 고학력, 고소득자인 좋은 환경의 집안 자녀들이 사시나 로스쿨에 많이 합격할 것이다. 법조인 출신 자제들이 로스쿨에 많이 간 것은 사실이겠지만 사법시험에도 법조인 출신 자제들이 많이 합격했다. 사시는 최근 정원이 300명, 그 이하이고 로스쿨은 2,000명이니 그 비율을 따져보면 비슷할 것이다. 얼마 전 서울대 이재협 교수 연구팀은 2008년 이후 로스쿨과 사시 출신들의 사회 경제적 배경은 차이가 크지 않다는 분석결과를 발표하였다. 숫자만 가지고 따질 것은 아니고, 입학절차나 과정이 얼마나 투명하고 공정했느냐가 중요한 것이다. 불공정하고 특혜를 받은 구체적 사례나 증거를 제시하면서 문제를 지적해야 할 것이다. 설사 그런 사례가 2,000명 중 몇 명 있었다고 하더라도 개선해야 할 사항이지 사시존치 이유가 될 수는 없다.

셋째, 변호사 시험 성적을 공개하지 않으니 로스쿨 수료 후 대형 로펌 등 취업

시에 인맥이나 집안 배경이 많이 작용하는 등 취업 절차가 불공정하다. 공기업도 아닌 민간 기업인 대형로펌에서 성적 자료가 없으므로 출신 대학이나 로스쿨, 스펙, 배경을 전형 요소로 하는 것은 어쩔 수 없다. 과거 사시출신의 경우도 성적 이외에 학벌, 부모, 로펌 간부들과의 인연 등 여러 요소로 취업한 경우도 자주 있었다. 2015. 6. 25. 헌재의 위헌 결정으로 성적이 공개되겠지만(현재는 본인에게 성적이 공개됨) 성적 몇 등 뒤지더라도 장차 로펌에 도움이 될 가능성이 많은 사람을 뽑는 것을 막을 수는 없다. 그렇게 뽑힌 사람이 실력향상이 안 되거나 로펌에 도움이 되지 않으면 도태될 것이다.

 넷째, 사시와 로스쿨로 법조인 선발과 양성을 투 트랙으로 하여 서로 선의의 경쟁을 하면 보다 좋은 사법 서비스를 제공할 수 있다는 것이다. 법조인 선발과 양성이 사시와 로스쿨로 이분화되면 1류, 2류 변호사로 갈등과 대립이 더 심화되고 선발과 양성과정이 다른데 선의의 경쟁을 할 수가 없다. 법조 일원화가 되었고 사법연수원 운영에 1년에 500억 원의 예산이 소요되는데 국민 혈세를 1년에 500억씩 낭비할 수 없다.

 로스쿨도 원래의 취지에 벗어나 여러 가지 문제점이 많은 것은 사실이다. 50년간 시행된 사법시험도 많은 변화와 논의를 통해 좀 더 나은 방향으로 개선되었다. 상호 대립, 반목만 할 것이 아니라 로스쿨의 여러 문제점을 보완해서 이제 7년 된 로스쿨이 안착할 수 있도록 지혜를 모아보자. **(모 신문사에서 게재해 주지 않아 2015. 8.경 필자 블로그에 올린 글)**

법무부의 사시폐지 4년 유보 결정 문제 많다

법무부는 지난 12월 3일, 2021년까지 4년간 사법시험 폐지를 유보하고 법조인 양성 및 선발제도에 관한 3가지 개선방안을 발표하였다. 법학전문대학원(이하 로스쿨) 재학생들의 자퇴서 제출, 교수들의 출제위원 거부, 시민단체들의 반박 성명 등 거세게 반발하자, 법무부는 다음날 "전날 발표는 법무부의 최종적인 결정이 아니고 관계기관 등과 계속 논의하고 검토하겠다."고 번복하며 오락가락 행보를 보였다. 법무부는 충분한 의견 수렴이나 연구, 검토 없이 너무 무책임하고 졸속적인 결정을 하였고, 그 결정은 시기, 절차, 방식, 내용 등에서 너무나 문제가 많다.

첫째, 법무부의 입장 발표는 시기적으로 너무 늦었다.

2009. 8. 효력이 발생한 변호사시험법 부칙 제4조는 사법시험 1차는 2016년 초, 2, 3차 시험은 2017년이 마지막으로 규정되어 있다. 몇 년 전부터 사시출신 청년 변호사들, 사시준비생, 로스쿨이 없는 법대 교수들과 로스쿨 출신 변호사들, 로스쿨 재학생과 교수들로 양분되어 사시존치 여부에 대한 두 집단의 갈등과 대립은 극에 달해 있다. 2년 전부터 국회에 6, 7개의 사시존치 법안이 발의되어 있고 공청회도 여러 차례 개최하였다. 사시존치 여부는 상고법원 설치와 함께 최근 몇 년간 법조계의 최대의 핫이슈다.

사법시험과 변호사시험의 주무부서인 법무부는 오래 전부터 TF팀을 구성하여 충분한 의견수렴을 하고 연구, 검토해서 충분한 시간을 두고 입장을 발표해야 함은 국가기관으로서 너무도 당연한 책무이다. 그러나 법무부는 얼마 전 국회 공청회에서도 입장을 제시하지 못하다가 최근에 실시한 국민 1,000명의 여론조사 결과를 토대로 마지막 1차 시험을 2개월 남겨둔 상황에서 국회 회기가 거의 끝날 무렵에 졸속으로 입장을 발표한 것은 국가기관으로서 있을 수 없는 일이다.

둘째, 법무부의 입장 발표는 절차와 방식에서도 너무 잘못되었다.

법조인 양성과 선발 제도는 사법제도의 근간을 이루는 중요한 문제이고 이해관계가 첨예하게 대립되는 사안이므로 법무부는 대법원, 변호사 단체, 시민단체, 국민들의 의견을 수렴하고 국회나 교육부, 기재부 등 유관기관과 상호 의견을 조율하여 미리 차분하고 신중하게 최선의 안을 마련해야했다.

법무부는 대법원이나 대한변협, 국민들의 의견수렴, 관계부처 협의와 공청회 미개최 등 의견수렴이나 준비에 너무 소홀하였다. 금년 9월 중순에야 국민 1,000명, 법대 출신 비법조인 100명을 대상으로 실시한 여론조사 결과를 입장 발표의 중요한 근거로 제시하였다. 여론조사의 표본 수도 너무 적고, 설문사항이 사시 존치 쪽에 너무 치우쳐 불공정한 여론조사라는 비판도 많다. 일반 국민들의 의견 수렴도 중요하지만 사법 시스템의 개폐인 만큼 최소한 판사, 검사, 변호사 등 법조인들의 의견도 수렴해 보았어야 한다. 지금까지 법무부는 물론이고 대한변협, 서울지방변호사회, 기타 어느 단체도 법조인들에게 사시 존폐에 대한 여론조사를 한 적이 없다. 중요한 농·어업 제도를 개폐하면서 농·어민들의 의견수렴 한 번 없이 일반 국민 1,000명의 여론조사를 토대로 개폐 여부를 결정한다는 것은 있을 수 없는 일이다.

법무부 입장발표 직후, 대법원이 "사시존치 등 법조인 양성 시스템에 관한 사항은 법무부가 단시간 내에 일방적으로 결정할 문제가 아니다."고 강한 어조로 유감을 표명하였고, 교육부도 "2021년에는 반드시 사시를 폐지해야 한다."며 불쾌감을 드러내는 등 관련 부처들도 반박하였다.

발표 전에 이상민 국회법사위 위원장이 "졸속·부실해 자칫 사회적 논란과 혼란을 촉발시킬 우려가 있으므로 공개 발표하지 말고 법사위 법안심사 과정에서 의견을 피력하라. 우선 국가 차원에서 교육부, 기재부 등 정부 관련부처와 대법원, 언론 등 각계 각 부문이 참여하는 논의기구를 구성해 논의하라고 권고하면서 강력히 만류하였다."는 보도를 보았는데 매우 정확한 지적이다.

셋째, 사시폐지 4년 유보는 신뢰보호 원칙에 위배되며, 책임 회피이자 미봉책에 불과하다.

이미 2009년부터 로스쿨이 설치되어 운영되고 있고, 사시 1차 시험은 2016년이 마지막이라는 경과규정이 2009년에 공포되었고, 많은 로스쿨 준비생이나 로스쿨 재학생 및 관계자들, 사시 준비생들이 이를 신뢰하고 있는데 행정기관이 갑자기 마지막 1차 시험 2개월 전에 4년간 유예한다고 발표한 것은 신뢰보호나 법적 안정성을 크게 해치는 것이다.

또한 첨예하게 대립되는 사안에 대해 근본적인 결정을 하지 못하고 한시적으로 4년을 연장하는 것은 갈등과 분열 등 소모적인 논쟁만 4년간 더 연장할 뿐이고 최종 결정시점을 다음 정부로 미루는 책임회피이자 직무유기다.

50년 이상 실시해 온 최고 권위의 사법시험도 시험과목 수, 출제방식과 문제형태, 합격자 수의 증감, 사법연수원 교육방식과 평가시험 변경 등 많은 변화와 시행착오를 겪어 왔고 오랜 기간 충분한 논의 끝에 좀 더 나은 방향으로 개선되어 왔다. 시행된 지 몇 년 되지 않은 로스쿨에 많은 문제가 있고, 이를 개선해야 한다는 데는 모두가 동의한다. 그러나 사법시험 존치로써 그 문제점을 해결할 수 있는 것은 전혀 아니고 올바른 방향도 아니라고 본다. (《법률신문》 2015. 12. 10. '법조광장')

법원노조의
변호사 대기실 명도 요구의 부당성

　법원 공무원 노조(이하 '법원노조'라고 함)가 몇 년 전부터 끈질기게 법원 내 변호사 대기실의 명도를 요구해 와 결국 서울의 5개 법원의 변호사 대기실을 명도하기에 이르렀다. 대법원은 지난 2. 7. "변호사에 대한 법원의 업무편의 제공은 국선변호, 무료 법률상담 등 변호사의 공익적 봉사활동을 장려하는 데 기여할 수 있으며, 변론대기 및 준비 등이 가능한 변호사 대기실은 법원이 변호사들에게 제공 가능한 기본적 편의시설"이라고 말하면서, 다만 "종래 변호사 대기실 운영은 공익적 용도와 성격에 배치된 부분도 있었으므로, 이를 개선해 공익적 필요가 큰 국선변호인의 변론준비 장소 등으로 봉사할 변호사의 조정 대기 및 조정 장소 등을 위한 변호사 접촉 촉진 장소로 유용하게 활용될 수 있도록 보완할 필요가 있다."고 밝히면서 '각급 법원의 변호사 대기실 관리에 관한 지침'을 마련해 하달했다.

　그런데도 법원노조는 법원청사에 '임대료 한 푼 낸 적 없이 법원간섭 기가 막혀! 적반하장 서울변호사회는 즉각 국유재산을 명도하라.'는 현수막을 게시하고, 거기에 한 술 더 떠서 변호사의 과다수임료 문제 등 5개 사항을 요구하고 있다. 그러나 법원노조의 변호사 대기실 명도요구는 다음에서 본 바와 같이 명백히 부당하며 이의시정을 요구한다.

　첫째, 법원노조는 변호사 대기실의 명도를 요구할 근거나 법적 권한이 전혀 없다.
　노동조합 및 노동관계조정법에 의하면 노동조합이란 근로자의 근로조건의 유지, 개선 기타 근로자의 경제·사회적 지위 향상을 도모함을 목적으로 하는 단체이며, 법원 공무원노조도 법원 공무원들의 근로조건의 개선, 향상을 목적으로

하는 단체일 것이다. 법원노조는 변호사 대기실의 명도를 요구할 아무런 권한이나 근거도 없고, 법원노조의 설립취지나 활동영역에 비추어 보아도 매우 배치되는 일이다.

둘째, 법원청사는 공공기관으로서 변호사를 비롯한 국민 누구나 이용할 수 있는 권리가 있다.

재판업무는 재판을 주재하는 법관, 재판업무를 보조하는 법원직원, 재판을 받는 사건 당사자 등 여러 당사자의 참여와 협력에 의하여 가능하다. 변호사는 민사사건에서는 당사자의 소송대리인으로서 당사자를 대신하여 참석하고 형사사건에서는 변호인으로 참여하므로 사건 당사자나 마찬가지다. 법원의 주요한 존재 이유이자 주요 업무인 재판업무와 관련하여 변호사는 법원청사를 이용할 수 있고, 진행되는 재판 중 변론의 상당 부분을 변호사가 맡고 있는 만큼 법원은 변론대기 및 준비 등이 가능한 변호사 대기실 등 기본적인 편의시설을 제공할 수 있고 제공해야 하는 것이다. 또한 대기실이 시민을 위한 법률상담소, 시민의 권익보호를 위한 변론 준비실, 국선변론 준비 등 공익적인 목적으로도 상당부분 활용되고 있는 점을 볼 때 그 필요성은 더욱더 커지게 된다.

셋째, 다른 기관의 법원청사 이용과의 형평성에 어긋난다.

전국 모든 법원에 조흥은행 지점이 있고, 조흥은행에서 각종 비용이나 수수료를 수납하고 있고, 법원관련 보도를 위해 언론기관의 기자들이 주재하는 기자실이 있다. 물론 은행이 법원에 출입하는 민원인들의 편의를 도모하고 기사가 공익적인 보도의 측면이 있는 것은 사실이다. 그러나 은행이 공탁금 및 경매대금의 예치, 각종 수수료 수입 등 은행의 이익을 위한 측면도 매우 많고 각 언론사 기자들이 자사의 이익을 위하여 보도를 하는 측면도 매우 강하다.

물론 변호사의 경우도 당사자와의 사적인 계약에 의하여 선임료를 받고 변론을 수행하는 사적인 면이 강하나 국선변론 준비, 무료법률 상담, 재판 직전의 당사자의 갑작스런 자료 제출이나 진술 변경 등으로 법원 대기실에서 변론준비나 대기가 필요한 경우 등 공익적인 기능이나 당사자의 이익을 위하여 필요한 경우가 많으며 당사자를 위한 변호사도 국민의 한 사람이다. 은행이나 기자실의 명도요구는 하지 않고 왜 변호사 대기실의 명도만 굳이 요구하는가.

넷째, 법원노조의 현수막 게시행위나 명도요구는 법치 질서나 공무원의 복종의무에 위배되는 것이다.

법원 청사에 '임대료 한 푼 낸 적 없이 법원 간섭 기가 막혀! 적반하장 서울변호사회는 즉각 국유재산을 명도하라.'는 현수막을 게시하는 행위는 내용도 노조업무와 전혀 무관할 뿐만 아니라 내용이 옳다 하더라도 법원청사에 이러한 현수막을 게시하는 것은 관련규정에 위배되는 것이다. 또한 공무원은 상급기관이나 상사의 명령에 복종할 의무가 있는데 대법원이 변호사 대기실 문제와 관련하여 일부 보완할 점이 있지만 변호사 대기실은 법원이 변호사들에게 제공 가능한 기본적인 편의시설이라며 변호사 대기실의 존치이유를 인정한 지침을 하달하였는데도 현수막까지 게시하면서 명도요구를 계속하는 것은 법치 질서나 공무원의 복종의무에 위배되는 것이다.

다섯째, 변호사 대기실을 명도 받을 실익이 별로 크지 않다.

업무량 증가로 인하여 일부 법원 청사의 공간이 부족한 것은 사실이다. 지방마다 다르기는 하지만 변호사 대기실이 평균 20여 평가량 된다고 한다. 그 20여 평을 명도 받아 얼마나 유용하게 사용할 수 있으며 부족한 공간 해소에 얼마나 도움이 되는가. 서울 서부지방법원의 경우 일부 명도받은 변호사 대기실을 잠시 법원의 문서 창고로 사용하다가 지금은 법원 직원들의 단학 수련실로 사용하고 있다고 한다.

20, 30여 평의 사무실로 법원의 부족한 공간을 보충하는 것과 수백 명의 변호사가 변론준비나 대기를 위해 이용하는 변호사 대기실을 사용하는 것 중 어떤

것이 공간을 효율적으로 이용할 수 있고 실익이 크겠는가. 불필요한 오해를 없애기 위해 변호사회도 필요 최소한의 공간으로 좁히는 등 대법원의 보완요구에 협조할 필요가 있다. 법원노조는 이런 지엽적인 문제에 매달리지 말고 노조가 어렵게 탄생한 만큼 법원에 산적한 현안문제의 개선이나 해결에 힘을 쏟아보자.

(《법률신문》 2006. 5. 11. '법조광장')

사법시험 3차 시험
면접 후기

글머리에

지난 2011. 11. 16.부터 19.까지 실시된 제53회 사법시험 3차 시험 면접위원으로 참여하였던 소감을 피력해 보고자 한다. 금년 2차 합격자 706명과 지난해 3차 시험 탈락자 8명 등 총 714명이 3차 면접시험에 응시하여 36명이 심층면접 대상자로 회부되어 최종 7명이 탈락하였다. 참고로 지난해는 822명이 응시하여 32명이 심층면접에 회부되고 최종 8명이 탈락하였다.

면접위원의 구성

면접위원은 모두 17개조로 1개조는 대개 검사나 판사, 교수, 변호사 등 3명으로 이루어졌다. 면접위원은 대략 법조 또는 교수 경력 20년 이상의 고등법원 및 지방법원 부장판사, 지청장 등 검찰 간부, 변호사, 법대 교수들이었다. 우리 조는 고등법원 부장판사, 법대 교수로 구성되었는데 의견 차이가 거의 없었다. 25년 전 필자는 법대 교수와 검찰 간부 등 2명의 위원으로부터 면접을 받았던 기억이 난다.

면접 설명회와 면접 준비

시험 전날인 15일 오후 사법연수원에서 면접방식에 대한 설명과 위원 간 평가 기준에 관한 편차를 해소하기 위해 면접위원들에 대한 사전 설명회를 가졌다. 면접시험 개요와 요령을 설명하고, 면접 전문 강사를 초빙하여 면접 기법을 강의하고 역할극까지 하였다.

개별 면접과 집단 면접을 위해 매일 다른 문제 은행집을 배포하여 위원들이 따로 면접 문제를 준비할 필요는 없었으나 우리 조는 개별 면접 시 문제 은행에 없는 질문을 하기도 하였다. 개인적으로는 문제 은행집의 문제가 너무 길고 논점이 단순하다는 생각이 들어 면접 문제를 좀 더 정성을 기울여 압축되고 몇 가지 법리를 테스트할 수 있는 좋은 문제를 만들었으면 하는 아쉬움이 있었다.

사법시험 면접 평정요소 및 합격자 결정

사법시험법 제8조는, 3차 시험은 면접시험으로 하되 ㉮ 법조인으로서의 국가관·사명감 등 윤리의식, ㉯ 전문지식과 응용능력, ㉰ 의사발표의 정확성과 논리성, ㉱ 예의·품행 및 성실성, ㉲ 창의력·의지력 그 밖의 발전가능성 등 5개 항목을 평정요소로 하도록 되어 있고 실제로 면접표도 위 5개 항목에 배점하도록 되어 있었다.

3차 시험은 위 5개 평정요소마다 각 상(3점), 중(2점), 하(1점)로 구분하고 총 15점 만점으로 하되, 각 시험위원이 채점한 평점의 평균이 중(10점) 이상인 자를 합격자로 하고, 다만, 시험위원의 과반수가 어느 하나의 평정요소에 대하여 하(1점)로 평정한 경우에는 불합격으로 한다고 규정되어 있다(시행령 제5조 제4항).

면접 방법 및 기준

면접은 1조당 10명 내지 11명으로 구성되었는데 집단 면접 1시간, 개별 면접 1시간 반가량(?)을 한 후에 채점표 작성과 심층회부 결정 및 심층회부 결정서 작성을 했다. 집단 면접은 위원들이 선택한 주제에 대하여 조원들이 위헌 여부나 찬반 토론을 하는데 다행히 조원들 중 위헌이나 반대 의견이 1, 2명 있어 토론이 되었다. 집단 면접 시 적극적인 사람은 3, 4회 발언을 하고 소극적인 사람은 1, 2회에 그치거나 다른 사람들이 발표한 내용을 종합한 정도에 그친 경우도 있었는데, 후자는 좋은 점수를 받기가 어려울 것이다.

위 5개의 평정요소 중 모두 예의나 품행은 단정하므로 ㉳항은 문제가 되지 않고, 짧은 시간에 ㉮항은 판단하기가 쉽지 않았다. ㉮항도 판단하기가 쉽지 않은 데다 필자는 사법시험 3차 시험은 판·검사 임용시험이 아니라 자격시험이고, 국가관은 2년 또는 5년 후 판·검사 임용을 위한 면접 시에 철저히 검증하면 된다고 생각하여 국가관 등은 별로 신경 쓰지 않았다. 예비 법조인으로서 사법 연수원에서 교육을 받을 수 있을 정도의 ㉯ 전문지식과 응용능력, ㉰ 의사발표의 정확성과 논리성의 평가에 중점을 두었다.

집단 및 개별 면접은 순위를 정하거나 우수한 사람을 뽑는 것이 아니고 기본적인 법률지식이 부족하거나 표현력이나 논리력 등이 미흡하다고 판단된 사람 중 심층면접 대상자를 결정하고, 심층면접에서 대상자들을 집중적으로 다시 검증하여 최종적으로 불합격자를 가려내는 것이다. 집단 면접을 실시해 보면 우수한 사람, 보통 수준인 사람, 약간 미진한 사람으로 어렵지 않게 분별할 수 있었다. 집단 면접 시 우수한 사람은 개별 면접 시 가벼운 질문을 하게 되고 미진했던 사람에게는 약간 난이도가 높은 전공 지식이나 법 일반론에 대해 물어 전문지식이나 발표력과 논리력 등을 테스트하였다. 우리 조는 4파트 40여 명에 대한 면접을 실시하였고 2명을 심층면접 대상자로 회부하였는데 최종합격 여부는 알 수 없다. 36명이 심층면접 대상자로 회부되었으므로 조당 2.12명인데 우리 조는 평균인 셈이다.

심층면접 대상자

첫날 오전 면접이 끝나고 점심식사 후에 면접위원 중 조별 대표자가 모여 심층면접 대상자 선정기준 회의를 갖고 기준을 마련하였다. 심층면접 대상자로 회부한 수험생에 대해 마음이 아팠지만 심층면접에서 다시 구제될 기회가 있고, 심층면접에서 구제되지 못하고 최종적으로 불합격했다면 심층면접 대상자로 결정한 우리의 판단이 옳았음이 증명된 것이다.

최종 탈락자는 다음해에 3차 시험만 다시 보는데 최근 몇 년 동안 다음해 전원 최종 합격하였다고 한다. 다음해 면접 시에 전년도 탈락자라는 표시가 전혀 없으므로 동정심으로 구제된 것은 아니고, 1년 동안 스피치 학원을 다니고 부족한 전공 공부를 하여 전문지식과 응용능력, 의사발표의 정확성과 논리성이 향상된 것이 주된 이유일 것이라는 평가가 많았다.

필자도 1984년 제26회 사법시험 최종합격 결정에서 '출신학교장의 추천평가 성적'이 30%나 반영되는 이상한 제도(2차례 시행 후 1986년 폐지됨) 때문에 불운하게 낙방한 경험이 있고, 당시는 다음해 1차 시험도 면제해 주지 않아 다음해 1차에 불합격하고 제29회 사법시험에 최종합격하였는데 시험 제도의 중요성과 아픈 과거가 새삼 떠올라 이 글을 쓰게 되었다. (〈법률신문〉 2011. 11. 26. '법조광장')

* 법무부는 몇 년 후, 변협에서 필자를 사법시험 3차 시험 면접위원으로 추천했는데 필자가 위 글을 써서 비밀유지 의무를 위반했다는 이유로 이례적인 방법으로 면접위원으로 위촉하지 않았다. 필자는 수험생들에게 도움을 주고자 위 글을 썼고, 위 글에 공개해서는 안 될 비밀사항이 전혀 없는데 법무부의 형식적이고 관료적인 행정을 보고 매우 씁쓸하였다.

그래도 閔辯은
民辯이 좋다

　최근 민변 잡지를 보거나 회원들 모임을 가질 때면 민변이 지향하는 가치나 역할에 대하여 회의적이고 자학적인 모습이 자주 보이고 민변의 앞날에 대하여 걱정을 많이 한다. 그렇다. 신입회원도 갈수록 줄어들고 과거에 비해서 회비 납부율이나 모임 참가율이 떨어지고 뚜렷한 모임의 성과도 없는 듯이 보일 수도 있다. 이는 연수원 수료자들의 의식 변화와 변호사 업계의 악화된 환경 등과 밀접한 관련이 있으며 어쩔 수 없는 현실인 것 같다.

　얼마 전까지만 해도 사법연수원 수료자 중 대학 때 이념서클에 가입하여 사회과학 서적을 탐독하고 선배들과의 MT, 토론 등으로 의식화가 되고 학생운동, 노동운동 등으로 현실정치와 제도에 대한 비판의식 등이 충만해 있는 사람들이 있어 민변 설명회가 없어도 자연스럽게 민변에 가입하게 되었다. 그러나 지금의 연수원 수료자들은 거의가 90년대 이후 학번들로서 대학에 이념서클도 없고 사회과학 서적을 탐독한 사람도 별로 많지 않아 학습이 되어 있는 사람들이 거의 없는데다 연수원의 살벌한 경쟁적인 분위기에 경도되어 생존문제에만 급급하고 공익활동 등에 관심 있는 사람이 별로 없는 것 같다. 그래서 연수원 수료자는 1,000명으로 늘었고 민변 설명회까지 하지만 민변에 가입한 사람은 몇 명 되지 않는 것으로 보인다.

　기존회원이나 신입회원 모두 과거에 비해 법조환경이 너무 악화되어 사무실 유지가 어렵다 보니 정신적, 경제적, 시간적 여유가 없어지고 회비 내는 것을 주저하며 민변 활동에도 소극적이고 관심도 멀어져 가는 것 같다. 그러나 사무실 운영이 원활하고 여유가 있을 때 활력이 생기고 민변 활동을 하는 것이 수월하겠지만 어려울 때일수록 가치 있는 일에 몰두하고 시간, 노력을 투자하는 것이 보람 있고 삶의 활력을 찾아 줄 것이다.

필자는 이러한 어려운 여건 속에서도 최근의 민변 활동을 보면 민변이 꼭 필요한 단체이고 정말 가치 있고 자랑스러운 일을 하고 있다고 찬사를 보내고 싶다. 최근 5월부터 7월까지의 민변 활동 내용을 개략적으로 살펴보자.

형사소송법 개정 등 각종 법률의 제·개정에 대한 의견서, 한미 FTA 협상 관련 소위원회, 평택 대책팀, 검찰 개혁팀 등 소위원회의 활발한 연구와 토론, 법적 자문 및 변론, 공무원 노조 탄압 및 대구지역 건설노조 공안탄압에 대한 진상조사, KTX 여승무원 농성, 한국외대 노조 공대위 참여 및 의견서, 학교급식 식중독 피해학생 집단 손해배상 청구, 군사시설 보호구역 설정처분 무효 확인 청구, 한미 FTA 관련 정보공개 청구, 비공개 처분취소 및 이의신청, 평택 대추리 사건의 민·형사 사건의 진행 등 각종 변론 활동, 대법원의 성전환자 성별정정 신청 허용 판결 등 사회적 이슈가 될 만한 각종 판결에 대한 논평, 노동 판례평석, 주한미군 기지이전 재협상의 필요성과 가능성, 법조 비리 등 각종 현안에 대한 수차례의 토론회 주관 및 참여, 각종 현안에 대한 많은 성명서, 공공부문 비정규직 해결 대책위, 이주노동자 연대회의나 정대협, 참여연대 등 다른 단체와의 연대 사업 등 정말 많은 일을 하고 있다.

법치가 실종되고 인권의 사각지대에 있는 소수자 및 약자가 있는 곳에는 항상 민변 변호사가 함께 하고 있고, 각종 사회 현안에 대하여 법치 질서 확립과 인권 옹호를 위한 법률적 의견과 대안을 제시하는 등 너무도 생산적이고 의미 있는 일을 많이 한다. 혹자는 이런 정도의 일은 법률 전문가로서 조금만 노력하면 쉽게 할 수 있는 일이라고 반문하면서 대수롭지 않게 생각할지도 모른다. 그러나 의견서, 성명서, 토론회 발제문을 한 번이라도 작성해 본 사람이라면 내용은 물론이거나 단어 하나에도 무척 신경이 쓰이고 상당한 시간과 노력을 필요로 한다는 것을 경험하였을 것이다. 민변 회원들은 법인 또는 개인 사무실에서 각자 변호사 업무를 수행하면서 자신의 사업에 별로 도움이 되지 않음에도 불구하고 사명감 하나로 각종 위원회나 대책위 등에 참여하여 시간, 노력, 비용 등을 소비해가며 정말 열심히 활동하고 있다.

좋은 단체가 되기 위해서는 커다란 프로젝트를 수행하고 정말 의미 있는 정책이나 대안을 제시하고 가시적인 성과물이 꼭 있어야 하는가. 법률가 단체는 물론이고 수없이 많은 각종 사회단체에서 거의 무보수로 위에서 열거한 바와 같이 민변만큼 일을 하는 단체가 있을지 의문이며, 필자는 민변은 꼭 필요한 단체이고 정말 자랑스럽게 생각한다.

참여율이나 회비 납부율이 더 좋으면 더욱 좋겠지만 너무 자책하지 말자. 우리나라의 모든 단체는 2·3·5 룰에 의해서 운영된다고 한다. 20% 회원은 집행부나 열성적인 회원으로서 회무나 사업에 열심히 참여하고, 30%는 회비를 내면서 가끔 모임에 참석하고 그 회의 사업을 심정적으로 지지하고, 50%는 회원 자격만 유지한 채 회비도 내지 않고 모임에도 무관심 하는 회원으로 구성되어 있다. 즉, 그 20%의 회원이 단체를 이끌어 간다고 한다. 민변은 70% 회원이 회비를 납부하고 있으니 그래도 다행이다.

작년, 재작년 총회 때 정무직 공무원들의 회원 자격 상실 문제로 격론을 벌인 결과 몇 표 차이로 자격을 유지하게 되었다. 회원마다 견해 차이가 있을 수 있지만 필자는 개인적으로 정무직 공무원이라고 하여 회원자격을 상실할 이유가 없고 민변 스스로 울타리를 좁힐 필요가 없다고 생각한다. 반대한 사람들의 주된 논거는 정무직에 진출한 민변 회원들이 회원자격을 유지한 경우 민변이 정치단체화 될 우려가 있고, 민변 회원들이 그 단체의 장이나 고위직에 있을 경우 그 단체에 대하여 제대로 비판, 감시활동을 하기가 어렵고, 회원이 그 직을 제대로 수행하지 못하고 나쁜 평가를 받게 될 때 민변까지 덩달아 비난의 대상이 되고 이미지가 손상된다는 이유이다.

필자는 법률가가 필요한 자리라면 다른 법조인보다 그래도 민변 회원이 가는 것이 개혁적이고 공평무사하게 일을 처리할 것이라고 믿고 있기 때문에 정무직에 적극적으로 진출하라고 권장하고 싶다. 또한 민변 회원이 단체의 장이나 고위직에 있다고 해서 왜, 그 단체에 대하여 제대로 비판, 감시활동을 하지 못하는가. 그렇게 된다면 민변의 자격이 없는 것이다. 그 단체를 더욱더 비판, 감시해야 하고, 때로는 정책이나 대안, 개혁입법을 개진할 수 있는 통로로 적극 활용할 수도 있을 것이다. 만약 회원이 그 직을 제대로 수행하지 못하고 나쁜 평가를 받는 경우 그 사람이 현재 회원이건 과거 회원이건 간에 민변이 비난의 대상이 되고 이미지가 손상되는 것은 마찬가지다. 그렇지 않기를 바랄뿐이며 그것이 두려워 회원자격을 박탈하는 것은 설득력이 없다. 반대로 우리가 격려와 채찍을 가해 잘 하는 경우 민변 이미지가 상승될 수 있다고 긍정적으로 생각해 보자. 우리 스스로 울타리를 좁히고 너무 편협하게 생각하지 말자.

필자는 변호사 생활 17년 중 15년을 민변 회원으로 활동해오면서 지방회원으로서는 민변 총회나 모임에 자주 참석하는 편이었고, 1999. 9. 민변 광주·전남 지부를 결성하여 4년간 초대, 2대 지부장을 하였으며, 민변에 대한 애착이 강하고 상당한 자부심을 가지고 있다. 민변 회원에 부합하기 위해 정도를 걷는 변호사가 되려고 노력하고 있고, 지금도 필자의 변호사 생활의 버팀목이 되고 있다. 최근 들어 신입회원이 줄어들고 회비 징수율이나 모임 참가율이 떨어졌는지는 모르나 민변은 한국사회의 빛과 소금이며, 그래도 閔辯은 民辯이 좋다. (**〈민주사회를 위한 변호사 모임〉 2006. 7, 8월호 '권두언'**)

광주에서의
변호사 시절에 대한 추억

40대와 변호사 생활의 절반인 8년 반(1997. 9.~2006. 2.)을 광주에서 보냈다. 서울로 이전한 후에도 매월 회보를 보내주어 광주지방변호사회나 회원들의 근황을 접하고 있다. 며칠 전 회보 100호 특집과 낯익은 회원들의 축하와 성원의 글을 보니 광주에서의 변호사 시절의 추억이 떠오른다. 광주지방변호사회 이사, 총무이사, 제1부회장, 감찰위원 등 오랜 기간 회무에 깊은 관여를 하였고, 잘못된 제도나 관행을 많이 개선하였으며, 회보 변화를 많이 시도하여 광주지방변호사회나 회보에 애정이 가득하다.

필자가 총무이사가 된 뒤에 회원들이 회보에 실린 논문은 잘 보지 않아 회원들의 변론 과정에서의 소회 등을 담은 '변론 경험담', 여러 직역에 종사하는 시민들의 법조에 대한 다양한 목소리를 듣고자 '시민의 소리' 코너를 신설하고 논문은 싣지 않기로 하였다. 언젠가 모 회원이 '시민의 소리'난에 법조 현실을 왜곡한 글이 실렸다면서 왜 이런 코너를 신설하여 왜곡된 사실을 싣게 했느냐면서 집행부에 내용증명을 보내 항의한 일도 있었다. 시민들의 쓴 소리에도 귀 기울일 줄 아는 열린 마음을 갖자.

나중에는 회원들의 살아온 내력이나 법조생활, 가치관 등을 통해 그 회원에 대한 이해의 폭을 넓히고 자신의 변호사 생활을 반추해 보는 시간을 갖고자 '회원 탐방' 코너를 신설하였다. 그러나 인터뷰에 응하는 회원이 많지 않아 위 코너는 지면을 채우지 못한 경우가 많았다. 회보 기자가 매월 '변론 경험담'이나 '회원 탐방'의 지면을 채우느라 고생하였는데 회원들이 적극 협조하여 이런 코너들이 활성화되었으면 좋겠다.

2001년 정기총회 때, 오래된 법원, 검찰, 변호사, 교도소 등 법조 유관기관 테니스 대회 폐지안을 필자가 발의하여 압도적 찬성으로 통과되었다. 위 대회에 5, 6명의 회원만 참가할 정도로 회원들이 관심도 없고 변호사회에서 1년에 1,000만 원의 예산을 독자적으로 부담한다는 것은 너무 낭비라는 것이 발의 요지였다. 나중에 지원, 지청 직원들의 필자에 대한 원성이 높았다고 들었다. 당시 필자가 발의한 골프 대회 폐지안은 1표차로 부결되었다.

회원의 결혼 시 200만 원, 회갑·고희 시 100만 원(?) 등 회원에 대한 경조사 금액이 너무 많고 범위가 너무 넓어 회원 공제사업 규칙 개정을 필자가 발의하여 임시총회를 통해 대폭 개정하여 연간 경조사비가 4,000만 원가량이 절약되었다. 일부는 불만이 있었을지 모르나 변호사회 예산 절감을 위한 노력의 일환이라고 이해해 주길 바란다.

술과 사람들과의 대화를 좋아하는 필자는 선·후배 변호사들과 술에 관한 에피소드도 많이 생각난다. 1999. 7.경 감찰위원으로 활발히 활동하고 있었는데 필자를 오해한 L 변호사가 술 한 잔 하자는 전화가 왔다. 퇴근 후 법원 앞 식당에서 단 둘이서 6시간 동안 양주 폭탄주로 시작하여 수십 잔 주고받으며 의기투합하였고, 몇몇 동료 변호사를 불러내어 밤늦게까지 음주 가무를 즐겼다. L 변호사는 참 재미있게도 한번 마시면 정이 없다고 일주일 뒤에 다시 전화하여 저번과 똑같이 마셨고, 그 뒤로는 무척 가깝게 지냈다.

몇 년 전에는 무슨 위원회 끝나고 점심부터 밤늦게까지 선배 변호사님 4, 5명(C, K, L)과 오후에는 소주 폭탄주를, 저녁에는 양주 폭탄주를 마시면서 아주 즐겁게 놀았던 기억이 난다. 필자보다 모두 5년 내지 15년 선배들인데도 거의 12시간 동안 술을 마실 수 있는 체력과 주량을 가진 것이 놀라웠다. 이 선배님들은 모두가 낙천적이고 조용한 성품이며 사건도 별로 없는 욕심 없는 분들이었는데, 이렇게 사니까 건강한 것 같다는 생각이 들었다.

마지막 2년 동안 한참 선배인 3분 변호사님들(L, M, K)과 분기별로 돌아가면서 유사를 하면서 음주가무를 즐겼던 일도 떠오른다. 술에 관한 글을 쓰다 보니 민변 회원들, 후배 변호사들과의 즐거웠던 많은 술자리도 주마등처럼 스쳐간다.

지금은 체력이 많이 약해지고 경제적, 정신적 여유도 없는데다 이런 낭만적인 동료 변호사들을 만나기도 어려워 이런 인간적인 술자리를 한 적이 드물다. 광주에서의 수많은 즐거웠던 인간적인 술자리가 그리워진다. 너무나 힘들어져 가는 서울변호사가 되었다. 아! 옛날이여! 지난 시절 다시 올 수 없나! (**《광주지방변호사 회보》 2007. 9. 15. 101호**)

2장

사건 단상

삼성 에버랜드 전환사채 편법 증여사건에 대한 단상

2000년 6월에 법학교수 43명이 삼성 이건희 회장 등 에버랜드 이사진과 계열사 사장 등 33명을 에버랜드 편법 증여사건으로 검찰에 고발했다. 검찰은 2003. 12. 1. 공소시효를 하루 남겨두고 피고발인 중 허태학, 박노빈 전·현직 사장 두 사람만 특정경제범죄가중처벌법의 배임혐의로 기소하여 현재 항소심 재판이 진행 중이다.

검찰은 위 사건을 3년 반 동안 가지고 있으면서 공소시효 완성 하루 전에 33명 중 2명만 기소하고 나머지 31명에 대해서는 수사도 제대로 하지 않았다. 공소시효는 공범의 재판 확정시까지만 정지되므로 공범들이 단순 업무상 배임죄로 판결이 확정되면 이건희 부자를 비롯한 나머지 31명에 대한 공소시효는 하루밖에 남지 않는다.

공소시효가 정지된 2003년 12월부터 나머지 31명에 대하여 철저히 수사를 했다면 이미 수사가 마무리되었을 것이다. 그런데 검찰은 거의 수사를 하지 않고 있다가 항소심 재판부에서 입증을 촉구하고 석명(釋明)을 구하자 그때서야 홍석현 씨를 소환하는 등 수사를 하려고 하였다. 홍석현 씨가 출두를 했는지 수사가 어느 정도 진행되었는지 알 수 없으나 아직까지 홍석현 씨나 이건희 회장에 대한 수사결과는 발표되지 않았다. 어느 신문은 월급쟁이인 전·현직 애버랜드 사장을 배임혐의로 기소하고도 검찰 스스로 사건을 계획하고 주도한 실질적 책임자라고 의심하는 이건희 회장이나 삼성 구조본 책임자들에 대해서는 기소 여부를 미루고 있다고 보도하고 있다. 최근에 이건희 회장이 자주 한국 경제의 어려움을 이야기하면서 수사에 영향을 주려한다는 보도가 있다. 한국 경제가 어려운지도 의문이지만 한국 경제를 살리는 것과 이 회장의 수사나 처벌과 무슨 관련이 있는가.

검찰은 항소심 사건이 확정되면 공소시효가 하루밖에 남지 않아 더 이상 수사를 할 수 없을 뿐만 아니라 고발한지 7년이 지난 지금까지 수사를 종결하지 않고 있는데, 이는 검찰의 무능인지 삼성 봐주기인지 알 수가 없다. 항소심 재판이 조만간 종결될 것이므로 하루빨리 수사를 종료하여 기소 여부를 결정하여야 할 것이다. 우리 검찰은 재벌 앞에만 서면 왜 이렇게 작아지고 움츠러드는지 이해할 수가 없다.

대법원 홈페이지 사건 내역표에 의하면 위 사건은 2003. 12. 1. 기소되어 1심 재판이 2004. 2. 23. 첫 공판이 시작되었고 2005. 10. 4. 판결이 선고되어 기소된 때로부터 1년 10개월이 걸렸다. 모두 21회의 공판(2회의 변경 기일 제외함)이 열렸고 8명의 증인신문이 이루어졌다. 항소심은 2005. 12. 20. 첫 공판이 시작되어 2007. 3. 15.까지 9회(2회의 변경기일 제외)의 공판이 진행되었는데 다음기일은 4. 19.이다. 1, 2심 모두 변론 종결되었다가 한 번씩 재개되었다. 이용훈 대법원장도 변호인으로 출석한 적이 있고, 대형 로펌 소속 변호사들이 대부분이다.

이 사건 기록을 보지 않아 쟁점이나 사건의 난이도를 자세히 알 수는 없다. 언론 보도에 의하면 비상장 주식에 대한 가치평가, 시세차익에 대한 회사 손실 여부, 전환사채 인수대금의 납입과정, 그룹 차원의 조직적 공모 여부, 이사의 의무 등이 주요 쟁점이라고 한다.

설사 법적 쟁점이 많고 어렵더라도 1심에서 21회 기일이나 필요하였는지도 의문이고, 1심에서 그렇게 오랫동안 심리했는데도 항소심에서 다시 9회도 부족하여 더 심리를 한다는 것은 도저히 이해가 되지 않는다. 그럴 리가 없겠지만 재판부가 사건 결과에 부담을 갖지는 않는지, 변호사들의 영향력은 없었는지 쓸데없는 생각을 해본다.

지금까지 지방자치단체장이나 국회위원들에 관한 재판이 2, 3년씩 걸리고, 어느 대기업 해고노동자는 오랜 기간 재판을 하여 1, 2심에서 승소하였는데 대법원에서만 3년이 넘도록 선고가 되지 않아 1인 시위를 하였던 것을 보면 꼭 쟁점이 많거나 복잡한 사건이어서 재판이 오래 간 것 같지만은 않다.

신속한 재판을 위한다는 구실로 졸속 재판이 되어서는 절대 안 된다. 그러나 신속한 재판은 헌법상의 권리이자(27조 3항) 소송의 중요 이념 중 하나다. 피고인의 인권보장이나 피해자의 권리구제를 위해서, 국민들의 사법 불신을 해소하기 위해서도 재판은 가능한 한 신속히 종결되어야 한다. 여러 가지 이유가 있겠지만 1, 2심 형사재판이 3년 반이 걸린다는 것은 법조인도 납득하기가 힘든데 국민들은 더욱 더 힘들 것이다.

검찰이나 법원이 사법 불신을 해소하기 위해 윤리규정 하나 만드는 것보다 피고인별, 변호사별로 차등을 두지 말고 형평성을 유지하며 신속하고 공정한 수사와 재판을 하는 것이 사법 신뢰회복의 첩경일 것이다. (《법률신문》 2007. 3. 22. '법조광장')

한화 김승연 회장의
보복폭행 사건이 남긴 교훈

한동안 모든 언론사의 지면을 크게 장식하였던 김승연 회장(이하 '김 회장'이라고 함)의 보복폭행 사건에 대하여 1심에서 징역 1년 6월의 실형이 선고되었다. 이 사건은 사회지도층의 준법의식과 불법한 청탁과 로비, 뇌물과 전관예우 등 비리의 총체를 여실히 보여주었다.

이 사건의 추이를 보면 ① 김 회장 아들 폭행당함 ② 김 회장, 폭력배 동원하여 보복 폭행 ③ 한화그룹, 수사기관에 수사 무마 로비 및 청탁 ④ 서울 경찰청과 남대문 경찰서, 수사 관할 이관 및 수사 축소 ⑤ 김 회장 및 관련자들의 구속 ⑥ 경찰 최고위 간부들의 사의 및 구속 ⑦ 김 회장, 수사 및 재판 과정에서 전관 출신 변호사들 다수 선임 ⑧ 김 회장, 수사 및 재판과정에서의 진술 번복 및 법 경시하는 언행 ⑨ 실형 선고 순서다.

① ②의 경우를 보자.
김 회장은 일찍 부모님을 여의고 아들들이 전부 미국 명문대학을 다녀 유달리 부정(父情)이 강해 보복 폭행을 하였을 것이라고 한다. 명문대 다닌 아들이 예쁜 것은 사실이겠지만 자녀가 크게 일탈한 경우만 아니라면 다른 부모들도 자신의 자녀들에게 김 회장 못지않은 부정이 있다. 각별한 부정이라고 하여 보복 폭행의 이유가 전혀 될 수 없다. 사랑하는 아들이 심하게 상처 입은 모습을 보았을 때 화가 나고 보복하고 싶은 생각이 들지도 모른다. 이 정도 가지고 보복을 한다면 가족이 강간이나 살인을 당했을 때 그 가족들은 가해자를 몇 번씩 죽이고 싶을 정도의 분노가 솟아오를 것이다. 그러나 많은 사람들은 흥분을 가라앉히고 법에 호소하여 가해자를 처벌하거나 배상을 받는 방법을 택한다.

그런데 김 회장이 이 정도의 상해에 대해 조폭을 동원하고 청계산 입구까지 끌고 가서 쇠파이프와 전기충격기로 가해자들을 폭행하고 위협한 것은 법치 질서의 근간을 무너뜨리고 돈과 권력, 폭력에 의해 모든 것을 해결하려는 잘못된 사고에서 비롯된 것이다.

③ ④의 경우를 보자.

우리의 청탁, 정실주의 문화와 수사 공무원의 의식구조, 전관예우의 현주소를 적나라하게 보여준다. 한화의 고문 등은 학연과 전관예우를 이용하여 서울 경찰청과 남대문 경찰서의 최고위 간부에게 전방위 로비를 하였다. 그 결과 수사준칙이나 수사관행에 현저히 어긋나게 남대문 경찰서로 이관되었고 언론에 보도되기 전까지는 수사가 중단되어 로비가 성공하는 듯하였다. 금품수수 여부는 수사결과 판명되겠지만 대가없이 관행이나 준칙에 크게 어긋난 일이 발생하였을 것이라고 보기는 어려울 것 같다. 언론보도에 의하면 조폭을 동원하고 수사가 시작되자 캐나다로 도피한 오 모 씨에게 5억 8,000만 원이 건네 갔다고 한다. 그러나 결국 로비는 실패하고 로비 이전보다 사태는 훨씬 악화되었는데 정의는 불의를 이긴다는 진리가 새삼 떠오른다.

⑤ ⑥의 경우를 보자.

김 회장의 구속은 증거인멸의 우려가 있다고 보이므로 당연한 것이다. 경찰 수사기관의 최고 수뇌부의 사퇴 및 구속은 경찰 조직에 큰 상처를 입혔으며, 경찰 수사권 독립이 10년은 후퇴하였다는 자조 섞인 목소리가 들린다. 청렴은 공무원의 근본이거늘 인과응보이고, 이런 간부는 조직과 사법정의를 위해서 조직에서 물러나는 게 당연하다.

⑦ ⑧의 경우를 보자.

구속된 피고인이 변호인을 선임하여 자신을 변호하는 것은 피고인의 헌법상 권리이다. 그러나 법리가 그렇게 복잡하지 않은 폭행사건에 전관 출신의 변호사를 다수 선임한 것은 모양이 이상하다. 특히 담당판사의 연수원 교수 출신 변호사와 담당판사가 배석으로 2년간 같이 근무하고 금년에 갓 퇴직한 고법 부장판사 출신의 변호사를 선임한 것은 전관예우를 기대하였다고 보인다.

그러나 김 회장이 법정에서 "아구를 여러 번 돌렸다", "검사님은 술집에 안 가보셨나요?"라고 반문하고 '턱을 괴고 웃으면서 답변했다.'는 언론보도를 보면 법정에서 행할 올바른 행동은 전혀 아니고 법 경시 풍조에서 나온 행동으로 보인다. 담당 판사는 많은 고민을 하였겠지만 일부의 예상과는 달리 잘못된 행동에 상응하게 소신껏 실형을 선고한 것은 정말 잘한 것이다. 전관예우도 작용하지 않았던 것이다.

이번 사건은 재벌총수나 경찰 최고위 간부 등 지위고하를 불문하고 위법행위를 하면 구속되고 처벌 받으며, 진실은 언젠가는 밝혀진다는 것을 여실히 보여주었다. 전관예우도 소신 있는 판사 앞에서는 무용지물이 되고, 법치 질서 확립을 위해서는 모두의 의식 전환과 엄정한 법집행이 필요하다는 것을 일깨워 준, 많은 학습효과를 낳게 한 사건이었다. (〈**법률신문**〉 2007. 7. 9. '**법조광장**')

강기갑 무죄판결의 논쟁에 대한 단상

강기갑 무죄판결에 대하여 조중동, 여당, 보수단체, 심지어는 대한변협까지 가세하여 판결내용에 대한 비판을 넘어 거의 광적으로 일부 법관과 법원의 특정 모임에 대하여 인신공격을 하고, 모 보수단체는 담당 판사의 집 앞에서 시위까지 하고 있다. 법률가이자 국민의 한 사람의 입장에서 보면 논리적으로도 타당하고 충분히 무죄를 선고할 수 있는 사안으로 기존의 판례에도 배치되지 않는 판결이다.

용산사건 수사기록을 법원의 명령에도 불구하고 미공개하고 또한 KBS 정연주 사장 사건, 미네르바 사건, PD수첩 등 많은 사건에서 무리하게 기소하여 무죄를 받은 검찰은 정치적, 외부적, 내부적 영향 없이 오직 검사의 양심과 법률적 판단에 의해 기소하였는지 겸허히 반성해도 부족할 판이다.

한나라당은 판결을 이념 편향적, 독선적이라고 비판하고 법관 인사문제, 대법원장 책임론 등 3권 분립에도 반하고 사법권 독립을 심각하게 침해하는 발언을 일삼고 있다. 판사의 개별적인 판결과 대법원장 인사는 아무런 관련성도 없다. 아직 1심 판결에 불과하고 판결이 잘못되었으면 항소, 상고심에서 다투면 되는 것이다. 그런데 1심 판결을 가지고 법원행정처장까지 출석시켜 질타하고 있다. 필자가 법원행정처장이라면 사법권 독립을 위해 출석하지 않았을 것 같다.

더 가관인 것은 강기갑 판결을 했던 이○○ 판사는 우리법연구회 회원도 아닌데 이 판결과 전혀 무관한 우리법연구회를 거론하며 해체요청까지 하고 있다. 이보다 훨씬 사법권 독립을 침해하고 법치주의를 후퇴시킨 신영철 대법관의 재판 개입문제에 대해서는 한마디 언급도 하지 않았다. 한나라당 의원들의 의식 수준이 한심스럽고 이런 사람들이 우리 대한민국을 이끌어 간다는 사실이 부끄러울 뿐이다.

대한변협도 위 판결에 대한 설문조사를 하고 설문조사 내용도 우리법연구회를 해체하자는 이념 편향적인 내용이다. 설문조사의 시한도 한참 남았고 회원들의 의견수렴 절차도 제대로 거치지 않은 상태에서 조중동과 같은 논조의 한심한 성명을 발표하였다. 너무나 부끄러운 일이다. 법조인들도 각자 1심 판결에 대하여 견해가 다를 수 있다. 판결에 불만이 있으면 항소, 상고심을 통해 불복절차를 밟으면 되는 것이다.

피고인은 재판이 확정될 때까지는 무죄추정의 원칙이 적용되고 변호인이 열심히 변론하여 무죄판결을 받았으면, 변호사 단체라면 오히려 무죄를 받은 변호사를 격려해주고 환영해야 할 것이다. 대법원 판결이 확정되었는데도 견해가 다르고 판결이 승복하기 어렵다면 판례 평석 등을 통해 얼마든지 비판할 수 있는 것이다.

검찰이 용산참사 수사기록 공개를 거부하여 철거민들의 공정한 재판을 받을 권리를 침해할 때, 미네르바를 구속하고, PD수첩 제작진을 기소하여 표현의 자유를 침해할 때, 촛불시위에 참가한 수많은 사람들을 기소하여 집회 시위의 자유를 봉쇄할 때 변협은 아무것도 하지 않았다. 오히려 촛불시위에 대해 색깔론으로 공격하는 성명을 발표하고 인터넷 광고 불매운동에 대해 형사처벌이 가능하다는 의견 따위나 제시했다. 변협이 진정으로 법률가 단체이고 인권 단체라면 국가인권위원회 축소나 미디어법의 날치기 통과, 보수단체의 판사 집 앞의 시위 등에 의견을 개진하고 성명을 발표하는 것이 본연의 모습일 것이다.

최근 강기갑 무죄 판결에 대한 성명이나 여러 행위는 논쟁이 아니라 비방이다.

판결에 대한 논리적이고 객관적인 비판이 아니라 판사의 성향, 법원 인사, 아무런 관계도 없는 우리법연구회를 비방하고 인신공격을 하는 테러 수준이다. 논쟁다운 논쟁이 되려면 객관적이고 합리적인 논거를 제시하고 상대방을 설득해야지 편파적이고 이념에 치우친 비방은 논쟁이 아니다. MB 정권 들어 법치주의가 후퇴하고 사법권의 독립까지 위협받는 현실이 개탄스럽고 30년 전의 군사독재 시절로 회귀하는 것 같아 살맛이 나지 않는다. **(2010. 1. 20. 필자 블로그)**

황우석 교수 재판 방청기

황우석 교수에 대한 인간적 소회

황 교수는 한때 우리 국민들, 특히 난치병 환자들에게 대단한 꿈과 희망을 주었고 장래 유력한 노벨상 후보자로서 국민적 영웅으로 대접받았다. 황 교수는 우리나라에 엄청난 외화를 벌어들일 수 있는 기술을 가지고 있다면서 정부나 기업에서도 대단한 호칭을 부여하며 지원을 아끼지 않았다. 황 교수는 실력도 실력이지만 인상도 깔끔하고 호감 가는 인상인데다 언변도 좋아 더욱 인기가 있었던 것 같다.

그런데 환자 맞춤형 줄기세포도 가짜였고 〈사이언스〉지에 실린 논문도 허위로 판명되어 서울대 교수직을 박탈당하고 모든 지원이 중단되고 형사 기소까지되는 등 국민들에게 커다란 실망을 안겨주고 못된 사기꾼으로 전락하였다.

황 교수는 잘못을 깨끗이 시인하고 용서를 빌며 다시 연구에 매진하여 좋은 결과를 얻어내면 그동안의 명예 손상이 회복되고 다시 많은 국민들의 지지를 받을 것이다. 그런데 지금까지도 환자 맞춤형 줄기세포가 있다고 변명하고 억울한 면이 있는지는 모르지만 재판에서도 무죄를 주장하고 있다.

필자는 재판 이전에 황 교수 사건에 대하여 많은 생각을 하였다. 신뢰나 기대감이 크면 클수록 실망감이나 배신감도 큰 법이다. 황 교수는 전 국민들로부터그렇게 전폭적이고 열화와 같은 찬사와 신뢰를 받았는데 많은 것이 거짓이었다고 하자 국민들은 심한 배신감을 느끼고 혼돈상태에 빠진 것이다. 그런데도 일부는 황우석 지지 모임을 갖고 법정에 매번 참석하여 황 교수가 억울하다고 항변하는 것을 보면 혹시 '억울함이 있을까? 사람의 믿음이란 절대적인가?'라는 생각을 갖고 재판을 방청하게 되었다.

재판 방청 소감

2007. 8. 28.(화) 오후, 서울 중앙지법 417호 대법정에서 진행된 황우석 교수에 대한 형사사건 1심 15차 재판을 방청하였다. 대법정은 방청석이 150석 가량으로 아주 큰 법정이다. 다른 법정에 비해 재판부와 피고인, 방청객과의 거리도 매우 떨어져 있고 천정도 매우 높아 재판부의 위엄이 더 느껴지는 법정이었다.

재판 5분 전인 1시 55분에 법정에 도착하였는데 150석의 방청석이 거의 다 찼다. 특이한 점은 방청객 중 스님이 20, 30명가량 되었고, 나머지도 대부분이 40, 50대 아줌마들이고, 중년 아저씨가 상당수 있었다. 반면 20대, 30대는 몇 명 보이지 않았다. 제일 앞 줄 15석 가량은 글씨를 쓸 수 있도록 받침이 있는 좌석이었으며 20대로 보이는 젊은 여성들과 청년이 대부분인데 이들 모두 열심히 재판 내용을 메모하고 있었다.

일반 재판과 달리 공판관여 검사가 3명이나 참여했고 변호인은 3명인 것 같았다. 이런 사건은 검사, 변호사, 재판부 모두 분량이 너무 많고 국민들의 이목이 집중되는 사건이라 재판하기가 매우 힘들 것이다. 재판은 매스컴에도 많이 보도되었고 이 사건에서 아주 중요한 연구원 중 한 사람인 K 연구원의 증인신문이 있는 날이었다. K는 미즈메디병원의 연구원이나 서울대 수의학연구실에서 파견 근무를 한 사람으로 이 사건 체세포의 섞어 심기, 줄기세포의 배양 및 사진촬영 등 핵심 연구원이었다. 그는 이 사건이 처음 폭로되었을 때 미국에서 자살을 시도하였고 컴퓨터 파일을 지웠다고 언론에 보도되기도 하였다.

검찰과 증인이 재판부에 증인신문을 비공개로 진행해 줄 것을 요청하였던 모양이다. 재판장이 방청석에서 소란이 일거나 야유가 심하여 자유로운 증언이 불가능할 때 그때는 비공개로 전환하고 공개재판이 원칙이므로 증인신문을 공개로 하겠다고 설명하였다. 증인이 많은 방청객 앞에서 또한 얼마 전까지 교수로 모시며 함께 일했던 황 교수 앞에서 제대로 증언하기가 어려운 점도 있었을 것 같으나 재판장 말이 맞는 것 같다. 검찰이 언론 보도자료나 줄기세포에 관한 하버드대 논문을 증거로 제출하자 증거제출의 문제점을 설명하며 참고자료로 제출하도록 유도하는 등 전반적으로 재판장이 노련하게 재판진행을 잘 했다.

먼저 2명의 검사가 논점별로 1시간 40분가량 증인신문을 하였고 이어서 변호인이 증인에 대한 반대신문을 시작하였는데 반대신문 도중 10여 분 듣다가 2시간 정도 지난 4시경 법정을 나왔다. 황 교수는 피고인석에 2시간 동안 흐트러짐 없이 의자에 꼿꼿이 앉아 있었다. 몇 시간 동안 말 한마디 없이 법정에서 피고인석에 앉아 있는 것도 고역일 것이다.

증인신문의 요지는 언론에 보도된 내용과 거의 유사하였다. 체세포와 줄기세포의 배양과정, DNA 추출과정, NT1의 줄기세포, 〈사이언스〉 논문 게재 경위와 내용, 섞어 심기 과정과 사진 촬영, 이 사건의 핵심인 수정난 줄기세포를 환자 맞춤형 줄기세포로 위장하는 과정과 조작, 지시 여부 등에 대해 2시간 동안 집중적으로 신문하였다. 증인은 대체로 긍정적으로 답변하였고 대부분 '예, 아니오'로 답변하다가 어떤 때는 부연설명을 하는 등 침착하고 진솔하게 답변하였다. 이 사건에서 황 교수의 유무죄 판단에 중요한 증언이 될 내용에 대해서는 두루뭉술하게 넘어갔다.

지금까지 재판도 15회 이상하였고 증인도 20여 명 출석하였던 것 같은데, 공동 피고인도 6명이고 복잡한 사건이며, 황 교수가 철저히 다투고 있기 때문에 시간이 오래 걸리고 언제쯤 종료될지 가늠할 수가 없다.

황 교수 지지자들의 만남

변호인의 반대신문 도중 4시경 법정에서 나왔는데 법정 밖에서 나이든 아저씨 4명이 진지하게 이야기를 하고 있었다. 옆에서 이야기를 듣다가 두 분이 가고 두 분이 남아서 물어보았다. 70세가량 되어 보이는 할아버지는 부산에서 버스를 대절하여 15회 재판마다 왔다고 한다. 처음에는 부산, 대전, 광주 등에서 버스를 대절하여 황 교수 지지자들이 재판을 방청하였는데 재판이 오래 계속되자 부산을 제외한 다른 지역에서는 오지 않는데 부산 사람들은 매번 버스 1대를 대절하여 온다고 하며, 황 교수가 억울하고 황 교수가 난치병을 치료할 수 있다고 굳게 믿고 있었다.

또 한 사람은 황 교수가 풀리지 않는 것은 한나라당 때문이며, 황 교수가 줄기세포 배양에 성공하면 특허료만 수십조 원이 되는데 이를 빼앗고자 서울대, 미국 제약회사, 서튼 교수 등이 공모하여 황 교수를 범죄자로 취급하고 있다고 하였다.

"미국 제약회사, 서튼 교수야 그렇다 치고 서울대는 황 교수가 줄기세포 배양에 성공하면 노벨상을 탈 수도 있고, 그러면 서울대 명예를 높이고 우리나라에 많은 이익을 생기게 하는데 서울대가 왜 그럴까요?"라고 필자가 물었다. 그들은 "서울대는 국가기관이고 공무원이어서 돈을 벌어봤자 자기들에게는 별로 도움이 안 되고 총장을 비롯하여 교수들이 여자 문제 등으로 약점이 많은데 국정원이나 미 수사국이 정보를 다 갖고 회유와 협박을 하므로 그쪽에 가담하였다."는 납득하기 어려운 답변을 하였다.

음모론에 의해 황 교수가 억울하게 당하고 있다면서 몇 개의 수첩에 메모된 여러 가지 내용을 보여주며 황 교수가 외국으로 가지 않고 우리나라에서 연구하여 특허를 받을 수 있도록 우리가 도와주어야 한다고 역설하였다. 어떤 사람을 신뢰하고 믿음을 갖는 것은 좋은 일이다. 많은 국민들은 언론보도나 수사기관 및 서울대의 보고를 보고 황 교수가 많은 국민을 속였음을 알게 되었고 서울대 교수직이 박탈되고 기소되었다.

　그런데 무슨 근거로 저런 강한 믿음과 신념을 갖게 되고 황 교수를 어느 종교 교주마냥 추앙하고 도울 수 있는 힘이 생기는지 궁금할 뿐이다. 인간에 대한 믿음일까, 아니면 난치병 치료에 대한 강렬한 소망에서일까? (2007. 8. 30. **필자 블로그)**

소록도 한센병
보상청구소송 전사(前史)와 소회

한센 일본변호사들과의 첫 만남

2001. 5. 11. 구마모토 지방재판소 판결에 따른 후속 보상관련 특별법 입법 및 특별법에 기초한 보상 활동을 마친 한센병 보상 청구소송 일본 변호단은 일제 강점기 소록도에 격리된 조선인에 대해서도 보상을 하여야 한다고 주장하면서 2003년 중반 경부터 몇 차례 소록도를 방문하여 소록도에서 생활 중인 한국 한센인들이 현재의 국립 소록도로 강제 격리 당하게 된 구체적인 경위에 대한 조사활동을 전개하였다.

일본 변호단은 한국인 관광 가이드를 통역으로 삼아 소록도 한센인들과 1:1 대면 면접을 실시하여 강제격리, 강제노동, 비인도적 징벌 등에 대한 구체적인 사실관계를 조사한 다음 2003. 2. 18. 일본 후생성에 1945. 8. 15. 이전에 소록도로 격리당한 소록도 거주자들 중 우선 28명 명의로 일본 후생성에 보상신청을 해 둔 상태였고, 일본 후생성이 위 보상신청을 받아들이지 않을 경우 그 거부처분의 취소를 구하는 행정소송을 제기할 계획이었다.

일본 변호단은 통역을 통해 병력자 면접 및 그를 토대로 한 진술서 작성, 소록도 주민들에 대한 보상신청 및 행정소송의 전망에 관한 안내, 주민들의 궁금증에 대한 상담, 한국 내에서의 관련 증거 수집 방법, 한국 내에서의 시민단체들과의 공조, 한국 언론을 통한 여론조성, 한국 정부 및 국회와의 협조 등 여러 가지 문제들을 독자적으로 해결하기 어렵다고 판단하였다.

일본 변호단은 먼저 일본에서 유학생활을 한 적이 있고 태평양전쟁 관련 한국 피해자들이 일본 정부를 상대로 진행 중이던 소송에 참여하고 있던 대구 최봉태 변호사에게 자문 및 협조를 구하였다. 최 변호사는 소록도가 위치에 있는 민변 광주·전남지부(이하 민변 광주지부라고 함)를 방문하여 한센인 보상소송에 관한 경위 등에 대해 설명하고 일본 변호단의 활동에 동참해 줄 것을 당부하였고, 민변 광주지부는 최 변호사의 요청을 수락하였다.

2004. 2. 7.(토) 일본 변호사 5명, 지원단 2명, 〈아사히신문〉 취재진 2명, 통역 2명 등 모두 11명이 소록도에 거주 중인 한센인들을 위하여 일본에서 진행하는 소송 자료 수집을 위해 소록도를 방문하였다. 2. 8.(일) 민변 광주지부의 민경한·이상갑 변호사, 위 최봉태 변호사 등 3인이 처음으로 소록도를 방문하여 일본 변호인들 및 국립소록도 병원 관계자들과 위 사건에 관한 여러 가지 내용에 관하여 협의를 하였다.

일본 변호단은 후생성 처분이 있기 전이라도 서둘러 나머지 소록도 생존자들이 보상신청 절차를 취해야 한다면서 보상신청 관련서류를 준비하는 한편, 행정소송에 대비하기 위한 자료를 확보하기 위해서 2. 7.부터 2. 10.까지 3박 4일간 소록도를 방문하였고 민변 광주지부와 결합하게 되었다.

한센 일본 변호단과 민변 광주지부 변호사들의 활동

당시 일본 변호인단은 소록도 한센인 사건을 계기로 한·일 변호사들 사이에 사회적 차별을 철폐하기 위한 공동 변호인단을 구성하기를 희망하면서, 공동 변호인단은 일본에서 일본 법률에 근거하여 진행될 위 한센병 소송을 공동으로 진행하는 것뿐만 아니라 제반 사회적 차별을 철폐하기 위한 공동의 노력을 하기 위한 변호인단을 구성할 것을 제안하였다. 또한, 위 소송과 관련해서 한국 변호사들이 도움을 줄 수 있는 부분을 찾아 도움을 받고자 하며, 행정소송을 진행할 경우 이미 일본 변호단이 일부 진술서를 받기도 하였지만 한국 변호사들이 소록도를 방문하여 진술서 등을 확보해 주기를 희망한다고 하였다. 통역을 통한 진술서 작업은 순차 통역에 따른 의미 전달의 어려움, 장시간 대화하기 힘든 한센인들의 건강 등으로 인해 하루 2, 3명 정도 받기도 어려웠다. 민변 광주지부 변호사들이 나서서 직접 진술서 작업을 함으로써 시간을 대폭 절감하고 정서적인 공감대를 확대할 수 있었다.

특히, 일본 변호단은 소록도 한센인들의 보상청구 소송이 일본에서 진행 중인 사실에 대하여 한국 내에서 사회적 관심을 불러일으켜 주기를 바라고, 양국 간의 문화적 차이와 감정상의 문제 등을 고려하여 한국 변호사들이 소록도 한센인들을 방문하여 위로해주고 그들의 주장을 청취하는 등 상담 활동을 해 줄 수 있기를 바란다고 하였다.

또한, 일본에서와 같이 한국 내에서도 한센병으로 격리된 희생자들의 손해를 국가가 보상하도록 하는 내용의 법률을 제정할 것을 촉구하는 운동을 전개해주기 바라며, 일본 변호인단이 방문하는 2004. 3. 16.(월) 한국 변호사들과 소록도에서 만나 공동회의를 열 수 있기 있기를 희망하였다.

민변 광주지부에서는 일본 변호사들이 일제강점기 피해를 입은 한국인들을 위해 스스로 비용을 부담하면서 온갖 노고를 기울이고 있는 점에 대하여 감사의 뜻을 전달하였고, 위 소송과 관련하여 일본 측으로부터 인터넷, 팩스 등을 통해 자료를 송부받기로 하였고, 필요한 경우 일본 측에서 한국어로 번역하여 제공해 주기로 하였다. 일본 측에서 요구한 사항의 기본적인 취지에 동감하지만, 민변 광주지부가 공동으로 지원할 수 있는 범위에 대해서는 지부 회원들의 뜻을 수렴하여 결정하여야 한다고 하였고, 민변 광주지부는 2004년 3월 월례회에서 일본 변호사들의 제안에 공감하고 적극 동참하기로 결정하였다.

민변 광주지부, 소록도와의 깊은 인연

당시 〈광주방송(KBC)〉 프로그램 제작진이 동행하여 소록도 역사와 현황, 위 사건 등에 대해 취재한 뒤에 2. 13.(금) 19시부터 1시간 동안 '피디 르포 줌인'에 서 방영하기도 하였다.

그 이후 민변 광주지부 변호사들은 2004. 2.경부터 6.경까지 수차례 소록도 를 방문하여 일본 변호단과 함께 청구인 모집, 병력자들을 상대로 한 면접 및 그 에 기초한 진술서 작성 작업에 참여하는 한편, 지역 언론사들을 상대로 소록도 에서의 인권탄압 및 그에 대한 보상노력에 관심을 갖고 취재해 줄 것을 요청하 였으며, 그 결과 지역 내 거의 모든 언론사들이 소록도 문제의 어제와 오늘에 대 해서 취재, 보도를 하였다. 또한, 의사 무능력 상태에 있던 몇 명의 병력자들을 위해서 광주지방법원 순천지원에 금치산 신청을 하였다. 이후에도 117명의 한 센병 청구 소송 이외에 추가로 소송을 제기하기로 하였는데(1차 40명, 2차 243 명), 2005. 9.경 민변 광주지부 변호사들은 대한변협 변호인단들과 함께 보상금 지급 청구서와 구비서류(주민등록 초본, 통장 사본, 인우 보증서)를 준비하는 데 적극 동참하였다.

그러나 일본 정부를 상대로 한 보상소송의 보다 효율적인 진행을 위해서는 한 국 정부와 국회, 국민 등 전국적인 차원의 관심과 지원이 필요하였고, 민변 광주 지부 변호사들만으로는 위 소송 진행을 담당하기에는 시간, 비용, 인력의 한계 가 있고 대한변협과 함께 하는 것도 의미가 있을 것으로 판단하였다. 그리고 일 본 변호단의 요청도 있어서 2004. 7.경 대한변협이 이 소송에 참여하여 줄 것 을 요청하였다. 당시 대한변협 인권위원으로 활동하던 박찬운 변호사가 2004. 7.경 민변 광주지부 월례회의에 참석하여 그간의 진행경과 및 애로사항 등을 청 취하고 소록도를 방문한 다음 귀경하여 대한변협 인권위원회에 인권위 산하에 소록도 한센병 보상청구 소송 지원을 위한 소위원회를 설치할 것을 제안하였다.

대한변협, 한센 소송을 이어받다

대한변협 인권위(위원장 박영립)는 박찬운 변호사의 제안을 받아들여 소위원회를 구성한 다음 박찬운 변호사를 위원장으로 위촉하였으며, 민변 광주지부 소속 변호사들 중 민경한·이상갑 변호사를 위원으로 위촉하여 그 이후 대한변협에서 주도적으로 위 소송을 담당하게 되었다.

민변 광주지부에서 진술서를 작성하여 일본어로 번역해서 일본 변호단에게 보내주겠다고 했으나 쿠니무네 변호사 등 일본 변호사들이 한센인들의 실상과 그들의 아픔을 직접 체험하겠다고 하여 소록도에서 함께 진술서를 받게 되었다. 미혼의 젊은 일본 여성변호사 몇 명은 한센인들로부터 진술서 작업을 하다가 점심식사 시간이 되자 몸이 몹시 불편한 한센인들에게 밥을 떠먹여주고 남는 밥을 직접 먹는 모습을 보면서 일본 변호사들의 진정성을 느끼고 진한 감동을 받았다. 일본 변호사들이 우리나라 한센인들을 위해 저렇게 열심히 하는데 한국 변호사로서 우리 지역에 있는 한센인들을 위해 더 열심히 해야겠다는 생각이 강하게 들었다. 일본 변호사들은 과거 한센인 격리소가 있었던 현장을 직접 보아야 한다면서 한국 변호단 7명을 구마모토 현장으로 초대하여 소록도 같은 한센인 격리소가 있었던 역사 현장을 생생하게 목격하기도 했다.

2004년 5·18광주항쟁 추모 기간 중, 일본 변호사 18명과 시민 15명 등 33명으로 '5월 시민 투어단'을 구성하고 일본 〈구마모토TV〉 취재팀이 동행하여 광주 5·18묘역을 참배하고 사적지를 순회한 후 5. 27. 전남 도청 앞에서 개최되는 부활제에 참석하였다. 대표자인 쿠니무네 변호사가 민변 광주지부에 위 행사에 참여하여 발언할 기회를 섭외해 줄 것을 요청하여 5·18기념재단과 행사위원회에 연락하여 쿠니무네 변호사가 발언 기회를 얻어 행사장에서 발언을 하였다.

광주 시민들과 시민단체들에게 소록도 한센인들의 피해와 인권유린 상황을 설명하고 일본국을 상대로 한 소송을 준비 중이니 관심과 협조를 바란다는 취지의 열변을 토했다. 시민단체와 연대하고 언론의 관심을 끌어내기 위해 노력하는 진지한 자세를 보면서 숙연해졌고 변호사의 자세와 역할이 무엇인지 다시 한 번 되새겨 보았다.

두 차례의 감동과·소회

필자는 위 한센병 소송의 일본 변호단이 첫 번째 변론기일 전날인 2004. 10. 24.과 패소판결이 선고된 날인 2005. 10. 25. 소송 당사자인 한센인들과 국민들을 상대로 가진 두 차례의 사건 설명회에 참석하고 깊은 감동을 받았다.

처음 설명회는 평일 저녁, 〈마이니치신문사〉 큰 홀에서 가졌는데 1,000명 이상의 많은 국민들이 참여했고, 변호사들이 소송제기 배경과 의미, 사건의 쟁점, 향후 진행계획, 소송 전망에 대하여 설명을 하고 당사자인 한센인들의 소회를 들었다. 그리고 전국 각지에서 참석한 다양한 직업을 가진 사람들의 자유발언이 이어졌으며, 설명회가 시종일관 자유스럽고 진지하게 진행됐다. 첫 변론기일 때 재판부도 잠깐 동안 촬영을 허용하고 한센인 2명의 생생한 피해 상황을 들어주기도 했다.

패소 판결일에 했던 두 번째 설명회는 법원 근처에 있는 일본 변호사회관에서 열렸는데 수백 명이 참석했고, 당일 유사한 대만 한센인 소송은 승소판결이 내려졌고, 소록도 한센인 소송은 패소했다. 그러나 일본 변호사들은 당당하게 기자들과 인터뷰를 하고 당사자들과 참석자들에게 판결의 의미와 향후 항소 계획을 자세하고 진지하게 설명했다.

이어서 변호사들과 참석자들이 후생노동성 정문 앞으로 가서 판결의 근거가 된 고시를 개정하라며 집회 및 연설을 했다. 재판부의 열린 마음과 변호사들의 진지하고 성실한 자세, 국민들의 참여의식과 소통문화를 보면서 일본의 성숙된 사법 문화의 일면을 볼 수 있었다. 우리나라에서도 많은 국민들이 관심을 갖고 있고 사회적 이슈로 떠오른 사건에 대해 재판이 진행 중일 때 사건 설명회를 갖는 것이 가능할까라고 자문해 보았지만, 우리나라 법조 분위기에서는 매우 어려울 것이라고 생각된다. 우리나라에서도 국민적 이슈가 된 중요한 사건의 재판이나 판결에 대하여도 설명회를 하면 좋을 것 같다는 생각을 해 보았다.

재판부도 여론의 조장, 압력이라고 부담을 갖거나 부정적으로만 볼 것이 아니라 당사자나 국민들에 대한 대리인들의 당연한 의무라고 생각하고 법률과 양심에 따라 올바른 판단을 하면 될 것이다. 변호사들도 재판부를 너무 의식할 필요가 없고 다수 당사자들로부터 사건 수임을 한 대리인으로서 당사자들에게 소송의 의의, 진행 상황, 향후 진행방향 등을 설명하는 것은 소송 대리인들의 의무라고 생각해야 한다.

2008년 광우병 쇠고기 수입 반대 촛불 집회 때 민변에서 쇠고기 고시 헌법소원 법률지원단을 구성하여 국민 10만 명의 청구인들이 '고시 위헌 헌법소원'을 제기하였다. 당시 필자는 위 법률지원단 부단장이었는데 위 일본 변호사들의 공개 설명회를 벤치마킹하여 위 '고시 위헌 헌법소원 청구인단 공개 설명회'를 제안하여 민변에서 2008. 7. 17. 프레스센터에서 공개설명회를 연 적이 있었다. 변호사들이 헌법소원 청구인단에게 이번 소송의 의의, 소송 진행상황과 쟁점 그리고 향후 계획에 대하여 직접 설명을 하고 질의응답을 하는 공개설명회는 큰 의미가 있었다고 생각한다.

소록도와 일본 동경, 구마모토 등에서 쿠니무네 변호사, 도쿠다 변호사 등 일본 변호사들과 몇 차례 함께 하면서 일본 변호사들의 헌신성, 진정성, 솔선수범 등 우리나라 변호사들에게서 보기 힘든 훌륭하고 멋진 변호사들의 모습을 보고 깊은 감동을 받았다. 동경에서 한센인 재판 선고일(?) 저녁에 일본과 한국 변호사들의 평가 만찬회에서 필자가 공개적으로 일본 변호사들에게 이런 감동과 존경심을 표현하기도 하였다. 2004. 2.경부터 2005. 11.경까지 약 2년 동안 소록도와 일본을 오가며 한센인 소송에 관여하면서 한센인들의 고통과 인권 침해의 실상을 알게 되었고, 일본 공익변호사들의 진정성, 헌신성, 솔선수범, 겸손함 등 훌륭한 덕목을 많이 보고 배우게 되었으며 변호사 생활 중 아주 의미 있고 좋은 기회였던 것으로 추억된다. (2017. 1. 대한민국 한센 인권변호단 발간 《한센인권 활동백서》 1권)

고용노동부의 전교조에 대한 법외노조 통보는 노동 3권에 대한 중대한 침해이고, 적법한 조치라고 볼 수 없으므로 이를 철회하여야 한다

고용노동부장관은 2013. 9. 23. 전국교직원노동조합(이하 '전교조'라고 함)에게 2013. 10. 23.까지 해직자를 조합원 자격으로 하는 전교조 규약을 시정할 것을 요구하였고, 전교조가 회원들의 투표결과 압도적인 찬성으로 규약 시정을 거부하자 10. 24. 전교조를 '교원의 노동조합 설립 및 운영 등에 관한 법률'(이하 '교원 노조법'이라고 함)에 따른 노동조합이 아닌, 즉 법외 노조로 인정하겠다는 통보를 하였습니다. 이와 관련하여 대한변협은 고용노동부장관에게 법적 문제점에 대한 질의를 하였으나 어제까지 아무런 답변도 하지 않았습니다.

노동조합 및 노동관계조정법(이하 '노조법'이라고 함)은 노동조합에 대한 설립신고증이 교부된 이후에는 노동조합 설립신고서를 반려하거나 노동조합의 설립을 취소할 어떠한 근거 규정도 두고 있지 않습니다. 다만 '노조법' 시행령 제9조 제2항에서 "노동조합이 설립 신고증을 교부받은 후 법 제12조 제3항 제1호(노동조합 결격사유)에 해당하는 설립신고서의 반려사유가 발생한 경우에 행정관청은 30일의 기간을 정하여 시정을 요구하고, 그 기간 내에 이를 이행하지 아니하는 경우에는 당해 노동조합에 대하여 이 법에 의한 노동조합으로 보지 아니함을 통보하여야 한다."고 정하고 있습니다.

그러나 이 시행령 규정은 모법인 노조법의 위임 없이 행정부가 행정입법(대통령령)의 형태로 의무를 부과하거나 권리를 박탈하는 것으로 헌법 제37조 제2항의 법률유보의 원칙과 비례의 원칙에 위반됩니다. 고용노동부도 과거에는 "전교조의 법외노조 통보 조항이 법률이 아닌 시행령에 있어 근거규정 자체가 약하다."는 입장을 밝힌 것으로 알고 있습니다. 그럼에도 불구하고 이제 와서 위법한 규정에 근거하여 전교조를 법외 노조로 인정한 것은 위법한 행위입니다. 이는 공익성을 중대하게 침해한 경우가 아닌 이상 노조 설립을 취소할 수 없다는 대법원 판결에도 반하는 것입니다.

또한 국가인권위원회는 2010. 9. 30.과 2013. 10. 22. 두 번에 걸쳐 고용노동부장관에게 '노조법 시행령 제9조 제2항은 조합원 자격에 대한 국가의 과도한 개입이 결사의 자유를 침해할 소지가 있고 인권 침해적이라는 이유로 동 시행령 조항을 삭제할 것'을 권고하였고, '시정요구 불이행에 대한 제재는 좀 더 약한 수준의 제재조치가 가능함에도 조합원 자격 때문에 노동조합 자격을 원천적으로 부정하는 것은 과잉금지 원칙을 위반하여 단결권과 결사의 자유를 침해하는 것이므로, 덜 침익적(侵益的)인 형태로 보완하는 방안을 모색할 것'을 권고하였으나, 고용노동부는 아무런 조치를 취하지 않다가 이제 와서 전교조의 설립을 취소하겠다는 통보를 한 것입니다.

조합원 지위와 자격은 노동조합의 자율적 재량에 따라 규약으로 정할 사항이며, 이는 노동조합 활동의 국가 개입을 금지하는 노동 3권의 본질적 내용입니다. 그런 이유로 대부분의 국가에서 조합원의 지위와 자격을 노동조합에 맡겨 놓고 있으며, 해직자의 조합원 자격을 부정하고 있는 외국의 입법례를 본 적이 없습니다. ILO 결사의 자유위원회도 수차에 걸쳐 한국 정부에 "조합원 자격요건의 결정은 노동조합이 그 재량에 따라 규약으로 정할 문제이고, 행정당국은 노동조합의 이러한 권리를 침해할 수 있는 어떠한 개입도 하여서는 아니 된다."(제327차 보고서)고 하면서 "조합원이 해고됨으로써 그 자가 자신의 단체 내에서 조합 활동을 계속하지 못하도록 함은 반조합적인 차별행위의 위험성을 내포하는 것이며, 노동조합 임원이 조합원이 아니라는 이유로 노동조합의 유효성을 문제 삼거나 노동조합 설립신고를 거부하는 결과를 초래하고 있으므로, 해당 법 규정을 폐지함으로써 결사의 자유 원칙 위반 상황을 신속하게 종결할 것"(제307, 제353차 보고서)을 권고한 바 있습니다.

전교조는 설립된 지 16년이 지났고 그 조합원 수만 6만 명에 이르는 명실 공히 국내의 대표적인 노동조합입니다. 단지 9명의 해고자가 조합원으로 있다는 이유로, 해고자를 조합원으로 받을 수 있는 규약을 시정하지 않았다는 이유로 노조 자격을 박탈하는 것은 전교조뿐만 아니라 모든 노동조합과 노동자의 노동 3권을 위협하는 행위입니다. 교육 현장에 다른 산적한 문제가 많이 있는데도 이 문제로 논란을 만드는 것은 학생들의 교육에도 유익하지 않고, 위법의 소지가 많은 시행령을 근거로 전교조를 법외 노조로 인정한 고용노동부의 행위는 적법한 행위로 보기 어려우므로 이를 철회하여야 합니다.

2013. 10. 24.
대한변호사협회 인권위원회

* 변협 인권위원회 위원들이 고용노동부의 전교조 법외노조 통보처분의 부당성에 대해 성명을 발표하기로 하였는데 당시 변협 회장이 납득할 수 없는 이유로 변협 명의는커녕 인권위원회 명의로도 성명을 발표하지 못하게 하였다. 필자가 변협 집행부 카톡에서 성명 발표의 의미와 필요성을 역설하였으나 협회장 의사를 따라야 한다면서 성명 발표를 강력하게 반대하는 몇몇 집행부 임원들과 설전을 벌이고 결국 인권위원회 명의로도 성명을 발표하지 못하게 하여 필자가 인권이사 사퇴의사를 표명하였고, 인권위원들의 반대로 사퇴의사를 철회하였는데 당시 발표하려고 한 성명서다. 최근 사법농단 사태 수사 과정에서 법원행정처와 청와대가 전교조 법외노조 통보 처분에 대한 재항고 이유서를 작성, 전달, 제출케 하여 재판에 관여, 개입하고 협력하였다는 언론보도를 보면 많은 의문이 남는다.

국가인권위원회 현병철 위원장의 사퇴를 촉구한다

국가인권위원회는 기본적 인권을 옹호하고 그 수준을 향상시키기 위해 헌법과 인권위법에 의해 설치된 독립된 국가기관이다. 현병철 위원장은 인권에 대한 전문적인 식견이나 경험, 인권 감수성이 부족하여 인권단체나 인권 운동가들의 많은 반대에도 불구하고 2009. 7. 취임하였다. 그래도 오랫동안 법학 교수로 재직하였기 때문에 인권위원장으로서 어느 정도의 역할은 해 줄 것이라고 믿었다. 그런데 현 위원장은 취임 후 '인권위는 행정부 소속'이라고 할 정도로 인권위의 독립성에 대한 이해와 의지가 부족한 사람이다. 또한 인권위는 국가권력에 의한 인권침해를 감시하는 본래의 역할은 무시한 채 정부 눈치 보기에 급급하여 〈MBC〉 PD수첩 사건, 미네르바 사건, 야간시위 위헌법률 심판제청 사건, 국가기관의 민간인 사찰 사건 등 중요하고 민감한 인권침해 현안에 대해 침묵으로 일관하였다. 국제적으로 모범적인 모델로 소개되던 국가인권위원회가 현 정부 들어 기구가 대폭 축소되고 식물기관으로 전락하였다.

현 위원장은 인권위는 합의제인데도 독단적이고 비민주적으로 운영해 왔다. 또한 인권위의 독립성을 훼손하고 식물기구로 전락시키고 파행적인 운영으로 역대 인권위원회 위원장과 인권위원들이 현 위원장의 사퇴를 촉구하는 기자회견을 하고, 동료 교수와 퇴직한 직원들이 사퇴를 촉구하는 글을 기고하고 유남영, 문경란 두 상임위원이 사퇴하는 사태에 이르렀다. 이러한 최근의 일련의 사태에 1차적인 책임이 있는 현 위원장은 즉시 사퇴하고, 정부는 훼손된 인권위의 독립성을 회복하는 조치를 취할 것을 강력히 요구한다. 그리고 위원장이나 두 상임위원의 후임으로 인권 감수성과 전문성을 지니고 인권위의 독립성을 회복할 수 있는 사람을 임명할 것을 요구한다.

기본적 인권옹호를 목적으로 하는 우리 변호사 단체는 앞으로 인권위의 독립성을 훼손하거나 인권에 대한 전문성과 경험이 없는 인사를 인권위원으로 임명하여 인권위를 식물기구화하려는 시도는 결코 용납할 수 없고, 인권위의 독립성을 침해하는 정부의 행태를 계속 감시·비판할 것이다. (2010. 11. 10. 국가인권위원회 앞의 법학자 및 변호사 공동 기자회견 때 필자가 민변 부회장으로서 낭독한 현병철 위원장의 사퇴 촉구문).

[여는 말]
대통령 탄핵 심판의 신속한 결정을 촉구한다

안녕하십니까. 전국 변호사 비상 시국모임의 민경한 변호사입니다.

무척 추웠던 날씨가 기자회견이 원만히 치러질 수 있도록 상당히 누그러진 것 같습니다.

탄핵 재판이 막바지에 이르고 있습니다. 이정미 권한대행이 24일 변론을 종결하겠다고 했으니 상당히 고무적이기는 합니다. 그러나 피청구인측은 초기부터 상황이 불리하다고 판단했는지 온갖 방법을 동원해서 시간을 끌고 재판의 본질을 흐리고 있습니다. 최근에는 뒤늦게 대통령 출석 운운하면서 시간을 끌고, 심지어는 모 변호사가 법정에서 태극기를 펼치다가 제지를 당하는 촌극을 벌이고, 며칠 전에는 아주 보수적인 헌법재판관 출신과 변협 회장 출신 변호사를 선임하여 마지막 저항을 하고 있습니다.

그러나 헌재는 어떤 압력과 저항에도 불구하고 이정미 재판관 임기가 만료되는 3월 13일 이전에 반드시 탄핵심판 결정을 해야 합니다. 3월 13일까지 결정이 되지 않으면 매우 심각한 문제가 발생합니다. 3월 13일이 지나면 재판관이 7명이 됩니다. 그러면 피청구인 측에서 대통령 탄핵같이 중요한 문제를 7명의 재판관이 심판하는 경우 정당성이 너무 취약하므로 후임 재판관이 임명될 때까지 재판 보류나 중단을 요구할 가능성이 매우 높습니다. 또한 헌법재판소법(23조)은 재판관 7명 이상이 출석하여야 심리를 할 수 있도록 규정하고 있습니다. 그런데 재판관 중 어느 1명이라도 질병이나 사고로 재판에 출석할 수 없게 되면 심리 자체를 할 수가 없게 됩니다. 그러면 어떻게 될까요. 국정공백은 계속되고 분열과 대립은 심화되고 사회는 매우 혼란스러워질 것입니다.

그래서 인권옹호와 사법정의를 실현하는 데 앞장서 온 전국 변호사 1,500명이 이런 국정 공백과 갈등, 대립을 막기 위해서 헌법재판소에 3. 13. 이전에 탄핵심판 결정을 촉구하기 위해 오늘 모이게 되었습니다. 저희 전국 변호사 1,500명은 헌재가 3월 13일 이전에 탄핵심판 결정을 내려줄 것을 다시 한 번 강력히 요청합니다. (2017. 2. 17. 헌법재판소 정문 앞에서 '전국 변호사 비상 시국모임' 변호사들이 박근혜 대통령의 신속한 탄핵 심판 결정을 촉구하는 기자회견을 하고 성명서를 낭독한 뒤 헌재에 탄핵심판 결정 촉구 의견서를 제출하였는데 필자가 기자회견 여는 말을 하였다.)

양심적 병역거부 토론회를 공동 주최하며

연말 토요일 오후, 송년회로 지쳐 집에서 휴식을 취해야 할 때 이렇게 많은 분들이 참석해주셔서 주최 측의 한 사람으로서 대단히 감사합니다.

몇 달 전, 변협 사법인권 소위원회 위원인 백 변호사가 항소심에서 양심적 병역거부로 실형을 선고받고 대법원에 계류 중인데 변협 인권위원들을 포함한 60여 명의 변호사가 대법원에 탄원서를 제출하였습니다. 저는 위 탄원서를 준비하면서 몇 가지 중요한 사실을 알게 되었습니다.

2013. 9. 15. 유엔인권이사회(UNHRC) 보고서에 의하면 세계적으로 종교·신념 등을 이유로 군 복무를 거부해 구속된 사람이 723명인데 그 중 한국인이 전체의 92.5%인 669명이고, 현재 양심적 병역거부자가 수감된 나라는 대한민국, 투르크메니스탄, 아제르바이잔, 싱가포르 정도로 극소수이며, 우리와 상황이 비슷한 이스라엘, 대만, 쿠바, 스위스도 양심적 병역거부와 대체복무제를 인정하고 있고, 양심적 병역거부권과 대체복무제는 이제 국제적인 인권기준으로 자리 잡았다는 것을 알게 되었습니다.

고무적인 현상은 우리 하급심 법원이 지난 10년 동안 13차례에 걸쳐서 병역법 제88조 제1항에 관하여 위헌제청을 하였고, 그 중 6건이 현재 헌법재판소에서 심리중이라는 사실을 알고 희망을 갖게 되었습니다.

그런데 아이러니하게도 대표적인 인권옹호 단체라는 대한변협은 지난 집행부 때도 우여곡절 끝에 겨우 서울대, 건국대와 함께 대한변협 인권위원회 명의로 양심적 병역거부와 대체복무제 토론회를 하였다. 이번에도 많은 논란 끝에 집행부에서 비밀투표까지 한 끝에 어렵게 변협 인권위원회 명의로 법원 국제인권법학회와 공동으로 학술대회를 개최하게 되었는데 참으로 안타깝고 부끄럽습니다.

양심적 병역거부 재판을 직접 담당하는 판사들이 회원인 법원 국제인권법학회에서 이런 민감한 주제에 대해 열린 마음으로 깊이 고민하고 연구하며 학술대회를 갖게 된 것에 깊은 존경과 힘찬 격려를 보내드립니다.

이 분야에 평소 관심이 많고 최고의 전문가들로 발제자와 토론자들을 모셨습니다. 그래서인지 발제문과 토론문이 아주 깊이 있고 수준이 높은 것 같습니다. 이런 유의미한 제안과 토론된 내용이 학술대회에 그치지 않고 양심적 병역거부자에 대한 인권침해 문제를 개선하고 대체복무제도 도입의 입법 과정에도 반영되어 좋은 법안과 제도가 마련되기를 기대합니다. 어려운 상황에서도 훌륭한 기조 발제를 해주신 전수안 전 대법관님을 비롯한 발제자, 토론자분들께 진심으로 감사드리며 유익한 시간이 되기를 바랍니다.

2014. 12. 20.

대한변협 인권위원회 위원장 민경한

* 대한변협 인권위원회는 2014. 12. 20. 서울지방변호사회관에서 법원 국제인권법연구회와 공동으로 '양심적 병역거부의 문제점과 대체복무제도의 필요성' 학술대회를 개최하였다. 변협 집행부의 반대로 비밀투표까지 한 끝에 대한변협 명의로는 못하고 어렵게 대한변협 인권위원회 명의로 대회를 개최하였다. 사법농단 사태의 보도를 보면 법원행정처에서 국제인권법연구회를 탄압하고 해체하려고 혈안이 되어 있었는데 국제인권법연구회도 이 대회를 개최하는 것이 정말 힘들었을 것으로 생각되고, 당시에 사회자가 갑자기 바뀐 것에 대해 많은 의문을 가졌었다.

서영교 원내 대변인, 특별감찰관제 관련 브리핑

□ 일시 : 2014년 12월 9일, 오후 3시 55분
□ 장소 : 국회 정론관
■ 제목 : **새정치민주연합 특별감찰관 후보 추천 관련**

새정치민주연합은 특별감찰관 후보에 민경한 · 임수빈 변호사를 재 추천했다. 새누리당에서 추천했던 교수 한 분이 사정이 있어서 자진 사퇴했다. 그런 관계로 추천이 계속 이뤄지지 못하고 있었는데 이번에 다시 구성하자고 이야기됐다. 새누리당이 야당이 두 명 추천하고 여당이 한 명 추천해서 국회에 세 명을 추천하자고 했었다. 그런데 여당이 추천했던 분이 자진 사퇴했으니 이번에 새로 추천하되, 여당에서 그 한 명을 채우면 되는 것이다.

처음으로 실시하는 특별감찰관은 대통령 주변 친인척, 측근, 고위공직자들을 감찰해야 할 임무가 있다. 이 임무가 있는 사람을 대통령 마음에 드는 사람으로 하면 안 된다. 객관적으로 국민의 마음에 드는 사람이 국민이 궁금한 것을 풀어줘야 하고, 대통령과 주변 측근들이 부패는 하지 않는지, 권력 남용은 하지 않는지, 태만하지는 않는지 감찰해야 될 소중한 임무이다. 그래서 야당이 추천하는 사람이 된다면 오히려 대통령도 박수 받을 것이다.

정윤회 게이트, 십상시 게이트로 세상이 떠들썩하고 대통령도 연일 마음이 불편하다고 하는 이 시점에 특별감찰관제는 의미가 크다. 그래서 더욱더 야당이 추천하는 사람을 특별감찰관으로 임명한다면 대통령도 국민에게 칭찬을 받으실 것이고, 여당도 국민에게 의미 있는 지지를 받을 것이다.

그런데 새누리당이 야당 두 명 추천, 여당 한 명 추천을 바꾸자고 한다. 새누리당이 다수당이니 여당이 두 명을 추천해야겠다는 것이다. 야당이 이미 두 명을 추천한 상태에서 여당에서 두 명을 추천해야겠다고 이야기하면 협상을 어렵게 만들겠다고 작심한 것이다.

다시 한 번 말씀드리지만 특별감찰관은 대통령의 주변, 측근, 친인척, 비서라인들, 청와대 실세를 감찰하는 감찰관이기 때문에 야당이 추천하는 감찰관이 되어야 한다. 오늘 특별감찰관제도가 양당이 후보를 추천해서 본회의에 통과된다면 의미가 있을 것이다.

새누리당에서는, 야당이 추천했던 민경한 변호사는 대선 캠프에 있어서 정치적으로 치우쳐 있다고 얘기한다. 대선 캠프, 미래 캠프에서 반부패위원회를 맡았던 사람이다. 민경한 변호사는 '민변 속의 민변'이라는 별명을 가질 만큼 민변 중에서도 가장 깨끗하고 가장 반부패에 앞장선 사람이다.

그는 현재 대한변협 인권위원장과 한국투명성기구 감사를 맡고 있으며, 법무부 감찰위원을 2년, 대한변협 감찰위원을 7년 동안 했다. 그리고 반부패국민연대 광주전남지부장을 3년 동안 했으며, 2005년 반부패 유공자로 대통령상을 수상하기까지 했다. 사법개혁과 반부패 관련 칼럼을 100여 건 쓰고 책도 두 권이나 발간했던 사람이다.

또 한 명의 추천 변호사인 임수빈 변호사는 사법연수원 19기로서 서울중앙지검 형사 2부장으로 재직했다. 듬직한 풍채에 차분하고 유연한 성격을 가지고 있다. 그러나 문제가 있는 부패, 측근들의 권력남용에는 날카로운 지적을 하는 사람이다. 2008년 PD수첩 사건 당시 PD수첩 무혐의 처분 의견을 제시하고 상부와 의견이 맞지 않자 PD수첩은 무혐의라며 사표를 제출했던 인물이다. 상명하복이 철저한 검찰조직에서 소신을 꺾지 않는 전례를 감안하면 대통령 측근 인사에 대한 감찰을 진행하는 데 적임자다.

특별감찰관을 제때 선정하지 않았기 때문에 정윤회 게이트가 터지고, 십상시 권력남용 이야기가 언론에 대서특필되고, 인사에 비선 라인이 개입되고, 불법이 난무했던 것이다. 새누리당이 진정으로 대통령 주변을 감찰하길 원한다면 새정치민주연합에서 추천하는 인사를 중심으로 감찰관 후보를 추천해야 한다고 강력히 촉구한다.

대통령도 야당이 추천하는 인사를 임명한다면 진정 나라를 바로세우겠다. 국가기강을 바로잡겠다. 측근들의 권력남용을 막겠다. 친인척의 비리 유혹을 막아내겠다. 그래서 좋은 대통령이 되겠다는 뜻을 보일 수 있을 것이다.

2014. 12. 9.
새정치민주연합 공보실

대한변협 회무분석 보고서

1. 머리말(보고서 작성 목적)

가. 나는 대한변협 인권위원 4년(2009－2012), 변협 인권이사 겸 인권위원장 2년(2013－2014), 회원으로서 그동안 협회 운영에 많은 관심[6]을 가지고 회무에 참여하였다. 특히 최근 2년간 대한변협 제47대 집행부(이하 '전 집행부'라고 함) 임원으로서 회무에 참석하면서 회무 운영의 원칙과 기준이 지켜지지 않는 경우가 너무 많고 비효율적이며, 집행부가 너무 많은 특혜를 누리고 예산이 낭비되고 인권사업이 소홀히 되는 모습을 보고 공·사적으로 여러 차례 시정을 요구하였으나 전혀 시정되지 않았다. 협회 조직과 운영, 예산에 대하여 분석과 진단을 하여 원인과 문제점을 찾고 대안을 제시하여 제48대 집행부(이하 '현 집행부'라고 함)가 참고 자료로 삼아 건전하고 발전적인 협회 운영을 해 주기를 바라는 마음과 먼 훗날 변협 역사의 한 부분으로 기록될 것을 기대하면서 이 보고서를 작성하였다.

나. 통상 건전하고 발전적인 조직이나 단체는 조직의 경영 상태와 문제점 등을 평가 및 점검하고 바람직한 발전 방향을 정립하기 위해 외부 전문 컨설팅 업체에 고액의 비용을 지불하고 조직 컨설팅을 실시하듯이 바람직한 협회 운영과 발전을 바라는 마음에서 내가 평소 보고, 듣고, 느낀 점을 토대로 분석해 보았다.

---

6. 변협 감찰위원 7년(1999~20003년, 2006~2007년), 변협 공익활동 심사위원, 변협 광고심사위원 역임함. 서울지방변호사회 회무에도 관심이 많고 회원들의 비판과 감시가 필요하다고 생각하여 2008년, 2010년 서울변호사회 정기총회에 참석하여 회무에 대한 몇 가지 질문을 하였고 회보와 신문에 참석 후기 게재 요청을 하였으나 거부하여 졸저 《동굴 속에 갇힌 법조인》에 일부 게재함. 2014년과 2015년에도 서울변호사회 정기총회에 참석하여 불합리한 회무 운영에 대해 질문을 하였음.

다. 일부에서는 공개하기 곤란한 부분도 있을 것이라고 생각할지도 모르겠지만 협회의 문제점을 분석하고 협회의 올바른 발전을 위한 공익적 차원과 현 집행부 임원들과 지방변호사회 회장들은 회원들의 대표로서 알 권리가 있다고 판단하여 문제제기를 하는 것이며, 전 집행부 회장이나 임원들을 비난하거나 폄하할 목적은 전혀 없음을 이해해 주기 바란다. 나름대로 확인을 거쳤지만 횟수나 일자 등 숫자와 소요비용(일부 소요비용 등을 변협 재무과에 확인을 요청하였으나 답변을 거절함) 등에 오차가 있을 수 있고, 세세한 부분에서 일부 누락되거나 약간 부정확한 부분이 있을 수도 있고, 일부는 내 사견일 수도 있으므로 나의 충정이라 여기고 감안하여 판단하시기 바란다.

라. 2015년 1월과 2월, 두 달에 걸쳐 변호사 업무를 하는 중간 중간에 짬을 내어 많은 시간과 노력을 기울여 이 보고서를 작성하였으나 도중에 회의가 들어 여러 번 중단하고 싶은 생각이 들기도 하였다. 이 보고서가 완성되어 배부되더라도 여기서 제기한 문제점이 시정될 수 있을 것인지 의문이 들기도 하고, 이 보고서의 비판 대상이 된 사람들이 나를 비난할 것이 예상되기도 하였지만 역사적으로 모든 시기, 모든 분야에서 개혁을 주장하는 경우 개혁 대상이나 기득권층의 저항은 예상되는 것이고 누군가 문제 제기를 하지 않으면 협회 문제점은 시정되지 않고 계속될 가능성이 높다고 판단하여 희생을 감수하고 변협 발전을 위하여 계속하기로 하였다.

마. 일부는 위 보고서 작성에 대해 부정적인 시각으로 보는 사람도 있을 것이다. 그러나 나도 편한 길, 편하게 사는 방법을 잘 알지만 군이 이 보고서를 작성하면서 사서 고생을 하는 이유는 지금까지 어느 누구도 변협의 문제점을 공개적이고 구체적으로 지적하거나 공론화한 적이 없고 문제점이 전혀 시정되지 않아 내가 십자가를 지기로 결심하였다.

일변연 회장을 지낸 우츠노미야 겐지는 "기업 내부에서 불법을 알고도 입을 다무는 변호사는 법비입니다.”라고 말했듯이 변협 내부에서 부당함을 알고도 입을 다문 임원은 직무유기이고 임원 자격이 없다고 말하고 싶다. 2011. 8. 동양그룹 재무 전문가인 K 전무는 ‘동양그룹의 차입이 감당할 수 없는 수준에 접어들어 1년을 버티기 어려운 상황’이라는 제목으로 원인을 진단하고 몇 가지 방안을 제시한 70쪽의 보고서를 작성하였다. 위 전무는 현재현 동양그룹 회장에게 위 보고서를 토대로 1시간가량 프레젠테이션까지 하였으나 현 회장은 위 보고서를 파기하고 이행하지 않아 결국 2013. 10. 동양그룹은 부도가 나고 현 회장은 2014. 10. 1심에서 12년 중형을 선고받았다(〈조선일보〉 2015. 1. 15. 사회면 『현재현 동양 회장, ‘1년 안에 그룹 망가진다’는 보고서 받은 후 파기』 기사 참조). 내부의 문제점은 내부 전문가가 가장 잘 아는 것이며, 내부 문제점을 지적하는 목소리를 귀담아 들어야 한다는 좋은 교훈으로 여겨진다.

2. 분석 자료와 내용, 배부

가. 내가 인권이사로 참석한 2013년 제7차부터 제46차까지, 2014년 제1차부터 제47차까지, 2015년 제1차부터 6차까지 93회의 상임이사회 회의자료 및 협회 업무자료, 성명서 및 보도자료, 〈대한변협신문〉 보도내용, 관련 법규 및 회칙, 일부 집행부 임원(이하 감사, 대변인, 특별 보좌관, 사무차장 포함하여 ‘임원’이라고 함)과 일부 회원들의 의견 수렴 결과를 분석 자료로 하였다.

나. 머리말, 변협 집행부와 사무국 구성, 변협 각종 위원회 및 TF위원 구성과 외부기관 위원 추천, 상임이사회 회의 진행, 예산 낭비, 인권 사업 등 여러 분야별로 분석과 비판, 대안 제시, 원칙과 기준 없는 회무처리, 결어, 참고자료 17쪽을 포함하여 모두 80쪽의 회무분석 보고서를 심혈을 기울여 작성하였다.

다. 나는 2013년 40회 상임이사회 중 개인 일정, 일본 출장(일제 피해자특위 세

미나) 등으로 4회 불참하였고, 2014년은 47회 상임이사회에 단 1회도 불참하거나 지각한 적이 없고, 2015년 6회 중 1회 불참하는 등 2년 동안 총 93회의 상임이사회 중 5회 불참(1회는 공무로 해외출장 중)하였으니 아주 양호한 출석이다. 상임이사회에 참석을 소홀히 한 임원도 상당수 있었다. 나는 사전에 회의 자료도 꼼꼼히 읽고 참석하였고, 회의 시에도 의견 개진을 많이 하고 문제점을 지적하며 비판적인 목소리를 많이 냈다. 여기 기재된 내용 중 상당 부분은 내가 2년간 상임이사회나 워크숍, 집행부 카톡, 사적인 모임에서 꾸준히 문제를 제기하고 비판을 한 내용이며, 조금도 시정이 되지 않았다.

라. 하창우 협회장 당선 후에 제48대 집행부 구성 시에 참고하도록 내가 2015. 1. 15. 보고서가 1~4항까지 초고만 작성된 상태에서 하창우 협회장 당선자에게 이메일로 송부하고 문자까지 보냈으나 아무런 답변도 없고 전혀 반영되지 않았다.

2015. 2. 중순, 보고서를 완성하여 2015. 2. 23. 개최되는 변협 총회에서 부협회장 10명 유지 및 상임이사 15명 증원, 임원 수당 증액 등에 대해 충분히 논의할 수 있도록 구정 연휴 전인 2015. 2. 16. 14개 지방 변호사회회장에게 이 보고서를 송부하였다. 보고서 분량이 80쪽이나 되어 안 볼지도 모르고 시간이 촉박하여 최소한 요약분은 검토하라는 마음으로 앞부분에 요약분(5쪽)을 기재하였고, 다음과 같은 '부탁의 말씀'도 보냈다.
"제가 변협에 무한한 애정을 갖고 회무 개선을 위해 정말 고생하여 이 건 보고서를 작성한 것입니다. 바쁘고 분량이 많더라도 꼭 전부 일독을 하셔서 2. 23. 개최되는 총회에서 집행부 증원과 수당 인상에 대해서는 심도 있게 논의해 주시고, 나머지 사항에 대해서는 다음에 진행될 전국 지방변호사회 회장단 모임에서 철저하게 논의해 주시기를 간절히 바랍니다."

당시 지방변호사회 회장들에게 보낸 보고서의 결론은 다음과 같다.
'변협 집행부의 슬림화나 시스템 개혁이 필요하고 의지와 헌신성만 있으면 현 집행부 규모도 충분하고 비대한데 오히려 조직을 늘리는 것은 지양해야 하며, 예산도 어려운 상황에서 회원들의 피땀 어린 돈이라 생각하고 낭비적 요소를 철저히 감시해야 하는데 상임이사회 및 이사회 구성원, 감사들이 친 협회장 사람들로 구성된 데다 쓴 소리를 할 분위기가 아니어서 협회장이나 회무의 견제 장치가 없으므로 총회에서 대의원들과 지방변호사회 회장들의 강력한 비판과 감시가 절대적으로 필요합니다'.

그러나 지방회장들 중 변협 총회에 불참한 사람도 많았고, 아무도 문제제기를 하지 않아 전혀 논의되지도 않고 반영도 되지 않아 너무 허탈하였다.

마. 내가 새로 구성된 제48대 집행부 임원 전원에게 2015. 3.경 이메일로 이 보고서를 보냈다. 현 집행부 구성이 확정되어 약간 수정하고 지방회장들에게 보낸 보고서를 약간 첨삭하였다. 현 집행부 임원 몇 명이 나에게 전화나 메일로 보고서 만드느라 정말 고생했고, 회무 운영시 반영하겠다는 격려 전화가 왔다. 그러나 집행부 임원들이 따로 임원 수당을 받으므로 임원들이 변협 내의 각종 위원회 위원으로 참여시 수당 지급 금지 하나만 반영되고 나머지는 전혀 반영되지 않았다. 내가 오직 회무 개선과 예산 절감을 위해 공익적인 목적으로 이 보고서를 작성하고 후임 제48대 집행부 임원과 지방회장들에게 배부했던 것인데 제47대 회장과 임원 몇 명은 이 보고서에 대해 나에게 매우 유감을 표시하였다.

* 보고서의 구체적인 내용은 분량이 80쪽(참고자료 17쪽 포함)이나 되어 여기에다 게재할 수 없고, 보고서 구성과 순서는 위 2. 나항에서 설명하였다.

사기사건의 피해자들을 보는 느낌

2008년에 사기 사건 피해자들 4건을 상담하고 3건을 수임하여 모두 소송을 진행하고 있다. 사기 사건의 피해자들은 증권회사 지점장, 한의원 원장, 가정주부, 조그만 회사 사장들인데 한의원 원장만 선임하지 않았다. 이들은 모두 사회적, 경제적 지위가 있어서 사기꾼들의 속임수를 알아챌 수 있는 사람들인데 속아 넘어가는 것이 이해가 되지 않았고, 사기꾼에게 속아서 아무런 담보 없이 3억 원 내지 7억 원을 쉽게 빌려주거나 투자하여 거액의 손해를 보았다. 이렇게 거액을 투자하거나 빌려준 것은 아주 높은 수익을 올려준다는 말에 속아 큰 욕심을 부리다가 당한 것이므로 별로 동정의 여지가 없다.

더 안타까운 것은 이들을 속인 사기꾼들은 향후 법적 문제가 발생할 것에 대비하여 처음부터 철저하게 법적으로 자신들이 빠져나갈 수 있도록 자신들에게 유리하게 증거 서류를 만들어 놓는다. 그런데 순진한 피해자들은 무방비 상태로 있거나 오히려 그들에게 속아 불리한 증거를 제대로 확인하지 않고 도장을 찍어주어 소송에서 승소하기 어려운 경우가 많다.

위 4 사람이 속은 형태는 다양하다. 증권회사 지점장은 구권 화폐를 교환하는 사업에 투자하면 몇 배를 벌 수 있다는 말에 속아 수억 원을 투자하여 한 푼도 건지지 못하고 쫄딱 망했다. 자신의 돈만이 아니라 고객 돈까지 투자했다가 회사에서 쫓겨나고 월세로 비참한 생활을 하고 있고 선임료도 제대로 주지 않고 있다. 7년 동안 사기꾼을 찾지 못하다가 공소시효 1개월을 남겨두고 행방을 찾아 형사사건이 진행 중인데 어려움에 처해 있다.

한방병원 원장은 평소 약간 알고 지내는 주부가 청첩장을 보여주면서 자신의 딸이 재벌 2세와 결혼하는데 결혼 준비에 돈이 부족하다면서 6개월 후에 월 3부로 쳐서 갚겠다고 하여 3억 원을 빌려주고 2년째 한 푼도 받지 못하고 있다. 잘 알지도 못하는 주부에게 아무런 담보 없이 3억 원을 빌려준 것도 한심하고, 이제는 그 여자가 빌린 것이 아니고 투자해서 잘못 되었으니 책임이 없다고 오리발을 내밀고 있다. 형사고소를 하겠다면서 필자를 선임하지 않고 검찰 고위직 출신 변호사만 찾고 있고 검사에게 부탁해서 구속을 시키겠다고 하나 입증이 쉽지 않을 것 같다.

가정주부는 남편 몰래 사기꾼 형제에게 3억 원을 빌려주었다. 그 형제들은 유령회사 명의로 된 차용증을 발급해 주고 처음 3, 4개월 동안 월 4, 5부 이자를 주고 그 이후 지금까지 원리금을 한 푼도 주지 않고 있다. 그 형제가 유령회사를 차려놓고 회사를 운영하다가 부도를 내고 폐업하여 갚지 못한다고 하였다고 한다. 형사상 쉽지는 않으나 해볼 만한데 무슨 이유인지 형사 고소를 대리해 주겠다고 해도 형사 고소는 하지 않는다. 이 주부는 다른 곳에도 6, 7억 원을 투자하면서 다른 사람을 소개하여 그 사람도 투자를 하였는데 그 사람이 피해를 보았다면서 소개인인 이 주부를 상대로 민사소송을 제기하여 필자가 변론중이다.

조그만 회사 사장은 부하 직원인 회사 부장이 공모하여 건축업을 하는 자기 동창을 소개하여 3, 4억 원만 투자하면 6개월 후에 3억 원을 벌게 해 주겠다고 속여 5억 원을 투자하여 2년 동안 3억 원의 손해를 보았다. 지금 민사 소송을 진행 중인데 얼마 전 1심에서 패소하고 항소 예정이다. 형사 고소를 하겠다고 하는데 사기죄가 성립될지 의문이다.

이들은 민사소송에서 패소하거나 형사사건에서 사기가 인정되지 않고 무혐의가 되면 너무 억울해 하고 판사나 검사가 잘못하였다고 원망을 한다. 그들의 심정은 이해가 간다. 하느님이 재판한다면 사기꾼들의 양심을 다 들여다보고 누가 사기꾼인지 쉽게 알 것이므로 사기꾼을 패소시키고 벌을 내릴 것이다. 그러나 판사나 검사는 양심 재판을 하는 것이 아니고 제출된 증거 서류만 가지고 판단한다. 사기꾼들은 사기행위를 하면서 자신들에게 유리한 증거를 치밀하게 만들어 놓아 빠져 나가는 경우가 많고 피해자들은 아무런 대비 없이 그냥 순진하게 말려들어가 승소하기 어려운 경우가 많다. 이러한 재판과정을 설명해 주면 이해는 하나 사기꾼에게 당한 것을 너무 분통해한다.

사기 피해자들은 상당수가 건전하게 돈을 벌려고 하는 것이 아니고 고수익을 노리고 투자하거나 돈을 빌려준 것이다. 자본주의 하에서 고수익, 고위험은 기본 원칙이므로 고위험은 자신이 감수해야 한다. 그렇게 안전하고 쉽게 돈을 벌 수 있다면 많은 사람들이 왜, 땀 흘려 일하고, 연 4%의 적은 이자를 받고 은행에 예금을 하겠는가. 또한 사기꾼을 판별하는 능력이 부족하였고 담보를 확보하지 않고 투자처의 안전도를 확인하지 않거나 잘못 판단하고 투자하거나 빌려주었으므로 좀 가혹하기는 하지만 자신의 잘못에 대한 대가는 치러야 한다. 그래서 사람들은 일확천금을 노리지 말고 자기 분수에 맞게 땀 흘려 일하면서 열심히 살아야 한다. (2008. 8. 31. 필자 블로그)

의사와 판사의 파렴치한 행위와
구속을 보고 느낀 심정

얼마 전 의사와 판사가 파렴치한 행위로 구속되었다는 뉴스가 여러 언론에 보도된 적이 있다. 어느 지방 의사가 치료받으러 온 환자 여러 명을 마취한 뒤에 성폭행한 것이다. 더 가관인 것은 그 병원에 근무한 간호사들이 이를 촬영하여 폭로 협박을 하면서 의사와 그 가족을 상대로 돈을 뜯어내려다 벌금형으로 기소되자 억울하다고 하였는데 1심 선고 때 법정에서 구속되었다.

모 부장판사가 다른 재판부에 구속되어 재판을 받고 있는 사업가로부터 석방청탁을 받고 돈을 수령하였고, 자신이 맡은 사건을 선처해 주고 자신의 외상 술값 800만 원을 대신 갚게 하였다는 것이다. 또 회사 관계자를 상담해 주고 그 사건이 자신에게 배당되자 선처를 했고 다른 재판부에 배당된 사건에는 다른 재판부에 부탁을 하였다는 혐의로 정직 10월의 중징계를 받았다. 그러자 억울하다면서 징계에 대한 불복 소송을 제기하여 진행하던 중 이번에 구속된 사건이 불거지자 사표를 제출하고 징계 불복소송도 취하하였다. 이 판사는 재판 도중 변호사가 판사에게 공손하게 대하지 않는다고 변호사를 감치하였고, 평소에도 좋지 못한 행동으로 변호사들로부터 비난을 받았던 사람이다.

사람들은 거액의 돈이나 권력에 대한 유혹이 다가오면 빠져들 가능성이 많다. 그러나 많은 사람들이 자신의 위치나 본분을 생각하고 자제하면서 법과 도덕을 지키는 것이다. 평범한 사람도 유혹에 빠지지 않고 양심껏 살아가는데 하물며 환자를 치료하는 의사나 법을 어긴 사람에게 벌을 주는 판사는 더욱 더 법과 양심에 반하는 행동을 해서는 안 되는 것이다. 히포크라테스 선서를 하고 인술을 펼친다는 의사가 환자를 능멸하고 법과 양심에 따라 시비를 가리고 벌을 내리는 법관이 돈을 받고 법과 양심에 어긋난 재판을 하는 정말 이해할 수 없는 행동은 어디에서 비롯된 것일까. 위 두 사람은 이성이 마비되고 육체적 쾌락이나 금전적 유혹을 물리치지 못하고 탐욕에 굴복하고 만 것이다. 이런 사람들이 오랫동안 의사나 판사로 활동했다는 것에 분노를 느낀다.

필자가 이들 행동에 대해 이해할 수 없는 것은 너무 대범하고 보통의 의사나 판사가 범하기 어려운 지극히 비정상적인 범죄라는 것이다. 간호사를 내보내고 안에서 문을 걸어 잠근 뒤 그것도 병실에서 여러 환자에게 마취 주사를 놓아 성폭행을 한다는 것은 정상인으로서는 도저히 상상하기도 힘든 너무 대담하고 파렴치한 범행이다. 판사도 마찬가지다. 자기가 처리하는 사건뿐만 아니라 다른 판사의 사건까지 부탁하고 돈을 받고 또 800만 원이나 되는 외상 술값을 대신 갚게 한 것은 너무 대범하고 파렴치한 행위다. 판사가 무슨 외상 술값이 800만 원이나 되는지 도저히 이해할 수가 없다.

필자는 처음 이 사건 범행 보도를 접하고 너무나 황당했고 이해할 수 없었다. 이런 사람들은 자라온 배경이나 가치관, 인격, 윤리의식, 직업에 대한 자긍심이나 사명감 등이 마비된 비정상적인 사람임에 틀림없다. 이런 사람들의 잘못에 대해 당사자들을 엄벌하면 되지만 사전에 제재하거나 예방할 방법이 어렵고, 이들의 잘못된 행위로 상대방은 너무 심각한 피해를 입게 된다.

더욱 큰 문제는 소수 일탈행위로 같은 직역에 근무하는 사람과 그 직역에 대한 불신이나 피해가 너무 크다. 1년에 한두 명의 의뢰인은 접대비를 줄 테니 판사를 만나서 석방하거나 유리하게 해 달라는 것이다. 60, 70년대는 몰라도 지금은 그런 일이 전혀 없고 있을 수 없다고 설명하면 의뢰인들은 변호사님이 너무 순진하고 세상 물정 모른다고 핀잔을 준다. 몇 년 전 법조비리로 파문을 일으키고 구속된 C 부장판사나 위 부장판사 사건을 예로 들면서 이는 빙산의 일각이고 이런 일은 흔하다고 하면서 법조계에 대한 불신이 너무 심하다. 이런 한두 사건이 주위에 미치는 영향이 너무 큰 것 같다. 지위가 높을수록, 권한이 많을수록 파급력이 너무 크기 때문에 언행을 조심해야 한다. 노블레스 오블리주라는 말이 그래서 나온 것이다.

과거에는 의사나 판사 중 이런 사람들이 거의 없었을 것 같은데 최근에 이런 일이 자주 발생한 것은 의사와 판사 수가 많아져 일탈된 사람이 증가하는 개인의 문제인지, 시대나 환경이 많이 달라진 세태 탓인지, 두 가지 이유 다인지 알 수가 없다. 사전에 방지할 수 있는 방법이 무엇이고, 왜 이런 지경까지 왔을까를 생각하니 묘책이 없고 씁쓸하기만 하다. **(2008. 2. 3. 필자 블로그)**

욕심이 과하면 화를 부른다

2007. 1. 5. 퇴근 무렵 잘 아는 대학 선배 A 변호사가 필자의 사무실로 화분을 들고 찾아 왔다. A 변호사와 우리 법인 B 변호사가 원·피고를 대리하여 소송을 진행하여 확정되었다. 그런데 A 변호사가 B 변호사에게 전화로 판결금을 좀 감액해 주라고 부탁했는데 잘 안 되자 필자를 통해 부탁해 보려고 찾아온 것이다. 필자의 방에서 A·B 변호사와 이야기를 나누게 되었다. 필자는 내용도 잘 모르고 끼어들 상황도 못 되어 아무 말도 할 수가 없었고, A 변호사 의뢰인이 너무한 것 같아 별로 도움을 주고 싶지 않았다.

사건 내용은 A 변호사는 아주 친한 고교 동창이자 건물주인 임대인을 대리하였고, B 변호사는 임차인을 대리하였는데 대법원까지 가서 임차인이 완전 승소한 사건이다. 임대인은 의사이고, 임차인은 어렵게 사는 사람이라고 한다.

청구 금액이 6,500만 원인데 1, 2심 소송 도중 재판부가 조정을 권유하여 못사는 임차인은 억울하지만 절반으로 조정하려고 했는데, 임대인은 한 푼도 줄 수 없다면서 조정의사가 전혀 없었고 임차인을 무시하기까지 하였다. 임대인은 1심에서 이겼기 때문에 항소심에서는 더욱 더 조정의사가 없었다고 한다.

그런데 항소심에서 완전히 역전되어 임차인이 승소하게 되었고, 상고심에서 임대인이 대법관 출신 변호사까지 선임하여 변론하였는데도 패소하였다. 그 사이 이자가 늘어 이자만 600만 원이 되었다. A 변호사는 의뢰인이 친한 친구여서 수임료를 저렴하게 받았다고 하나, 상고심은 대법관 출신 변호사를 선임하였으니 임대인은 1, 2, 3심 변호사 비용을 상당히 지불하였을 것이다.

A 변호사는 B 변호사에게 의뢰인 입장을 대변한 것인지, 아니면 자신의 체면치레인지 이자만이라도 감액해 달라고 부탁하였다. 그러나 B 변호사는 임대인이 소송 제기 전이나 소송 도중에 자신의 의뢰인인 임차인을 너무나 무시하였고, 임차인은 재판 도중 절반이나 양보했는데도 임대인이 한 푼도 줄 수 없다고 해놓고 패소하자 이제 와서 깎아 달라고 하니 한 푼도 깎아줄 수 없고 오히려 법적으로 가능한 소송비용을 청구하겠다고 한다는 당사자의 입장을 전했다.

의사인 임대인이 약한 입장에 있는 임차인을 얼마나 무시했을 것인가는 충분히 상상이 간다. 재판 도중에 임차인은 재판부 권유도 있고 승패도 불확실한 상황에서 3,000만 원이면 피 같은 돈이지만 양보하여 절반으로 화해하겠다고 하였다. 그런데 임대인은 승소를 확신해서인지, 아니면 욕심이 과해서인지 한 푼도 줄 수 없다는 합의안을 내놓아 애초부터 합의는 불가능한 것이었다.

그러나 결과는 임대인이 완전 패소하였고 약 1억 원(6,500만 원 +이자 600만 원+1, 2, 3심 변호사비용 2,000만 원(추정)+임차인 소송비용 약 1,000만 원)의 비용이 들어간 것이다. 1심에서 임차인이 3,000만 원으로 양보했을 때 임대인이 3,000만 원이 많다고 생각했으면 2,000만 원이나 2,500만 원을 제안했으면 그 부근에서 합의가 되었을 것이고, 그랬더라면 1심 변호사 비용과 조정금액 2,500만 원 합계 3,000만 원이면 충분하였을 것이다.

그런데 임차인보다 훨씬 여유 있는 사람이 임차인을 얕잡아보고 또한 욕심 때문에 3,000만 원이면 해결될 것을 1억 원을 지불하게 된 것이다. 1심에서 합의했다면 오랜 기간 2, 3심 소송 진행하는데 소요된 정력이나 비용도 낭비되지 않았을 것이고 마음의 여유도 가졌을 것이다. 욕심 부리고 어렵고 낮은 위치에 있는 사람을 무시하다가 크게 화를 입은 것이다. 거기다가 자존심도 없는지 이자 600만 원을 감액해 달라고 상대방 변호사 사무실까지 찾아와 사정을 한다. 역사적으로 재물, 권력, 여자, 명예 등에 대해 지나친 욕심을 부리다가 패가망신하고 파멸이나 고통의 나락에 빠진 사람이 얼마나 많았던가.

인간은 불안전한 동물로서 욕심이 없을 수는 없다. 적절한 욕심은 희망과 성취욕을 갖게 하고 발전의 동력이 될 수도 있다. 그러나 지나친 욕심이 화를 불러일으켰던 사례를 수없이 보지 않았던가. 오늘도 퇴근 무렵, 지나친 욕심이 큰 화를 불러온 사례를 직접 목격하면서 절제, 중용, 양보가 삶의 중요한 덕목이라는 것을 느끼게 되었다. (2007. 1. 5. 필자 블로그)

지나친 감정적 대응으로 손해 본 의뢰인

2007년 초, 인천에서 변호사할 때 알고 지냈던 고교 선배와 법률상담을 하였다. 사건 요지는 선배가 2003. 6.경 A 시행사로부터 성북구의 상가 점포를 분양받고 계약금만 지급하였다. 그런데 A 시행사가 자금사정으로 부도위기에 몰렸고 결국 A 회사가 B 회사와 공동으로 사업시행을 하기로 하여 선배가 2003. 10.경 위 계약에 동의하였다. 그런데 B 회사는 2005. 9.경 단독으로 사업을 시행하게 되었고 2007. 가을경 완공 예정이다.

그런데 선배는 공사가 지지부진하고 몇 가지 사소한 부분에서 원래의 약속과 다른데다 상권도 좋지 않아 1차부터 5차까지 중도금을 몇 년 동안 연체하고 있었다. 위 분양계약에서 선배가 A 회사에서 A와 B 공동으로, B단독으로 시행하는 데 동의하였고, 준공시기도 계약서에 명시하지 않았고 B 회사에게 별다른 채무 불이행 사유가 없기 때문에 분양계약을 해제하기가 쉽지는 않았다. 당시까지 연체된 중도금 이자만 해도 2,800만 원가량이다. B 회사의 사소한 채무 불이행 사유를 최대한 부각시켜 계약해제를 시도해보고 안 되면 준공기일을 명시하지는 않았지만 B 회사도 오랫동안 지체한 잘못이 있으므로 판사에게 연체이자만이라도 감액해 주라는 조정을 요청해 보자고 하면서 적은 선임료로 수임하였다.

2007. 1. 22. 소장을 제출하였는데 첫 변론 준비기일이 4. 23. 있었다. 그런데 며칠 전 같은 상가의 수분양자가 우리와 같은 소송을 제기하여 수분양자가 패소하였다. 판사가 비슷한 사건에서 수분양자가 패소하였다면서 우리 사건도 힘들지 않느냐고 암시를 주었다. 필자가 사안이 약간 다를 수 있고 확정된 판결도 아니며 B 회사도 오랫동안 지체한 잘못이 있으므로 연체이자 2,800만 원을 감액

해주라는 조정안을 제시하였다. 판사는 2,800만 원은 너무 많은 것 같고 1,500만 원 정도 감액하는 게 어떠냐고 하자 B 회사는 변호사 없이 회사 지배인이 소송을 수행하였는데 회사 측과 상의해 보겠으나 쉽지 않겠다고 하면서 5. 17. 변론을 하기로 하였다.

재판 이틀 전인 5. 15. 선배는 필자와 상의도 하지 않고 중도금과 연체료 중 상당액을 납부해 버렸다. 그러면서 재판기일인 5. 17. 오전에 필자에게 전화해서 "저번 재판 때 판사가 불리하게 이야기한 것 같고 연체이자도 깎아 주지 않을 것 같으며, 계속해서 연체이자만 늘어갈 것 같아 B 회사에 연체이자와 중도금을 납부해 버렸다. 맡긴 서류를 찾아가겠으니 재판 가거든 계약서 원본 등 관련 서류를 놔두고 가라."고 하였다.

정말 황당하였다. "지난 기일에 유사한 사건에서 패소한 판결이 있어 약간 불리한 상황이지만 아직 판결이 나지 않았고 조정 기회도 있는데 2, 3일간 이자가 몇 푼 된다고 나와 상의도 없이 연체이자까지 내 버리면 오늘 조정을 할 수 없지 않느냐. 그리고 재판 시간이 얼마나 걸린다고 재판 끝나고 나를 만나서 이야기하고 서류를 가져가도 되는데 무엇이 급해서 내가 재판 간 사이에 굳이 서류를 가져가려고 하느냐, 너무 감정적으로 일을 처리하지 말라."고 하고 전화를 끊었다.

과거 같으면 상대방이 감정적으로 행동하면 필자도 감정적으로 대응하였을 것이다. 선배가 감정적으로 행동하고 신뢰를 져버렸으므로 필자도 감정적으로 대응하고 싶었지만 지천명에 접어든 최근에는 포용하는 경우가 많아졌다. 기분 나쁜 상황에서 재판에 출석했지만 의뢰인을 위해서 최선을 다했다. 연체이자를 거의 다 변제하고 600만 원밖에 남지 않아 B 회사는 미납된 600만 원만 감액해 주겠다고 했다. 필자가 판사에게 600만 원 감액은 너무 적으니 최소한 1,000만 원을 감액해 달라고 하자 지배인이 미납된 이자는 가능하나 원금까지 감액은 곤란하다면서 다시 회사와 상의해 보겠다고 해서 5. 28.로 다시 조정기일을 잡았다.

선배가 필자와 상의했거나 조금만 참고 중도금과 연체이자를 납부하지 않았다면 분위기상 연체된 이자 2,800만 원의 절반가량은 감액 받을 수 있었을 것이다. 재판 후에 선배에게 이런 사정을 이야기하면서 다음에 다시 조정하기로 하였다고 하자 자신이 감정적으로 행동하여 미안하고 손해 본 것에 대해 후회를 하였다.

5. 28. 조정기일에 미납된 연체이자 630만 원과 잔금 일부인 300만 원을 감액하여 930만 원 감액으로 조정되었다. 선배는 보통 때도 무척 의심이 많으며 필자와 B 회사에 무척 불만이 많고 말이 많은 아주 까다로운 의뢰인이었다. 순간적으로 감정적인 행동을 하지 않고 필자와 의논해가며 차분히 조정에 임했더라면 연체된 이자 2,800만 원 중 상당부분, 최소한 1,400만 원이나 그 이상의 감액을 받았을 것이나, 900만 원만 감액 받아 500만 원가량의 손해를 보았다. 선배가 이미 연체이자와 중도금까지 내고 필자에게 재판 서류를 가져간다고 했으므로 필자가 감정적으로 대응하여 재판에 출석하지 않거나 조정을 하지 않고 판결을 받았다면 위 감액 받은 900만 원마저 손해를 보았을 것이다.

이 사건을 보면서 감정적이고 즉흥적인 행동은 정신적, 육체적, 경제적으로 매우 피곤하고 손해를 초래하며, 흥분을 가라앉히고 자제하고 포용하면 마음의 평안이 오고 기쁨이 온다는 것을 느꼈다. 그래서 경험이나 지식이 많은 경륜 있는 사람에게서 삶의 지혜가 나오고 혼란하고 어려운 때일수록 이러한 사람이 필요한 것 같다. **(2007. 7. 24. 필자 블로그)**

20만 원을 사기당한 '바보 변호사'

2012. 7. 23. 무더운 여름 오후, 점심식사를 하고 사무실에 들어오니 사무장이 메모지를 내밀며 오늘 교도소에서 출소한 사람이 잠시 후 상담하러 온다는 전화가 왔었다고 보고를 했다. 한 시간 후쯤, 거구의 젊은이가 필자의 방으로 들어왔다. 필자가 2000년대 초 광주에서 민변 지부장을 할 때 자신이 폭행 사건으로 구속되었는데 필자가 국선변호를 하여 집행유예로 석방되었다고 하였다. 그동안 많은 사건의 국선변호를 했기 때문에 특징적인 사건이 아니면 당사자를 다 기억할 수 없다. 필자가 이 젊은이를 국선변호했는지 기억이 나지 않았다. 체격이 아주 뚱뚱한 거구로 100킬로그램 정도는 되어 보이고 인상도 특이하여 기억할 만하였으나 기억이 나지 않아 약간 미심쩍었으나 필자의 기억력의 한계를 탓하며 그냥 넘어갔다.

3년 전 살인사건으로 억울하게 누명을 쓰고 15년 형을 선고받고 안양교도소에서 복역 중 진범이 잡혀 기소가 되었고 그날 출소했다는 것이다. 3명이 모의하여 자신의 살인사건 목격자로 증언하여 자신이 억울하게 유죄를 받았다고 한다. 정말 살인을 하지 않았으면 현장 검증 시나 수사 받을 때 모순이 많았을 것이고 검사에게 강력히 항의하지 않았느냐고 물었다. 강력하게 부인하며 검사에게 항의하였으나 검사가 자신의 말을 묵살했다고 했다. 얼마 전 광주 검찰청에서 구속된 진범과 공범 사건의 참고인으로 자신이 조사를 받았고, 주범은 살인죄와 위증죄로, 다른 2명은 위증죄로 구속 기소되어 1심 재판을 앞두고 있다고 했다.

살인 사건의 1심에서 무죄를 받았는데 2심, 3심에서 억울하게 유죄를 받았다고 했다. 변호인은 있었느냐고 묻자 국선변호사라고 하여, 무죄를 받은 1심 국선변호인의 이름을 아느냐고 물었다. 1심을 제주도 법원에서 했는데 이름은 기억이 나지 않지만 변호사회 회장을 지냈고 얼굴을 보거나 이름을 들으면 알 것 같다고 하였다. 변호사 명부에서 제주도 편을 보여주자 필자도 아는 판사 출신의 H 변호사를 지목하였다. 그 변호사가 제주지방변호사회 회장을 지낸 사실도 알고 그 변호사를 어느 정도 신뢰하기에 젊은이의 말을 믿었다.

　너무나 억울해서 출소하자마자 재심 청구, 형사보상 청구, 국가배상 청구를 하기 위해 민주노총 부회장을 통해 필자의 연락처를 알고 찾아 왔다고 했다. 그 부회장 이름을 묻자 이름을 말하지 말라고 하였다고 했다. 굳이 이름을 밝히지 말라고 할 필요도 없을 텐데 좀 꺼림칙하였다. 민노총은 부회장 직책이 없고 부위원장으로 알고 있는데 일반인은 이 정도의 직책은 혼동할 수 있을 것이라고 생각하고 그냥 넘어갔다. 신문에서 필자가 광주에서 서울로 사무실을 이전한 사실을 알게 되었다면서 언제 이전하였느냐고 물었다. 살인죄 누명을 쓰고 3년간이나 억울한 옥살이를 하였다고 하니 동정이 가고 억울함을 풀어줘야겠다는 생각이 강하게 들었다. 3년간이나 억울한 옥살이를 한 사람치고 분노심이나 억울함이 전혀 없고 아주 차분하고 조심스럽게 천천히 말을 하였다. 그래서 무척 억울할 텐데 교도소 생활이 너무 힘들지 않았느냐, 왜 이렇게 차분하냐고 물었다. 처음 1년간은 너무 고통스러웠고 미칠 것만 같았는데 자포자기를 하고 마음을 가다듬으니 진정이 되었다고 했다. 많은 회한에 잠긴 듯 고개를 숙이며 연기를 너무 잘 했다.

　위 3가지 청구를 하기 위해서는 확정된 살인사건의 기록이 필요한데 1심이 제주 법원이므로 제주 검찰청에서 형사기록을 보관하고 있을 것이다. 고향이 마침 제주도이니 제주 지검에 가서 형사사건 기록 전부를 복사해 오라고 했다. 대부분의 기록이 집에 있을 것이므로 복사 필요성이 없다고 했다. 그러면 그 기록 전체를 필자에게 소포로 보내주면 필자가 검토하고 누락된 부분이 있으면 알려줄 테니 검찰에 가서 복사하라고 하였다. 그러자 누락된 부분은 변호사님이 소송 도중 인증등본 송부촉탁을 하면 되지 않느냐고 제법 전문 용어를 써가며 말했다. 3년이나 고생하였으니 제주도에 가서 며칠 휴식을 취한 뒤에 다음 단계를 하나씩 밟아가자고 했다. 사정이 어렵다고 해서 착수금은 받지 않고 소송을 진행하고, 형사 보상금을 받으면 인지대 등 비용과 약간의 변호사 보수를 받기로 하였다. 배상 청구를 하려면 구속 당시 직업이 중요한데 무슨 일을 하였느냐고 묻자 중국집 배달원이라고 하였다. 부모님은 안 계시고 연로하신 할아버지와 제주도 시골에서 산다고 하였다. 나이를 묻자 37살이라고 하였는데 사실 여부는 모르겠다.

법률 상담을 대충 끝내고 나니 부탁이 하나 있다고 했다. 오늘 출소하여 돈이 없다면서 약간만 도와주라고 하였다. 제주도 갈 차비를 도와주라는 의미였다. 처음에는 봉투에 10만 원을 담았다가 10만 원으로는 제주도까지 부족할 것 같아 20만 원을 담았다. 봉투를 건네주기 전에 출소할 때 교도소에서 노역하여 적립된 돈을 주지 않느냐고 물었다. 자신은 건강이 좋지 않아 노역을 못했다고 했다. 외관상으로도 100킬로 가량의 거구에 팔뚝에 화상을 입은 것처럼 큰 흉터가 있고 건강이 좋지 않아 보여 노역을 하지 못 했을 것이라고 믿었다. 묻기가 쉽지 않았지만 주민등록증 좀 보자고 하자 3년 전에 구속되면서 없어졌다고 하여 좀 꺼림칙하였지만 믿었다. 오전에 핸드폰으로 우리 사무장에게 연락하여 사무장이 핸드폰 번호를 적어 놓아서 오늘 출소하였는데 어떻게 핸드폰을 소지하게 되었느냐고 묻자 지금은 공짜 폰이 많다면서 공짜 폰을 구입하였다고 하여 미심쩍었지만 더 이상 묻지 않았다.

살인사건의 사건번호를 묻자 2008 고합 ○○호인데 잘 기억이 나지 않는다면서 제주도 가면 바로 알려주겠다고 하였다. 4년 전의 사건번호를 잘 기억하지 못할 수도 있겠다면서 그냥 넘어갔다. 사무장에게 몇 가지 확인을 시키고 싶었으나 사무실을 잘 비우지 않는 사무장이 마침 법원에 복사하러 가서 확인할 수가 없었다. 사무실을 나가려고 할 때 꺼림칙한 점이 많았지만 동정심이 앞섰고 이미 건네준 돈을 돌려받기가 멋쩍었다. 하필이면 이 젊은이가 사무실을 나간 직후 사무장이 돌아왔다.

젊은이가 나가고 난 뒤에 속은 것 같아 바로 제주도 국선변호인 사무실로 확인해 보니 그 변호사는 그 당시 국선변호 자체를 하지 않았고 그런 사건을 변론한 적이 없다고 하였다. 사무장에게 오늘 안양교도소에서 출소한 사람 명단에 이 사람이 있는지 확인해 보라고 하자 안양 교도소에서 그날 출소한 사람이 한 명도 없다고 했다. 사무장에게 그 젊은이에게 전화를 해 보라고 하자 전화를 받지 않는다고 한다. 여러 가지 꺼림칙한 점이 있었던 데다 몇 가지 사실이 거짓임을 확인하고 속은 것으로 확정하였다. 세세한 부분에서 꺼림칙한 부분이 많았지만 3년간 억울한 옥살이를 한 것에 대한 동정심, 필자가 국선변호를 했다고 하고, 필자의 인적사항을 잘 알고 있는 것에 대한 친근감이 앞서고, 차분하고 진지한 말투에 속아 의문점에 대해 심도있게 추궁하거나 확인을 안 한 것이 실수였고, 23년간 변호사를 한 사람치고 바보 같은 행동이었다.

부산이나 광주라고 하였으면 10만 원을 주었을 텐데 제주라고 하여 20만 원을 담은 것이 후회가 되었다. 원래대로 10만 원만 주었더라면 피해는 더 적었을 텐데 아쉬웠다. 그동안 몇 차례 사기꾼이 필자에게 접근해 올 때나 보이스 피싱 때도 상황 판단을 잘 하고 속아 넘어가지 않았고 사기나 보증으로 한 번도 피해를 본 적이 없었다. 50대 중반에 20년 이상 경력의 변호사가 난생 처음 속아서 20만 원의 피해를 본 잊지 못할 사건이었다. 어떻게 필자의 신상을 알고, 매우 지능적이고 계획적으로 필자를 속인 것에 분노가 일기도 했다. 하지만 미움을 털어버리고 불쌍하고 헐벗고 건강이 좋지 못한 사람에게 보시를 하였다고 편안하게 생각하기로 하였다. 사무장이 또 다른 피해를 막기 위해 서울지방변호사회에 알렸는데 직원이 이런 사례가 종종 접수된다고 했다고 한다.

전날 필자의 생일날에 의뢰인과 사건 소개인 등 지인들과 비싼 아사히 생맥주를 마시며 담소를 나누고 즐겁게 놀았다. 필자가 술값을 내려고 했는데 술집에서 우연히 만난 의뢰인의 동창이 20만 원가량 되었을 우리 술값을 계산하였다. 전날 필자의 돈 20만 원가량이 절약되었는데 다음날 비슷한 액수의 돈을 사기당해 피해를 입은 것을 보니 하느님은 공평하다는 생각이 잠시 들기도 했다. (《서울지방변호사회보》 2013. 4월호)

 * 이 글이 게재된 이후에 모 대형 로펌 변호사가 자신도 똑같은 수법으로 당했고 그 사람인 것 같다면서 유사한 피해를 막기 위해 잘 기고하였다고 전화를 했다.

촛불집회
세 차례 참석 소감

촛불집회가 2008. 5. 2.부터 시작되어 거의 두 달이 지났다. 최근 정부가 강경하게 진압하고 집회 참가자들도 이에 맞서 격렬하게 대응하여 충돌이 늘어가고 접점이 보이지 않는다. 필자는 5월 9일, 6월 10일, 6월 21일 세 차례 모두 민변 회원들과 함께 촛불집회에 참석하였다.

5월 9일 저녁 7시경, 민변 회원들과 사무국 직원들 20여 명과 함께 청계광장에서 열린 촛불 문화제에 참가하여 10시경 문화제가 끝났고 근처 호프집에서 호프 몇 잔하고 귀가하였다. 중·고생이 많이 참석하였고 중·고생들이 자신의 생각이나 의견을 아주 발랄하고 솔직하게 논리적으로 표현하며 참가자들에게 웃음을 주었다. 특히 중·고생들은 조중동이 자신들이 배후세력의 사주를 받아 참석한 것이라고 하는데 자신들이 자발적으로 참석하였고, 배후는 이명박이라고 강변하였다. 그때 헌법 제1조의 노래를 처음 들었다.

발언자들이 헌법 조문을 많이 인용하여 인터넷의 위력과 높은 헌법의식을 보고 법조인의 한 사람으로서 흐뭇하였다. 이어서 어머니 합창단의 율동과 비보이 공연 등 이름 그대로 문화제였고 축제의 한 마당이었다. 쇠고기 고시 무효와 교육 문제가 주된 구호로 등장하였고, 4시간가량 차분히 진행되고, 10시쯤 종료하였다.

6월 10일 태평로 광장에는 87년 6월 항쟁 21주년인데다 집회 사상 가장 많은 70만 명이 모였다. 5월 집회 때와는 달리 연인, 어린 아이를 동반한 가족단위, 동창회, 동호회 등 소그룹별로 많이 참석하였다. 다양한 사람들이 무대에 올라와 쇠고기 고시 무효와 재협상의 필요성 등에 대해 역설하고 가수들이 노래를 부르는 등 축제의 한마당이었다. 민변 회원들도 70여 명 참석하였는데 10시쯤 집회가 끝나고 행진을 하다가 큰 마찰 없이 12시경 각자 그룹별로 좌담회나 토론회, 공연 등을 하였다. 민변 회원들은 인권침해 감시단 띠를 두르고 만일의 사태에 대비하였으나 2시경까지는 큰 마찰이 없었다.

민변은 비각 앞 종로 1가에서 시민들과 거리 좌담회를 하였다. 민변 회원들과 시민들이 각자 의견을 말하고 질문에 답변하고 풍물 공연도 하는 등 평화롭고 질서정연하게 진행되었다. 필자는 새벽 2시경 귀가하였다. 일부 참가자는 새벽까지 계속 있었는데 큰 충돌은 없었다고 한다. 집회하는 동안 정치인이나 운동권들은 전혀 보이지 않았고 자발적으로 참여한 순수한 시민들의 축제 한마당이었다. 당시 이명박 퇴진 등 정치적인 구호나 피켓도 있었지만 70만 명이 모인 집회에서 국민들이 정부 실정에 대해 비판하고 구호를 외치며 정치적 의사를 표현한 것은 민주사회에서 지극히 당연한 것이다.

6월 21일 토요일 오후, 시청 앞 서울광장에서 민변이 주최하여 촛불집회 한 달 평가에 대해 민변 변호사들과 중대 진중권 교수간의 좌담회가 있었는데 많은 시민들이 참여하였다. 시민들의 질의응답과 정부에서 발표한 추가 협상에 대한 송 변호사의 설명이 있었는데 추가협상에 별다른 내용이 없어서 많은 국민들이 분개하였다. 좌담회 후 태평로 광장에서 9시경까지 집회가 끝나고 거리행진이 있었고 광화문 사거리에서 전경들과 대치상태가 시작되었다. 민변 회원들 20여 명이 참석하였는데 이날도 민변 회원들은 인권침해 감시단 띠를 두르고 만일의 사태에 대비하여 인권보호 활동을 하려고 했으나 10시경까지는 큰 마찰이 없었다. 필자는 피곤하여 10시경 귀가하였다.

그러나 정부는 미국과 쇠고기 협상에서 굴욕적이고 졸속 협상을 체결하였다. 협상 후에도 국민에 대한 설득이나 협조를 구하지 않고 변명으로 일관하고 고시를 잘못 해석하는 실수까지 범하여 국민들을 분노케 하였다. 추가협상은 미국의 서명이 담긴 문서를 보지도 못하고 먼저 추가 협상을 발표한 다음 미국으로부터 서면을 받는 주권국가로서 있을 수 없는 외교를 하였고, 고시를 연기했다가 게재를 강행하였다. 정말 한심하고 자존심 상하고 국민들을 무시한 이러한 일련의 정부 행동에 대해 국민들이 의사표시를 하고 저항한 것은 당연한 것이다.

집회도 참가자들이 순수하게 자발적으로 참여하고 대부분 매우 평화적이고 비폭력적인 집회를 가졌다. 정부는 왜 이렇게 수많은 시민들이 두 달 동안 그치지 않고 촛불집회에 참여한 배경이나 원인을 신중하게 생각해 보고 국민의 뜻을 겸허히 받아들여야 한다. 그런데 정부에서 너무 강경하고 무자비하게 진압하여 큰 불상사가 발생할까봐 걱정된다. MB정부 들어 너무 법치주의가 훼손되고 능률과 효율 등 경제 논리만 앞세우고 민주주의가 후퇴하는 것 같아 안타깝다. (2008. 6. 22. 필자 블로그)

《법률사무소 김앤장》을 읽고

김앤장이 워낙 베일에 쌓여있고 정보가 공개되지 않아 일반 국민들은 물론이고 많은 법조인들도 김앤장을 잘 모른다. 김앤장을 비판하고 문제점에 대한 해결책을 찾기 위해서는 김앤장에 대한 실상과 문제점을 정확히 알 필요가 있다. 위 책을 읽은 후에 법조인들이 김앤장의 실상을 제대로 알기 위해서는 위 책을 반드시 읽어 볼 필요가 있다고 생각해서 김앤장의 모든 것에 대하여 잘 분석해 놓은 위 책에 대한 서평을 써서 〈대한변협신문〉 편집 담당에게 보냈다. 그러나 편집회의 결과 정말 이해할 수 없는 황당한 이유로 게재하지 않기로 결정하였다. 그 뒤에 다시 〈법률신문〉에 독후감 형식으로 보냈더니 편집회의에서 게재하지 않기로 하였다는 통보를 받았다. 대한변협의 보수성과 강자에게 약하고 약자에게 강한 해바라기성 언론, 김앤장의 위력을 다시 한 번 실감하면서 약간 분량을 늘려서 위 책을 소개한다. 최근에 〈법률신문〉에서는 위 책의 광고 접수마저 거절하였다고 한다.

최근에 변호사 출신의 무소속 임종인 국회의원과 외환카드 노조위원장 출신의 투기자본 감시센터 장화식 정책위원장이 《법률사무소 김앤장》(부제 : 신자유주의를 성공사업으로 만든 변호사 집단 이야기, 출판사 후마니타스, 260쪽)을 함께 펴냈다. 김앤장은 흔히 '법조계의 삼성', '한국사회의 성역', '김앤장－론스타 커넥션' 등으로 불리며 막강한 권력과 영향력을 행사하고 국부가 편법으로 해외에 유출되는 여러 사건을 맡는 점 등에 대해 많은 사람들이 비판적인 시각으로 보고 있다. 지금까지 신문, 티브이 등에서 김앤장에 대한 심층 분석 보도가 몇 차례 있었지만 그 내용은 모두 제한적이었다. 김앤장이 자료나 정보 제공을 꺼리고 사무소 형태나 운영이 특이하여 정보 접근이 매우 어렵고, 자료, 통계 등이 미흡하여 김앤장 실태를 분석하고 문제점과 대책 등을 진단하는 것이 쉬운 일은 아니다.

그런데 위 책에는 풍부한 자료와 통계를 바탕으로 김앤장의 사무실 형태와 인맥, 고문 현황, 수임 및 자문 배경, 내용, 외국 투기자본들의 한국 대기업 인수 합병과 매각 과정 시 김앤장의 역할 등을 구체적인 사례나 실명을 거론하며 매우 심층적으로 분석하여 문제점을 지적하고 대안을 제시하였다. 김앤장에 대한 지금까지의 어떤 보도나 자료보다도 가장 충실하고 풍부한 보고서이자 분석서이다. 저자들은 김앤장은 사무소, 조직, 위치, 고객, 대가 그리고 일하는 방식 모두 우리의 상식을 뛰어넘고 정부와 사회의 모든 영역을 사업의 대상으로 삼아 영향력을 행사하고 목적을 실현하기 위해 철저하게 관리되어 온 인맥의 힘을 이용하여 해결한다고 주장하고 있다. 김앤장은 2006. 10. 말 현재 국내 변호사 253명, 외국 변호사 84명, 직원 1,500명, 정부 고위 공직자 출신 63명(2007. 8. 현재), 매출액 3,700억 원(추정치), 사무실이 6개의 빌딩에 산재해 있는 단순한 법률사무소가 아니라 법률 대기업이라고 한다. 많은 사람들은 김앤장을 로펌(법무법인)으로 잘못 알고 있다. 김앤장은 국세청에 하나의 사업장에 112명의 변호사가 공동 사업자로 등록되어 있는 합동 법률사무소로서 변호사법에는 근거가 없는 기형적인 조직형태를 취하고 있다.

《법률사무소 김앤장》은 재경부, 금감원, 공정거래위원회, 국세청, 대법관, 법원 및 검찰 등 다양한 부처의 다수의 고위 공직자 출신들을 거액의 보수를 지급하고 고문이나 자문위원 형식으로 채용하여 영향력을 행사하고, 로비스트로 활동하며, 신 전관예우를 받는다고 비판하면서 고문들의 실태와 보수액, 그들의 역할을 분석하고 있다. 현재 70여 명 이상의 고위 공직자 출신들이 근무하고 있다고 한다.

저자는 투기자본, 법률 기술자들 그리고 정부 관료들이 국내외 거대자본의 이익을 위해 '철의 삼각동맹'을 굳건히 맺어 합법과 불법의 아슬아슬한 줄타기를 하고 있다고 분석하고 있다. 진로소주와 골드만삭스, SK(주)와 소버린, 론스타의 외환은행 인수, 카알라일펀드의 한미은행 인수 등 외국 투기자본의 한국 기업 매수, 합병, 법률 컨설팅을 김앤장이 거의 싹쓸이 하였다고 한다. 이 과정에서 김앤장은 법률 기술과 돈, 인맥을 동원해 영향력을 행사하고 쌍방대리, 전관예우, 사전공모, 수치조작, 내부기밀 유출 등 많은 문제점이 있었다고 한다. 외국 투기 자본인 론스타의 외환은행 인수, 제이피 모건과 카알라일펀드의 한미은행 인수 사례에서 김앤장은 자신이 맡은 사건을 정부에 비공식적으로 자문해 주고, 그 자문 내용이 정부정책으로 결정되고, 그 과정에서 금감위와 재경부, 김앤장이 형식적 정당성을 만들어 가기 위한 위 3자간의 역할을 잘 분석해 주었다. 유희원 론스타코리아 대표의 4번의 영장기각, 삼성 애버랜드 증거조작 사건, 다국적 제약회사인 아스트라 제네카의 폐암 치료제 '이레사'의 약값 인하 분쟁 시 변호사들과 김앤장의 역할을 이야기하며 법률과 법률가의 역할이 무엇인가를 돌아보게 한다. 이 책은 마지막으로 김앤장에게 사회정의, 국민인권, 공공성 실현에 앞장설 것까지는 요구하지 않으니 법률가로서 기본과 상식은 지켜줄 것을 요구한다. 독자들에게는 김앤장은 우리 사회 모두의 문제이며 보이지 않는 권력과 잘못된 신화가 우리 사회를 지배하도록 방치하고 있는 현실을 개선해야 한다고 강조한다. 법조인들에게 꼭 한 번 읽어 볼 것을 권한다. (《민변 뉴스레터》 2008. 3. 18. 민변 사법위원장 민경한)

꼼수로 1등 말고 떳떳하게 이겨라
– 법률사무소 김앤장

많은 급우들이 전교 1등을 부러워하며 그가 보는 책, 다니는 학원, 공부 방법에 대해 알고 싶어 하지만, 그는 베일에 싸여 있다. 자꾸 교무실을 드나들며 교사들과 가깝게 지내고, 그 학교에서 퇴직한 교사들로부터 과외를 받고, 의문이 가는 행동을 많이 하면 1등이더라도 친구들은 그를 신뢰할 수가 없다.

자타가 공인하는 국내 최대 로펌 김앤장에 대한 심층 분석 보도가 몇 차례 있었지만 그 내용은 모두 제한적이었다. 김앤장이 자료나 정보 제공을 꺼리고 사무소의 형태나 운영이 특이해 정보 접근이 매우 어렵고, 자료·통계 등이 미흡해 실태를 분석하고 문제점과 대책 등을 진단하는 것이 어려웠다. 김앤장을 비판하고 문제점에 대한 해결책을 찾기 위해서는 김앤장에 대한 실상을 정확히 알 필요가 있다.

임종인 전 국회의원과 장화식 투기자본감시센터 정책위원장이 펴낸 《법률사무소 김앤장》(후마니타스)은 풍부한 자료와 통계를 바탕으로 사무실 형태와 인맥, 고문 현황, 수임 및 자문 배경, 내용, 외국 투기자본들의 한국 대기업 인수·합병과 매각 과정 시의 역할 등을 사례나 실명을 거론하며 매우 심층적으로 분석해 문제점을 지적하고 대안을 제시했다. 김앤장에 대한 지금까지의 어떤 보도나 자료보다도 충실하고 풍부한 보고서이자 분석서이다.

탈법과 편법이 난무하는 사회이긴 하지만 투명하고 공정한 경쟁을 통해서 법과 원칙을 지키는 떳떳한 1등이 돼야 한다. 아무리 경쟁이 치열한 사회라고 하지만 사회 각 분야에서 꼼수를 부리지 않는 당당하고 멋있는 1등을 기대해 본다. (《경향신문》 2008. 11. 6. 1면 '책 읽는 경향' – 필자)

[서평]
《동굴 속에 갇힌 법조인》

1. 맑은 기품을 던지는 옛날 도자기와 같은 사람의《동굴 속에 갇힌 법조인》

(〈법률신문〉 2013. 4. 8. '법조라운지 북 코너'에 실린 졸저《동굴 속에 갇힌 법조인》에 대한 경북대 로스쿨 신평 교수의 서평)

오래된 도자기에는 세월의 무게가 얹혀있다. 중력으로 누르는 무게가 아니라, 포근히 감싸며 어루만지는 무게이다. 맑은 비늘을 반짝이며 빛을 방출한다. 그것은 단순히 표피가 일렁이며 내는 것은 아니다. 내부에서 서서히 응결된 미가 바깥으로 퍼져 나오며 자연스레 나타나는 것이다. 그래서 퍼지는 아우라는 도자기의 성숙한 기품을 그린다.

여기 맑은 기품을 던지는 옛날 도자기와 같은 사람이 있다. 그가 얼마 전 책 《동굴 속에 갇힌 법조인》을 내었다. 민경한 변호사는 개업한지 채 몇 달 되지 않은 1990. 6. "문을 닫는 날까지 변호사의 정도를 걷겠다."고 각오를 하고, 이후 그 신념을 모질고도 투철하게 일관시켜왔다.

전관예우를 비롯한 연고주의가 횡행하는 한국사회이다. 더욱이 과거부터 법조계는 특권적 의식을 벗어나지 못한 부류의 사람들이 목소리를 드높였던 직역이다. 그는 그 특권의식에 저항해서 싸워야 했다. 끊임없이 자신의 몸과 마음을 가다듬으며, 낮게 더 낮게 서민들 속으로 가라앉는 잠행을 거듭하였다.

그의 맑은 눈에 비친 법조계는 다 그런 것은 아니라 쳐도, 부조리와 혼돈의 상태였다. 그들은 그들만의 세상을 동굴 속에 만들어놓고 문을 걸어 잠갔다. 그곳은 자신들의 일탈된 행위에 면죄부를 주는 '익명의 섬'이기도 했다.

폭탄주를 마시지 못해 술을 몰래 밑으로 부은 어린 아가씨를 보고 분노를 폭발시키며 술잔을 벽에 던져 깨트리는 검사, 재판 중에 쌍소리를 하고 막된 행동을 서슴지 않는 판사, 거친 탐욕의 늪에서 허우적거리며 빠져나오지 못하는 변호사가 민 변호사의 앞에서 긴 군상(群像)을 이루어 걸어간다.

그러나 그들도 세파에 지친 발걸음을 땅에다 끌고 있으리라. 그들에게도 '사랑하는 사람이 있고, 저마다의 가슴에 누구에게 지지 않는 찬란한 보석을 안고 있으리라. 하지만 그들의 가장 큰 잘못은, 자신들의 사려 없는 행위로 얼마나 많은 사람들이 마음의 큰 상처를 받을까.' 하는 사실을 깨닫지 못하는 것이다. 그리고 그 행위가 사회 전체에, 나아가 역사에 깊고도 어두운 그림자를 끼치고 있음을 알지 못한다.

민 변호사는 우리 법조인들이 모두 동굴 속에서 벗어나 밝은 햇볕을 쬐기를 권유하며 이 책을 썼다. 제발 그가 법조계에 까닭 없는 편향된 마음으로 소영웅주의에 매몰되어 법조계의 흠집을 드러낸다는 따위의 비판을 가하지는 말자. 본말을 전도시켜, 단순히 귀에 거슬리는 몇 마디 말을 본질인양 여기며 가하는 비판이 어찌 객관적이고 공정한 것이 될 수 있는가?

그는 평생 몸 담가온 법조계를 뜨겁게 사랑하는 사람이다. 그의 소망은, 한국의 법조인이 자세를 낮추고, 인간에 대한 예의를 지키는 교양인으로서, 무엇보다 법과 양심에 따라 자신에게 주어진 소명을 다해나가는 것이다. 그래서 국민과 호흡을 같이 하며 국민의 신망을 받는 법조계가 이루어졌으면 하고 바랄 뿐이다. 민 변호사가 그리는 사법개혁의 윤곽은 바로 이것이다.

현대 분청사기의 거장으로서 세계적으로 알려진 도예가인 윤광조 선생이 한

말이다. "행(行)이 따르지 않는 말은 소음에 불과합니다." 그렇다. 민 변호사의 말은 행이 따른 말이다. 그래서 그의 입 언저리에는 항상 위엄이 서려있고, 그의 뒤에는 오래된 도자기의 기품이 드리워있다.

2. 어어, 이런 책이 - 《동굴 속에 갇힌 법조인》

①《동굴 속에 갇힌 법조인》이란 책 제목 위에 '사법개혁을 향한 민경한 변호사의 진솔한 외침'이라는 부제를 달고 있다. 이 표지만으로도 이 책은 법조인에 대한 비판적인 책이라는 것을 쉽게 알 수 있다. 저자가 말하는 '동굴 속'이 플라톤의 비유에서 말하는 그 동굴인지는 모르겠으나 저자는 "우리는 동굴 속에 갇혀서 우리의 실제 모습을 제대로 보지 못하고 있으니 정신 차리고 우리 동굴의 현실을 직시하고, 반성하면서 그 동굴 밖으로 나가자."라고 강변하고 있다.

다만, 저자 역시 동굴 속에 속한 법조인인 변호사이기 때문에 그 비판은 자기 자신을 향하기도 한 것이다. 그래서 솔직히 나는 이런 책을 쓰는 사람의 용기가 존경스럽다. 그 용감한 저자는 본인과 사법연수원 동기일 뿐만 아니라 사무실도 지척이라서 내가 형님이라고 부르는 친한 선배이다. 그렇지만 내가 저자와 친하기 때문에 이 책을 이곳에 소개하는 것은 아니다. 책을 읽어보면 모든 변호사들이 한 번은 겪었던 일이고, 우리도 기회가 주어진다면 말하고 싶었던 이야기들이기에 좀 더 많은 변호사들이 그의 글을 읽었으면 하는 소박한 애정에서 이 책을 소개하게 된 것이다.

② 책머리에 나와 있듯이 이 책에서 저자는 25년간 인천, 광주, 서울에서 변호사 활동을 하면서 겪은 법원, 검찰, 우리 변호사들의 내부 세계를 경험을 통하여 고발하고 있다. 총론적인 비난이 아닌 경험을 통한 구체적인 사례를 통한 반성과 고발이기 때문에 어떤 면에서는 재미있고, 어떤 면에서는 걱정도 되고 위태

롭다. 혹시 저자가 코끼리의 전체가 아닌 한 부분만을 만지고 있는 것이 아닌가, 따라서 독자들에게 우리 법조계에 대한 이해보다는 오해를 불러일으키는 것이 아닌가 하는 기우 때문이다. 이런 걱정을 지울 수 없는 나에게 저자는 그런 비난을 의식한 듯 확실한 자기변명과 자기 견해를 책의 서문에서 피력하고 있다. 이 부분이 나는 책의 전체 내용 중에서 제일 신선하고 마음에 들었다. 그의 목소리로 직접 들어 보면서 책의 소개를 끝맺는다.

③ "여기에 거론된 판사, 검사, 변호사의 일탈된 사례는 극히 일부에 해당되는 일이고 대다수는 올바르게 업무를 수행하고 있다는 반론이 있을 수 있다. 일탈한 행동을 하는 법조인이 매우 소수일지도 모른다. 그러나 어느 조직이건 구성원 모두가 잘못된 행동을 하는 경우는 없는 것이고 소수 몇 사람만이 일탈한 행동을 한다. 그 소수 몇 사람의 잘못이 세간의 화제에 오르고, 그것으로 그 소속 집단이 평가를 받는 것은 어쩔 수 없는 현실이다. 그 소수의 일탈이 모든 구성원들에게도 잠재되어 있을 가능성은 없는 것인지, 그 일탈된 행동이 구조적 요인에 의한 것은 아닌지를 성찰해보는 것이 지성인으로서, 조직을 사랑하는 구성원으로서 가져야 할 태도가 아닐까 생각한다." (《서울지방변호사 회보》 2013. 2월호 − 변협 공보이사 박형연 변호사)

3. 민경한 변호사의 두 번째 책《동굴 속에 갇힌 법조인》

1990년 변호사 생활을 시작하고 민변 사법위원장과 부회장을 역임한 민경한 변호사님이 두 번째 책《동굴 속에 갇힌 법조인》을 출간했다. 23년째 변호사로서 사법개혁과 법조비리 일소를 위해 꾸준히 활동하면서 모은 풍부한 사례와 관련 글들을 묶었다.

평소 "변호사는 압제 받는 사람의 변호 활동뿐 아니라, 불의한 시대의 증언자가 되어야 하고, 역사의 기록자가 되어야 한다."는 지론을 피력하신 한승헌 변호사님이 추천의 글을 썼다. 저자는 책 본문 중에서 '존경하는 H 변호사'라는 제목으로 한승헌 변호사님에 대한 존경의 마음을 기록했다. 그리고 이 책을 발간한 의미에 대해 "한 변호사님 말씀대로 법조계의 역사와 문화를 기록하기 위해"라고 밝히고 있다.

저자는 서문에서 이 책에 대해 압축적으로 설명하고 있다.

"법조인들은 권위의식과 탐욕으로 인해 그들만의 세계 속에 살고 있다. 마치 그들만의 동굴 속에 갇힌 것 같았다. 판사는 오만과 편견, 권위의식 속에 사로잡혀 있고, 검사는 출세에 눈이 어두워 정치 검찰이 되고 목에 힘주며 권한을 남용하고 있다. 변호사는 자존심을 팽개치고 돈과 권력 앞에 비굴하고 영혼이 없는 모습으로 그들만의 동굴 속에 갇혀 있다. 대부분의 법조인은 기득권으로 가득 찬 동굴의 문을 걸어 잠그고 그 속에 갇혀 있다."

저자는 인천(1990년부터)과 광주(1997년 9월부터)를 거쳐 현재는 서울(2006년 2월부터)에서 변호사 활동을 하고 있다. 지방의 여건은 서울과는 많이 다르다. 워낙 법조인 수가 적어 익명성이 보장되지 않고 지역유지 대우를 받기 때문에 이런저런 부조리한 관행들이 있다. 그러한 여건 속에서 부화뇌동하지 않고 혼자만 원칙을 지키며 변호사 활동을 하는 것은 쉽지 않다. 그렇지만 저자는 첫 몇 달 동안 잘못된 관행을 접하고 고민의 과정을 거쳐 변호사 자체의 정화작업을 적극적으로 전개하면서 '문을 닫는 날까지 변호사로서 정도를 걷자.'고 다짐하고 현재까지 이를 충실하게 실천하고 있다.

나는 저자보다 2년 먼저 서울에서 변호사 활동을 시작했고, 지금까지 서울에서만 변호사 활동을 해오고 있다. 내가 변호사 활동을 시작한 초반에 서울에도 변호사의 판사실 출입이나 전별금, 급행료, 소개료 등이 없는 것은 아니었으나, 조영래 변호사님을 모시고 있던 우리 사무실은 그러한 것에 대해서는 아예 못보고 못들은 것으로 치부했다. 서울에는 변호사 수가 많아 어느 정도 익명성이 있기 때문에 그런 관행을 따르지 않는다고 해서 크게 문제될 것이 없었다. 오히려 법원 직원들도 우리 사무실에 대해서는 당연히 그러려니 여겨서 사무실 직원들이 특별히 불편한 것도 없었다.

지방의 경우에는 사정이 많이 달랐다. 2005년 사법제도개혁추진위원회 기획추진단에 지방에서 활동한 변호사가 같이 일했는데, 서울에서만 활동한 변호사가 알기 힘든 여러 문제점들을 지적해 주어 큰 도움을 받았었다. 책에서도 소개되고 대학 동기이기도 한 목포의 P 변호사로부터 핍박받았던 부당한 상황과 그에 대한 치열한 투쟁에 대해 듣기도 했었다.

책에 소개된 수많은 사례들은 과거의 일이긴 하지만 여전히 현재 진행형인 문제들이 많다. '동굴 속에 갇힌 법조인'의 자화상도 아직 그대로 유효하다. 책의 맨 마지막을 '법조비리 근절 대책 무엇인가?'로 맺었다. 법조비리 근절에 대한 저자의 강력한 의지를 읽을 수 있는 대목이다.

저자는 아직 열성적으로 활동할 나이이고, 훌륭한 경륜을 쌓았기 때문에 그동안 꾸준히 주장해 온 법조비리 근절 및 사법개혁을 추진하는 역할을 실제로 담당해서 좋은 성과를 거둘 수 있는 기회가 주어지기를 바란다. **(전 민변 회장인 김선수 대법관이 2013. 김 변호사님 블로그에 올린 글)**

4. 반듯한 발자취, 후세의 이정표

저는 광주에서 2003년 4월부터 고용변호사를 시작했고, 저자는 2006년 2월 광주에서 서울로 개업지를 옮겼기에 저와 저자의 교류가 길었다고 말하긴 어렵겠습니다. 그러나 당시 저로서는 배울 바 많은 선배님을 멀리 놓치는 것 같은 아쉬움이 깊어 다음 전별(餞別) 서신을 드린바 있습니다.

"제가 처음 변호사 업무를 시작할 때, 관성과 타성을 회의하고 실천하려 하신 변호사님을 보고 듣고 느낀바 참 많았습니다. 이제 멀리 떠나신다고 하니 섭섭한 마음 가득하나, 멀더라도 같은 법조(法曹)인이 될 것이므로 앞으로도 불민(不敏)한 후배를 각성시키고 격려하여 주실 것이라 믿습니다. 후배가 지켜 본 선배님의 행적에 어울리는 시조가 아닐까 해서 적어 봅니다.

　踏雪野中去, 不須胡亂行.(눈밭 걸을 때, 함부로 걷지 마라.)
　今日我行跡, 遂作後人程.(오늘 내 발자국, 뒤따르는 자 이정표 되리니.)"

저는 2004년 6월경 개업하였는데, 저자는 보잘것없는 신출 변호사에게 바람직한 변호사 생활을 위한 격려와 충고의 수고를 아끼지 않았고, 저자의 소개로 2004년 가을부터 민변 광주·전남지부 회원으로서 보람되고 뿌듯한 일에 참여할 기회가 많았습니다. 소록도 한센인들이 일본국을 상대로 강제수용, 강제단종 등 불법행위를 이유로 제기한 손해배상 소송의 법률지원단으로서, 원고들(소록도 한센인)의 일본국 법정(法廷) 출석을 위해 저자와 함께 했던 도쿄의 기억이 새삼 떠오릅니다. 이제 매년 5월 민변 총회에서나 대면(對面)하는 정도지만(Out of Sight), 그럼에도 선배에 대한 감사와 존경을 잊지 못할 뿐 아니라(Not Out of Mind), 저로서는 후배에 대한 마음 씀이나 변호사 업무에 관한 기준을 저자의 그 것과 닮아 보고자 노력합니다. 요컨대 저자는 저의 오마주(Hommage)라 할 만합니다. 여기 그 근거가《동굴 속에 갇힌 법조인》이란 책으로 묶여 나왔습니다.

이 책의 첫째 미덕은 솔직함입니다. 이를 달리 말하면 용기 혹은 소신이라고도 할 수 있겠습니다. 법조계에 불공정 거래가 지양되고 투명하고 공정한 게임이 되어야 한다는 사법개혁을 향한 저자의 태도는 뚜렷하고 명확하여, 그에 반하는 법조계, 언론계, 사회 각층의 관행과 타성에 관한 반성은 예리하고 철저합니다. 저자는 이 책에서 전관예우, 급행료, 소개료, 법원 및 검찰에 대한 접대 등 편의제공, 막말 등 권위적 재판지휘, 검찰의 봐주기 수사 등 경험을 아무 가감 없이 날것 그대로 다루었습니다. 판사, 검사, 법원 및 검찰 직원, 대한변호사협회, 기자(언론기관) 등의 권위의식과 편견을 꾸짖고, 의뢰인, 동료 변호사, 브로커, 대형 로펌, 재벌 등의 탐욕과 이기심을 적나라하게 드러냈습니다. 시민의 눈높이에 맞춘 사법개혁을 반대하거나, 그 관행을 은근히 즐기거나 동조하는 그 누구, 그 어떤 사안에 대해서도 예외가 없습니다. 이 책은 저자가 23년간 변호사로서 겪은 문제점이 망라되었기에, 더러는 이미 개선됨으로써 역사적 산물이 되어 버린 것도 있지만, 아직 계속되어 여전히 유효한 비판도 있는 것 같습니다. 내부자에게 있어 내부고발(Whistle Blow)은 당장은 불편하고 외면하고 싶은 것이지만, 그 비판자의 내부에 대한 충정과 사랑은 새겨야 할 것입니다.

이 책의 둘째 미덕은 관찰력 혹은 기록의 힘입니다. 이 책은 350쪽에 달하는 가볍지 않은 두께인데도, 결코 넘기기 어렵거나 버거운 책이 아닙니다. 문체가 저자의 평소 말투처럼 박진감이 있어서이기도 하겠지만, 그 서술 형태가 스토리 전개방식인 점도 주효했다고 생각됩니다. 이 책에 등장하는 대부분의 꼭지는, 연도와 지역이 특정되고, 등장인물이 이니셜, 연수원 기수, 법조 경력 등 요소로 특정 가능하며, 수임 배경 혹은 저자가 그 사건을 알게 된 경위, 그 사건의 후일 담 등까지 소개되어 있어서, 마치 짧은 소설 혹은 가벼운 가십(Gossip)을 읽는 기분입니다. 실제 벌어진 이야기를 소개한 후 궁극적으로는 문제 상황과 개선방향을 지적하는 이른바 바텀업(Buttom Up) 방식입니다. 그런데 그 사건의 묘사가 매우 치밀하여 십여 년 전 사건이 마치 어제, 오늘의 일처럼 그려집니다. 따옴표의 대화체로 사건이 전개되는 것도 서사적 사건 진행을 가능케 합니다. 저자의 기억력이나 관찰력도 비상하겠지만, 아마 평소 메모와 기록이 없다면 불가능한 것이라 짐작해 봅니다.

마지막으로 이 책 속 주장이 갖는 설득력은 저자의 평소 언행일치에 있습니다.

경우에 따라 주장의 설득력은 그 내용이 무엇(What)이냐가 아니라 그 주체가 누구(Who)냐에 따라 규정되기도 합니다. 사실 '누구나' 바람직한 사법 전망을 제시할 수 있고, 문제되는 전관예우 및 소개료 폐해, 고압적·권위적 사법에 관한 개혁을 거론할 수 있습니다. 그러나 '아무나' 그 전망과 개혁에 관한 동감을 획득할 수는 없을 것입니다. 더러운 흙탕물 속에서 찬란한 연꽃이 핀다지만, 통속적 관행에 발을 담근 채 당위적 구호를 외치는 것은 화자(話者)에게나 청자(聽者)에게나 민망한 상황이 됩니다. 그런 의미에서 이 책의 내용은 누구에게나 열려 있지만, 이 책의 저술 자격은 제가 아는 한에서는 소수 몇 분에게만 독점될 뿐입니다. 그 소수 몇 분에 속한 저자의 책에 교정을 보고 이렇게 서평의 기회까지 주어져 저로서는 무한한 영광입니다.

오르탕스 블루의 '사막'이란 짧은 시가 있습니다. 무심히 지나쳤다가 한참만에야 사막 지평선 한가운데 뒷모습을 보이고 긴 그림자와 함께 표표히 서 있는 나그네의 팍팍함과 외로움이 스며드는 그림 같은 시입니다.

"그 사막에서
그는 너무 외로워
때로는 뒷걸음질로 걸었다.
자기 앞에 찍힌 발자국을 보려고."

눈밭이든 사막이든 걸음걸이에는 발자국이 남게 됩니다. 뒷사람까지 배려한 늙은 선승(禪僧)이든, 뒷사람을 생각할 겨를도 없을 만큼 외로운 사막 여행가든 간에, 그들이 남긴 발걸음은 좋은 쪽으로든 나쁜 쪽으로든 뒷사람의 이정표가 될 것입니다. 이 책은 저자의 반듯하며 정갈한 걸음걸음의 기록입니다. 저는 위와 같은 저자의 이력(履歷)을 뒤따르며 지켜볼 수 있어서 행복합니다. (《광주지방변호사 회보》 2013. 1월호 – 광주지방변호사회 총무이사 김상훈 변호사)

3장

사회 프리즘

주택문제,
시장에만 맡겨서는 안 돼

헌법은 '국가는 국토의 효율적이고 균형 있는 이용, 개발을 위하여 제한과 의무를 과할 수 있고'(122조), '주택개발 정책을 통하여 모든 국민이 쾌적한 주거생활을 할 수 있도록 노력하여야 한다.'(35조 3항)고 규정하고 있다. 국가는 주택가격을 안정시키고 국민 다수에게 쾌적한 주거공간을 제공하여 국민의 생존권과 인간다운 생활을 할 권리를 보장할 의무가 있다.

지금 우리나라 부동산 문제는 시장원리로서는 설명할 수가 없다. 시장 및 분배구조가 왜곡되어 있고 매우 비정상적이다. 국민의 75%가 부동산 문제로 스트레스를 받고 있고 근로의욕이 안 생긴다는 설문조사 결과도 있었다. 일부에서는 민란이 일어나기 일보 직전 상황이라고 말하기도 한다. 우리 국민 거의 모두가 부동산 문제가 심각하고 비정상적이며, 언제 거품이 붕괴될지 모른다며 불안해하고 있다.

몇 가지 정책이나 제도로 이를 바로잡기는 쉽지 않을 것이다. 부동산 세제의 강화, 양도차익의 중과세, 주택담보 대출의 규제, 분양원가 공개, 분양가 상한제, 토지 임대부 분양제도, 반값 아파트 등 부동산 문제를 해결하기 위해 도움이 된다면 여러 제도를 시행해 보아야 할 것이다. 일부 제도는 부작용이 있을 수도 있다. 그러나 문제는 이런 제도를 시행 및 도입하기도 전에 보수 언론, 건설업자들, 부동산 부자들이 부작용을 부각시키고 시장원리에 반한다며 국가의 규제나 통제를 적극 반대하고 있다.

그들에게 묻고 싶다. 부동산 시장이 심하게 왜곡되고 국민들의 내 집 마련의 꿈

이 어려워져 삶의 의욕마저 없어져 가는데도 시장원리에만 맡기고 국가는 간섭과 통제를 해서는 안 된다는 것인가. 휘발유 값과 택시요금은 왜 통제하는가. 토지거래 허가제도도 자유 시장경제에 반하는 제도 아닌가. 주식시장에서도 시장이 과열되고 가격이 폭락하면 '서킷 브레이크' 제도로 거래를 일시 정지시킨다. 시장이 과열되고 가격구조가 왜곡되고 심한 부작용이 나타나 많은 국민들이 피해를 보게 될 때에 국가가 나서서 통제와 규제를 하는 것은 너무도 당연한 것이다.

수도권 주택 보급률이 100%에 가까운데도 다주택 소유자로 인해 자가 보급률은 50% 정도에 불과하고 옥탑방, 지하 셋방에 거주하는 국민이 150만 명이고, 아파트 평당 가격이 4, 5천만 원인 것이 정상적인 나라인가. 몇 달 만에 수천만, 수억 원을 벌게 되고 근로자가 몇 십 년을 벌어도 20평대 집 한 채 사기가 불가능한데 어떤 근로자가 일할 맛이 나겠는가.

설사 부동산 문제에 대한 규제로 소비가 감소하고 경제성장이 저조하다 하더라도 최우선 과제는 부동산 가격의 안정이다. 거품이 붕괴되어 가격이 폭락하여도 큰 혼란이 오지는 않으며, 오더라도 그에 대한 불이익은 일부 사람에 불과할 것이다. 자기 집이 없는 50% 국민은 싼값에 내 집을 마련할 수 있으니 대환영일 것이다. 집이 두 채 이상인 사람은 자산이 절반으로 줄 뿐 별다른 손해는 없다. 문제는 집이 한 채인 사람 중 대출을 받아 평수를 늘렸거나 새로 구입한 사람이다. 이 사람 중 대출 비중이 적은 사람은 큰 문제는 없을 것이나 대출 비중이 큰 사람들은 문제가 심각하다. 그러나 많은 빚으로 집을 산 사람은 그 정도의 리스크는 부담해야 한다.

혹자는 가격이 절반으로 폭락하면 은행이 파산하게 되어 큰 혼란이 온다고 한다. 일본의 거품붕괴로 여러 은행이 파산해 경제가 침체되었으나 사회적 혼란은 그리 크지 않았다. 지금같이 비정상적인 부동산 문제에 대하여는 국가가 지금보다 훨씬 더 강력하게 통제하고 규제하여야 한다. 《한겨레신문》 2006. 12. 22. 기고문)

골프의 역기능

10년 전 쯤 지방 신문사 부장으로 있던 친구의 골프를 예찬하는 글을 보고 '고쳐져야 할 골프문화'라는 제목으로 반론을 썼던 기억이 난다. 〈법률신문〉의 '골프 이야기'는 골프가 너무나 즐겁고 좋고, 장점이 많은 운동으로만 묘사되어 비골퍼들에게 호기심과 선망의 대상이 될 것 같다. 골프 문외한도 골프의 부정적인 면도 알아야 하고, 골프 애호가들도 고쳐야 할 부분을 상기하면 좋을 것이다.

필자는 골프에 입문한지 15년가량 되었으나 미국에서 혼자 배웠고, 소질도 없는데다 별로 좋아하지도 않고, 필드나 연습장에도 거의 나가지 않아 실력이 좋지 않다. 날씨 좋은 날, 맑은 공기를 마시면서 푸른 잔디를 밟으며 마음 맞는 동반자와 스코어에 별다른 신경 쓰지 않고 골프를 칠 때면 기분이 상쾌하고 즐거운 일이다. 그러나 그 즐거움에 비해 부작용이나 짜증나는 일이 너무 많다. 날씨 좋은 날에 맑은 공기를 마시고 푸른 신록과 아름다운 단풍을 감상하면서 마음 맞는 동반자와 돈 거의 들이지 않고 능력에 따른 코스를 택하여 등산하는 것도 골프 못지않게 기분이 상쾌하고 즐거운 일이다.

먼저 부킹의 어려움과 온갖 청탁에 의한 부킹의 무질서이다. 회원권이 고가인 몇몇 골프장을 제외하고는 토·일·공휴일 부킹은 하늘의 별따기다. 공휴일, 황금 시간대에 골프를 치는 사람들은 금전이나 친분관계, 지위를 이용하여 청탁에 의한 부킹이 거의 대부분일 것이다. 오죽했으면 몇 년 전 국세청장이 '세무공무원들에게 부킹 청탁을 거절하라는 공문을 보냈을까.'라는 생각이 든다.

또 하나는 골프 치면서 돈 내기를 하여 눈살을 찌푸리게 한다. 우리나라 골퍼들 중 상당수는 골프를 치면서 내기를 하고 내기를 거절하면 왕따를 당한다. 첫 홀을 시작하기 전 핸디를 몇 개 주느냐는 문제로 실랑이를 벌이면서 돈이 오간다. 게임이 시작되면 벌타 유무, 벌타 수, OB다 아니다, 몇 타 쳤는지 등으로 실랑이를 벌이고 한 사람이 많이 잃었을 때는 분위기가 살벌해지는 등 온갖 추태를 부린다. 대부분의 사람들이 내기를 하지 않으면 집중이 되지 않으므로 내기를 해야 된다는 것이다. 돈 내기를 하지 않으면 집중이 되지 않고 대충 치게 되는 골퍼라면 이미 골퍼로서 자격이 없는 것이다.

셋째는 운동 한 번 하는데 그린피, 캐디피, 그늘 집 비용(음식물 비용) 등으로 비회원의 경우 30만 원 이상 소요되고 내기를 하거나 저녁식사까지 하는 경우 훨씬 많은 돈이 추가된다. 골프 옷, 골프채는 너무 비싸고, 연습장 비용, 레슨비 등 부대 비용도 너무 많이 든다. 골프를 진정한 운동으로 생각하고 대중화하려면 캐디를 없애고, 골프백을 직접 끌고, 그늘 집을 없애고, 비싼 옷, 비싼 채만 고집하지 말고, 내기를 하지 않고, 저렴한 비용으로 누구나 즐길 수 있어야 한다.

미국 연수시절 30여 군데의 골프장을 가봤지만 캐디나 그늘 집, 샤워장이 거의 없었고 대부분 카트를 직접 끌면서 햄버거나 콜라를 집에서 가져와 먹으면서 골프 자체를 즐기며 치는 것이다. 건강이 약하거나 경사가 너무 심한 곳은 골퍼가 직접 전동 카트를 몰고 다닌다. 한국 사람을 제외하고 돈내기를 하는 골퍼는 단 한 사람도 보지 못했다.

넷째, 시간 소비가 너무 많고 피곤하다. 이른 아침에 부킹이 되어 있으면 서울에서는 새벽 5시나 6시에 일어나야 하는 경우도 있고, 주말이나 공휴일 오후 귀가 시에 도로가 너무 막혀 2, 3시간 걸리는 경우가 자주 있다. 골프장 왕복시간과 라운딩 시간을 합하면 최소한 8시간 이상 소요되고 간혹 술자리까지 이어지면 훨씬 길어져서 휴일 하루를 거의 다 소비한다. 환경 애호가들의 환경 훼손과 오염 주장도 일리가 있다.

깨끗하고 비싼 옷을 입은 채 캐디를 데리고 복잡하고 세밀한 규칙 속에서 골프를 치는 것이 다른 운동에 비해서 몸싸움이 전혀 없고 조용히 치므로 겉으로는 신사적인 운동처럼 보인다. 그러나 온갖 청탁을 통해 부킹하고 돈내기를 하면서 실랑이를 벌이고 시간과 경제적인 낭비가 심하고, 사람에 따라서는 심한 스트레스까지 받는 가장 비신사적인(?) 운동이 골프가 아닐까. 이러한 비신사적인 골프문화를 하루빨리 개선해 보자. **(위 글을 요약하여 2011. 4. 28. 〈법률신문〉의 '골프 이야기'에 게재함.)**

도덕적 연좌제는 살아 있다

조선시대에는 반역이나 큰 죄를 저지르면 3족을 멸하였고 조상들의 잘못으로 인해 후손들의 인생이 제약된 경우가 허다하였다. 한때 갑오개혁 후 홍범 14조에서 연좌제를 폐지하기도 하였으나 군사독재 시절까지도 선조의 부역행위로 인하여 공직 진출 제한이나 사회생활에 커다란 불이익을 당한 사람들이 수없이 많았다.

1980년 제5공화국 헌법에서 연좌제를 폐지하면서 우리나라 국민은 비로소 자기의 행위가 아닌 친족의 행위로 인해 부당한 처우를 받지 아니하게 되었다. 자신의 의사나 능력과는 무관하게 부모 등 가까운 친족의 행위로 자손의 인생에 심대한 장해를 초래한 것은 명백한 인권침해 행위이며 크게 잘못된 것이다.

한편 훌륭한 조상들의 업적이나 선행의 후광으로 자손들이 능력 이상의 평가나 대우를 받은 경우도 상당히 있다. 그러나 능력이나 인성이 좋은 자손이 자신의 능력에 선조의 후광이 덧붙여진 것을 탓할 수는 없다. 정작 문제가 되는 것은 능력이나 인품은 형편없는 사람들이 조상의 후광이나 권위에 의존하여 과대 포장되거나 득세하는 것이다. 더더욱 잘못된 것은 부모나, 형제, 남편 등이 커다란 잘못을 저질러 주위 사람들에게 막대한 피해를 입혔음에도 불구하고 능력이나 인품은 별 볼일 없는 그들의 자식, 아내, 형제들이 도덕적으로 함께 반성하기는 커녕 연줄이나 돈, 권력을 이용하거나 편승하여 그 권력이나 지위를 세습하려고 하는 것이다.

최근 필자의 고향 전남 화순에서는 이전 군수의 불법선거로 인하여 군수들이 구속되고 치른 재·보선에서 아내와 동생이 연이어 당선되었고, 얼마 전 K 군에서는 아내가, S 군에선 아들이 군수 재선거에서 낙선하였다. 이들이 평소 군민들과 호흡을 함께 하고 군의 수장이 되려고 준비하거나 노력해 온 사람도 아니고 군정을 이끌어 가기에는 함량 미달이라는 것이 중평이다. 또한 이들은 남편, 형, 부친의 명예회복을 위해서라는 한심한 출마의 변을 이야기하기도 한다. 이번 보궐선거에서 화순군의 뜻있는 군민들이나 시민단체가 군수는 부부, 형제의 전유물이 아니라면서 강력히 반대운동을 펼쳐 유력한 정당의 공천은 막았지만 결국 동생이 당선되었다. 이들을 당선시킨 유권자들의 수준도 문제는 있다. 또한 유달리 전남에서 이런 일이 많이 벌어지고 있다. 우연의 일치일까, 아니면 도민의 성향과 관련이 있을까.

　재·보선에서 당선되거나 출마한 아내, 동생의 능력과 인품이 뛰어나고 평소 해당 군민들과 호흡을 함께하고 군의 발전을 위해 노력해 왔으며, 그 선거가 정상적으로 치러졌다면 그들이라고 피선거권이 제한되어서는 절대 안 된다. 그러나 위의 경우 모두 남편이나 형이 불법을 저지르거나 구속되어 당선이 무효화되고 군정이 마비되었으며, 치르지 않아도 될 선거를 다시 치르게 되어 군민들은 엄청난 경제적, 정신적, 사회적 비용을 지불하였다.

　능력 있고 준비가 된 이들이 다른 선거에 출마하거나 당선된다면 모르겠지만 자신의 남편, 형이 불법을 저질러 다시 치르게 된 바로 그 선거에 출마한 것은 도덕적으로 있을 수 없는 일이다. 불법행위를 자행한 군수였던 남편, 형이 재·보선에 소요된 선거비용을 배상해야 하는지 법적으로 검토해 볼 일이다.

　필자는 개인적으로 모 정당의 유력한 대선 주자도 과연 대선 후보 자격이 있는지 의문이 간다. 그의 부친이 얼마나 많은 국민의 인권을 유린하였고 의문사를 당하게 한 독재자가 아니었는가. 법적으로는 아무런 하자가 없다. 그러나 도덕적으로 자식으로서 마땅히 용서를 빌어야 하고 우리 국가를 이끌어갈 대통령이 되려고 하는지 이해가 가지 않는다. 살인범 유영철의 아버지가 그 동네의 동장이나 반장을 한다고 할 때 아무 죄는 없다지만 그 지역 동민들이 어떤 생각을 가질 것이며 리더십을 발휘할 수 있을까. 아직도 우리 정서상 도덕적 연좌제는 살아 있다. (《광주일보》 2006. 11. 12. '월요광장')

제 식구 챙기기는
이제 그만!

국회의원들이 1년 내내 정쟁만 일삼다가 정기국회가 끝날 무렵 수백 개의 법안을 무더기로 통과시킬 때면 세비가 정말 아깝다는 생각이 든다. 그래도 의원들이 국정 감사장에서 온갖 비리와 문제점을 지적하고 국정을 감시하고 비판할 때는 밥값을 한다는 생각이 든다.

이번 국감에서도 여러 가지 비리 실태가 폭로되었는데, 여전한 것은 모든 분야에서 일상화된 제 식구 챙겨주기가 전혀 고쳐지지 않고 반복되고 있다는 것이다. 빙산의 일각이겠지만 언론에 보도된 사례를 한번 보자.

공기업인 한국철도공사가 2005년 출범 이후 누적부채가 10조 원에 이름에도 직원 가족, 공사 퇴직자들에게 공짜 승차권 109만 장, 144억 원어치를 발행하였다. 공기업인 한국전력공사가 자회사 및 퇴직 직원들이 설립한 영리기업에 수의 계약을 몰아주거나 제한 경쟁계약을 맺어 제 식구 챙기기에 주력했다는 것이다. 퇴직 직원들이 설립한 한 업체에 지난해부터 올 8월까지 52건의 수의계약을 주어 다른 업체는 도외시하고 이 업체에 계약을 몰아주었고, 자회사에 지난해 1,540억 원, 올해 8월까지 1,520억 원 규모의 수의계약을 체결하였다고 한다.

금융감독원이 2002년부터 금년 8월 말까지 금감원의 2급 이상 퇴직자 61명 가운데 59명이 금감원 산하의 금융기관 감사로 자리를 옮겼다. 안택수 의원은 "금감원은 퇴직대상자를 공직자 윤리법상 취업제한에 저촉되지 않도록 지방 출장소나 인력개발실로 발령을 낸 뒤에 산하 금융관련 기업체에 편법으로 감사에 앉히고 있다. 금감원은 감독기업체의 경영상태, 감사 임기, 급료 실태 등을 훤히 파악하고 이를 근거로 압력을 행사하고 있기까지 하다."고 주장했다.

2003년부터 지난 7월까지 검사 출신 42명과 판사 출신 9명이 취업제한 기간을 외면하고 삼성, 두산, SK 등 대기업에 취업한 것으로 나타났다. 공직자 윤리법 제17조에 의하면 '퇴직일로부터 2년간 퇴직 전 3년 이내에 소속했던 부서의 업무와 밀접한 관련이 있는 영리목적의 사기업체에 취업할 수 없도록 규정'하고 있다. 금융기관에 취업한 금감원의 고위급 퇴직자, 대기업에 취업한 검사, 판사들의 업무가 퇴직 전 금융기관이나 대기업과 업무관련성이 있는지는 자세히는 모르겠다.

그러나 금융기관이나 대기업에서 이들이 퇴직 전 금융기관이나 대기업과 전혀 무관한 업무에 종사하여 업무 관련성이 전혀 없었고 퇴직한 기관에 전혀 영향력을 행사할 수 없는데도 그렇게 높은 직위나 연봉을 지급하고 채용하였을 리는 없을 것이라고 생각된다.

감독 및 수사기관의 고위 직급의 퇴직자가 많은 연봉을 받고 고위직으로 피감기관이나 대기업의 감사 및 법무팀 등에 취임한 것은 그들의 경험이나 지식을 살리기 위한 것도 있겠지만 그들의 인적 관계를 이용하여 감사나 수사에서 편리함이나 혜택을 보기 위한 것이 아닐까.

대법관 출신 변호사의 수임사건 중 63%가 상고심 사건이고 이들의 심리불속행 기각률이 일반 변호사의 40%와 비교도 안 되는 6.6%에 불과하다는 것이다. 대법원에서 심리조차 하지 않고 불속행 기각을 당하지 않으려면 대법관 출신 변호사의 명의만 빌리거나 공동으로 선임해야 하지 않느냐는 자조 섞인 소리가 변호사들로부터 자주 들린다. 법조계에 전관예우가 이루어지고 있음은 주지의 사실이다.

거의 모든 분야, 모든 사람에게 집단 이기주의, 제 식구 감싸기는 너무나 만연되어 있다. 문제점이나 대책이 수없이 거론되어 왔지만 좀처럼 없어지지 않고 오히려 편법, 탈법적인 방법으로 교묘하게 계속되고 있다.

수사나 재판, 감사, 계약 및 인사 등 모든 분야에서 결정권을 가지고 있는 사람들은 이젠 제발 학연, 혈연, 지연, 직장 선후배, 동기 의식을 떠나 법과 직업적 양심에 따라 합리적이고 공정하게 일을 처리해보자. NO라고 말할 수 있는 용기와 사명감을 갖자. 제 식구 챙기는 동안 성실하고 정직하게 업무를 처리하는 사람들은 너무 피해를 보게 되고 정의가 사라지게 된다. (〈광주일보〉 2006. 12. 11. '월요광장')

광주,
'문화수도' 자격 있나?

  보통 광주를 의향, 예향, 미향(味鄕) 3향이라고 한다. 의향, 미향에는 동의하지만 예향에는 쉽게 동의하기가 어렵다. 광주 '문화수도'는 노무현 대통령의 선거 공약으로 시작되어 정치논리로 만들어진 것이다. 광주가 문화수도의 자격이 있는가에 대해서도 의문이 가는데 아시아 문화 중심도시 운운하는 것은 너무 지나친 것 같다.

  문화의 사전적 정의는 '기술, 학문, 예술, 도덕, 종교 등 물질적인 문명에 대하여 특히 인간의 내적 정신활동의 소산'이라고 되어 있다. 문화수도가 되려면 시민들이 음악, 미술, 체육, 문학 등 문화 예술을 사랑하고 즐기며 쉽게 생산하고 접근할 수 있고 이를 뒷받침할 수 있는 문화 인프라나 콘텐츠가 형성되어 있어야 한다. 필자가 본 광주는 이런 요소가 매우 결여되어 있으며 문화중심 도시를 표방하고 나선 부산, 대구, 경주에 비해서도 나은 게 없다. 시내 중심에 커다란 아시아 문화의 전당 건물 하나 짓는다고 문화도시가 절로 만들어지는 것은 아니다. 위 건물의 설계도면, 위원장 선임, 위원장과 기획단 사이의 논쟁 등에 대해서도 말들이 많다.

  한국문화관광정책연구원이 2004년 5월 광주시민 601명을 상대로 조사한 결과에 의하면 문화수도에 무관심하다고 답변한 사람이 72%였고, 광주의 문화수도 역량에 대해서는 62.6%가 부정적이거나 확신을 갖지 못한 것으로 나타났다.
  광주는 대형 공연장이나 특급 호텔 하나 제대로 없다. 2002년 월드컵 때 일부 팀이 광주에 특급호텔이 없어 광주에서 숙박을 하지 않고 인근 도시에서 머물다 오고, 히딩크 사단도 8강전에서 승리하고도 지친 몸을 이끌고 서울로 돌아가 버리고, 일부 팀은 침대 매트리스를 공수해 왔다는 기사를 본 적이 있다.

2004년 여름, 세계적인 뮤지컬 '카바레'가 대전, 대구, 부산에서는 공연되는데 광주만 빠졌다. 뮤지컬을 좋아하는 필자가 기획사에 문의하였더니 광주는 제대로 된 대형 공연장도 없고 200여 명의 단원들이 함께 묵을 고급호텔이 없어 공연하기가 곤란하다고 하였다. 몇 년 전 아시아개발은행 총회 유치도 특급호텔이 없어 무산되었다고 한다. 1년에 한 번씩 전국을 순회하면서 개최되는 전국변호사대회도 수백 명이 묵을 호텔이 없어 20여 년간 광주에서 개최하지 못하고 있다.

책 판매량이나 뮤지컬, 영화 인구를 보더라도 다른 지역에 비해 현저히 떨어진다. 책 판매량이나 독서 인구가 저조한 것은 출판업계에 공지의 사실이다. 공연기획 관계자는 뮤지컬 인구는 대구, 부산의 인구를 감안하더라도 그곳의 3분의 1 수준이어서 광주에서 공연하려면 두 지역의 50% 수준으로 기획한다고 한다. 과연 광주 시민들 중 공연장, 전시장에 1년에 한 번이라도 가본 사람이 몇 명이나 될까. 경제력의 핑계만 댈 것은 아니다. 부산 국제영화제는 수준 높은 작품이 출품되고 대성황을 이루는데, 광주 국제영화제는 호응도가 너무 낮다고 지역신문에서 질타를 하였다.

광주에는 겨울 스포츠인 프로농구, 프로배구 연고팀 하나 없다. 대부분의 대도시는 겨울 스포츠인 농구나 배구팀을 연고로 갖고 있어 시민들이 겨울철 프로스포츠를 즐기고 있다. 그러나 광주, 전남에는 농구나 배구팀 연고가 없어 스포츠 애호가들은 겨울에 농구나 배구 경기를 TV로 시청해야 하며, 직접 보려면 전주나 대전까지 가야 한다. 몇 년 전 실업팀 배구감독에게 왜, 광주에서는 경기가 잘 열리지 않느냐고 묻자, 당시는 배구가 프로화가 되기 전으로 연고지가 없을 때인데 체육관이 난방이 잘 안 되고 대관료가 너무 비싸서 배구협회에서 꺼린다고 하였다.

형식이나 외관에만 신경 쓰지 말고 문화란 것이 무엇이고 문화를 누가 생산하고 누가 향유하는가를 고민해 보자. 문화생활이란 거창한 구호보다는 생활 속에서 쉽고 가깝게 느낄 수 있고 이해할 수 있어야 한다. 문화산업은 21세기 지식 산업의 총아이자 블루오션이다. 이왕 문화중심 도시로 지정된 이상 이를 기회로 삼아 인프라를 갖추고 경쟁력을 갖도록 시민들도 적극적으로 참여하고 실천하자. 관계당국도 외관이나 실적에만 치우칠 것이 아니라 진정으로 문화도시에 상응하는 콘텐츠를 마련하고 지혜를 모아보자. (《광주일보》 2007. 1. 15. '월요광장')

고위공직자의 근본은 청렴

　최근 언론을 장식한 브로커들의 대형 사건에는 항상 금융 감독기관, 검사, 판사, 경찰, 세무 공무원 등 권력 및 감독기관의 고위 공직자들이 등장했다. 윤상림, 김홍수, 주수도, 김홍주 사건 등에도 모두 예외 없이 이들 중 몇몇 공직자들이 관련되어 있다. 그러나 'ㅇㅇㅇ 리스트', 'ㅇㅇㅇ 게이트' 하다가 용두사미가 되고 만다.

　김홍주 사건에는 전 국세청 간부와 부하직원이 룸살롱에서 금품을 수수하다가 국무총리실 암행단속반에 적발되었으나, 김씨가 단속반 책임자에게 부탁하여 그냥 덮어버려 국세청 간부는 그 뒤에 국세청장까지 되었다고 한다. 또한 금감원 부원장과 간부가 뇌물을 받거나 대출을 적극 알선한 혐의로 구속되었다. 전 대통령 비서실장이 뇌물혐의로 불구속 기소되었고, 모 검사장은 내사를 무마해 달라고 청탁하여 전보 조치되었으며, 심지어 모 부장검사는 변호사에서 검사로 재임용될 때 로비했다는 소문까지 있다.

　윤상림 사건도 판사 2, 3명이 돈거래를 하였는데 한 판사는 퇴직금까지 중간 정산하여 수천만 원대의 돈 거래를 하여 오해를 불러일으켰다. 또한 대검 고위 간부 출신 변호사는 윤상림에게 사건 알선료를 지급한 혐의로 기소되었으나, 대여한 것이라고 하여 1심에서는 무죄를 선고받았다. 사건 알선료인지 여부는 별론으로 하더라도 윤상림과 몇 회에 걸쳐 1억 5천만 원을 거래한 것은 사실이다. 김홍수 사건은 고법 부장판사, 부장검사, 총경까지 구속되었고 브로커가 판·검사에게 직접 로비를 한 것으로 밝혀져 작년 여름 많은 법조인들과 국민들을 씁쓸하게 했다.

일부는 대가관계가 없다고 주장할지 모른다. 뇌물죄의 성립요건인 대가관계는 없을지 모르지만, 있더라도 입증하는 것이 쉽지 않다. 그러나 고위 공무원들이 그들과 거액의 돈 거래를 한 것은 분명한 사실이다. 고위 공직자들이 왜, 위와 같은 건설업자, 가구점 대표, 백화점 대표 등 사업가들을 만나서 향응 접대를 받고 거액의 금품거래를 하는지 이해가 되지 않는다.

좋지 못한 사업가들은 검사, 판사나 국세청, 국정원, 세무서, 금감원 등 권력 및 감독기관 간부들과의 친분관계를 주위에 과시하고 유사시에 이용하기 위해서 수단과 방법을 가리지 않고 고위 공직자들에게 접근해서 금품, 향응을 제공하고 골프 접대를 하면서 친분관계를 유지하려고 한다. 그들이 자선 사업가도 아닌데 순수한 목적으로 고위 공직자들을 접대하거나 돈거래를 할 이유는 없을 것이다. 또한 그들과 돈거래를 한 고위 공직자들도 무엇인가 이득을 얻기 위해서이지 순수한 목적으로 만나거나 돈거래를 하지는 않았을 것이다.

고위 공직자들도 사람인만큼 수도승 같은 엄격한 생활을 요구할 수는 없다. 그들도 지인을 만날 수 있고 필요한 경우 그들과 돈거래를 할 수도 있다. 그러나 사람을 가려서 만나고 만나더라도 절대로 돈을 받지 말고 업자들과 가능한 한 돈거래는 하지 않아야 한다. 책임과 권한이 많은 고위 공직자와 감독이나 사정업무에 종사하는 사람일수록 더욱 더 몸가짐을 바르게 하는 것이 올바른 도리다.

다산 정약용은 《목민심서》에서 수차에 걸쳐 "깨끗하고 밝은 세상이 오려면 우선 공직자들이 청렴결백해야 한다."고 주장했다. 또 어떻게 하는 것이 청렴결백한 행위인가에 대해서도 상세히 서술했다. 공직자들이 청렴만 하다면 아무리 높고 무거운 직책도 마음대로 수행할 수 있다고 했다. '청렴이야말로 공직자의 본무'라고 누누이 역설한 것이다. 율곡 이이도 "먹고 살기 위한 벼슬이라면 사존거비(辭尊居卑), 즉 높은 지위는 사양하고 낮은 지위에 있어야 한다."고 했다.

게이트 등에 연루된 고위 공직자들은 정말로 위 브로커들이 그런 사람인 줄 몰랐다고 항변할지도 모른다. 그 정도로 사람을 보는 안목이 없고 그런 사람들과 거액의 돈거래를 할 정도로 먹고 살기가 힘들다면 율곡 선생님의 말대로 높은 지위는 사양해야 한다.

30여 년간 공직생활을 하다가 최근 산자부 서기관으로 퇴직한 이 모 씨가 자신이 목격한 공무원 사회의 무능, 부패상을 실명까지 곁들어서 생생하게 고발한 논픽션 소설《과천 블루스》를 읽고 공감 가는 부분이 매우 많았다. 고위 공직자들이여, 정말 위 책에 언급된 그런 공무원은 절대로 되지 맙시다! (**《광주일보》** 2007. 2. 12. '**월요광장**')

시골 변호사의 '서울 입성기'

노모가 계시고 고등학교까지 다닌 고향 광주에서 9년가량 변호사를 하다가 서울로 입성한지 만 1년이 되었다. 나이 50이 되어 사업기반이 잡힌 고향을 떠나 황량한 서울로 사무실을 이전하자 많은 사람들이 의아해했다. 필자가 느지막이 서울로 옮긴 이유는 할 일과 기회가 많은 큰 무대에서 다양하고 의미 있는 사건들을 처리해 보고 싶었고, 다양한 분야에 대한 교육과 연수의 기회, 문화 환경이 너무도 열악한 광주에서 향유해 보지 못한 문화생활에 대한 향수, 아이들 교육 등 여러 가지 이유에서다. 그러나 시골 변호사가 서울에서 생활하기는 예상보다 훨씬 힘들었다.

집값을 포함한 생활비는 살인적이다. 최근 영국의 유력한 경제 주간지에 따르면 세계 주요 도시 생활비 순위가 서울은 11위로 뉴욕, LA보다 비싸다. 미국 컨설팅회사 발표에 의하면 39개 항목을 기준으로 한 삶의 질은 89위다. 경험해보니 사실이었다. 목동에서 서초동까지 출퇴근이 너무 힘들어 얼마 전 대치동으로 이사했다. 광주의 48평 아파트를 팔았으나 대치동 38평 아파트 전세 보증금의 절반에도 미치지 못했다.

아이들 학원비는 광주보다 2~3배 비싸다. 필자는 20년 동안 아파트 근처 동네 미장원에서 커트를 했는데, 광주에서는 6천원, 목동에서는 1만 원, 대치동에서는 1만 4,300원(부가세 포함)이었다. 머리 한 번 자르는데 부가세가 붙고 1만 4,300원이라니 기절초풍할 노릇이다.

서울의 아파트 값이 상상을 초월한다는 것은 주지의 사실이지만 아파트를 소유한 사람은 수억 원의 이익을 얻어 표정을 관리하며 떨어질까 전전긍긍한다. 아파트가 없는 사람은 내 집 마련이 힘들어 근로의욕을 상실하고 상대적 박탈감으로 심한 스트레스를 받고 있다. 그래서인지 10개 모임을 가면 7~8곳에서는 집값과 아이들 교육 문제가 화제에 오른다.

교통체증이야 어느 정도 예상했지만 장난이 아니다. 광주에서 9년 동안 사무실까지 걸어서 15분, 차로 5분 거리에 살아서인지 쉽게 적응이 안 되어 너무 짜증이 나고, 출퇴근에 2시간 이상을 소비하는 것이 너무 아깝다. 집값, 교통, 생활비 면에서는 광주가 정말 살기 좋은 도시다.

서울에 전국 변호사의 70%인 6천여 명이 있고, 소속 변호사가 수십 명 이상인 대형 로펌도 많다. 기업관련 사건이나 질 좋은 사건은 몇 개 대형 로펌이 독과점하고 있다. 일부는 전관예우를 받는 변호사나 중형 로펌이, 나머지 소수의 사건을 개인 변호사와 소형 로펌이 나누어 갖는다. 평범한 개인 변호사나 소형 로펌은 이렇게 꽉 짜인 구조나 인적 네트워크를 뚫고 마케팅을 하여 고객을 확보하기가 쉬운 일이 아니다.

감시가 어렵고 익명성이 있어서인지 사건 브로커도 많다. 광주에서는 지역이 좁고 변호사 수가 적어 성실하게 열심히 노력하면 성실성을 인정받고 지명도도 얻게 되어 어느 정도 고객을 확보할 수 있다.

휴일 자주 무등산에 올랐던 추억이 정말 그리워진다. 집에서 가깝고, 높이도 적당하고, 코스도 다양하며, 바위산이 아니어서 오르기 쉽다. 북한산, 도봉산, 관악산 등을 오르다보면 무등산이 정말 좋은 산이라는 것을 느끼게 된다. 이런 산에 가기까지 교통도 복잡하고, 바위가 많아 오르기도 힘들고, 사람도 너무 많아별로 즐거움을 못 느낀다.

그래도 서울에 올라와 세계 유수의 오케스트라, 발레, 뮤지컬, 연극, 음악회 등 각종 공연 10여 회, 스포츠 경기 등 광주에서 못 누렸던 문화적 향수를 맘껏 달래고 있다. 또한 민변 사법위원장, 법무부 감찰위원, 정책위원으로서 보람 있는 일도 하고 있다. 어른들의 생활이야 불편하지만 중·고생인 아이들 시야를 넓혀주고 서울 문화를 접하게 하는 것도 하나의 소득이다.

광주가 좋은 점만 있는 것은 아니다. 지역이 좁고 학연, 지연, 혈연 등 온갖 연줄로 얽혀 있어 정실에 치우치고 합리적 사고가 부족하며 타인에 대한 험담, 시기, 질투 등이 많고 시야가 좁은 것 등 부정적인 요소도 있다. 그래도 삶의 질이 서울보다 훨씬 좋은 광주를 자주 찾아야겠다. 광주는 언젠가는 회귀해야 할 내 고향이다. (《광주일보》 2007. 3. 12. '월요광장')

청부(淸富)가 그리워지는 세태

속담은 옛날부터 전해 내려오는 풍자와 비판, 교훈 등을 담은 짧은 격언이다. 속담 중에는 우리가 생활하는 데 귀담아 듣고 생활의 지침으로 삼을 만한 것들이 매우 많다. '공든 탑이 무너지랴', '오는 말이 고와야 가는 말이 곱다', '천리 길도 한 걸음부터' 등 주옥같은 속담이다. 그러나 속담을 듣다보면 잘못된 속담 2개가 떠오른다. '깨끗한 물에는 고기가 살지 않는다.'와 '개같이 벌어서 정승같이 쓴다.'는 속담이다.

보통 주변에서 원칙과 규정을 준수하고 정도를 걸으면서 청탁을 거절하고 불의와 타협하지 않는 사람을 '고지식한 사람', '융통성이 없는 사람'이라고 폄하하는 경향이 있다. 그런 사람들에게 '깨끗한 물에는 고기가 살지 않는다.'는 속담을 인용하며 주위의 부탁도 들어주고 적당히 타협하며 살 것을 충고한다.

그러나 이 속담은 잘못됐다. 어종은 적지만 빙어, 모래무치 등 깨끗한 물에 사는 고기도 많이 있다. 고기가 많이 사는 물이 꼭 좋은 것만도 아니다. 고기가 적게 살더라도 바닥이 훤히 내려다보이는 깨끗한 개울이나 산속의 샘물에 있는 수초와 자갈 등을 보고 있노라면 마음이 맑아지며 산뜻하고 시원함을 느낀 경험이 있을 것이다. 고기가 많이 사는 혼탁한 저수지나 더러운 물이 흐르는 시냇가가 좋다고 느껴지지 않는다.

시커먼 돈에 매수되고, 친지 등 온갖 연줄에 의한 부정한 청탁을 들어주고, 불법과 부정을 저지르고, 불의와 타협하며 대충대충 편하고 쉽게 살아가는 사람들이 융통성 있고 인정 많고 그렇게 좋은 사람들인가. 이런 사람들 틈 속에서 피곤함과 불편함을 감수하면서 원칙과 규정을 준수하고 불의와 타협하지 않으며 정도를 걷는 사람들을 보면 이 사회의 빛과 소금이요, 깨끗한 물속의 수초나 조약돌, 몇 마리의 고기처럼 산뜻하고 멋있지 않는가. '깨끗한 물에도 사는 고기가 있다', '고기가 없더라도 수초와 자갈이 있는 깨끗한 물이 좋다.'는 속담으로 바꾸고 싶다.

또 하나 잘못된 속담으로는 '개 같이 벌어서 정승같이 쓴다.'를 들 수 있다. 사전적 의미는 돈을 벌 때는 천하게 벌더라도 쓸 때는 떳떳하고 보람 있게 쓰라는 것이다. 그러나 돈을 쓰는 방법도 중요하지만 돈을 버는 방법이 훨씬 중요하다. 이 속담이 언제부터 전해 내려오는지는 모르지만 아마 이 속담이 생길 무렵에는 돈을 버는 방법이 그렇게 부도덕하고 불법적인 방법이 거의 없어 약간 힘들고 천하게 벌더라도 가치 있게 쓰라는 의미였을 지도 모른다.

그러나 지금은 시대가 변하여 뇌물, 횡령, 부동산 투기, 도박, 마약, 매춘, 범행으로 얻은 수익 등 더럽고 불법적으로 비천하게 버는 경우가 너무 많다. 돈을 아무리 깨끗하고 보람 있게 쓰더라도 그 돈이 불법적이고 부도덕하게 번 돈이라면 전혀 가치가 없는 일이다.

정치인이 뇌물로 받은 돈을 장학금으로 내놓고, 조직폭력배가 영세 상인들로부터 갈취한 돈을 양로원에 기부한다고 하여 그것이 가치 있는 일이 될 수가 없다. 자녀 과외비를 벌기 위해 노래방 도우미로 나간다는 보도를 본 적이 있다. 심지어는 매춘까지 한다는 보도도 있었다. 그렇게 벌어 자녀 과외 시켜서 명문대 들어가면 무엇 하겠는가.

5공과 6공 시절 전두환·노태우 두 대통령이 정치인이나 재벌들로부터 뺏은 거액의 돈 중 일부를 장관이나 측근들에게 전별금이나 떡값으로 줄 때 두 사람의 행태를 비교 평가한 적이 있었다. 전 대통령은 일반 사람의 생각을 넘어 동그

라미가 하나 더 있을 만큼 노 대통령보다 몇 배 더 많은 돈을 주어 남자답고 배짱이 크다고 미화하곤 했다. 전 대통령이 자신이 땀 흘려 받은 월급이나 재산을 그렇게 많이 나누어 주었다면 정말 칭찬받을 수도 있을 것이다. 그러나 재벌들로부터 뺏어 나쁘게 축재한 돈을 측근들에게 많이 준다고 해서 멋있다고 말하는 것은 정말 잘못된 풍조다.

사람들은 수단 방법 안 가리고 돈을 벌려고 하고 돈 버는 방법에 대해선 관대한 경향이 있다. 돈도 정승같이 땀 흘리며 열심히 일해서 벌어야 한다. 아무리 정승같이 돈을 쓰더라도 개같이 천하고 더럽게 벌면 절대 안 된다. 요즘 깨끗하게 돈을 벌어 부를 축적하는 청부(淸富)가 많지 않은 것 같아 안타깝다. 청부가 그리워지는 세상이다. (《광주일보》 2007. 4. 2. '월요광장')

탐욕스러운 고위 관료들

최근에 장관, 대법관, 총리 후보자 청문회를 지켜보면서 우리나라 고위 관료들은 왜 이렇게 탐욕스럽고, 준법의식이 희박하고, 권력에 집착하고, 얼굴이 두껍고, 뻔뻔할까라는 생각이 들었다. 작년 천성관 검찰총장 후보자 청문회 때 천 후보자의 사업가로부터의 금전 차용행위, 일본 골프 동행, 면세점에서의 고가 명품구입 등으로 너무 부적절하고 상식에 어긋난 행동이 밝혀졌다. 증거를 내밀 때까지 끝까지 부인하고 도저히 납득할 수 없는 치졸한 변명을 하다가 국민들의 분노가 극에 달하자 사퇴하였다.

금년 8월의 김태호 총리 후보자, 신재민 문화부 장관, 이재훈 지식경제부 장관 후보자도 너무 많은 법적, 도덕적 결함에 대해 온갖 구차한 변명으로 일관하다가 자진사퇴 형식으로 물러났다. 3명 모두 비리 백화점인데다 상식적으로도 도저히 용납할 수 없는 수준이었고 그런 사람들이 고위 공무원으로서 국가의 녹을 받고 있었다는 것이 부끄러울 뿐이다. 얼마 전 임명된 이인복 대법관도 법원에서 재산 공개 시에 재산이 가장 적고 청렴 결백하고 상하 두루 신망이 높다고 하여 대법관 후보자로 추천되어 인사청문회를 거쳤다. 그러나 대형 아파트를 분양받기 위해 위장 전입을 하고 대학에 다니는 아들 명의로 전세계약을 체결하는 범법 행위를 하여 그를 신뢰하였던 많은 법조인들에게 큰 실망을 주었다. 사석에서 후배 부장판사가 주민등록법 위반이라는 범법행위를 한 사람이 대법관이 되어서는 절대 안 된다고 분개하는 것을 보았다.

인사청문회를 앞두고 있는 전 감사원장인 김황식 총리 후보자도 양파 껍질 벗겨지듯 온갖 비리가 드러나고 있다. 대법관 임기를 절반 이상 남겨 놓고 감사원장에 임명된 것이나 감사원장 임기를 절반 이상 남겨 두고 총리 후보자가 된 것 모두 헌법상 보장된 임기제 직위는 반드시 지켜야 할 법적, 도덕적 의무가 있고 3권 분립의 취지에 어긋난다고 근본적으로 의문을 제기한 사람도 상당수 있다.

병역을 면제받은 사유도 너무 의혹이 많다. 증여 문제, 자녀 유학비 문제, 수입보다 지출이 많은데도 많은 예금 증가, 누나가 총장으로 있는 대학의 국비지원 특혜문제, 감사원장 시절 부인의 800만 원 고가 다이아 반지 구입 문제 등 의혹이 한두 가지가 아니고 부적격자로 보인다. 이회창 씨는 아들 병역 비리 문제가 대통령 낙선에 결정적인 원인이 되었다.

후보군 중 자체 약식 검증을 통해 청문회를 통과할 가능성이 높은 사람들의 비리가 이 정도이면 다른 후보군들의 비리는 얼마나 심할 것인가는 불을 보듯 뻔하다. 참여정부 시절 인사 검증에 깊이 관여했던 사람으로부터 사회적인 명망가 중 검증을 해 보면 부동산 투기를 위한 위장 전입은 기본이고, 이외에 한두 가지 비리가 있는 사람은 너무 많고, 전혀 하자가 없는 사람을 고르기가 너무 힘들었다는 말을 들은 적이 있다.

자본주의 사회이고 사람은 경제적 동물이므로 이익을 추구할 수 있고 부동산을 취득하고 투자를 할 수도 있다. 또한 사람은 탐욕적이고 불완전한 존재이기에 전혀 하자가 없는 사람이 되기는 어려울 수도 있다. 그러나 고위 공직자가 되려고 하거나 대법관, 검찰총장, 총리 등 법을 다루고 집행하는 사람들은 자기 관리를 철저히 하고 범법행위는 하지 말아야 한다. 하자가 있는 경우는 권력과 명예에 눈이 어두워 구차한 변명만 일삼지 말고 처음부터 검증 과정에서 후보자가 되는 것을 거절해야 할 것이다. 위장전입이나 병역 기피 등 고의적인 범법행위를 한 사람은 스스로 후보자를 사퇴하거나 청문회 과정에서 철저히 검증하여 고위 공무원에 임명되어서는 절대 안 된다. (2010. 9. 26. 필자 블로그)

민 변호사님,
소신이 뭔가를 배웠습니다

필자는 1999. 1.경부터 2002. 12.경까지 4년 동안 전남 공무원인사위원회 부위원장을 지낸 적이 있다. 행정 부지사가 위원장이고 도청 국장 3명, 외부인 3명 등 7명 위원으로 구성된다. 외부위원으로는 대개 변호사 1명, 퇴직한 도청국장 1명, 대학교수 1명 등으로 구성되는데 변호사가 부위원장이 되곤 했다. 임기는 2년인데 특별한 하자가 없는 한 한 번은 연임할 수 있고 연임되어 왔다.

인사위원회에서 주로 하는 일은 전남 공무원의 징계와 승진, 전보 등 인사에 관한 일인데 승진, 전보 등 인사에 관한 것은 거의 형식적인 서명에 그치고 징계가 주된 일이다. 도 인사위원회에서는 6급 이하 공무원들의 중징계와 5급 이상 공무원들의 경징계를 포함한 모든 징계를 담당한다. 대략 1개월에 한 번 열리는데 한 번 회의 때 대개 10건 내지 15건의 징계사건을 다루게 된다. 인사위원들 중 현직에 계신 분들은 자신의 부하 직원인데다 관행상 이루어진 일이라는 이유로 엄정하게 처벌하는 것을 꺼려하였는데 인간적으로 그 입장이 약간은 이해가 갔다. 징계사건 심의를 마친 뒤에 양형을 결정하면서 대개 외부위원들이 강하게 처벌할 것을 주문하였다. 특히, 필자는 실수가 아니고 고의적으로 잘못한 것이나 관행일지라도 잘못된 관행은 고쳐져야 한다는 생각에 상당히 강하게 처벌할 것을 주문하였고 위원들도 대부분 수용해 주었다. 초창기에는 동료 변호사, 필자와 친분관계 있는 공무원들을 통한 청탁이 많이 들어와 매우 피곤하였으나 전혀 들어주지 않고 기준에 따라 엄하게 징계하자 그 뒤로는 전혀 청탁이 없어 홀가분하였다.

임기가 거의 만료되어 가는 2002. 12.경. 매우 무거운 사안으로 마지막 인사위원회가 개최되었다. 당시 합법 단체가 아니었던 전국공무원노동조합 전남지부장이 공무원 노조 합법화를 위해 이틀간의 연가투쟁을 주도하고, 전국공무원노조 결성에 참여하고, 노조 전남지부 결성을 주도하였다는 이유로 인사위원회에 회부되었다. 피징계자는 징계혐의 사실을 모두 시인하였고, 그 배경이나 내용, 지금까지의 공직생활 동안의 정상자료 등 자신의 입장을 진술하고 퇴장한 뒤에 양형을 결정하는 순서가 되었다.

위원장이 먼저 이 사건에 대한 배경을 설명하였다. 전국공무원노조본부 집행부와 각 지부 집행부에 대하여 전국적으로 인사위원회를 개최하여 징계를 할 예정이다. 부산(?)과 경남(?)지부에서 먼저 인사위원회를 개최하였으나 무슨 사정으로 연기되었고, 전남이 처음으로 양형을 결정하게 되는데 전국 많은 시도에서 주시하고 있으므로 잘 결정해야 한다고 했다. 행자부에서 이번 연가투쟁 주도자에 대해 엄벌을 요청하였다면서 해임 의견을 제시하였다. 다른 위원들이 아무런 의견을 제시하지 않아 필자가 의견을 말하였다. 피징계자가 법규를 위반한 것은 사실이고 징계를 받아야 하는 것은 당연하나, 해임은 공무원에게 사형선고나 마찬가지인데 피징계자의 혐의사실에 비추어볼 때 너무 과중하므로 해임처분은 부당하고 다음 단계의 징계를 해야 한다는 의견을 제시하였다. 그러자 위원장이 필자의 의견이 일리는 있으나 전국에서 처음으로 징계를 하는데 해임을 않고 정직을 하면 다른 시도에서 모두 우리를 따라서 해버릴 텐데, 그러면 우리 입장이 곤란하다. 공무원은 상부의 눈치를 보지 않을 수 없다. 우리 입장을 이해해 달라고 필자에게 양해를 구했다.

필자가 행자부 지침대로 하려면 인사위원회 존재의의가 없다. 발상을 조금만 전환해보자. 오히려 우리가 제일 먼저 소신껏 이 정도 사안이면 해임이 안 되므로 정직을 하고 다른 시도에서 모두 따라 하도록 우리가 선도할 수 있지 않느냐? 과거에 전교조 해직 교사들이 나중에 전교조가 합법화되고 모두 복직되지 않았느냐. 법조인의 관점에서 볼 때 이 정도 사안으로는 도저히 해임을 할 수 없다.

얼마 후면 전국공무원노조가 합법화될 것이고 복직이 될 것인데, 필자는 해임결정에 대해서는 절대 서명할 수 없다고 강력하게 이야기하였다. 위원장이 연말까지 다른 일정 때문에 다시 인사위원회를 개최할 수 없으므로 가능한 한 오늘 결정하자면서 필자에게 다시 한 번 양해를 구했으나 거절하였다. 그러자 위원장이 조금 더 생각해 보기로 하고 내년에 인사위원들이 새로 구성된 뒤에 다시 개최하자고 하면서 그날 인사위원회는 종료되었다.

4년이나 인사위원을 하였고 필자와 다른 외부위원 임기가 곧 만료되어 그날이 마지막 인사위원회였다. 위원장이 위원들과 작별 인사도 없이 어색하게 그냥 헤어졌다. 도청 현관문을 나와서 임기가 남은 교수인 외부위원(나중에 국회의원이 됨)과 작별인사를 하게 되었다. 그분이 "나도 민 변호사님 의견에 전적으로 동감입니다. 해임까지는 너무 과하다고 생각합니다. 그러나 내가 여러 위원회에 참여하고 전라남도 관련 일을 하기 때문에 발언을 할 수가 없었습니다. 이해해 주십시오. 민 변호사님, 앞으로도 소신껏 일하십시오. 민 변호사님에게서 소신이 뭔가를 배웠습니다."고 말했다. 그 뒤에 인사위원 두 명이 새로 임명되었고 인사위원회를 개최하여 피징계자는 해임이 결정되었으나 소청 심사를 제기하여 정직으로 감경되었다고 한다. 소신, 때에 따라서 필요하지만 참 힘들고 피곤하다.

초심을 잃지 않는
지성인으로 살아가기

어제 오늘의 일이 아니지만 날로 더해가는 조중동 기자들의 한심한 보도 행태, 최근 검찰총장 후보자들의 부도덕성과 희박한 준법의식, 검찰총장 후보자 인사청문회 때의 한나라당 국회의원들의 태도, 정운찬 총장의 MB 정권의 총리 수락과 인터뷰, 인사청문회 등을 접하면서 지성인의 역할이 무엇이며 초심을 잃지 않고 살기가 그렇게 어려운 것인가를 생각해 본다.

개인적으로도 몇 년 전에 이 문제에 대하여 깊이 생각해 본 적이 있었다.

2, 3년 전에 대기업 임원으로 있는 가까운 고교, 대학 후배를 20여 년 만에 만났다. 후배와 술을 마시던 중 그 후배가 광주에 있는 자기 친구 변호사에게 필자에 대해 물어보니(필자는 2006년 초까지 광주에서 8년 반 동안 변호사를 한 적이 있다) "민 변호사님은 지금까지는 원칙과 정도를 지키면서 소신껏 잘 해 왔는데 끝까지 그렇게 할 수 있을지 모르겠다."고 했다면서 필자에게 초심을 유지할 수 있느냐고 묻는 것이다. 술기운에 "당연히 초심을 유지해야지."라고 답변했지만, 그 이후로 정말 그 후배의 지적대로 변호사를 그만 두는 날까지 초심을 잃지 않고 원칙과 정도를 지키며 청렴하고 소신 있는 변호사가 될 수 있을지를 자문해 보았고, 앞으로도 끊임없이 고민하고 노력해야 할 문제이다.

지성인이란 자신이 종사한 분야에서 직업윤리에 충실하면서 법과 양심에 어긋나지 않게 배우고 익힌 대로 행하며, 불의를 보거나 부도덕하고 상식에 어긋난 일을 접할 때 비판의식을 갖고 잘못을 지적하며 대안을 제시해야 한다고 생각한다. 그러나 많은 지성인들이 돈, 명예, 권력, 쾌락의 유혹을 이기지 못하고 잘못된 제도나 관행, 불편부당한 현실에 타협하며 초심을 유지하지 못하고 쉽고 편하게 살아간다.

언론사 기자는 사실관계를 정확하게 파악하고 취재하여 객관적이고 균형 잡힌 시각으로 공정한 기사를 작성하는 것이 본연의 업무이다. 기사의 보도 여부나 기사 게재의 위치나 크기, 내용, 제목 등은 전적으로 언론사의 자유요, 권한이다. 그러나 기사에 대한 가치 판단은 전적으로 독자의 몫이고 언론은 최소한 주요한 사회적 이슈에 대한 사실관계는 보도해 주어야 할 책무가 있고, 그것이 독자들에 대한 예의이다. 사회적 주요 이슈에 대한 보도 자체를 하지 않는 것은 직무유기요, 독자를 무시하는 행위이다.

필자는 몇 년 전부터 친구의 권유로 〈중앙일보〉를 구독하고 있는데, 매일 아침 1시간 이상을 〈한겨레신문〉과 〈중앙일보〉를 정독한다. 〈중앙일보〉야 애초에 기대를 하지 않으니까 사건에 대한 해설이나 사설, 칼럼 논조에 대하여는 왈가왈부 하고 싶지 않다. 그러나 사회적 주요 이슈에 대해 보도 자체를 하지 않거나 아주 축소해서 중간 면에 게재하는 모습을 보면 '이런 신문이 어떻게 판매 부수 2위를 유지하고 위 신문사 간부들의 의식구조는 왜, 이 모양일까.' 하는 생각이 들 때가 한두 번이 아니다.

작년 촛불시위 때 약 10만 명이나 되는, 사상 최대의 청구인단이 모금을 하여 민변이 대리인으로서 제기한 미국산 쇠고기 수입 고시 위헌의 헌법소원에 대해 〈중앙일보〉는 일체 보도하지 않았다. 민주노동당 이정희 의원이 지난 8월 12일 국회에서 증거를 제시하며 기무사가 조직적으로 민간인을 미행하고 촬영하는 등 대규모 불법 사찰을 자행했다고 폭로하는 기자회견을 하였다. 기무사는 군 관련 첩보만 수집하도록 되어 있는데 민간인 사찰을 하며 군 정보기관이 국민들의 사생활을 감시한 것은 군의 중대한 불법행위이므로 커다란 뉴스거리다. 그러나 조, 중, 동은 위 기무사의 민간인 사찰에 대해 일절 보도하지 않았다. 평가는 독자들에게 맡기고 신문은 이 중요한 이슈에 대하여 사실 보도를 해야 하는 것은 너무 당연한 책무다. 이런 일을 접하면 신문사 간부들에 대한 분노가 솟아오르고 인간에 대한 환멸을 느끼게 된다.

이 신문만 보는 사람은 평가는 다음 문제이고 아예 이런 사실 자체를 알 수 없는 것이다. 이런 일이 몇 년 동안 쌓이면 그 신문의 독자는 상당히 많은 사회적 주요 이슈를 알지 못하고 매우 왜곡된 정보를 갖게 된다. 주류 신문 독자들이, 위 신문들이 몇 년간 고의로 보도하지 않은 사회적 주요 이슈들을 모아서 위 신문들을 상대로 독자들의 알 권리 침해나 채무 불이행을 이유로 손해배상 청구 소송을 하면 승소할 수 있겠다는 생각을 해 보기도 하였다.

촛불집회 초기나 사퇴하기 전의 천성관 검찰총장 후보자의 부도덕한 점이나 신영철 사건은 아주 축소하여 보도하고 보도내용도 객관적이지 못하고 너무 편향적이었다. 작년 초 5·16 군사정변으로 정권을 탈취한 박정희가 용공분자 색출이라는 목적 하에 대북 강경책과 노동자 탄압을 비판해 오던 〈민족일보〉 조용수 사장을 억울하게 사형시킨 사건이 재심에서 무죄판결을 받았다. 일부 신문에서는 정적에 의해 죄도 없이 억울하게 사형당한 사건이라면서 그 사건의 경과, 배경, 의의 등을 자세히 크게 보도하였다. 그런데 〈중앙일보〉는 눈에 잘 띄지 않는 신문의 중간 면에 조그만 기사로 해설기사 하나 없이 간단한 사실 보도에 그쳤다. 바로 그 옆면에는 〈조선일보〉 회장의 출판기념회 기사가 같은 크기로 보도되었다. 아무리 기사 크기나 배치가 신문 편집권자의 고유 권한이라고는 하지만 조용수의 사형 재심 사건의 중요도가 그렇게 낮고, 고작 신문사 회장의 출판기념회와 같은 비중의 사건이라고 판단한 편집자의 의식이 한심스럽다.

주류 신문이나 방송사 기자들은 대부분 명문대를 졸업하고 언론고시를 합격한 우수한 인재들로서 글이나 말 재주도 있고 처음에는 균형 감각과 합리적인 사고를 갖춘 건전한 지식인이었을 것이다. 입사할 때는 사회의 부정부패를 고발하고 정부 정책이나 행정을 비판하고 대안을 제시하며 민주적인 여론을 형성하여 국민의 권익보호에 기여해야겠다는 초심을 가지고 출발했을 것이다. 그러나 점차 경력이 쌓여가고 사회 물을 먹고 출세와 승진을 위해 비굴해져 가는 상사들로부터 힘들여 쓴 기사가 굴절될 때 처음에는 고민을 하다가 결국에는 NO라고 말하지 못하고 자신도 그 언론사의 문화나 관행에 젖어 점차 초심을 잃어 가는 것이다.

여러 가지 부도덕한 행위로 검찰총장 후보자로서는 도저히 자격이 없는데도 끝까지 버티다가 결국 검찰 내부에서조차 반대 여론이 비등하자 사퇴한 천성관 후보자를 보면 어떻게 그런 사람이 우리나라 최고의 사정기관 총수가 되려고 했는지 정말 한심스럽다. 천 후보자는 경기고와 서울 법대를 나오고 사법시험을 합격한 엘리트로 검찰 총수 후보까지 올랐다. 그의 사생활을 보면 검찰의 고위 공직자의 생활로는 도저히 이해할 수가 없고 청문회의 해명 수준도 너무나 졸렬하고 수준 이하다. 불과 몇 달 전 스폰서와 부부동반으로 일본으로 골프 여행을 갔으면서도 그 사실을 부인하다가 같은 비행기에 탔다는 증거를 내밀자 우연히 그 스폰서와 같은 비행기에 타게 된 것이라고 한심한 거짓말을 하였다. 인사권자인 대통령도 그 거짓말에 분노했다는 보도도 있었다. 검찰총장 후보에 오른 사람이 어떻게 그런 뻔뻔한 거짓말을 할 수 있을까. 수사를 하지 않아서 그렇지, 스폰서로부터 빌린 돈의 액수를 보면 너무도 의심 가는 돈 거래다.

김준규 검찰총장도 평소 같으면 여러 가지 부도덕하고 불법적인 행동으로 검찰총장으로 부적격 판정되었을 것인데 검찰총장 후보자를 두 번씩이나 낙마시키기에는 너무 부담이 큰 상황 때문에 운 좋게 인사청문회를 통과한 것으로 생각된다. 필자는 김준규 검찰총장 후보자 청문회 때 야당 측 참고인으로 출석하여 진술한 적이 있다. 지난 10년 동안 위장전입했다는 한 가지 이유로 2명의 총리 후보자, 장관, 부총리 등 6, 7명의 고위 공직자가 모두 사퇴했다. 검찰총장은 사정기관 총수로서 총리나 장관보다 준법의식이나 도덕성이 훨씬 높아야 하는데 위장전입뿐만 아니라 이중 소득공제, 수사 검사에 대한 전화 청탁, 기타 여러 가지 부적절한 행동을 종합하면 후보자가 총장으로서 부적격이라고 역설하였고, 국회 인사청문회 기준도 형평성을 유지해야 한다고 하였다. 필자에 대한 여당 의원들의 집중공세가 있었다.

한나라당 당직자를 뽑는 것이 아니고 정치적 중립을 지켜야 할 사정기관의 총수인 검찰총장 후보자의 자질과 능력, 도덕성을 검증하는 인사청문회인데, 한나라당 국회의원들(대부분 검찰 출신의 법조인)은 형사 법정에서 피고인을 변호하는 변호사 같았다. 한나라당 의원들은 지난 10년 동안 위장 전입한 후보자들의 부도덕성을 부각시켜 여러 명을 사퇴시켰으면서도 4번의 위장 전입 외에 불법 행위와 부도덕하고 부적절한 행위가 많은 후보자의 자질이나 도덕성을 언급한 의원은 한 명도 없고 철저하게 변호하는 이중적인 행태를 보였다. 이런 청문회 하려고 국회의원이 되었고 국민의 세비를 받는 것인지 그 자질이 의심스럽고 세비가 아깝다는 생각이 들었다.

청와대의 검증을 통과한 검찰 간부가 이 정도면 1차 검증 단계에서 통과하지 못한 검찰 간부들은 얼마나 문제가 많을지 짐작이 간다. 이들도 사법시험 공부할 때나 검사 초년병 시절에는 거악을 척결하여 사회 질서를 유지하고 정의 사회를 구현하려는 의지와 신념이 있었을 것이다. 그러다 차츰 검찰 문화에 젖어가고 지위가 높아 갈수록 법무부 고위직이나 검사장 등 승진이나 출세를 위해 정의 감각은 무디어지고 초심을 잃어가는 안타까운 모습을 보이는 것이다.

언젠가 후배 검사로부터 검사가 승진하고 출세하려면 "인격의 화학적 변화가 일어나야 한다."는 말을 듣고 박장대소한 적이 있었다. 정연주 〈KBS〉 사장 사건, 피디수첩 사건, 최열 환경운동연합 대표 사건 등 과잉, 보복 수사 및 부당 기소의 논란에 휩싸이고 있는 사건이 많이 있다. 이런 종류의 사건에서 인격의 화학적 변화가 일어나지 않고 초심을 유지하고 있는 정의감 있는 검사라면 정치 편향적이고 혐의 입증도 어렵고 처벌 가치도 없으니 수사는 곤란하다거나 무혐의 결정이 타당하다고 직언하지 않았을까.

정운찬 국무총리 후보자는 총리 임명동의안이 통과될지 여부가 불투명하고 총리로서 근무하지 않아 그의 정책이나 이념, 소신, 가치관을 평가하기는 이르다. 정 후보자는 현 정부와 크게 대립되는 케인즈 주의자로 유명한 경제학자이고, 현 정부의 '강부자' 토건 정책을 강하게 비판했었다. 그러나 소통을 거부하고 주변 사람의 말을 경청하지 않고 자신의 정책이나 뜻을 밀어붙이는 MB 스타일에 비추어 볼 때 정 후보자가 자신의 평소 이념이나 정책, 소신을 펼치기는 쉽지 않을 것 같다. 더군다나 이명박 정부 들어 국무조정실을 없애는 등 국무총리실 권한이 많이 축소되었고 정부조직법까지 개정하여 총리의 정책조정 기능마저 삭제하여 구조적으로도 한계가 있다.

총리 후보자로 발표된 날(9월 3일)의 인터뷰 때부터 그런 조짐이 보인다. 정 후보자는 MB를 직접 만나 보니 "경쟁을 촉진하되 뒤처진 사람들에게는 따뜻한 배려를 하겠다는 점에서 같다는 것을 알았다."면서 경제 정책에서 큰 시각차가 없다고 했다. MB 정권이 '고소영, 강부자 내각'인데다 재벌과 부자 감세, 서민 증세, 엄청난 복지 예산 감소를 명백히 목격하였으면서도 어떻게 MB 정권이 소수자나 약자에 대한 배려를 하는 점이 같다는 말을 할 수 있을까. 대운하를 그토록 반대했으면서도 후보자가 된 후로는 "대운하를 변형하고, 의혹이 많은 4대강 살리기를 친환경적으로 하고, 주변에 쾌적한 중소 도시를 만들면 굳이 반대할 이유가 없다."고 하였다. 너무 쉽고 편하게 자신을 합리화한다는 생각이 든다.

정 후보자가 인사청문회에 제출한 자료에 의하면 정부·여당의 언론법 개정이 "방송·통신 융합이라는 세계적 추세에 부응하여 국내 미디어산업의 경쟁력을 강화하고 경제 활성화에 기여하기 위해 추진된 것이며, 대기업이 신문과 방송에 진출하는 문제는 일부 여론 독과점에 대한 우려가 있지만 이러한 우려를 해소하기 위해 법 개정에서는 여론 독과점 방지를 위한 제도적 장치가 마련돼 있다."고 답변하였다. 많은 국민들이 반대하고 있는 미디어법 개정이 미디어산업 발전 및 경제 살리기를 위한 것이라고 주장하며, 대기업·신문의 방송보도 진출에 대해서도 논란이 되는 여론 독과점 우려를 일축하고 있다. 서울대 총장까지 지내고 인격과 능력이 괜찮은 경제학자로서 대선 후보로 러브콜을 받은 정 후보자지만, 인사청문회를 통해 드러난 것을 보면 너무도 흠이 많고 자질과 인격이 의심스럽다.

정운찬 총리 후보자여! 총리가 된다면 제발 대통령이나 관계부처 장관이 강부자나 기득권 세력을 대변하는 정책을 시행하려고 하면 그들을 설득하고 조정하여 총리의 평소 이념이나 소신을 관철시키는 멋진 재상이 되기를 바란다. 학문을 왜곡해서 세상에 아부하는(曲學阿世) 총리가 되지 말기를 바란다.

지난 80년대 후반 노동자, 농민 등 소수자와 약자를 대변하는 아주 진보적인 정당인 민중당이 있었다. 그 민중당 대표자들 중 이재오, 김문수 등 몇 사람이 변절하여 민자당, 한나라당에 들어가 국회의원이나 도지사, 당 대표가 되었는데 그들의 언행을 보면 변해도 너무 변했다. 주변에 과거 학생운동이나 노동운동을 하고, 심지어는 수형생활까지 한 사람들이 정치인, 법조인, 교육자가 된 후 사생활은 논외로 하고 자신의 분야에서 돈, 권력, 명예 때문에 심하게 굴절된 언행을 하는 사람을 많이 본다. 이들을 보면 너무나 측은하고 안타까운 생각이 든다.

원래 인간이란 탐욕스럽고 불완전하고 이기적이며 쉽고 편하게 살려는 속성이 있다. 돈, 권력, 명예, 쾌락을 싫어하는 사람은 많지 않을 것이다. 그러나 사람이라면, 특히 지성인이라면 설사 노선을 바꾸더라도 지켜야 할 가치가 있고 돈, 권력, 명예, 쾌락의 추구도 정도와 한계가 있어야 한다. 이념, 노선, 가치관은 다르더라도 양심은 다를 수가 없는 것이다.

국정원 과거사위원이었던 성공회대 한홍구 교수가 〈한겨레신문〉에 당시 경험과 자료를 바탕으로 사법부의 회환과 오욕의 역사를 기획 연재하고 있다. 사법부의 부끄러운 면도 많이 접하지만 암울하고 무서운 시절에도 외부 압력과 폭력에 굴하지 않고 기개와 소신을 가지고 법과 양심에 따라 올바른 판결과 언행을 한 훌륭한 판사도 가끔 보인다. 어떤 상황 속에서도 그 사람의 수양과 내공의 깊이와 정도에 따라 초심을 잃지 않고 소신껏 살아가는 멋진 지성인도 얼마든지 있다.

우리는 지난 민변 20주년 기념행사 때 한승헌 변호사께서 말씀하신 대로 "사서 고생을 하는 민변 회원들"인 만큼, 법조인이 되려고 했을 때의 초심을 잃지 말고 변호사로서의 본분과 윤리에 충실한 변호사가 되도록 노력해 봅시다. (**〈민주사회를 위한 변호사 모임〉 2009. 9·10월호 '권두언'**)

다산 연구소 박석무 이사장의
다산 정약용의 강연 후기

2009. 4. 14. 민변 공부모임에서 다산 연구소 박석무 이사장이 2004. 6. 1.부터 전자메일을 통해 독자들에게 보낸 글을 모아 최근에 쓴《다산 정약용 일일수행 1, 2》를 읽고, 저자를 모셔서 다산 정약용에 대한 강연을 2시간 듣고, 뒤풀이 때 2시간 동안 다산에 대하여 토론하는 시간을 가졌다.

박석무 이사장은 한학에 조예가 깊고 다산 전문가답게 다산에 대하여 아주 해박한 지식을 갖고 열정적으로 강연하였으며, 다산에 대한 질문에 막힘이 없었다. 이런 좋은 강연을 10여 명만이 듣는 것이 안타까웠다. 변호사들을 상대로 강연을 하여서인지 법조인의 관점에서 새겨야 할 내용을 중심으로 강연을 하면서 법조인들이 다산을 제대로 이해하면 우리나라 법률 문화가 크게 발전할 것이라고 하였다.

다산은 익히 알려진 것처럼 사상가, 철학가요, 문장가며, 과학자이고, 실천하는 정치인으로서 서양의 레오나르도 다빈치처럼 다재다능한 만물 박사였다. 다산은 다행스럽게도 기록을 많이 남겨 놓아 가치 있는 연구 자료가 많다고 한다.

일본의 어느 학자는 "정약용의 탄생은 조선 왕조의 불행이고 조선 반도에는 행운이다."고 표현했으며, 정인보 선생은 다산 서거 100주년인 1936년에 국민모금운동을 전개하여 다산의 전체 문집《여유당 전서》76권을 간행하였고, "다산은 조선 500년 동안 가장 위대한 사상가이고, 다산에 대하여 연구하면 조선의 흥망성쇠를 한눈에 알 수 있다. 다산이 조선 유일의 법률가이다."라고 평가했다고 한다. 안경환 국가인권위원회 위원장은 동시대인 다산과 괴테를 비교하기도 하였고, 베트남 국부인 호찌민도 다산을 그렇게 흠모하였다고 한다.

박 선생은 법조인인 우리를 위해 다음과 같은 네 가지 관점에서 다산 사상을 요약하여 설명해 주었다.

첫째, 수사와 재판은 철저한 실체적인 진실 발견에 기초해야 한다는 것이다.

수사 단계에서 실체적인 진실을 발견해야 재판에서 가해자에게 그에 합당한 처벌을 할 수 있고 수사와 재판에서 절대로 억울함이 있어서는 안 된다는 것이다. 실체적인 진실을 밝히기 위해서 쓴 《흠흠신서》는 살인 사건에 관한 판례 위주로 법의학까지 자세히 언급하고 있다고 한다. 법조인들은 반드시 《흠흠신서》를 읽어 보아야겠다는 생각이 든다.

둘째, 인도주의(휴머니즘)적 정신이다.

민중을 사랑하고 배려하는 마음을 갖고 이를 실천하는 휴머니스트 정신이 투철하였다는 것이다. 죄는 미워해도 사람을 미워해서는 안 된다며 죄수들에 대한 배려가 곳곳에 배어나고, 수형자의 인권과 생명 존중사상을 강조하고 있다. 다산은 사형수라도 본인과 가족이 원하면 감옥에서 아내와의 합방 기회를 마련해 주어 후손을 가질 수 있도록 해야 한다고 역설하였는데, 세계적으로 다산이 최초로 주장한 것으로 죄수들에 대한 배려가 얼마나 큰지를 알 수 있다.

다산은 《목민심서》에서 "수사와 재판은 미루면 안 되고, 정확하고 신속한 재판을 강조하고, 고문은 절대 안 된다."고 강조했다고 한다. 법조 사회에 '6조지'라는 말이 있다. '판사는 미뤄 조지고, 검사는 불러 조지고, 경찰은 때려 조지고, 교도관은 세어 조지고, 죄수는 먹어 조지고, 마누라는 팔아 조진다.' 200년 전에 이러한 견해를 피력한 다산이 정말 위대한 사상가요, 휴머니스트라는 생각이 절로 든다.

셋째, 국민 저항권 사상이다.

다산이 1836년부터 1838년까지 1년 9개월간 황해도 곡산 군수로 재임하면서 솔로몬의 명 재판을 한 적이 있다. 다산은 백성 천여 명을 이끌고 관청으로 쳐들어가 관의 잘못을 성토하는 시위를 주동한 이개심에 대한 재판을 하면서 무죄판결을 했다. 그 판결 이유는 '관소이불명자 민공어모신 불이막범관야'(官所以不明者 民工於謨身 不以瘼犯官也, 통치자들이 밝아지지 못하는 까닭은 백성들이 제몸을 꾀하는 데만 재주를 부리고 백성들의 괴로움을 관에 항의하지 않기 때문이다). 관의 잘못과 백성의 아픔을 고발하고 항의해야 고쳐지고 통치자가 밝아지는 것인데, 국민이 저항하지 않으니까 잘못이 반복되고 고쳐지지 않는다는 것이다. 박 선생은 우리들에게 이 문장을 2, 3회 같이 따라 외우게 하였다.

다산은 구체적인 민중의 실체를 인정하고 국민 존중사상과 민중의 힘을 역설하기도 하였다. 《목민심서》에서 '지천무고자 소민야 융중여산자 역소민야 상사수존 대민이쟁 선불굴언'(至賤無告者 小民也 隆重如山者 亦小民也 上司雖尊 戴民以爭 鮮不屈焉, 지극히 천하고 호소할 데 없는 사람이 백성들이다. 가장 존엄하고 산처럼 무거운 사람 또한 백성이다. 상관이 아무리 높더라도 백성들을 떠받들고 투쟁하면 굴복시키지 못할 것이 없다).

넷째, 공직자의 근본은 청렴이라고 강조한다.

다산은 제도를 개혁하기 위해 《경세유표》를 썼는데 귀양살이하는 자신으로서는 한계가 있기 때문에 공직자가 갖추어야 할 덕목을 나열한 48권으로 된 《목민심서》(최근에 6권으로 번역 됨)를 쓴 것인데 《목민심서》의 핵심은 청렴이라고 한다.

부패와 비리가 역사의 발전을 가로막고 있으므로 공직자들은 청렴이라는 도덕성을 회복해야 한다고 강조하였다. 다산은 200년 전에 청렴을 강조하고 이를 실천하였는데, 우리는 이것을 전혀 실천하지 못함을 통탄하며 《목민심서》 '청심

(淸心)' 조항에 나오는 다음과 같은 문장을 적어 주시며 우리에게 따라 읽게 하였다. 廉者 牧之本務 萬善之源 諸德之根 不廉而能牧者 未之有也(청렴은 공직자의 본래의 직무이고, 모든 선의 원천이며, 모든 덕의 근본이다. 청렴하지 않고 능히 다스린 사람은 없다).

박 선생은 변호사 중에도 도둑놈이 많다면서 다산의 청렴정신을 본받아야 한다고 강조하면서 위 문장을 민변 사무실 등에 걸어놓고 매일 반성하라고 하였다. 필자가 얼마 전 〈법률신문〉에 기고한 '변호사는 허가받은 도둑놈'이라는 글이 생각났다. 박 선생은 자신이 교도소에 있을 때 동료 수감자들이 변호사들이 접견을 자주 오지 않는 것에 대한 불만을 토로하는 것을 많이 들었다고 하면서 마지막으로 변호사인 우리들에게 "형사변호를 할 때 수감자들은 변호사 접견을 복음 같이 생각하고 있으니 접견을 자주 가라."고 두세 번 당부하였다.

강연 내용은 구구절절 옳은 말씀으로 정말 유익한 강의였고 많은 법조인들이 다산의 법사상이나 휴머니즘을 배웠으면 좋겠다는 생각이 들었다. 박 선생이 암송하게 한 위 문장을 틈나는 대로 되새겨 보아야겠다. **(2009. 4. 필자 블로그)**

대치동 입성기

가족들은 2005년 초 서울로 이사 왔고 필자는 1년간 주말부부를 하다가 2006년 초에 서울로 왔다. 50이 다 되어 정든 고향과 8년 반 동안 잘 닦아 놓은 사업 기반을 버리고 서울로 온 여러 가지 이유 중 아이들 교육도 그 중 하나다. 서울에서 교육 여건이 좋다는 대치동과 목동 중 목동을 택했다. 2004년 말《대치동 아줌마들의 입시전략》이라는 책을 읽고 숨이 막힐 지경이었다. 그래서 대치동이 싫었고 목동에서 살게 되었는데, 과거 90년대 초반 6년간 변호사 활동을 하였던 인천으로 사무실을 옮길 생각도 약간 가미되었다.

2005년경 매물은 몇 개 있었는데 목동에서 전세를 구하기도 참 어려웠다. 당시 복덕방 주인이 목동 단지 아파트 38평형을 8억 원에 사라고 권유하였는데, 지금 시세는 15억 원이 되었다. 후회해 봤자 무슨 소용이 있겠는가. 아내와 필자 모두 부동산이나 이재에는 깡통이고 관심도 별로 없다. 지금 서울에 집이 없어 좀 아쉽기는 하다. 최소한 자기가 살 집은 하나 있어야 할 텐데, 지금은 너무 비싸서 살 수도 없다. 살아가는 방식이 중요한 것이고, 필자는 지금까지 살아온 내 방식을 후회하지 않는다. 변호사로서 줄기차게 개혁을 외치며 정도를 걸어왔고, 조금 피곤하기는 하지만 앞으로도 그렇게 살 것이다.

위 책을 읽고 숨이 막혔던 것은 2년이 흘러 기억이 정확한지는 모르지만 아이들이 초등학교 4, 5학년 때부터 선행 학습을 하고, 과천이나 분당 등 멀리서 아이를 데리고 와서 학원이 끝날 때까지 어머니들이 차 안에서 3, 4시간을 기다린다는 것이다. 공부 잘 하는 애들 몇 명이 끼리끼리 그룹을 짜서 선생님을 고르고 다른 아이들은 그 그룹에 끼워주지도 않는다고 한다. 그곳으로 이사 간 아줌마들이 정보를 얻는 데는 한계가 있고 다른 엄마들이 좋은 정보를 알려주지 않기 때문에 좋은 정보를 얻기 위해서 옆집 아줌마에게 비싼 공연 티켓을 선물하기도 한다는 것이다. 모든 것이 놀랍기만 하고 숨이 막힐 지경이었다. 아이가 머리가 좋고 공부 열심히 하는 것은 기본이고 아빠의 경제력과 엄마의 정보력에 의해 아이의 대학이 결정된다는 말을 대치동에 사는 후배로부터 듣고 어이가 없기도 했지만 사실인 것 같다.

목동은 전철이 별로 좋지 않다. 목동에서 서초동 사무실까지 차로 출퇴근하는 데 2시간이 걸렸고 차가 막히면 무척 짜증이 난다. 그래서 전세 기간이 다 되어 작년 말 대치동으로 이사를 하였다. 사무실 가까운 곳 중 방배동, 서초동, 대치동을 다녀보았는데 방배동, 서초동에는 좋은 학원이 없고 그곳에 거주하는 학생들도 전부 대치동으로 학원을 다닌다고 하였다. 그래서 사무실도 가깝고 학원도 많이 있는 대치동으로 거주지를 정하기로 하였다.

전세 구하기가 무척 힘들었다. 가끔 나오는 전셋집을 보고 망설이고 있으면 바로 계약이 체결되어버리곤 했다. 1달간 전셋집을 구하러 다니다가 11월 말에 계약을 하고 12월 말에 입주하였다. 38평 전세보증금이 광주 48평 아파트 매매 가격의 2배 반이다.

물가도 살인적이다. 아파트 근처 미장원에서 머리 카트 한 번 했더니 부가세 포함하여 14,300원이나 하여서 너무 아까웠다. 다음에는 어디서 해야 할지 모르겠다. 광주선 아파트 근처 미장원에서 6,000원이면 정말 마음에 들게 잘 해주었다. 그러나 전철 다섯 정거장으로 집에서 사무실까지 20분 정도 걸려서 출·퇴근만큼은 매우 편하다.

막상 이사를 와서 보니 아는 법조인, 고위 공직자들, 신이 내린 직장에 다니는 사람들, 의사들, 한국의 상류층과 교육열이 강한 사람들 거의 모두가 살고 있는 것 같다. 아내 친구 세 사람 중 남편이 한 사람은 전남에서, 한 사람은 창원에서 의사를 하고, 한 사람은 광주에서 대학 교수인데 두 가족은 대치동에서, 한 가족은 과천에 살면서 주말부부를 한다는 것이다. 엄마들이 아이들에게 올인하고 있었다. 다행히 아이들이 공부를 잘하여 모두들 대원외고, 서울과학고, 연대 음대에 진학하였고, 중학교에 다니는 아이들도 성적이 최상위권이라고 한다. 필자도 1년간 주말부부를 해 보았지만 가능한 한 가족은 함께 살아야 한다. 필자는 '주말부부', 더구나 '기러기 아빠'는 절대 반대다.

가족, 사랑이라는 것이 무엇이고 공부를 왜 하는가를 생각해 보아야 한다. 가치관 차이겠지만 그렇게 고생을 하고 많은 것을 잃으면서 자녀가 공부 잘 하고 명문대 진학하는 것이 그렇게 가치 있는 일인지 심각하게 고민해 보아야 한다. 물론 아이들이 공부 잘 하고 명문대가면 분명 좋은 일이고 가능한 한 아이들이 공부를 잘 할 수 있도록 여건을 조성해 주는 것은 필요하다. 그러나 부부가, 부자가 1, 2주 만에 한 번씩 만나거나 몇 개월에 한 번 만나면서까지 공부를 시켜야만 되는 것인지 도저히 이해가 되지 않는다.

대치동 아이들은 상당수가 자의든 타의든 간에 공부에 모든 시스템이 맞추어져 있고 공부에 길들여진 아이들 같다. 어떤 면에서는 불쌍하기도 하다. 영어 학원만 해도 중 3 아이들이 CBT 점수가 230점, 250점, 270점 이상 반으로 나누어지고 270, 280점대가 수두룩할 정도로 공부 잘 하는 아이가 많다고 한다. 여기 사는 필자가 아는 법조인 자녀들도 대부분 공부를 너무 잘 한다.

중 3 아이들이 영어, 수학, 국어는 기본이고 방학 동안에 내신을 대비해야 한다면서 사회, 과학까지 공부를 해야 하기 때문에 5시간씩 잔다는 것이다. 그렇게 하면 정신적, 육체적으로 제대로 성장할 수 있을지 의문이다. 아내의 친한 대학 친구 아들은 모 고교 1학년에서 전교 1등인데 공통수학 정석을 7회독을 하였다고 한다. 아이가 참 온순하고 부모 말을 잘 따르는 모양이나 너무 심한 것 같다.

아내가 친구들 모임에 갔다 올 때면 주눅이 들어온다. 우리 아이들도 그런대로 공부는 하는 편이지만, 그 애들에 비하면 성적도 부족하고 공부량도 한참 부족하다. 아내에게 학생인 만큼 공부를 열심히 해야 하는 것은 당연하지만, 대치동의 최상위권 애들, 공부가 체질화되어 있고 모든 생활이 공부 모드에 맞추어져 있는 아이들과 비교하거나 그들처럼 '공부 기계'는 만들지 말자고 했다.

절이 싫으면 중이 떠나면 되는데 굳이 사교육 1번지, 서울 한복판 대치동으로 이사 와서 이런 이상한 풍경들을 보거나 젖어서 한숨을 쉬고 있는지 모르겠다. 그렇다. 여기서도 중심을 잡고 주위에 휩쓸리지 말고 균형감각을 갖고 소신껏 살도록 노력해 보자. **(2007. 2. 10. 필자 블로그)**

부유층과 신앙의 상관관계

민변은 2010. 4. 29. 저녁, 오랫동안 노동운동을 하다 민노총 대변인, 17대 민주 노동당 심상정 의원 보좌관을 지냈고 《부동산 계급사회》와 《대한민국 정치사회 지도》의 저자인 손낙구 강사를 초청하여 4월 월례회를 가졌다.

저자는 진보정당 활동을 하면서 부동산 문제에 대해 계속하여 통계에 기초해 분석한 글들을 발표했는데, 부동산 계급사회는 한국의 부동산 문제에 대한 종합 보고서이다. 전국 3,537개 읍면동 주거자료를 분석하여 여러 가지 의미 있는 통계와 흐름을 분석하였는데 이를 위해 많은 고생을 했을 것 같다. 강사는 파워포인트를 이용하여 여러 가지 수치와 도표를 보여 주는 등 강의 준비를 아주 성실하게 하였다. 강의 내용도 아주 깊이가 있었고 분석도 날카롭고 설득력이 있었다.

한국에서 어떤 사람의 경제적 능력이나 사회적 지위는 부동산 자산을 얼마나 소유하고 있느냐로 결정된다는 것이다. 대학 진학률은 물론이고 의료시설이나 문화시설의 이용률, 나아가 건강이나 수명도 소유 부동산에 의존한다는 것이다. 저자는 말로만 설명하는 것이 아니라 구체적인 통계를 제시했다.

1963년 가격 기준으로 2007년에 서울 땅값은 1,176배, 대도시 땅값은 923배 오른 반면, 소비자 물가는 43배 올랐다. 2005년에 가장 많은 집을 소유한 사람이 소유한 집의 수는 1,083채, 819채, 577채, 521채, 476채, 471채, 412채, 405채, 403채, 341채이다. 2002년에 주택 보급률이 100%가 넘어 가구당 집 한 채씩 소유할 수도 있지만, 40%가 넘는 가구가 집 없이 셋방살이를 전전하고 있다.

우리나라에서 집을 가장 많이 가진 사람 상위 10명, GDP 중 건설 부분이 차지하는 비율 상위 10개국 명단, 왜 우리 사회를 '부동산 계급사회'라고 부르게 되었는지를 설명하였다. 수도권에서 주택 소유 비율과 아파트 주거 비율이 높은 지역일수록, 투표율과 한나라당 지지율이 높은 사실을 자세히 보여주었고, 부동산 외에 학력과 종교도 투표 성향과 상관관계가 있다는 점도 드러났다.

저자는 부동산을 기준으로 6개의 계급으로 구분한다. 1계급은 2채 이상의 집을 소유하고 자기 집에 살고 있는 '집부자'로 임대 소득세 및 보유세 강화와 택지 국유화의 대상이며, 전체 가구의 7%가 이에 속한다. 2계급은 자기 집에 살고 있는 1가구 1주택자로 주택유지 보호와 주거 상향 지원 대상이며, 전체 가구의 49%가 이에 속한다. 3계급은 1채의 집을 소유하고는 있지만 아직 자기 집에 살지는 못하는 사람으로 내 집 입주지원 대상이며, 전체 가구의 4%가 이에 해당한다.

4계급은 집을 소유하지 못하고 보증금 5천만 원 이상의 집에 사는 사람으로 내 집 꿈 정책의 지원 대상이며, 전체 가구의 6%가 이에 해당한다. 5계급은 집을 소유하지 못하고 보증금 5천만 원 미만의 지상의 가옥에 사는 사람으로 셋방 스트레스 풀기 정책의 대상이며, 전체 가구의 30%가 이에 해당한다. 6계급은 지하방, 옥탑방, 비닐집, 움막 등에 사는 극빈층으로 '지하방 탈출 사다리 정책'의 대상이며, 전체 가구의 4%가 이에 해당한다.

저자는 "부동산 문제를 해결하기 위해서는 땅과 집을 투기의 대상이 아니라 공동체 구성원의 삶의 공간으로 여기는 인식으로 바꿔야 한다."고 한다. 부동산 계급에 맞는 여러 가지 정책을 대안으로 제시하였는데 진단과 대안이 나름대로 설득력이 있어 보였다. 뚜렷한 대안을 제시하지는 못했지만 땅 밑에 사는 사람들의 상황에 대한 진지한 조사, 이들 문제를 해결할 구체적인 방법에 대하여 고민해 보자며 강의를 끝냈다.

저자는 부동산과 학력, 한나라당 지지율의 상관관계는 이해하겠는데 부동산과 종교의 상관관계에 대하여는 이해하기가 어렵다고 하였다. 그 점에 대해 필자가 즉석에서 분석을 하였는데 모두들 흥미로운 분석이라며 많이 웃었다(민변 간사 송 변호사가 작성한 월례회 후기에 흥미로운 분석이라고 평가해 놓았고 당시 많은 사람들이 웃었다). 아래 기술한 필자의 분석이 설득력이 있을까.

부동산과 종교의 상관관계, 즉 부동산이 많고 학력이 높은 부유층이 저소득층에 비해 신앙생활 비율이 높고, 특히 강남 부자들이 가톨릭 비중이 높은 이유에 대하여 짧은 시간에 다음과 같이 분석해 보았다.

첫째, 강남 부자들은 휴일에 신앙생활을 할 수 있는 시간적 여유가 있지만, 비정규직이나 일용직 노동자, 영세한 자영업자는 휴일에도 일을 해야 하거나 일을 하지 않더라도 토요일까지 너무 일을 많이 해서 피곤하기 때문에 일요일에는 쉬고 싶어 할 것이므로 신앙생활을 할 시간적인 여유가 없는 것이 한 가지 이유일 것 같다.

둘째, 신앙생활을 하기 위해 교회나 성당을 가게 되면 교무금, 헌금, 십일조, 교우들 경조사비용 등의 돈이 필요한데, 형편이 어려운 사람들은 신앙생활을 할 정도의 경제적 여유가 없을 것 같다.

셋째, 형편이 어려운 사람들은 성실하게 열심히 노력하는데도 너무 어렵게 살고 있고, 강남 부자들 중 상당수는 자신들보다 훨씬 덜 노력하고 열심히 살지 않는데도 부유하게 사는 것을 보면 절대자, 즉 하느님이 존재하지 않거나 존재한다 하더라도 절대자에 대한 신뢰가 부족하여 신앙생활을 적게 하는 것일 수도 있다.

넷째, 교회나 성당은 상당 부분 사교와 교제의 장인데 부유층은 고소득 전문직이나 화이트칼라가 많아 업무적으로나 정서적으로 사교와 교제의 필요성을 느끼는 데 비해 비정규직이나 일용직 노동자, 영세한 자영업자 등 어려운 사람들은 사교와 교제의 필요성을 훨씬 덜 느끼므로 교회나 성당에 다니는 비율이 낮은 것으로 보인다.

다섯째, '고소득 전문직이나 화이트칼라 등 부유층은 탐욕스럽고, 부도덕하고, 나쁜 짓을 많이 하므로 회개하고 반성하는 의미에서 신앙생활을 하는 의미가 강하지 않겠는가.'라는 생각이 든다.

여섯째, 종교 중에서도 강남은 가톨릭 비중이 높고 시골로 갈수록 불교 비율이 높은 것은 부유한 지식층은 경건하게 의식을 행하고 교우들 모임이 많은 가톨릭을 선호하고, 시골 주민들은 불교가 토속 신앙에 가깝고 성경 읽기나 성찬 전례 같은 어려운 공부나 복잡한 절차를 거치지 않고 불공만 들이면 되는 측면이 있는 것 같다고 분석하였다. **(2010. 5. 10. 필자 블로그)**

가족 관계의 중요성

'사람은 사회적 동물'이라 사회생활을 하면서 많은 인적 관계를 맺으며 살아간다. 인적 관계 중 친구 관계, 직장 동료, 전우, 결혼 전 연인 관계 등 많은 관계가 있고 그 관계 속에서 희로애락을 함께 하고 갈등과 대립도 있게 된다.

이 많은 관계 중 가장 중요하고 삶의 질에 큰 영향을 미치는 것은 다음 세 가지 관계다. 남편과 아내의 부부 관계, 부부와 자식 간의 관계, 부부와 부모 관계 등이다. 언젠가 인생을 살아가면서 위 세 가지 관계의 행, 불행의 비율을 분석한 기사를 본 적이 있다. 위 세 가지 관계 모두가 좋은 사람은 10%로서 정말 행복한 사람이고 선택받은 사람이다. 위 세 가지가 모두 안 좋은 사람도 10%로 너무 고통스럽고 고통을 벗어나기 위해 죽음을 생각할 정도라는 것이다. 세 가지 중 두 가지가 안 좋은 사람은 30%로서 매우 힘든 생활을 하고 있다는 것이다. 위 세 가지 중 한 가지가 안 좋은 사람은 50% 정도로서 그럭저럭 살아가지만 즐겁지만은 않다는 것이다. 위 중 한 가지가 안 좋아도 다른 두 가지에 영향을 미쳐 다른 것도 안 좋아지는 경향이 있다는 것이다.

따라서 위 중요한 세 가지 인간관계 중 한 가지 이상이 안 좋은 사람은 90%로서 정도 차이는 있지만 모든 가정에 조금씩 문제는 있고 인간사회에서 어쩔 수 없는 것이니 자신의 처지를 비관만 하지 말고 적극적이고 긍정적으로 어려움을 극복하며 살아가야 한다는 것이 요지였다. 세 가지 모두 다 원만하기를 바랄 수는 없다 하더라도 한 가지 이상 문제가 있는 경우 그 정도의 차이에 따라, 즉 감내할 수 있는 수준을 넘느냐, 수용할 수 있는 정도냐에 따라 그 사람의 생활의 고통이나 극복 여부가 달라질 수 있을 것이다.

주변에서 보면 외적으로는 부족함이 없어 보이지만 자녀가 공부를 안 하거나 취업, 결혼을 하지 못해 부모 속을 썩인 경우, 경제적 문제나 자녀들 교육은 무난한데 배우자가 시부모나 시댁 형제들, 처가 식구들과 사이가 좋지 않아 왕래를 하지 않고 사는 경우, 남편의 바람이나 부인의 낭비벽, 성격 차이로 부부 사이가 좋지 않은 경우 등 문제의 종류나 강도가 정말 다양한 것 같다. 필자는 부부 관계, 양쪽 부모님과의 관계, 특히 아내의 시부모 관계는 아무런 문제가 없다. 몇 년간 아들 때문에 힘든 적이 있었으나 지금은 좋아졌다.

학창 시절에 아주 가까웠고, S대를 나와 잘 나가는 고교 동기를 만나 오늘 30여 년 만에 서로 진솔하게 가정사를 이야기하였다. 친구는 자녀들 문제로 필자보다 훨씬 힘들게 보냈고 지금도 힘들게 보내고 있다고 하여 공감 가는 부분이 많았다. 자식은 마음대로 안 된다거나 위 세 가지 관계의 비율이 맞다는 생각이 들었다. 원인은 가정마다, 케이스마다 다르고 그 개선 가능성이나 방법도 모두 다를 것이다. 세 관계가 너무 중요하고 가까운 관계여서 힘들더라도 포기할 수 없고 정도는 다르더라도 모든 가정이 원만한 해결을 위해 많은 노력과 정성을 쏟을 것이다. 노력하여 개선된 경우, 개선은 잘 되지 않지만 계속 노력하는 경우, 노력하다 포기한 경우 등 노력의 방법이나 정도, 개선 효과도 모두 다를 것이다. 그러나 위 세 가지가 모두 너무 중요한 관계이기 때문에 방치하면 그에 따른 고통이나 상처가 너무 크기에 원만한 관계 회복을 위해 계속 노력해야 할 것이다. 물릴 수 없는 숙명으로 여기고……. (2014. 7. 29. 필자 블로그)

청소년의 자살에 대한 안타까움

며칠 전 서울 명문 S대 의대에 차석 입학한 여대생이 입학 특전으로 외국 어학 연수를 가게 되어 고향인 부산에서 외국어 학원을 다니고 있었다고 한다. 그러던 중 거리에서 지갑을 주웠는데 그 안에 신용카드가 있어 그 신용카드로 30만 원가량의 물건을 샀다. 나중에 발각되어 경찰에서 조사를 받게 되었고 그 사실을 엄마가 알게 되자 심한 자괴감으로 자살을 하였다는 보도가 있었다.

형법적으로는 지갑을 주어 안돌려 준 것은 점유이탈물 횡령죄, 카드를 사용한 것은 사기죄가 될 것이다. 초범일 것이고, 액수가 30만 원가량이고, 잘못을 뉘우치면 기소유예 처분 정도 받을 것이고, 사회생활 하는 데 아무런 지장이 없다. 도덕적으로 잘 했다고 볼 수는 없으나 20세의 여대생이 순간적인 욕심에 저지른 이런 정도의 행동은 비난 가능성이 그리 높다고 볼 수 없고 충분히 용서받을 수 있는 것이다.

S대 의대를 차석으로 입학할 정도면 아주 모범생이었을 것이고, 그동안 부모님과 선생님의 사랑이나 기대를 한껏 받고 아무런 어려움 없이 자랐을 가능성이 높다. 큰 범죄도 아닌데 피의자로 경찰서에서 조사를 받았고 경찰이 어떤 태도를 취하였는지는 알 수 없지만, 자신을 가장 아껴주고 자신과 고락을 같이 한 엄마가 이 사실을 알게 된 것에 대해 자존심에 심한 상처를 받고 부모님과 지인들에 대한 창피함과 미안함 등이 교차하였을 것이다.

잘못한 것은 사실이지만 순간적인 욕심으로 어리석게 행동한 것을 반성하고 다시는 이러한 일을 저지르지 않고 열심히 공부하고 예전 같은 생활을 하면 될 것이다. 그래도 마음에 앙금이 남고 사회에 빚이 있다고 생각되면 봉사활동을 하던지 다음에 어려운 환자에게 인술을 베풀며 갚으면 될 것이다

요사이 모범생들은 너무 나약하고, 자제력이 부족하고, 인생을 크고 넓게 보지를 못 한다. 초등학교 고학년 때부터 너무 공부에 시달리고 성적 지상주의와 치열한 경쟁의 틈바구니에서 살다보니 마음의 여유가 부족하고 풍족한 환경에서 부족함이나 불편함이 없이 살다보니 인내심이나 자제력, 적응력이 부족한 것이다.

몇 년 전에는 서울과학고생이 전교 학생회장, 보컬 그룹의 리드 싱어일 정도로 공부도 잘 하고 능력 있고 대인관계도 원만한데 단지 상당수의 동급생들이 2학년을 마치고 카이스트나 서울대에 조기 입학을 했는데 자신은 조기 입학을 못하자 자존심에 상처를 입어 이를 극복하지 못하고 자살하여 신문에 크게 보도된 적이 있다.

그렇게 똑똑한 학생이 1년 대학 늦게 들어간 것(사실은 조기 진학 동료에 비해 1년 늦은 것이지 3년 만에 입학하면 정상적인 것이다)이 그렇게 중요하고 자존심을 상하게 하여 자살까지 하게 된 것인지 도무지 이해가 되지 않는다. 신문에 보도되지 않은 다른 사연이 있는지는 모르지만 어려서부터 실력 만능주의와 경쟁주의, 지나친 엘리트 의식과 일등 주의, 경쟁에서 뒤지고는 못 참는 환경 등으로 이런 행동이 나온 것으로 생각된다.

요사이 중·고생들의 행동을 보면 걱정이 많다. 예외적인 경우도 있지만 성적이 우수한 학생이나 우수하지 못한 학생이나 대부분 학생들이 참을성과 자제력이 부족하고, 예의가 없고, 언어도 거칠고, 긴 안목으로 여유롭게 생각하지 못하고, 매우 감정적이고, 공격적인 성향을 보인다.

필자는 이런 문제점이나 그 원인과 대책을 자주 생각해 보곤 한다. 그 원인은

초등학교 저학년 때부터 영어, 수학, 논술 등 과외 공부에 너무 치우치며 공부에 시달리고 모든 것이 공부와 성적에 맞추어져 있는 게 주된 이유라고 본다. 또한 결손 가정이나 어려운 환경의 아이들은 부모의 통제에서 벗어나서, 여유 있는 환경의 자녀들은 부모의 과잉보호와 풍족함으로 인하여 자기 통제력을 훈련받지 못해서 계획적이고 절제 있는 행동을 하지 못한다.

또 다른 중요한 원인 중 하나는 인터넷 보급과 PC방의 성행으로 인하여 폭력적이고 자극적인 게임이나 음란물을 쉽게 접하게 되고, 휴대폰이나 이메일로 인하여 거친 욕설이나 속어, 비어를 자주 사용하다 보니 친구, 부모, 형제에게도 그대로 사용하게 되고, 가상의 세계와 현실을 혼동하기도 한다.

그에 대한 대책으로 가정에서 컴퓨터 게임이나 인터넷 사용을 자제시키고, 예절 교육 등 끊임없는 교육과 양서를 많이 읽게 하고, 학교에서는 핸드폰 휴대를 금지하고, 고운 말씨나 용어를 사용하게 하고, 성적 지상주의나 지나친 경쟁주의에서 탈피하도록 사회 제도를 개선해 나가도록 줄기차게 노력해야 할 것이다. 그렇게 하여도 요사이 청소년들은 질풍노도의 세대라 정말 다루기도 힘들고, 교육을 하면서 노력하여도 크게 달라지지 않으니 안타까울 뿐이다. 나약한 모범 청소년들이 조그만 일로 자살하는 보도를 보면 너무 안타깝다. **(2007. 8. 17. 필자 블로그)**

뻔뻔한 이건희 회장
– "이건희가 정직, 거짓말 운운하다니!"

이건희 삼성그룹 회장이 지난 2010. 2. 5. 삼성 창업주인 이병철 탄생 100주년 기념식에서 "모든 국민이 정직했으면 좋겠다. 거짓말 없는 세상이 돼야 한다."고 했고, 얼마 전 사면복권 후에는 "우리 사회 각 분야가 정신을 좀 차려야 합니다." 고 발언하였다. 천문학적 규모의 비자금을 조성하여 정, 관계, 언론계 로비 등 온갖 불법적인 용도로 사용하고, 온갖 불법과 탈법을 동원해 삼성그룹 경영권을 이 재용에게 넘긴 사람이 정직, 거짓말 운운하니 방자해도 너무 방자하다.

지난 연말에는 판결문 잉크가 마르기도 전에 사상 유례없는 1인 사면 복권의 특혜를 받아 우리나라가 얼마나 법치 후진국이고 '삼성공화국'과 이건희의 권력을 여실히 보여주었다. 저런 오만 방자함과 뻔뻔함과 무소불위의 권력이 어디서 나오는지 통탄스러울 뿐이다.

최근에 김용철 변호사가 쓴《삼성을 생각한다》를 보면 이건희 전 회장과 그 일가 및 가신그룹의 조직적이고 파렴치한 불법과 비리의 실상이 상세히 기록되어 있다. 그들의 특권의식, 치밀하고 조직적인 불법과 탈법, 법치주의에 대한 무시, 한국에서 돈이면 모든 것을 해결할 수 있는 돈의 위력을 실감할 수 있다. 법원, 검찰, 국세청, 정치인, 언론인, 지식인 어느 한 곳도 삼성의 불법과 비리행위를 제대로 감독, 감시, 처벌한 곳이 없으니 그들이 저렇게 날뛰고 있다.

국제올림픽위원회(IOC) 집행위원회는 지난 2월 8일 이건희 전 회장의 IOC 위원 복귀 결정을 하면서 견책과 5년 동안 올림픽 조직의 뼈대를 이루는 분과위원회 활동 금지라는 중징계를 내렸다. IOC 윤리위원회는 "명백하게 윤리헌장을 위반했고, 유죄 판결로 올림픽 이미지를 훼손했다."고 적시했고, 자크 로게 IOC 위원장도 "IOC 헌장을 위반하면 징계 받아야 한다."고 그 이유를 밝혔다. 법치를 중시하고 권위 있고 체계가 잡힌 조직으로서 너무나 당연한 결정이다. 대통령의 사면, 복권의 중요한 이유 중 하나가 이건희 회장이 IOC 위원으로 복귀하여 2018년 평창 겨울 올림픽 유치에 공헌해야 한다는 것이었는데, 그 이유가 무색하게 되었고 얼마나 허구였는지를 증명해준다.

그런데 우리나라는 대법원의 재판부 구성원까지 변경하여 사건을 배당하고, 특검은 적극적인 수사를 하지 않아 면죄부를 주고, 거의 모든 주류 언론들은 위 《삼성을 생각한다》 책을 비롯한 삼성 비판서는 광고마저 게재해 주지 않는 한심한 모습이 대조를 이룬다.

이건희 회장과 그 일가 및 가신그룹은 법과 제도를 무시하고 특권과 반칙을 일삼고 대한민국을 좌지우지하며 대한민국이 삼성공화국이라고 불리는 것을 보면 우리나라는 한 참 멀었다. 검찰과 법원, 국세청, 공정거래 위원회 등 국가권력이 이건희 전 회장과 그 일가 및 가신그룹의 불법, 비리행위를 철저히 파헤쳐 그에 상응한 민·형사상 처벌을 하고 언론과 정치인들도 비판, 감시를 철저히 하지 않는 한 그들의 특권과 반칙은 계속될 것이다. 그들의 특권의식, 불법과 탈법, 무소불위 권력의 구체적 실상을 알고 싶으면 김용철 변호사가 쓴 위 책을 읽으면 생생하게 알게 될 것이다. (2010. 2. 10. 필자 블로그)

한국인의 허례허식

얼마 전 〈중앙일보〉 보도에 의하면 유럽 23개국을 기차로 여행할 수 있는 유레일패스를 지난해 한국인 6만 56명이 샀고, 미국인에 이어 세계 2위로서 일본은 물론 여행 많이 하기로 유명한 오스트레일리아, 캐나다 사람보다 많다고 한다. 또한 도버해협 지하로 영국과 프랑스를 잇는 유로스타는 지난해 한국인 10만 명이 이 열차를 탔고 세계 1위라는 것이다.

미국 유학생 수는 우리보다 인구가 25배, 30배인 중국, 인도보다 많은 세계 1위라는 것이다. 여행은 사람의 안목을 넓혀주고 인생을 풍부하게 해주는 매우 유익한 것이다. 또한 외국에 유학 가서 공부하는 것도 적극 권장해야 할 사항이지 나무랄 것은 못 된다. 그러나 우리나라가 영국, 프랑스 관광을 세계에서 1, 2위 하고 미국 유학을 세계에서 제일 많이 갈 정도로 시간적, 경제적 여유가 있는 것인가. 그건 아니다. 그 원인은 세계 경제규모 11위의 나라이기는 하지만 부의 양극화가 극심하고 돈을 너무 쉽게 벌고 소득에 대한 세금을 적게 내므로 돈을 쉽게 쓰고 허례허식과 밀접한 관련이 있다.

여행만 해도 그렇다. 우리나라 사람들은 차분히 시간을 가지고 여행지의 역사, 자연, 풍습, 음식 등 문화를 즐기려하지 않고 패키지로 가서 잠깐 들러 사진 몇 장 찍고 그곳에 갔다고 자랑하고 스스로 만족한다. 런던, 파리 그 먼 곳까지 가서 대영박물관, 루브르박물관은 몇 시간 관람에 그친다. 위 박물관을 제대로 관람하려면 몇 개월이 걸릴 수도 있겠지만 최소한 하루, 이틀은 관람해야 차분히 어느 정도 관람할 수 있을 것이다. 그러나 우리나라 관광단은 쇼핑 시간은 매일 상당시간 할애하면서 박물관 관람은 몇 시간 대충 수박 겉핥기로 보고 만다. 참 안타까운 일이다. 우리보다 잘 살고 여행을 즐기며 인구도 많은 일본, 캐나다 사람들보다 우리나라 사람들이 유레일패스 이용자가 월등히 많은 것은 무엇을 의미할까.

우리나라 교육제도가 문제 있는 것은 사실이지만 국내에서 석 · 박사학위를 하면 제대로 대우를 해 주지 않고 외국 박사는 내용이 빈약하더라도 우대를 해주므로 교수 채용 시 유리한 조건을 만들기 위해 유학을 가는 경우가 상당히 많다. 유학자 중 상당수는 도피성 유학, 남이 가니까 나도 간다는 유학도 많다.

장례식이나 결혼식 때 하루, 이틀 사용하기 위하여 수많은 조화나 화환이 진열되어 있다. 마치 그 사람의 부와 권력을 상징하는 것처럼 고관 대작은 그것을 자랑스럽게 진열해 놓고, 몇 개 없는 사람은 괜히 주눅이 들곤 한다. 치우기도 힘들고 너무 낭비적이고, 너무 허례허식이다. 광주지방변호사회는 몇 년 전부터 회원 개업식 때 화환보다 복사 용지나 다른 필요한 물건을 전달하고, 어느 교수가 경조사 때 쌀로 받아 불우 이웃을 돕는다는 기사를 본 적이 있는데 참 신선하고 앞서간다는 생각이 든다.

결혼식 주례도 평소 얼굴도 제대로 모르고 그 주례가 인생을 어떻게 살아왔는지, 행복과 사랑이 가득한 가정생활을 영위하였는지에 아랑곳하지 않고 그 사람의 사회적 지위와 이름만 보고 주례를 세운다. 주례는 지위 고하를 불문하고 평소 자기가 존경하고 원만하고 모범적인 인생을 살아온 사람을 주례로 모시고, 주례로부터 좋은 말씀을 듣고 주례 선생님을 귀감으로 삼아야 한다고 생각한다. 필자는 결혼식 때 아버님이 주위를 의식해서인지 선배인 검찰 고위 간부를 모시라고 하였는데 필자가 평소 존경하던 교감선생님으로 재직 중인 고교 2년 때 담임선생님을 주례로 모셨다.

잔치를 해도 상다리가 부러지도록 음식을 차려야 예의인 것으로 생각하고 그러고도 차린 것이 없다고 겸손을 떤다. 미국 살 때 미국 사람들은 파티 음식이 아주 간소하고 초청받은 사람들이 한두 가지 음식을 준비해 가는 것이 일반화되어 있는 것을 보고 그들의 합리적인 사고가 부러웠다. 우리는 잔치를 치를 때 음식 때문에 얼마나 부담스러워하는가. 우리나라도 손님이 음식을 준비해가는 파트럭(Potluck) 문화가 정착되면 서로가 부담 없이 친교를 나눌 수 있고 만나는 기회가 더 많아지고 비용도 절감될 것 같다.

외제차도 다른 나라에 비해 월등히 비싼 가격으로 수입되고 그래도 잘 팔린다. 우리나라 사람들은 외부 과시용으로 또한 부동산 투자 등으로 돈을 너무 쉽게 버니까 외제차를 탈 정도의 사람이 판매가격에 이의를 제기한다거나 값을 깎으려하면 자존심 상한다고 생각하여 군말 없이 비싼 값에 차를 산다. 다행이 최근에 외제차 가격의 거품이 밝혀져 값이 내렸다. 부자들도 정당한 가격을 주고 살 권리는 있다.

인구에 회자되는 이야기지만 압구정동 여자 외제 속옷 파는 가게에서 가격 표시를 100,000원이라고 하여 잘 안 팔리자 동그라미를 하나 더 붙였더니 잘 팔리더라는 이야기는 우리나라 사람들이 얼마나 허영심이 강하고 허례허식에 사로잡혀 있는지를 단적으로 보여주는 사례이다. 우리나라 사람들의 3척, '없어도 있는 척', '몰라도 아는 척', '안 해도 하는 척'은 알아줄 만하다.

우리 생활 곳곳에 허례허식으로 가득 찬 곳이 너무 많다. 이젠 우리나라도 경제규모 11위의 경제 대국이고 민주화도 어느 정도 진전된 나라가 되었으므로 수천 년 내려온 허례허식이 하루아침에 없어지지는 않겠지만 보다 합리적이고 실질을 중시하는 선진사회로 나아가야 할 것이다. 허례허식에 시간, 비용, 정력 낭비하지 말고 속이 꽉 찬 사람, 외유내강 하는 사람이 되도록 우리 모두 노력해보자. (2007. 6. 6. 필자 블로그)

고(故) 최영도 변호사님
출간기념회 참석 후기

2018. 11. 1. 민변에서 지난 6월 별세하신(80세) 모임의 창립회원이고 회장을 지낸 최영도 변호사님의 유작《아는 만큼 보이고, 보는 만큼 느낀다》(보정판)가 출간되어 이를 기념하는 자리에 참석하였다. 젊은 회원들은 별로 보이지 않고 중진 회원들이 많이 참석하였다.

사무처에서 참석 후기를 부탁했을 때 필자가 최 변호사님 생애나 예술 세계에 대해 많이 알지 못해 망설이다가 몇 가지 인연이 떠올라 승낙하였다. 필자가 초대, 2대 지부장을 지낸 민변 광주·전남지부 개소식 때(1999. 9.) 당시 민변 회장인 최 변호사님이 사무총장 등과 광주까지 내려와 축하해 주고 뒤풀이까지 함께 했던 기억이 난다. 필자가 변협 인권이사(2013, 14년)때 보수적인 집행부에서 인권사업을 하기가 무척 힘들었는데 최 변호사님이 오래 전, 보수적인 변협 집행부에서 인권이사로 고생하신 경험담을 들려주며 자주 격려해 주셨다. 돌아가시기 전날 장주영 변호사와 강남 세브란스병원에 문병을 갔는데 무척 고통스러워하시던 모습이 떠오른다.

최 변호사님을 멘토로 최 변호사님을 닮으려고 노력하며 최 변호사님 일대기를 쓰고 있는 한양대 박찬운 교수가 최 변호사님의 법률가로서의 삶과 예술 세계와 활동을 PPT로 자세히 설명해 주었다. 기억에 남는 것은 최 변호사님의 인생의 전환점이 된 1971년 1차 사법파동을 주도하며 작성한 속칭 '사법권 독립선언서'와 판사 사직서 사본을 지금까지 간직하여 최근에 유족들이 민주화운동기념사업회에 기증했다고 한다. 이어서 위 책과 작년에《아잔타에서 석불사까지》를 출간한 출판사 편집자로 서울 법대를 졸업하고 서울 음대 대학원을 나온 김

○○ 씨가 위 두 책의 편집 과정의 뒷얘기와 최 변호사님의 예술세계에 대한 설명이 있었다. 아주 디테일한 퀴즈 3문제를 냈는데 회원들이 잘 맞추어 최 변호사님이 과거에 출간한 책을 선물로 주었다.

2부에선 최 변호사님 고교 후배로 최 변호사님의 사랑을 많이 받은 이덕우 변호사님, 최 변호사님과 티베트, 돈황 등 여러 곳을 함께 여행한 박용일 변호사님이 패널로 참석하여 최 변호사님과의 인연과 여러 에피소드를, 소설가인 정소연 변호사는 책에 대한 소회와 편집의 어려움 등을 얘기해 주었다. 최 변호사님은 여행 시 밤에 숙소에서 당일 행적을 정리하고, 사진 뒷면에 일시, 장소, 설명을 적어놓으신다고 했다. 문화·예술에 대한 감상과 수집, 저술, 여행 등 왕성한 활동과 풍부한 예술적 소양, 인문학적 향취를 지닌 최 변호사님이 너무 부러웠다.

대체로 법조인들은 음악, 미술, 문화재, 예술서적 저술 등에 대해 관심을 갖기 어렵고 예술적 향기가 부족한 사람들이 많다. 그런데 최 변호사님은 40여 회, 52개국, 310곳의 유적지를 다녀온 뒤 여행기를 남겼고, 오랫동안 많은 시간과 돈을 들여 수집한 토기 1,700여 점을 국립 중앙박물관에 기증하여 2층 기증관에 '최영도실'이 마련되어 있다고 한다. 클래식 음악과 미술, 문화재 등 문화 전반에 걸쳐 조예가 깊고 전문가 못지않은 실력과 안목으로 각 분야마다 기행문《앙코르, 티베트, 돈황》, 클래식 음악 에세이《참 듣기 좋은 소리》, 아시아 고대 문화유산 답사기《아잔타에서 석불사까지》, 이번에 서양미술을 총결산한《아는 만큼 보이고, 보는 만큼 느낀다》를 출간하셨다. 최 변호사님은 어릴 적부터 유복하고 문화생활에 친숙한 가정에서 자라 예술적인 DNA가 풍부하고 자연스럽게 예술적 소양을 발휘할 수 있었던 것 같다.

호프집에서 뒤풀이를 하면서 최 변호사님과의 인연이나 에피소드를 얘기하며 고인에 대한 추모의 시간은 계속되었다. 필자가 우스개로 후배들에게 "최 변호사님을 롤 모델로 삼을 수도 없고 롤 모델로 삼지도 마라. 보통 변호사들은 음악,

미술, 문화재, 전문가적 저술 중 한 분야도 제대로 하기가 어려운데 여러 분야에서 전문가 수준인 최 변호사님이 될 수는 없는 것이다."고 말했다. 이렇게 예술적 소양을 갖고 활발한 활동을 하면서도 민변 회장, 참여연대 공동대표, 국가인권위원회 위원장을 지내면서 인권신장과 민주화에 공헌하셨으니 너무 부럽고 멋지게 살다 가신 선배 변호사님이시다. (《민변 뉴스레터》 2018. 11. 9. 월례회 후기).

부촌 신연철 교수님과의
소중한 인연

 필자는 우여곡절 끝에 늦게 후기인 성대 법대에 입학했고, 대학 1, 2년 때는 가장 강한 운동권 서클인 홍사단 아카데미(도산 연구회) 회원으로 열심히 활동했으나 1980년 5·18쿠데타 이후 지하 서클로 들어간 뒤로는 활동하지 않았다. 필자는 1981년 당시에는 학생처장이던 사학과 신연철 교수님을 전혀 몰랐다. 1981년경 호남 출신의 성대 재학생 중 요주의 학생이 5명이었는데 필자도 그 중 한 명으로 교수님이 1982년 1월경 겨울 방학 때 5명 학생들의 근황을 살피기 위해 시골 우리 집을 방문하였다. 필자는 당시 서울에 있었는데 교수님이 전남 화순의 산골에 있는 우리 집을 방문하고 너무 가난하고 농사지으며 고생하는 부모님의 모습을 보고 안타깝게 생각하였다고 한다.

 1982년 2월경, 등록 기간 때 교수님이 필자를 학생처로 불러서 그때 처음으로 뵙게 되었는데 풍채도 좋고 점잖으며 인자한 선비 모습이었다. 교수님이 우리 집을 방문했던 일을 말씀하시고 "그렇게 어려운 집에서 서울 사립대 다니느라 정말 고생한다. 고생하는 부모님을 생각해서라도 사법고시 합격해서 부모님께 효도하라."고 하면서 4학년 1학기 납부금의 70, 80%에 해당하는 장학금을 주었다. 당시는 과외가 금지된 상태여서 정말 큰 도움이 되었다. 2학기 때는 필자가 교수님을 찾아가 "지난 학기 때 정말 감사했습니다. 마지막 학기인데 한 학기만 더 도와주십시오."라고 도움을 청하자 빙그레 웃으면서 열심히 공부하라고 하면서 1학기 때와 같은 장학금을 주었다.

 매우 특이한 인연이고 고마운 분이었다. 필자가 1987년 사법시험에 합격한 후 찾아뵙지 못하여 교수님은 필자가 변호사로 활동하고 있는 것을 몰랐을 것이다.

인천에서 변호사를 하던 1990년대 중반 어느 날, 인천법원에서 재판하고 내려오다가 법원 입구에서 우연히 교수님을 뵙게 되었다. 차 한 잔 하면서 얘기를 나누고 점심을 모시겠다고 하자 다른 변호사님과 선약이 있다고 해서 함께 하지 못했고 그때 교수님을 마지막으로 뵌 것이다. 그 후로 필자가 미국, 광주에서 지내느라 솔직히 까맣게 잊고 있었다.

그런데 최근에 성대 민주동문회와 동창회보 등을 통해 교수님이 돌아가셨고, 3번이나 학생처장을 하면서 학생들, 특히 운동권 학생들에게 직·간접적으로 많은 도움을 주고 오랫동안 민주동문회 고문으로 계셨으며, 교수님이 소장하고 있던 고귀한 많은 장서와 고화 등을 성대에 기증하였고, 돌아가시면서 시신을 성대 의대에 기부하셨다는 얘기를 들었다.

그동안은 필자에게 장학금을 주신 고마운 분으로만 여겼는데 이렇게 훌륭한 분이라는 것을 알고 존경스러운 마음이 절로 생겼고 교수님과 인연을 맺었던 것이 영광스럽게 생각되었다. 최근에 사학과 제자들과 민주동문회 회원들 중심으로 교수님을 추모하며 '부촌 신연철 기념사업회'를 설립한다고 한다. 필자도 미약하나마 약간의 장학금을 기부하였고 부촌 신연철 기념사업회 설립에 적극 동참하여 그분에게 진 빚을 조금이나마 갚고 싶다.

교수님! 생전에 한 번도 찾아뵙지 못하여 정말 죄송합니다. 하늘나라에서 영생하십시오. (《성균회보》 2009년 4월호, '부촌 선생을 기리며')

| [詩] 시인이여!

民衆의 칭송에 연연치 마오
華辭한 칭송이란
원래 순간적인 것

우둔한 批判, 차가운 大衆의 비웃음이
亂舞한다 해도
毅然하게, 고요히
그대는 견디어야 되오

自由의 길, 자유로운 知性이
그대를 이끄는 곳을
걸어야 하오
思索의 열매를 익게 하고
崇嚴한 功績있으나
적은 報償도 구하지 않으며!

毅然한 藝術家여!
군중의 비난에 귀 기울이지 말구려
精誠을 다한 그대의 祭壇에 침을 뱉아도
그대의 散髮이 惡童에게 흔들거려도

— 푸시킨(Pushkin)의 '詩人에게' 중에서

* 2008년 1월 1일, 부장판사 출신으로 전관예우를 전혀 누리지 않고 아주 소박하고 유유자적하게 광주에서 변호사를 하면서 필자에게 자주 격려를 보내주셨던 존경하는 선배 S 변호사님이 이메일로 보내주신 시인데 아주 마음에 와 닿는다.

내가 부동산 투기를 싫어하는 이유

 2018. 8. 24(금) 저녁, 가까운 지인 7명(대기업, 금융기관 임원 출신 4명)이 강남 논현동 한식당에서 저녁을 먹으면서 막걸리를 마시게 되었다. 당시 부동산 가격이 폭등하고 시중의 최고 화제가 되었을 때라 모임에서도 자연스럽게 부동산 가격 폭등으로 많은 차익을 본 사례들이 언급되었다. 필자가 약간 반박을 하면서 제동을 걸자 일행 한 명이 필자에게 "네가 몰라서 투기를 못 해 놓고 그러냐?"고 핀잔을 주어 또 반박하면 분위기가 흐려질 것 같아 부동산 얘기 그만하자고 마무리하고 다음날 지인들 카톡방에 다음과 같은 글을 올렸다.

 난 인천(1992), 광주(1997), 서울(2016년)에서 내가 거주할 아파트 이외에는 지금까지 땅 한 평 거래해 본 적이 없네. 변호사 30년을 했는데 정보와 기회가 없지는 않았네요.

 내가 부동산 투기를 싫어한 이유는,
첫째, 내가 필요한 것만 가지면 되고, 내가 더 갖게 되면 진짜 필요한 사람들이 갖기 어렵게 되고,

둘째, 자본주의라고는 하지만 불로소득을 싫어하고 노동에 대한 정당한 대가가 분배되어야 정의롭고 공정한 사회가 된다고 생각하고 있고,

셋째, 공직에 기회가 있을 수 있는데 다산이 얘기했던 것처럼 공직자의 근본은 청렴이고, 혹시 청문회(?) 대상이 될 수도 있고,

넷째, 30년간 변호사하면서 책을 3권(1권은 겨울 출판 예정) 내고, 수많은 토론회, 언론 인터뷰 등을 통해 사회 개혁, 법조 개혁을 외쳐온 사람이 부동산 투기나 일탈된 행동을 하고 싶지 않고,

다섯째, 큰 여유는 없지만 집 한 채에 만족하며 돈에 관심이 많지 않아서 30년간 여러 번 기회가 있었지만 부동산에 관심을 갖지 않았고, 불행인지 다행인지 아내도 부동산과 돈에 관심이 없어서 땅 한 평 거래를 한 적이 없네.

 농담으로 받아들이고 싶지만 30년간 지켜온 내 가치관을 '몰라서 부동산 투기를 못 했다.'고 단칼에 치부해 버려 너무 아쉽고 안타까워서 글을 올리니 오해는 하지 마세요.

답글
일행 1. 자기 철학이 너무 뚜렷하셔서……. (이모티콘)
일행 2. 민변 뜻을 존중하네. 민변 미안~~
일행 3. 개념 확실한 민변……. 대단.

노래방에서 도우미를 부르면 안 되는 이유

가끔 일행들과 저녁식사 후에 2차로 노래방에 가게 되는데 상당수의 경우 도우미를 부르자고 하지만, 필자가 강력히 만류하여 대부분 부르지 않게 된다. 일행들이 필자에게 왜, 도우미를 부르면 안 되느냐고 물으면 필자가 아래와 같이 답변하는데, 언젠가 지인들 트래킹 모임 카톡방에 올린 글이다.

첫째, 노래방에서 도우미 없이 일행들만 있으면 우리끼리 여러 가지 정담을 나눌 수 있는데 도우미가 있으면 분위기가 분산되고 도우미와 노느라 일행들이 정담을 나누기 어렵다.

둘째, 노래방에서 맥주를 마신 것도 위법이지만 이 정도는 사회상규상 용인할 수 있지만, 도우미를 부르는 것은 용인하기 어려운 위법행위로서 범법행위의 공범이 되고 싶지 않다.

셋째, 도우미로 나오는 사람들 중 상당수는 가정 있는 유부녀들로서 탈선이나 가정 파괴의 가능성이 높은데 이에 일조한 것 같은 생각이 든다.

넷째, 일행 7, 8명이 도우미 2, 3명을 부르면 금방 1시간, 2시간이 되어 도우미 비용, 노래방 비용, 술과 안주 등 비용이 상당하다(비용 부담도 안 할 사람들이 부른 경우도 많음).

다섯째, 내가 반대하면 일행들이 노래 입력해 주고 흥을 돋아주는 도우미가 최소한 1명은 필요하니 1명만 부르자고 한다. 지금은 리모컨으로 노래 입력하기가 쉽고, 필요하면 내가 노래 입력해 주겠다, 우리끼리도 얼마든지 흥겹게 놀 수 있다고 무마하곤 한다.

　노래방에서 도우미를 부르는 것은 위법 행위이고 탈선을 조장하며, 노래방에서 도우미 없이도 얼마든지 흥겹게 놀 수 있으니 앞으로 노래방에서 절대 도우미를 부르지 말자.

민경한 변호사
"장성근–김현, 변협 회장 자격 없다" 쓴 소리 왜?

대한변호사협회 인권위원장을 역임한 민경한 변호사가 16일 대한변호사협회 제49대 변협 회장 선거 당일 장성근 후보와 김현 후보에게 "변협 회장 자격이 없다."고 정면으로 쓴 소리를 냈다.

장성근 후보(기호 1번)와 김현 후보(2번) 중 누가 제49대 변협 회장에 당선되든, 민경한 변호사가 일침을 가한 대목은 되새겨야 할 것으로 보인다.

대한변협 선거관리위원회는 2017. 1. 16. 오전 8시부터 오후 7시까지 전국 14개 지역 53개 투표소에서 변협 회장 선거 투표를 실시한다. 개표 결과는 밤늦게 나올 예정이다.

민경한 변호사(59, 사법연수원 19기)는 이날 페이스북에 "지난 13일에 이어 오늘 16일은 대한변협 회장 선거 투표하는 날이다."라며 말문을 열었다.
대한변협 인권위원장 출신 민경한 변호사는 "출마한 두 후보 모두 세 번의 공약집에 수십 개의 공약을 발표했다."며 "달콤한 사탕발림 공약은 난무하는데, 인권 공약은 단 한 개도 없고 인권이라는 단어가 단 한 번도 등장하지 않는다."고 지적했다.

그는 그러면서 "두 후보 모두 변협 회장으로서 자격이 없다."고 혹평했다.
민 변호사는 "누가 당선되든 당선된 협회장은 인권에 전혀 관심이 없는 협회장으로 보이며, 앞으로 변호사 사명은 인권옹호, 변협은 대표적 인권옹호 단체라는 표현은 사용하지 마라."라고 쓴 소리를 냈다.

민 변호사는 "변협의 역할과 위상이 날로 추락하는 모습을 보니 너무나 안타깝다."고 했다. 변호사법 제1조 1항은 "변호사가 기본적 인권을 옹호하고 사회정의를 실현함을 사명으로 한다."라고 규정하고 있다.

민경한 변호사의 이 같은 비판에 한양대 법학전문대학원 교수로 재직 중인 박찬운 변호사는 "어이구……. 지난번 선거 때도 그래서 제가 여기(페이스북)에 한마디 썼었는데……. 이번에는 더 심하군요."라는 댓글을 달며 씁쓸해 했다. 최성식 변호사도 "아 그렇군요!"라는 등 몇몇 변호사들도 댓글을 달며 관심을 나타냈다. (《로이슈》, 신종철 기자, 2017. 1. 16.)

송년사

　요즘 우리 국민들은 큰 욕심 부리지 않고 '소확행'(소소하지만 확실한 행복)과 '워라벨'(Work−Life Balance, 일과 삶의 균형) 삶을 살고 싶어 한다. 그러나 현실은 너무 동떨어지고 삶의 질은 낮아져만 가고 있다. 서울 지역 아파트는 몇 달 만에 수억 원이 오르고 많은 오너들과 재벌 2세들은 갑질을 하고, 이젠 10살 먹은 재벌 손녀가 57세 운전기사에게 반말하면서 "죽어라. 불쌍하다. 네가 부모로부터 교육을 잘못 받았다."는 온갖 막말, 갑질을 해대는 판이니 세상 말세로구나. 1인 청년가구 30%가 '지옥고'(반지하 · 옥탑방 · 고시원)에 살고, 최저임금 1,060원 올린다고 아우성이니 취업, 결혼, 출산을 포기한 '3포 세대', 'N포 세대', '헬 조선'을 외치는 젊은이들이 불쌍하고 이해가 되는구나. 오호 통재라. 최근 각종 사건 사고는 모두 인재(人災)로 인한 것이라니 너무 안타깝고 국민들의 안전 불감증이 심히 우려되고 허울뿐인 13위 경제대국이 부끄럽구나.

　사법농단 사태를 접하노라면 더없이 참담하고 말문이 막힐 뿐이다. 대법원장, 대법관, 법원행정처장 등 최고 수뇌부와 법원에서도 최고의 엘리트들이 근무한다는 법원행정처 판사들이 누구 하나 부당한 지시를 거부하지 못하고 몇 년에 걸쳐 수차례의 재판 개입과 재판 거래, 법관 사찰 등 상상하기 어려운 일이 벌어졌다. 법원의 한심한 민낯을 보며 국민들의 사법 불신은 극에 달하고, '이게 판사냐?'고 묻고 싶다. 법으로 밥을 먹고 사는 나는 더욱 더 참담하고 너무나 부끄럽네요.

　촛불 힘으로 탄생한 문재인 정부도 '기회는 평등하게, 과정은 공정하게, 결과는 정의롭게'라는 기치로 야심차게 출발했지만 헛된 구호에 불과하고, 불평등한 기회, 불공정한 과정, 정의롭지 못한 결과가 너무 많아 양극화는 더욱 심해지고 서민들의 생활은 팍팍해졌지요. 프랑스의 유명한 사상가 스테판 에셀은 "분노할 일에 분노할 줄 아는 사람만이 자신의 존엄성과 행복을 지킬 수 있다."고 했는데 우리 존엄성과 행복을 지키기 위해서는 분노할 줄 알아야 하지 않겠습니까.

사랑하는 광주고 25회 동기들이여!

동기들 거의 모두가 56년부터 58년생으로 전문직과 자영업을 제외하고는 대부분 퇴직하여 일자리를 잃고, 회갑을 지나 체력도 약해져 경제적, 육체적, 정신적으로 쇠퇴기에 접어들었지요. 이런 상황에서 60세 이순(耳順)은 공자나 가능한 것이지 어찌 우리 같은 범인이 가능하겠는가!

친구들이여, 환경이 악화되고 스트레스 지수는 높아만 가지만 좋은 음식과 의학 발달로 수명이 연장되어 앞으로 어쩔 수 없이 20년 이상을 더 살아야 한다네요. 카르페 디엠! 현세에 충실하고 현실을 즐겨야지요. 오늘 송년회 구호처럼 만수무강하려면 건강, 아내, 돈, 일, 친구가 필수라지요. 건강은 아무리 강조해도 지나치지 않고, 벌써 동기들 50여 명이 유명을 달리했고, 며칠 전에는 두 달 전 여수에서 음주가무를 함께 했던 의사 동기가 폐암으로 하늘나라로 갔는데 너무나 허망하네요. 친구도 초, 중, 고, 대학, 군대, 직장, 동호회 등 다양한 친구가 있지만 그 중 제일은 고교 동창 아니겠는가.

사랑하는 25회 동기들이여, 아쉬운 2018년 마무리 잘하고, 다가올 2019년에는 **건**강하고, **배**려하고, **사**랑하면서 살아갑시다(**건배사!**). **당신! 멋져 부러~**(**당당**하고, **신**나고, **멋**지게 가끔은 **져**주며 삽시다).

* 2018년 12월 15일, 고교 동기 송년회에서 회장의 요청으로 필자가 송년사를 낭송하고 전체 동기 카톡에 올린 글임.

4장

인터뷰와 대담

'법조비리 고리를 끊자' - 대담

탐사기획 '법조비리 고리를 끊자' 시리즈를 보도한 〈세계일보〉는 전관예우를 비롯한 법조비리 근절 해법을 모색하기 위해 2006. 7. 27. 한상희(47) 건국대 법대 교수와 민경한(50) 변호사를 초청해 대담을 가졌다. 한 교수와 민 변호사는 최근 법조브로커 김홍수 씨 사건으로 다시 확인된 법조계의 부조리를 질타하고 법조인 스스로 엄격한 도덕성을 갖춰야 할 것이라고 강조했다.

— 국민들은 1990년대 말 의정부·대전 법조비리를 계기로 더 이상 법조계에서 비리가 발붙이지 못할 걸로 기대했는데, 윤상림 씨에 이어 김홍수 씨가 개입된 법조비리가 발생했습니다.

▲ 민 변호사 = 최근 발생한 일련의 사건으로 법조계뿐만 아니라 국민들도 술렁거리고 있습니다. 의정부·대전 법조비리 사건과 달리 이번에는 브로커가 법원, 검찰에 있는 사람들과 직접 접촉하는 방식으로 이뤄진 비리라는 점에서 국민이 느끼는 충격은 더 크다고 봅니다.

▲ 한 교수 = 외국에서는 고객과 변호사를 연결해 주는 브로커 자체가 문제라고 볼 수 없습니다. 하지만 우리나라 변호사법이 브로커를 불법으로 규정하고 있는데다 브로커가 'ㅇㅇㅇ 변호사를 통하면 풀려난다.'는 등 피해자들에게 거짓 정보를 전달하는 것이 문제라고 봅니다. 더구나 이번 사건은 브로커가 판결을 내리는 판사와 직접 접촉했다는 점에서 문제가 심각합니다. 판사 스스로 '고객'의 이익을 위해 움직이고 그 대가로 금품과 향응을 받았다는 것은 근대적 사법체계에서 상상조차 할 수 없는 문제입니다.

― 전관예우 관행에 대해 법조인들은 국민들의 오해가 빚어낸 허상일 뿐이라고 해명하는데요.

▲ 한 교수 = 국민들이 '정상적인 방법으로는 석방될 수 없고 패소한다.', '누구를 통하면 된다더라.'고 사법체계 전반을 불신하고 있습니다. '누군가'를 통하기 위해 돈을 많이 내야 하고, 그 '누군가'를 찾기 위해 브로커를 만날 수밖에 없는 과정이 고리처럼 연결돼 있다고 봐야죠.

〈세계일보〉 탐사보도에서 드러났지만, 최근 판결문을 통한 다른 실증조사를 보면 배임과 횡령 사건에서 판·검사에서 전직한지 얼마 되지 않는 전관 변호사를 수임한 사건의 승소율이 높다는 통계가 나왔습니다. 이는 국민이 전관예우가 있다고 믿는 게 결코 잘못이 아니라는 것을 말해 줍니다. 오히려 법원에서 존재 자체를 인식하지 못할 정도로 전관예우가 구조적으로 뿌리박혀 있는 것이 더 문제가 아닐까요?

▲ 민 변호사 = 대체로 브로커는 선임료의 20~30%를 소개료로 받기 때문에 선임료가 비싼 전관 변호사에게 사건을 소개할 수밖에 없습니다. 브로커 윤상림 씨가 검찰 출신 전관 변호사에게 6건, 5억 1,000만 원 상당의 사건을 소개해주고 1억 1,000만 원을 받았다는 것을 봐도 알 수 있습니다. 물론 이렇게 브로커를 통해 비정상적이고 불법적인 방법으로 사건을 해결하려고 하는 국민의 잘못된 법의식도 큰 문제죠.

― 전관예우가 현실적으로 존재한다고 보십니까?

▲ 한 교수 = 법조계에서 '모시던 부장', '데리고 있던 배석'이라는 표현이 사용되는 것만 봐도 전관예우가 존재할 수밖에 없는 구조입니다. 한 사람만 알면 법조계를 다 알게 되고, 해당 지역에서 퇴임한 사람이 변호사가 됐을 때 영향력이

대단하다는 사실을 부정할 수 없습니다.

▲ 민 변호사 = 사실 검찰 결정이나 법원 판결에는 여러 양형 사유가 있어 단순 계량해 파악할 수는 없습니다. 하지만 굳이 통계를 들지 않더라도 퇴직 판·검사의 90%가 마지막 부임지에서 개업하고, 개업한지 1~2년 동안 형사사건을 무척 많이 수임하는 것을 보면 전관예우가 존재한다는 것은 쉽게 알 수 있는 것입니다. 모 부장판사가 법원 근무 중 전관예우는 존재한다는 글을 게재한 적도 있었고요. 전관 변호사가 변론에서 다른 변호사와 큰 차이가 없는데도 거액의 선임료를 받는 것 자체가 전관 스스로 전관예우가 있다는 것을 인정하는 것 아니겠습니까. 형사사건 당사자인 재소자의 가족과 법조인을 대상으로 한 설문조사에서 상당수가 전관예우가 있다고 답했다는 결과도 있습니다. 실제로 집행유예 기간 중 유사휘발유를 팔다 구속된 사람을 비전관 변호사가 맡았을 때에는 구속 적부심을 받아들여 주지 않다가 해당 법원 출신 전관 변호사가 맡자 며칠 만에 풀어준 사례도 있습니다.

― 전관예우를 막기 위해 판·검사 퇴임 후 2년간 마지막 근무지 사건 수임을 제한하는 변호사법 개정안의 입법이 추진되는데, 위헌 논란도 있습니다.

▲ 민 변호사 = 변호사의 수임료 과다, '유전무죄 무전유죄', 브로커 등 법조계 모든 문제는 전관예우에서 비롯됩니다. 전관예우를 없애려면 전관 변호사의 형사사건 수임을 제한해야 합니다. 법조계는 1990년 헌재 결정을 근거로 사건 수임 제한이 위헌이라고 반발하는데, 형사사건은 전체 사건의 20% 정도밖에 되지 않고 직업선택의 자유를 크게 제한하는 것도 아니라고 봅니다.

▲ 한 교수 = 우선 전관예우 근절을 위해 마지막 근무지에서 형사사건을 수임하는 것을 막고, 법원과 검찰의 양형 기준과 절차를 명백하고 투명하게 해야 한다고 봅니다. 창원과 전주지법 등에서 양형 기준을 만들었지만, 아는 사람도 별

로 없고 제대로 지켜지지도 않고 있습니다. 국민의 눈 밖에서 재판이 진행되는 일이 없도록 공판 중심주의를 제대로 실현하고 법조 일원화를 이루는 것도 필요합니다. 법조 인원을 현재보다 대폭 늘리는 것도 방법이 될 수 있습니다. 그러면 법조인 시장도 자유경쟁 체제로 가게 될 수밖에 없습니다.

— 앞에서도 언급됐지만, 본지 설문조사에 응한 법조인은 '법조 일원화'를 전관예우 근절책으로 거론했는데, 해결책이 될 것이라고 보십니까?

▲ 민 변호사 = 저는 법조 일원화가 대책이 될 수 있다는 주장에 회의적입니다. 충실한 수사나 재판을 기대할 수 있겠지만, 변호사가 법원, 검찰에 들어간다고 친분을 이용한 전관예우가 없어지겠습니까. 또 변호사로서 성공한 사람이 굳이 판·검사로 가겠다고 하겠습니까. 그것보다는 먼저 판·검사의 의식이 바뀌어야 합니다. 거악을 척결하여 사회정의를 실현하며 분쟁에 대한 최종 판단자라는 명예와 자긍심을 가져야 합니다. 브로커, 자영업자 등은 언젠가 부정한 청탁을 할 수 있다는 생각을 하고 판·검사들과 친해지려고 할 것이므로 판·검사들은 사람 만나는 것을 조심해야 합니다.

▲ 한 교수 = 법조인 스스로 지켜나갈 구체적인 윤리강령도 반드시 필요합니다. 지방에서 판·검사를 하면 그 지방의 거의 모든 사건을 다루게 되는데, 지역 유지가 사건과 관련을 맺고 있을 때가 많습니다. 즉, 지역 유지와 식사하는 것도 직무 관련성이 없다고 보기 어려운 겁니다. 법조 비리 정보가 입수되면 철저하게 조사·발표해서 징계하는 일벌백계 원칙을 고수하는 것도 필요합니다.

▲ 민 변호사 = 법원과 검찰이 법조비리에 미온적인 수사와 솜방망이 처벌을 하는 관행도 사라져야 합니다. 그래야 '개업하면 그만이지.'라는 희박한 윤리의식이 없어집니다. 최근 전주지법 군산지원 비리 사건도 당사자 말을 듣고 사표만 수리했지 않았습니까. 또 지금까지는 대한변협에서 비리로 퇴직한 판·검사

도 등록을 받아줬는데, 직무에 관한 비리 혐의자는 등록을 거부할 수 있다는 현행 규정을 엄격히 적용할 필요가 있습니다.

— 국민들의 법조비리 근절 노력도 필요하지 않을까요?

▲ 민 변호사 = 법조계뿐 아니라 국민도 돈과 권력기관을 통해 문제를 해결하려는 의식을 바꿔야 합니다. 정당한 방법으로 사건을 해결하려는 노력이 법조비리를 없앨 수 있다고 봅니다. 옷을 살 때도 여러 군데 가보고 신중하게 결정하는데, 변호인을 선임할 때에는 브로커나 사무장 말만 듣고 전관만 고집하면서 선뜻 수천만 원을 주는 건 문제가 있는 것 아닙니까.

▲ 한 교수 = 법에 대한 국민들의 잘못된 의식이 문제이긴 하지만, 법조계가 이를 어떻게 깰 것인가를 고민해야 합니다. 국민들은 과거 수십 년간 비정상적인 방법이 정상적인 방법보다 더 효과를 발휘한다는 걸 봐왔기에 그 처방도 고강도여야 한다고 봅니다. (2006. 7. 27. 〈세계일보〉 – 한상희 교수와 좌담)

이용훈 대법원장 발언에 대한 라디오 인터뷰

필자가 민변 사법위원장이던 2006. 9. 22. 이용훈 대법원장의 발언에 대해 '〈KBS〉 1 라디오 안녕하십니까, 이몽룡입니다'의 인터뷰 기사입니다.

MC : 먼저 이 대법원장의 발언을 어떻게 보십니까?

필자 : 대법원장이 공판중심주의와 구술변론주의를 강조하는 의미로 그런 발언을 했는지 모르겠지만 그 용어가 너무 거칠고, 원색적이고, 내용도 잘못된 부분이 많은 것 같습니다. 예를 들면 "검찰의 기록을 던져버려라. 검사가 공판정에서 유죄를 입증하기 위해서 아무런 행동도 안 한다. 변호사는 사람을 속이기 위해서 서류를 만들고 말장난이나 하는 사람이다." 이런 말을 들었을 때 저는 설마 대법원장이 그런 말을 했을 것이라고는 믿어지지 않았습니다. 그럼 입장을 바꿔서 만약에 변협 회장이나 검찰총장이 판사들은 당사자들의 말도 듣지 않고 기록도 제대로 보지 않고 어떻게 그런 판결을 하는지 모르겠다, 이렇게 했을 때 법원이 가만히 있을까요?

MC : 대법원에서는 평소 공판중심주의를 강조해온 대법원장이 평소 지론을 내부 법관들에게 얘기하다가 다소 격한 표현을 사용한 것인데 검찰이나 변호사협회를 비하하려는 의도는 없었다, 이렇게 설명하고 있는데요.

필자 : 대법원장은 그런 취지였는지 모르지만 말의 내용이나 용어를 봤을 때 너무 비하하는 말이 아닙니까?

MC : 이번 파문이 어디서부터 비롯됐다고 보십니까? 일각에서는 공판중심주의에 대한 법원과 검찰의 시각도 약간 다른 게 이유가 있을 수도 있고 또 일각에서는 최근 사법비리 조사 때 현직 부장판사 구속에 따른 감정적인 대응 아니겠느냐, 이런 견해도 나오던데 어느 쪽이라고 보십니까?

필자 : 물론 국민들은 어떻게 보면 파워게임이나 감정싸움으로 볼 수도 있을 것입니다. 그러나 대법원장도 말했듯이 "무슨 법조 3륜이냐, 법원은 몸통이고 검찰과 변호사는 보조 기관이지." 이렇게 말했듯이 평소에 법원이 자신들의 우월의식이나 특권 의식을 가진 데서 비롯된 것이라고 봅니다. 법원, 검찰, 변호사가 대등한 법조 3륜으로서 국민의 권리를 보장하고 인권 보호를 한다는 대등한 주체로 여겨야 되지요. 법원에서는 보석을 해주면서도 도주 우려나 증거 인멸 우려가 없으니까 석방한다고 생각을 해야 되는데 법원에서 시혜를 베푼다고 생각을 하고 모든 것을 법원 중심적으로 생각하기 때문에 이런 게 표출되지 않았나 생각됩니다.

MC : 일각에서는 물론 대법원장이 사법부 수장으로서 정제되지 못한 발언은 했지만 충분한 해명을 했는데도 검찰, 특히 변협이 중심이 돼서 말을 너무 확대, 재생산해서 갈등을 증폭시키는 것 아니냐, 이런 견해도 있을 수가 있거든요. 어떤 평가 내리시겠습니까? 그런 견해에 대해서는?

필자 : 그렇게 해명을 했더라도 대법원장이 검찰과 변협의 역할을 무시하고, 폄하하고 또 이로 인해서 국민들의 불신을 초래하고 검찰은 수사에도 상당히 지장이 있을 겁니다. 이런 상황에 대해서 유감을 표명하고 사과와 해명을 요구하는 것은 당연하다고 봅니다. 그러나 변협에서 사법부 수장의 사퇴까지 요구하는 것은 좀 지나치지 않느냐, 이렇게 생각합니다.

MC : 공판중심주의, 그러니까 검찰의 수사기록에 의존하기보다는 현장에서,

법정에서 당사자들의 진술을 충분히 듣고 실체를 판단해 보자는 취지로 지금 이야기가 나온 것으로 아는데요. 이런 공판중심주의의 최근 경향을 어떻게 평가하십니까?

필자 : 최근에 상당히 개선되었는데 그동안 공판중심주의와 구술심리가 소홀히 되었던 것은 사실입니다. 지금은 상당히 많이 개선되어서 형사사건 같은 경우 과거에는 거의 검사가 작성한 조서 위주로 됐었는데 지금은 공판중심주의가 상당히 강화되고 있고 법정에서도 피고인이나 변호인에게 구술변론 기회를 많이 주고 상당히 개선이 되었습니다.

MC : 검찰의 밀실수사 관행, 또 변호사들의 어떤 무사안일적인 관행, 이런 이야기도 좀 나온 것 같은데요. 이런 면에서는 개선이 필요하다고 보십니까?

필자 : 네, 약간 필요합니다. 군사독재 시절에는 밀실수사 관행이 상당히 있었던 것 같은데 지금은 밀실수사라고까지 보기는 어렵습니다. 그러나 아직도 자백 위주의 수사를 하고 수사할 때 협박이나 회유 등이 상당히 있다고 보이므로 이에 대한 개선이 필요합니다. 또한 변호사들도 수사단계에서나 법정에서 피의자나 피고인의 권리보호에 소홀한 점이 있었죠. 예를 들면 가능한 한 자백을 시키려 하고 또 선처를 해달라고 정상변론 위주로 했던 것은 사실입니다. 이런 부분은 개선되어야겠죠.

MC : 최근에 구속영장 기각률이 2배 가까이 급증한 데 따라서 이번 갈등의 한 원인이 됐다는 시각까지 있습니다만 어떻게 보십니까? 인권보호 차원에서 영장 발부가 신중해야 된다는 것은 맞겠지만 영장 기각률이 지금 적정 수준이라고 보십니까?

필자 : 네, 저는 원래 형사소송법이나 헌법의 대원칙이 무죄추정의 원칙, 불구

속 수사나 재판의 원칙인데 그동안 너무 영장이 많이 발부됐죠. 그래서 영장 기각률이 높아진 것은 좋다고 생각하는데 그것이 우연의 일치인지 이번에 법조비리 이후로 검찰에 대한 견제 의미로 한 것인지는 모르겠습니다만 저는 우연의 일치라고 보고 싶습니다. 그리고 앞으로 그렇게 나아가야 한다고 생각합니다. 그동안 너무 긴급체포나 구속영장, 압수수색 영장 발부가 남용됐던 것이죠.

MC : 이번 갈등을 계기로 법원과 검찰, 변협, 사실 그동안 제대로 역할을 해왔는지 많은 얘기가 있습니다만 앞으로 어떻게 개선되어야 된다고 보시는지요?

필자 : 과거 군사독재 시절에 조작된 사건에 대해 철저히 진상규명을 해서 역사와 진실을 바로잡아야 합니다. 또한 법원, 검찰, 변호사들도 거듭나기 위해서 형사소송법 개정안이라든가 국민 사법참여 제도에 대한 법률, 로스쿨 법안, 법관 징계법, 검사 징계법, 군 사법 개혁법안 등 여러 사법개혁 법안이 지금 국회에 계류 중입니다. 조속히 통과시켜서 국민들이 편리하고 쉽게 재판을 받을 수 있고 또 국민의 인권이 보장되는 그런 제도를 마련하는 데 우리 모두가 노력해야 할 것입니다.

MC : 네, 이번 사태에 대해서 변호사협회는 사퇴하라는 입장을 표명했는데 민변에서 따로 견해 표명할 생각 있으십니까?

필자 : 그것은 민변 집행부에서 한 번 논의를 해봐야 할 것 같습니다.

MC : 그런데 그런 논의들은 아직까지 없었습니까?

필자 : 네.

MC : 지난번에 변호사협회에서 법조비리, 그러니까 판사나 검찰에서 재직했을 때 법조비리를 저지른 사람들에 한해서 변호사 개업을 못하게 하는 것은 결국 없던 걸로 했는데. 이게 적정한 조치라고 보십니까?

필자 : 그동안 등록심사위원회를 열어서 엄격하게 판정을 하는데 이번에는 그 사람들이 비리가 있었는지를 몰랐죠. 개업 등록신청을 한 이후에 언론에 보도가 되었고 또 군산사건 같은 경우는 그분이 그런 것을 전혀 밝히지 않고 또 변협에서 해당 법원장에게 비위사실 유무를 확인했을 때 비위사실이 없다는 확인서를 첨부해서 등록신청을 했기 때문에 변협에서는 어쩔 수 없이 받아줬던 것이지요. 언론에서 동료의식, 연고주의 이런 것에 의해서 등록해줬다고 보도가 됐던데 변협에서 몰랐기 때문에 그랬던 것으로 보입니다.

MC : 그런데 만일에 어느 정도의 제재가 불가피한 것 아닙니까? 법조비리를 저지른 뒤에도 이렇게 변호사 개업을 할 수 있다고 하면 오히려 법조비리가 더 늘어날 수도 있다는 그런 우려도 있거든요.

필자 : 당연히 그렇죠. 앞으로는 그런 비위사실이 있는 판·검사가 퇴직하고 개업신청을 했을 때는 철저히 그것을 가려서 등록을 거부할 것 같습니다. 그런데 그것을 모르고 등록을 받아줬는데 나중에 발견이 됐다면 그런 경우는 제가 알기로는 현행법에 등록 취소할 수 있는 제도가 미비 되어 있어서 못하고 있는 것 같은데 지금 개정하거나 아니면 내규를 마련해서 할 예정인 것으로 알고 있습니다.

MC : 하여튼 법조비리를 저지른 법조인들에 대해서는 변호사 개업을 불허하든지 또는 무효화하는 그런 법안을 따로 만들 필요가 있습니까?

필자 : 법이 없으면 그런 조치를 취할 수가 없기 때문에 그런 법을 개정해야겠지요.

MC : 이번 사태가 이용훈 대법원장, 가장 핵심적인 게 법원이 몸통이고 검찰과 변호사협회는 몸통을 받치는 하나의 바퀴. 아마 여기서 좀 감정적인 대립도 있는 것 같은데요. 각자의 역할 어떻게 정리하면 좋겠습니까?

필자 : 저는 그렇게 봅니다. 법조 3륜 중 형사사건으로 따지자면 검찰은 수사를 하고 기소를 해서 공소를 유지하여 사회 질서를 바로 잡으려 하고, 변호사는 비록 죄를 지은 죄인이지만 피고인을 변론하고 정상 변론을 해서 유리한 결과를 얻어내려 하고, 판사는 제3자 입장에서 양쪽 얘기를 들어보고 법과 양심에 따라서 공정하게 판단을 하면 됩니다. 그래서 세 주체가 모두 다 중요하고 또 약간의 대립과 갈등 관계이기도 하지만 또 서로 협조해서 어떻게 하면 진실을 규명하고, 국민들의 인권을 보장하고 또 국민들이 쉽고 편하게 재판을 받을 수 있을 것인지에 초점을 맞춰가야지 누가 우위에 있고, 누가 아래고, 누가 더 중요하고, 누가 덜 중요하고 이런 것은 잘못됐다고 생각합니다.

MC : 네. 민경한 변호사께 마지막 질문 드리겠습니다. 개인적으로도 좋고요, 이용훈 대법원장이 최근 발언으로 해서 사퇴해야 한다고 보십니까?

필자 : 용어가 너무 거칠고 내용이 잘못된 것은 사실입니다. 그러나 사법부 수장이 그런 정도의 잘못으로 사퇴까지 하는 것은 너무 지나친 감이 있지 않나 생각합니다. 사과하고, 해명을 하고 앞으로 재발 방지하는 정도로 사과하면 충분하다고 생각합니다.

변호사 수임료 상한 제한,
어떻게 보십니까?

2010. 4. 7.(수) 오후 1시 35분경, 이규원이 진행하는 〈KBS〉 제1라디오 '여기는 라디오 정보센터입니다'에서 '변호사 수임료 상한 제한, 어떻게 보십니까?'라는 주제에 대해 전화로 필자가 10분가량 인터뷰한 질문과 답변 내용이다. 전날인 4. 6. 국회 사법개혁 특별위원회 주최로 '국민을 위한 사법제도 개혁 – 변호사 관계법에 관한 공청회'를 열고 전관예우 관행의 근절 방안과 변호사 수임료 상한 문제에 대한 집중 토론을 벌였는데, 필자만 수임료 상한 제한을 동의한 이후 인터뷰한 것이다.

[문] 변호사 수임료의 상한을 제한하는 변호사법 개정안이 발의되었는데요. 어떻게 받아들이십니까?

[답] 많은 변호사들이 수임료 상한 제한은 규제를 폐지해 나가는 시대 흐름에 역행하고, 자유 시장경제 질서에 반하고, 복잡하고 다양한 사건을 몇 가지 유형으로 구분하여 상한선을 설정하는 것은 부적절하다고 반대하는 의견이 많습니다. 그러나 저는 달리 생각합니다. 전관예우와 과다 수임료의 폐해나 부작용이 아주 심각하고 국민들의 사법 불신이 너무 크므로 변호사 보수규정을 마련하여 수임료 기준을 고시하고 상한선을 제한하는 규제나 통제는 반드시 필요하다고 봅니다.

[문] 현재 변호사 수임료 체계는 어떻게 되나요?

[답] 대부분 착수금과 성공보수금 형태로 받고 있고, 일부 대형로펌의 경우 시간제 보수를 받고 있는 것으로 알고 있습니다. 2000. 1. 변호사 보수기준이 폐지되어 현재는 보수 기준이나 상한선이 없어서 변호사 수임료가 천차만별입니다. 전관예우를 받는 변호사나 대형 로펌의 경우 상상을 초월할 정도로 거액의 수임

료를 받고 있는 경우가 많은 것으로 알고 있습니다.

[문] 하지만 지난 2000년에 변호사 보수규정을 폐지한 것은 헌법이 정한 자유 시장경제 원리에 충실하기 위한 조치였는데. 수임료 상한 제한을 다시 둔다는 것은 시대를 역행하는 발상이라는 시각도 있고, 변호사들의 경쟁과 시장원리에 의해 해결되도록 두어야 할 문제이지 상한선을 두어 규제할 것은 아니라는 주장도 있는데, 어떻게 보십니까?

[답] 헌법에도 질서유지나 공공복리를 위해서는 기본권을 제한할 수 있도록 되어 있습니다. 다만 제한 정도가 기본권의 본질적인 내용을 침해해서는 안 된다는 것인데 수임료 기준과 상한선 고시는 변호사 수임권의 본질적인 내용을 침해한 것은 아니고, 얼마든지 합리적인 범위 내에서 제한하는 규정을 만들 수 있는 것입니다. 자꾸 자유 시장경제 원리에 반한다고 하는데, 그러면 자유 시장경제에서 아파트 담보대출이나 전매제한은 왜 합니까. 아파트 투기를 막기 위해서 아닙니까? 자유 시장경제 원리는 존중되어야 하지만 과다 수임료의 부작용과 폐해가 너무 심각한 경우 얼마든지 규제할 수 있는 것입니다.

[문] 대륙법을 적용하고 있는 주요 국가에서는 변호사 수임료 상한을 둔 곳을 찾아보기 어렵다고 하는데 이들 상황과 비교해 우리가 이 제도를 도입해야 하는 것은 문제가 있는 것 아닌가요?

[답] 자꾸 외국 예를 드는데 외국은 전관예우가 존재하지 않고, 세금도 투명하고, 재판 진행과 변론 방법 등 법률 제도와 운영, 법률 문화에서 우리나라와 큰 차이가 있습니다. 그래서 외국 사례를 곧바로 적용할 수는 없는 것입니다. 참고로 독일은 상한선 제한보다 문제가 많은 수임료 하한선이 있다고 들었습니다.

[문] 로스쿨로 변호사 공급을 늘리고 FTA 등으로 법률시장을 개방한 상황에서

세계적인 법률기업들과 경쟁해야 할 국내 변호사들을 더욱 위축되게 만들 것이라는 우려는 어떻게 보십니까?

[답] 적정 수임료를 고시하고, 상한선이 있으니까 세계적인 법률기업들과 경쟁한 국내 변호사들이 위축된다는 것은 논리적 근거가 매우 미약합니다. 만약 외국 변호사들이 상한선을 적용받지 않아 고액의 수임료를 받는 경우 외국 변호사들은 아무래도 우리나라 변호사들보다 한국말도 서툴고, 우리 법률문화에도 익숙하지 않고, 수임료도 훨씬 비싼데 우리나라 국민 누가, 군이 왜, 외국 변호사를 선임하겠습니까. 절대 그럴 리가 없다고 생각합니다.

[문] 시간제 요율제도를 갖고 있는 외국계 로펌들이 진출하게 되고, 결국 폐지될 수밖에 없을 것이다. 현실성이 떨어진다. 이런 전망과 평가는 어떻게 보시는지요?

[답] 우리나라도 장기적으로는 시간제 보수(타임 차지)로 가야 한다고 봅니다. 시간제 보수로 간다고 하더라도 시간당 보수를 많이 책정하여 과다수임료를 받을 수 있으므로 시간당 보수의 적정 수가나 상한선을 고시해야 한다고 봅니다.

[문] 수임료 상한선을 정하는 데는 어려움이 있지 않을까요?

[답] 민사사건은 복잡하고 천차만별인 것이 사실이며, 적정 수임료나 수임료 상한선을 정하는 것이 쉬운 일은 아닐 것입니다. 그러나 소가, 변론 횟수, 변론의 양, 변론 기간 등 여러 요소나 인자를 유형화하고 고려하여 합리적인 안을 마련할 수 있다고 봅니다. 모든 제도나 법률이 처음부터 완벽할 수는 없는 것이고 미비하더라도 시행하면서 문제점을 보완해 가면 되는 것입니다.

[문] 변호사 수임료 상한제가 있어 회사 같은 의뢰인들은 M&A 같은 대형 사건의 경우 외국 변호사들에게 위임을 하려고 하지 않을까요?

[답] 변호사 수임료 상한제가 있다고 하여 우리나라 변호사들의 실력이 없다고 생각하지 않습니다. 수임료 상한제가 있어도 얼마든지 실력 있는 우수한 우리나라 변호사가 있기 때문에 꼭 비싼 선임료를 주고 외국 변호사만 선임하지는 않을 것입니다.

◆ 질문지 내용 중 묻지 않은 것

[문] 변호사 수임료 상한 제한이 필요한 근거라면 어떤 것들을 들 수 있을까요?

[답] 전관예우, 유전무죄 무전유죄, 과다수임료 등으로 국민들은 사법에 대한 불신이 많고, 과다 수임료는 법률 소비자인 국민의 경제적 부담을 가중시키고, 법률소비자들은 합리적인 변호사 수임료를 알기가 어렵고, 사건 수임질서를 문란시키므로 사법 불신을 해소하고, 국민들이 적정한 변호사 보수를 지불하도록 수임료 기준을 고시하고 반드시 통제하여야 합니다.

[문] 변호사의 전문화에도 걸림돌이 된다는 지적이 나오는데요. 특정분야에 뛰어난 전문가는 전문성에 합당한 보수를 인정받아야 배출될 수 있기 때문에 수임료 제한이 저해요소가 되지는 않을까요?

[답] 전문가는 전문성에 합당한 보수를 받아야 하는 것은 맞습니다. 그러나 전문성이나 노력의 대가, 기여도, 의뢰인의 얻은 이익에 맞추어 상당하고 합리적인 보수를 받아야지 너무 과다한 수임료를 받는 것은 문제라는 것입니다.

상고법원 설치에 대한
찬반 토론

2015. 6. 18. 13시 40분 〈KBS〉 1라디오 '라디오 중심, 목진휴입니다'의 생방송 인터뷰입니다. (필자 인터뷰 직전에 현재 법무부 법무실장인 이용구 변호사가 찬성 의견의 인터뷰를 함.)

MC : 대법원에 올라오는 사건이 2013년 기준으로 3만 6천여 건이나 됐다고 하던데요. 이렇게 대법원 상고 사건이 많은 이유, 뭐라고 보시나요?

필자 : 여러 가지 이유가 있겠지만 제 생각으로는 사건 당사자들이 하급심 판결에 대한 신뢰가 부족하고, 대법원에서 50% 이상 심리 불속행으로 기각되지만 대법관의 판단을 받고 싶어 하는 것이 주된 이유라고 봅니다. 또 우리나라 사람들은 싸울 때 삼, 세 판이라는 정서가 강한 것도 한 이유인 것 같아요.

MC : 이런 상황에서 대법원의 과중한 업무 부담을 덜기 위해 상고법원 설치가 추진되고 있는데요. 민 변호사님께선 상고법원 설치에 반대하시는 걸로 압니다. 어떤 이유에섭니까?

필자 : 상고법원은 여러 가지 문제가 많습니다. 위헌의 소지가 많고, 사건에 따라서는 4심제가 되어서 시간과 비용이 많이 들고, 대법원에서 심판할 사건과 상고법원에서 심판할 사건의 구별기준이 모호합니다. 또 국민들의 의견수렴 절차도 매우 미흡했다고 봅니다.

어떤 부분에서 위헌의 소지가 있냐면 우리 헌법은 "법원은 최고 법원인 대법원과 각급 법원으로 조직된다."(101조 2항)고 규정하고 있는데, 헌법재판소가 '각급 법원'은 대법원과 '심급을 달리해야 한다.'고 분명하게 해석하고 있는데, 상고법원은 대법원과 같은 심급인 상고심을 관할하므로 '각급 법원'에 포함될 수 없습니다. 그래서 상고법원 설치는 위헌이라는 것입니다.

구별 기준 모호 : "공적 이익에 중대한 영향을 미치는 사건" 또 "대법원이 심판하는 것이 상당한 사건"은 대법원에서 심판하고, 나머지는 상고법원 사건으로 결정한다고 규정하고 있습니다. 심판대상의 구별기준이 '중대한 영향'이나 '상당한 사건' 등 개념이나 기준이 불명확하고 다의적이어서 자의적으로 결정될 가능성이 많고 형평의 문제를 초래하고, 때에 따라서는 대법원에서 재판받기 위해 대법관 출신 변호사를 선임하는 등 전관예우의 폐해를 낳을 우려도 있습니다.

MC : 대법관 수가 늘면 전원 합의체 운영이 사실상 어려워지면서 대법원이 정책법원으로서의 역할을 사실상 포기하는 거란 지적이 나오는데, 어떻게 보시나요?

필자 : 26명으로도 충분히 전원 합의체가 가능하다고 봅니다. 그리고 전원합의체가 어렵다면 독일처럼 전문 분야별로 대민사부, 대형사부, 대연합부를 구성하여 합의체 심판을 하면 되는 것이고 운영의 묘를 살리면 얼마든지 가능합니다. 또 정책법원 기능이라는 것이 꼭 전원 합의체만을 통해서 할 수 있는 것은 아니고 대법관을 다양화하면 개별 재판부에서도 얼마든지 역할을 할 수 있다고 봅니다. 정책법원 역할은 대법관 숫자의 문제가 아니고 대법관 구성을 다양화하여 국민들의 다양한 의사나 가치관이 반영되어야 하는 것입니다. 최근 3년간 대법원 전원합의체 사건이 연 평균 약 30건(0.01%)도 채 안 됩니다.

MC : 여러 논란을 떠나서 국민들이 진정 바라는 건 충실하고 신속한 재판, 자신의 사정을 귀 기울여 잘 듣고 억울함이 없는 재판이 아닐까 하는데요. 이런 국민적 요구를 감안했을 때, 앞으로 어떤 과제들이 해결되어야 한다고 보시는지,

마무리 해주시죠.

필자 : 위에서 열거한 문제점도 없고 현행 제도 아래서 법원조직법 한 조문만 개정하여 대법관 증원을 하면 쉽게 해결되는데, 이렇게 쉽고 좋은 방법을 놔두고 왜 이렇게 문제가 많은 상고법원을 하는지 이해가 되지 않습니다.

대법원에서는 일방적으로 상고법원만 추진할 것이 아니라 많은 국민들이 찬성하고 있는 대법관 증원에 대해서도 진지하고 깊이 있게 연구하고 검토해서 두 제도의 장단점을 비교, 분석하고 국민들의 의견을 더 수렴한 뒤에 신중하게 상고법원을 추진했으면 좋겠습니다.

MC : 상고법원이 법률소비자인 국민에게는 어떤 부정적인 영향을 주게 될 거라고 보세요?(시간, 비용 부담 증가 등)(질문 안 함.)

필자 : 상고법원 판결에 대해서도 헌법과 법률 위반 또는 대법원 판례 위반의 사유가 있을 때에는 대법원에 특별 상고를 할 수 있도록 하고 있어서 일부 사건의 경우 사실상 4심제가 됩니다. 4심제가 되면 시간도 더 걸리고 비용도 더 들어가서 국민들에게 많은 부담을 줄 것이라고 봅니다. 또한 상고법원을 신설하는 경우 많은 예산이 소요될 것입니다. 상고법원 판사 수가 아직 정확히 밝혀지지 않았지만, 대법원 같이 3인 이상의 대등한 재판부를 구성하겠다고 하므로 최소한 50명 내지 100명의 상고심 판사가 필요할 것으로 예상됩니다. 상고법원 판사는 최소한 차관급 지위를 부여받을 것이므로 최소 50명 이상의 차관급 자리가 신설되고, 여기에 재판연구 인력까지 포함한다면 현재의 대법원 규모보다 인력과 조직면에서 훨씬 큰 법원을 새로 만들게 되므로 많은 예산이 필요할 것입니다. 상고법원에서 최종심에 대한 재판을 받은 사람들은 대법원에서 재판 받지 못한 것에 대해 불만을 갖고 형평성 문제를 제기할 수도 있고, 대법원에서 재판받기 위해서 전관예우의 문제가 발생할 수도 있습니다.

MC : 대법원의 업무과중이 한계에 달한 상황에서 시급히 해법을 찾아야 한다면……. 법체계를 크게 뒤흔들지 않으면서 대법원 업무를 크게 줄일 수 있는 상고법원이 합리적인 방안이 될 수 있는 건 아닐까요?(질문 안 함.)

필자 : 최종심을 대법원이 아니라 상고법원으로 하기 때문에 오히려 상고법원이 법체계를 크게 흔드는 것이고, 앞서 본 바와 같이 많은 문제점이 있는 제도여서 전혀 합리적인 방안이 아니라고 봅니다. 또 최종심으로 대법원과 별도로 상고법원이 있는 나라는 세계적으로 그 유례가 없습니다.

MC : 대법원의 재판을 부실하게 만드는 업무과중 문제를 해결할 해법은 결국 대법관 증원이라고 보시는 겁니까?(질문 안 함.)

필자 : 대법관 증원은 상고법원 설치로 인해 발생하게 될 문제점도 전혀 없고, 법원조직법 제4조(대법관수는 14인으로 한다)만 개정하면 현행 법체계나 제도에 큰 변동 없이 당장 시행할 수 있으므로 훨씬 합리적인 방안이라고 봅니다. 절반 이상의 변호사들과 국민들이 대법관 증원에 찬성하고 있습니다. 일단 대법관 12명을 증원해서 26명 정도로 하고 필요하거나 효과가 좋으면 순차적으로 몇 명 더 증원해도 좋다고 봅니다.

MC : 대법관을 몇 명 늘린다고 해서 폭주하는 상고사건을 처리하는 데는 한계가 있는 만큼 이런 방법은 근본적인 해결책이 아닌 미봉책에 불과하다는 지적도 나오거든요?(질문 안 함.)

필자 : 26명 정도로 증원하면 3개부가 6개부로 지금의 두 배로 늘기 때문에 대법관의 업무 부담이 절반으로 줄어들 것입니다. 이웃 일본에서도 저출산, 고령화로 사건 접수가 줄기 때문에 앞으로 우리나라도 지금보다 더 사건이 줄 것으로 봅니다.

'사법시험 존치에 대한 의견'

2015. 6. 24. 오후 6시 40분, 〈경기방송〉 '유연채의 시사 999'의 '사법시험 존치에 대한 의견'에 대해 8분간 생방송으로 인터뷰한 내용이다.

(인서트) 하창우 대한변호사협회 회장 /
"농부의 아들, 가난한 집 자녀도 법조인이 될 길을 만들어봐야 한다는 거죠. 1억 몇 천만 원이 되는 큰돈을 갖고 로스쿨을 다닐 수 있는 집안은 부유한 집밖에 없죠."

신영호 법학전문대학원협의회 이사장 /
"로스쿨에서도 경제적 취약계층을 특별전형으로 뽑고, 대부분 학교가 전액 장학금을 지원하고 있거든요. 국가가 일정 부분 담당해주면 학생들에게 생활비 지원까지 해서 경제적 어려움 없이 로스쿨 과정을 마칠 수 있게 하는 통로를 마련해가고 있는 중이거든요"

MC : 2017년 사법시험 제도를 폐지하기로 결정했죠. 그래서 2017년도면 사법시험이 사라지는데요. 최근 이 문제가 다시 논란이 되고 있습니다. 전 대한변협 인권이사 민경한 변호사 전화로 연결해 자세한 내용 알아보겠습니다.

MC : 4 · 29 재보선을 통해 국회에 입성한 새누리당 오신환 의원이 사법시험 존치 법안을 발의하면서 이번 논란이 촉발됐는데요. 법조계에서 이와 관련된 논쟁이 치열한 것 같습니다. 지금 법조계 분위기는 어떤가요?

필자 : 젊은 변호사들 사이에 사시 출신 변호사와 로스쿨 출신 변호사간의 갈등과 대립은 너무 심각합니다. 금년 초에 실시한 대한변협 회장 선거와 서울지방변호사회장 선거에서 확연히 들어났지요. 또 최근에는 로스쿨 교수와 로스쿨이 설치되지 않은 법과대학 교수 간에도 이해관계에 따라 입장 차이가 큰 것 같습니다.

MC : 정치권에서 사시 존치의 이유로 '로스쿨이 개천에서 용 나오는 것을 막는다.', '계층이동 사다리를 걷어찼다.'는 등 이런 비판이 많았는데, 서울대 교수들의 연구 결과를 보니까 사시나 로스쿨이나 도긴개긴이란 연구 결과가 나왔더군요?

필자 : 저는 과거와 달리 요즘은 사법 시험이나 로스쿨, 명문대 입시 모두 공부하기에 여건이 좋아야 합격률이 높다고 봅니다. 그래서 아무래도 부모가 고학력, 고소득자인 좋은 환경의 집안 자녀들이 사시나 로스쿨에 많이 합격할 것이라고 봅니다.

MC : 대한변협에서는 그동안에 '사시야말로 계층 이동의 사다리를 제공해온 것이다.'고 주장해 왔는데, 위 연구결과를 보면 이 주장에 실린 힘이 좀 약해진 걸까요?

필자 : 사시출신의 청년 변호사들이나 로스쿨 비설치 대학의 교수들이 워낙 강하게 반대하니까 힘이 약해질 것 같지는 않습니다. 그런데 계층 이동 사다리와 관련해서 꼭 하고 싶은 말이 있습니다. 저도 빈농의 장남으로 어렵게 공부하여 사시에 합격했습니다. 어려운 사람들도 법조인이 될 기회가 반드시 있어야 한다고 봅니다. 그러나 그 방법이 꼭 사시 존치가 아니더라도 사이버 로스쿨과 야간대 로스쿨 설치, 예비시험 도입, 저소득층 자녀들에 대한 장학금 액수나 비율을 법정화해서 미이행 시 로스쿨 인가 취소 등 강력한 제재 조치를 하여 현행 로스

쿨 제도를 유지하면서 얼마든지 할 수 있다고 봅니다.

MC : 법조인 출신 자제들이 로스쿨에 많이 간다고 해서 '현대판 음서제'라는 이야기도 나왔잖아요? 그런데 이번 결과를 보면 썩 그렇지 않은 걸로 나왔네요?

필자 : 법조인 출신 자제들이 로스쿨에 많이 간 것은 사실이겠지만 사법시험에도 법조인 출신 자제들이 많이 합격했습니다. 사시는 최근 정원이 500명, 300명, 그 이하이고, 로스쿨은 2,000명이니 그 비율을 따져보면 비슷하지 않을까요. 설사 로스쿨이 사시보다는 합격이 쉬우니까 법조인 자녀들이 더 많이 합격했을 수도 있는데 숫자 가지고 따질 것은 아니고, 입학절차나 과정이 얼마나 투명하고 공정했느냐가 중요하다고 봅니다.

MC : 하버드 로스쿨의 경우 홈페이지에 합격자의 성별, 인종 구성부터 모든 지원자들의 점수와 합격 여부를 다 공개하고, 성적 분포를 통해 누가 혜택을 받아 입학했는지 밝히고 있는데, 우리도 정보공개 해야 하는 것 아닌가요?

필자 : 성적 공개를 하면 좋은 성적을 받기 위해 너무 변호사 시험에만 매달리므로 성적 공개를 하지 않는 것으로 알고 있습니다. 성적 공개가 안 되니까 취업 시 연줄이나 배경이 작용한다는 불만이 많으므로 지금쯤은 성적을 공개하여 위 불만을 해소해야 한다고 봅니다. 그래야 성적이 좋은 지방대 로스쿨 출신도 대형로펌에 취업할 기회가 생길 것이고요.

MC : 원래 여러 계층에게 기회를 주자고 마련된 제도가 로스쿨 아닙니까? 그런데도 'SKY대에 쏠림현상 심했다.', '현대판 음서제다.', '이래서 개천에서 용 날 수 있겠느냐.' 등 이런 논란들이 정말 끊이지 않는 이유는?(질문하지 않음.)

필자 : 로스쿨에서 크게 잘못한 점이 많습니다. 입학 사정 시 SKY대 출신을 너

무 우대하여 SKY대 비중이 너무 높고, 30세 이상은 거의 뽑지 않고, 다양한 전공보다 법학 전공 위주로 해서 오직 변호사 시험 합격에 유리한 사람만 뽑고 있는데, 이는 로스쿨 도입 취지에도 반하고 매우 잘못되었다고 봅니다. 원래의 취지에 맞게 학벌, 나이, 성별에 관계없이 다양한 사회 경험과 지식을 갖춘 사람들을 뽑아야 한다고 봅니다.

전 서울시 공무원 간첩 증거조작
사건 진상조사

대한변협 인권위원회가 2014. 6. 17. 기자회견을 통해 '전 서울시 공무원 간첩 증거조작 사건' 진상조사 결과를 발표하였고, 당시 변협 인권위원장인 필자가 6. 19. 〈국민TV〉와 인터뷰한 내용이다.

[문] 두 달 동안 이 사건에 대한 자체 조사를 벌여온 변협의 조사 결과는 검찰 수사 결과나 대검 감찰 결과와 판이하게 다른데, 어떤 점에서 다른가요?

[답] 변협의 진상조사에 의하면 검찰이 직접 문서위조의 실행행위를 분담한 것은 아니라 하더라도, 국정원을 통해 확보한 문서가 위조된 문서라는 사정이 명백함에도 불구하고 이러한 문서를 그대로 증거로 사용하고, 이에 대한 법원의 확인요구에 대해 허위진술로 일관한 것을 보면 증거 조작에 대한 미필적 고의가 있었던 것으로 볼 여지가 상당히 많습니다. 만일 검사에게 미필적 고의가 인정되지 않는다면 검사는 이 사건에 관한 한 국정원의 입노릇만 했다고 볼 수밖에 없고, 어느 쪽이든 검찰은 국민이 검찰에게 부여한 권한을 제대로 행사한 모습을 찾기가 어려웠습니다.
　증거 조작 부분을 수사한 검찰이 일부 국정원 직원들을 국가보안법상 날조죄가 아닌 형법의 모해증거 위조죄 등으로 기소한 것은 법률을 잘못 적용한 것입니다. 형법이 적용됨으로써 처벌수위가 현저히 낮아질 뿐 아니라 국정원 고위층까지 처벌 범위가 확대되는 것이 차단될 수 있는 것이죠.

[문] 변협은 진상보고서 서두에 위 간첩 증거조작 사건이 통상적인 공안 사건에 비해 굉장히 엉성하고 졸속 수사 가능성이 있다고 지적했는데, 이렇게 한 이유

는 뭐라고 보신지요?

[답] 사진 위치 정보를 확인해 보면 사진상의 유우성이 있었던 위치가 북한이 아니라는 것을 금방 알 수 있고, 전화 통화내역 등 통신 자료를 통해서도 공소 장 기재 일시에 유우성이 북한이 아니고 중국에서 통화한 사실을 바로 알 수 있으며, 통상의 공안 사건과는 달리 탈북자들의 증언이 공소사실과 무관한 부분도 많고 모두 배척된 것을 보면 영성한 점이 매우 많지요. 유우성 씨가 국정원에 체포된 시점은 지난해 1월로 국정원 댓글 사건이 불거진 직후였고, 수집한 증거의 진위 여부나 검증 과정에 매우 소홀하였고, 유우성이 계속 부인하고 동생 유〇〇는 진술이 계속 바뀌는데, 증거를 더 수집하거나 검증하지도 않고 기소한 것을 보면 시간에 쫓겨 졸속으로 기소한 것으로 보입니다. 제 개인적인 생각으로는 아마 당시 국정원이 댓글 사건으로 엄청난 비난을 받고 있었고, 국정원 개혁이 최대의 화두가 되자 시선을 다른 곳으로 돌리려고 한 것으로 보입니다.

[문] 그동안 전 서울시 공무원 간첩 증거조작 사건은 민변을 중심으로 변론 활동이 이뤄져 왔습니다. 보수 성향으로 분류되기도 하는 변협이 공안 사건에 이토록 강한 입장을 표명한 것은 이례적입니다. 진상 조사 보고서가 변협 이름으로 나온 것은 어떤 의미가 있을까요?

[답] 저는 검찰과 국정원 등 아주 힘 있는 국가기관이 증거를 조작한 행위는 법치주의를 파괴하고 사법제도의 근간을 훼손하는 엄청난 범죄행위이기 때문에 진상을 규명하여 책임자를 처벌하고 이런 사건이 재발되지 않도록 철저하게 진상 조사를 할 필요가 있다고 생각했습니다. 보수적인 변협 집행부에서 반대하였으나 인권위원장인 저와 변협 인권위원들이 강력하게 요청하여 지난 3월, 변협 인권위원 6명으로 진상 조사단을 구성하고 두 달여 간 진상 조사를 하여 진상 보고서를 작성했고 기자회견도 어렵게 하게 되었는데, 변협이 당연히 해야 할 일이라고 봅니다. 변호인단이 민변 회원들이어서 진상 조사단은 변협 인권위원

들 중 민변 회원이 아닌 사람들 위주로 구성했습니다.

[문] 5월 8일 진상 조사 보고서 발표 일정이 잡혀 있었는데 한 달여가 늦은 6월 중순경에야 보고서를 발표한 이유가 있는지요? (질문하지 않음.)

[답] 검찰이 4월 16일 수사 결과를 발표했는데, 4월 18일 세월호 사건이 발생하여 전 국민이 애도 분위기에 빠져 있었고, 언론이나 국민들 관심이 온통 세월호 사건에 쏠려 있어 발표를 못하였습니다. 추도 분위기가 소강상태가 되고 국정원 수사관과 공모해 증거조작에 가담하고 모텔에 국정원이라는 혈서를 남기고 자살을 시도한 민간인 협력자 김○○ 씨 사건 재판이 시작되어 발표를 하게 되었습니다.

[문] '진상 보고서'의 한계가 있다면 어떤 부분이? (질문하지 않음.)

[답] 변협에서 관련 기관인 국정원 합동신문센터, 검찰청, 법원 등에게 면담 요청을 하고 의견 요청을 하였으나 국정원은 아무런 답변을 하지 않았고 검찰은 거부하고, 법원은 진행 중인 사건에 대해서는 답변할 수 없다는 회신을 하였습니다. 변협 진상조사단은 두 달 동안 할 수 있는 범위 내에서 최선을 다해 진상 조사를 하였으나 수사권이 없고 관련기관이 협조도 거부하여 심도 있게 조사를 할 수 없는 한계가 있었습니다. 변협은 검찰 수사가 너무 미진한 만큼, 이 같은 범행의 재발을 막기 위해 국회에 철저히 진상규명을 하고 관련자들에 대한 청문회와 국정조사를 실시할 것을 강력히 촉구하였습니다.

[찬반토론]
형사사건 성공보수 약정은 무효
〈법률신문〉 2015. 8. 3.)

'형사사건에서의 변호사 성공보수 약정은 무효'라는 2015. 7. 24. 대법원 전원합의체 판결(2015 다 200111)이 변호사 업계에 큰 파장을 일으키고 있다. 대한변협은 "모든 성공보수 약정을 획일적으로 무효로 선언한 대법원 판결은 계약체결의 자유 및 평등권을 위반한 것"이라고 주장하면서 "대법원 판결을 취소해 달라."며 헌법재판소에 재판소원을 청구했다. 대법원 판결을 환영하는 법조인도 적지 않다. 이들은 "이번 대법원 판결로 전관 변호사들의 과다한 성공보수 약정 관행이 사라지고, 국민들의 변호사 수임료 부담이 줄어들 것"이라고 기대하고 있다. 대법원 판결에 대한 양쪽 의견을 들어 본다. 〈편집자주〉

찬(贊) ─ 민경한 변호사(전 대한변협 인권이사)

지난 7월 23일 대법원이 전원합의체 판결로 변호사의 형사사건 성공보수 약정은 무효라고 하자 대한변협과 서울지방변호사회는 즉각 반대성명을 발표하였고, 대한변협은 헌법소원까지 제기하였다. 위 판결은 사법정의 실현과 사법 불신 해소에 일조할 수 있을 것이므로 적극 환영하며, 찬성한 이유는 다음과 같다.

첫째, 두 단체가 지적하듯이 변호사가 형사사건에서 열심히 변론하여 무죄나 재심 판결을 통해 억울한 피고인의 누명을 벗겨주고 중요한 역할을 하며, 다수의 변호사들은 적정한 보수를 받고 성실하게 변론을 하는 것은 사실이다. 단지 일부 전관출신 변호사들이 전관예우를 악용, 조장하며 부적절한 변론을 하고, 과다한 성공보수를 수령하는 것이 문제이다. 그러나 변호사 단체는 위 판결을 오해하고 있다. 위 판결은 변호사들의 역할을 폄하하거나 다수의 변호사들이 부적절한 변론과 과다한 성공보수를 수령한다고 판시하고 있지 않다. 어느 집단이건 다수가 어떤 제도의 부작용이나 폐해를 초래하는 것은 아니고 소수의 일탈행위로 부작용이나 폐해가 생기는 것이다. 시행하는 제도나 관행의 폐해가 소수에 의해 발생하더라도 이를 개선해야 하고, 개선하는 것은 흔한 일이다. 일부 전관 출신 변호사들의 과다한 성공보수 약정은 전관예우, 과다 수임료, 무전유죄 유전무죄 등 사법 부패와 사법 불신을 초래하는 중요한 원인이므로 절대 허용해서는 안 된다.

둘째, 변호사는 거액의 성공보수가 약정되어 있으면 성공시키기 위해 판·검사와의 사적 접촉, 전화 변론이나 청탁 등 직·간접적으로 영향력을 행사하거나 부적절한 변론을 하려는 유혹에 빠지기 쉽다. 의뢰인도 변호사가 부당한 영향력, 연고와 정실, 검은 거래 등 부적절한 방법에 의하여 성공시킬 수 있다고 믿고 그 대가로 거액의 보수를 지급한 것으로 생각한다. 성공하더라도 의뢰인은 변호사의 부당한 영향력의 행사에 따른 결과로 인정하는 게 대부분이고 거액의 성공보수를 지불할 수 없는 사람들은 억울해 하고 사법을 불신하게 된다.

셋째, 수사와 재판은 국가 형벌권을 실현하는 절차로서 변호인의 역할이 중요하고 판·검사와 마찬가지로 실체적 진실발견, 정의 실현이라는 공적 이익을 위하여 협력하고 노력할 의무를 부담하고 고도의 공공성과 윤리성을 필요로 한다. 우리 형사절차는 기소편의주의이고 직권주의적 요소가 많으며, 형벌 종류와 형량 결정 등에서도 재량이 많아 수사나 재판 결과가 변호사의 노력과 능력만으로 이루어진 것이라고만 볼 수는 없고, 의뢰인에게 유리한 결과라고 하여 반드시 성공이라고 볼 수 있는지도 의문이다.

넷째, 위 판결은, 형사사건의 성공보수 약정은 민법 제103조에 의한 반사회 질서행위로서 무효라고 하였다. 당사자가 상당기간 구속되거나 구속 직전에 있어 가정, 사업, 직장 등에서 많은 피해를 보는 등 궁박 상태에 있고, 법이나 사법절차에 대한 정보와 경험이 부족하여 거액의 수임료를 주고 전관예우를 받는 변호사를 선임해야만 좋은 결과를 얻을 수 있는 것으로 알고 과다한 성공보수를 약정할 수밖에 없다. 당사자의 궁박, 경솔 또는 무경험으로 인하여 현저하게 공정을 잃은 법률행위로서 민법 제104조에 의해서도 무효라고 본다.

다섯째, 다른 나라에서 형사사건의 성공 보수금을 인정하는 나라가 없다. 미국은 형사, 가사, 입법 로비 영역에서는 성공보수 약정이 금지되어 있고, 영국, 독일, 프랑스 등은 일찍부터 형사사건의 성공보수 약정이 변호사 직무의 독립성과 공공성을 침해하거나 사법정의를 훼손할 우려가 있다는 이유로 금지하고 있다. 일본은 인정하나 대부분의 형사사건이 국선 변호로 진행되고, 사선의 경우도 수임료가 매우 낮고 판·검사가 변호사로 개업하여 형사사건을 변론하는 경우가 거의 없어 전관예우나 과다 수임료 문제가 발생할 우려가 전혀 없다.

여섯째, 성공보수가 없어지면 착수금이 올라가게 되고 재판결과에 대한 변호사의 책임감이 낮아져 법률 서비스의 질도 떨어질 것이고, 전관예우 문제가 심화되고 변호사 양극화를 조장한다고 비판한다. 변호사는 위임계약상 선관주의 의무를 지므로 성공보수 약정 여부에 관계없이 최선을 다해서 변론해야 하는 것이며, 지금까지 성공보수 약정이 없는 사건은 변론을 소홀히 했다는 것인가. 성공보수가 없어지면 일시적으로 착수금이 올라가겠지만, 거액의 성공보수가 없으면 전체적으로 국민들 수임료 부담이 줄어들고, 전관출신 변호사의 부적절한 변론이 줄어들어 전관예우는 많이 개선될 것이고, 양극화는 더 심화되지 않을 것이다.

반(反) — 강신업 변호사(대한변협 공보이사)

대법원은 2015. 7. 23. 전원합의체 판결을 통해 이날 이후 체결되는 형사사건 성공보수 약정은 민법 제103조에 의해 모두 무효라고 선언했다. 형사사건에서의 성공보수 약정은 변호사 직무의 공공성을 저해하고 사법제도에 대한 신뢰를 떨어뜨릴 위험이 있어 선량한 풍속을 해치고 사회질서에 반한다는 것이 판결의 이유다.

결국 이번 대법원 판결은 변호사 직무의 공공성 확보와 사법 불신의 해소를 위해 형사성공 보수를 더 이상 인정할 수 없다는 것으로 요약된다. 그러나 유감스럽게도 위 판결은 근거로 내세운 두 가지 이유 모두에서 논리적인 오류를 범하고 있다.

먼저 이번 판결은 수임사무의 처리를 위한 변호사의 활동과 변호사와 의뢰인 간에 맺어지는 사무 위임계약의 성질을 제대로 파악하지 못했다. 변호사의 업무, 즉 수임사무는 민·형사 및 행정, 가사 등 몇 가지 법률영역으로 구분할 수 있으나, 변호사 선임계약 그 자체는 수임사무의 내용에 관계없이 모두 사적인 위임계약이다. 때문에 변호사 위임계약의 일부인 성공보수 약정이 민사사건 다르고 형사사건 다를 수 없다. 약정의 103조 위반 여부가 직무활동의 성격에 따라 달라지는 것도 아니다. 그럼에도 이번 대법원 판결은 형사 변호사 직무 활동에서 요구되는 직무적 공공성과 형사 성공보수를 양립할 수 없는 것으로 판단하는 오류를 범했다.

또한 이번 판결은 대법원의 국선변호사 보수에 관한 기존 입장에도 배치된다. 대법원의 국선변호에 관한 예규(재형 2003-10)는 제15조 제1항, 6의 1에서 "피고인에게 무죄가 선고된 경우에는 기본보수액의 100% 범위 내에서 증액하여 지급 한다."고 규정하고 있는데, 이는 사실상 국선변호사의 성공보수를 인정하고 있는 것이다. 그렇다면 결국 이번 대법원 판결은 국선변호사의 성공보수는 문제가 없고, 사선변호인의 성공보수는 직무적 공공성을 해친다는 것이 된다. 이는 주장의 근거가 없다는 점에서 스스로 논리모순에 빠지게 된다.

한편 의뢰인과 국민들의 사법 불신은 성공보수 존재 자체에서 오는 것이 아니라 고위직 출신 변호사들을 비롯한 일부 변호사들이 과다한 성공보수를 요구하고 수령하는 폐단에서 비롯된 것이다. 그럼에도 이번 대법원 판결은 일부 전관 변호사에서 문제가 된 고액 성공보수의 문제점은 지적하지 않고 마치 사법 불신의 원인을 형사 성공보수 존재 자체에서 찾고 있는 것인데, 이는 결국 주객과 전말을 오도하여 사법 불신의 원인을 변호사들 모두에게 전가하고, 책임이 없는 선량한 다수 변호사의 정당한 수입 기회마저 빼앗는 것이어서 교각살우(矯角殺牛)의 우(愚)를 범하는 것이다.

우리는 대한변협 설문조사에서 80%나 되는 많은 변호사들이 금번 대법원 판결에 대해 전적으로 반대하거나 부정적인 견해를 밝힌 이유를 간과해서는 안 된다. 대다수 변호사들은 사실 고작해야 1년에 3, 4건의 형사사건을 수임하는 경우가 대부분이고, 일부 변호사들은 아예 형사사건을 수임하지 못하고 있다. 그런데도 많은 변호사들이 이번 판결에 분노하는 것은 성공보수를 받지 못하게 되어 수입이 떨어질 것이라는 걱정보다는 이번 판결이 형사변호인의 제도적 취지를 몰각시키고 형사재판의 한 축으로 노력해온 대다수 변호사들의 정당한 노력조차 폄훼하고 있기 때문이다.

무릇 계약은 형식이나 내용의 다양성이 보장되어야 한다. 계약의 다양성을 축소하고 이를 일률적으로 규제할 경우 그 피해가 어느 한 쪽에 단선적으로 돌아가지는 않는다. 형사 성공보수를 없앤다고 하여 의뢰인들이 이익을 보고 변호사가 손해를 보는 것도 아니다. 의뢰인들은 당장은 성공보수를 지급하지 않게 되어 유리하다고 생각할지 모르나, 차후에는 형사사건을 수임하는 변호사들이 사건의 승패와 관계없이 성공보수를 착수금에 미리 산정하여 받으려 할 수 있고, 이 경우 그 부담은 결국 의뢰인들에게 돌아가게 된다.

형사 성공보수제도가 우리 역사에서 오랫동안 유지되어 온 것은 그것이 우리 사회에서 나름 합리성을 인정받았기 때문이다. 변호사가 형사 의뢰인을 위하여 열심히 변론 활동을 하고 좋은 결과가 나올 경우 성공보수금을 지급하기로 하는 계약은 자칫 위임계약의 이행과정에서 빚어질 수 있는 도덕적 해이의 통제를 원하는 의뢰인과 성공적인 결과 도출 후 희망보수를 원하는 변호사 상호간의 이해관계를 충족시키기 위한 합리적인 방안이다.

  이런 점에서 이번 대법원 판결은 상당히 아쉽다. 앞으로 이번 판결의 위헌성과 관련하여 재판 헌법소원이 제기된 만큼 헌법재판소의 판단을 기다려 보되, 궁극적으로는 변호사법을 개정하여 형사 성공보수를 포함한 변호사보수 조항을 신설하는 것이 바람직한 방향이라 생각 한다.

  * 헌법재판소는 2018. 8. 30. 형사사건 성공보수 약정 무효 판결은 "헌법소원의 대상이 되는 위헌 법령이 적용된 재판이 아니다. 이런 재판을 대상으로 한 헌법소원 청구는 부적합하다."고 각하 결정을 내렸다(2015 헌마 861 등).

신정아 씨의 구속영장 기각에 대한 법률적 의견

최근 몇 달 동안 신정아 씨와 변양균 전 청와대 정책실장 사건이 언론의 많은 지면을 장식하고 술자리에서 안주감으로 오르고 있다. 2007. 9. 18. 신정아 씨의 구속영장이 기각되자 검찰이 격렬한 용어를 쓰며 반발하고 법조계에서도 영장기각 여부에 대하여 의견이 갈리고 있다.

2007. 9. 20.(목) 〈KBS〉 1라디오 시사 프로그램(오전 6시 25분 ~ 7시 55분) '안녕하십니까, 백운기입니다.' 아침방송 인터뷰와 9. 20. 오후 3시 30분 〈MBN TV〉 정운갑의 '뉴스현장'프로의 인터뷰를 하였다. 위 인터뷰를 위해 두 방송의 작가가 보내준 질문 내용을 토대로 위 사건에 대하여 구속영장 기각에 대한 의견을 정리해 보았다. 실제 방송 시는 시간 제약과 반대 의견자로 나온 이○○ 변호사가 너무 말을 많이 하여 필자의 발언시간이 적어 아래 내용 중 절반도 이야기를 하지 못했으나, 필자의 의견을 피력해 본다.

[문] 먼저, 법원이 신정아 씨의 구속영장을 기각한 것과 관련해 어떻게 보나요?

[답] 형소법의 기본원칙은 불구속 수사이며, 예외적으로 증거 인멸이나 도주 우려가 있을 때 구속하도록 되어 있다. 그런데 이번에 검찰이 구속영장을 청구한 사실은 사문서 위조, 업무방해, 공무집행방해인데 위 부분은 신정아도 자백하고 있고 검찰이 이미 증거를 확보했으므로 증거인멸의 우려가 없고, 자진해서 귀국하여 출두하였고 도주 우려도 없으므로 위 영장 청구 범죄사실만 봤을 때는 영장기각이 타당하다고 생각한다. 이번 사건은 국민감정이 좋지 않고 여론의 관심이 큰 사건이라 할지라도 법원이 구속요건을 엄격히 적용하여 불구속 수사원칙을 확립한 의미 있는 사건이라 생각한다. 또한 검찰이 다른 사건(별건)에 대하여 수사를 하기 위해서 자백하고 입증이 된 간단한 사건으로 먼저 구속한 뒤에 수

사를 하려는 것에 대해 제동을 건 것으로 해석된다.

[문] 왜 법원에서 영장을 기각했다고 보나? 검찰에서 영장을 청구할 때 청구 자료가 부족했거나 부실했다고 볼 수도 있는 것인가요?

[답] 이번 사건은 신정아가 학력을 위조하여 동국대 교수로 임용되고 광주 비엔날레 총감독으로 임명된 사문서 위조 및 동 행사, 업무방해 등 신정아의 개인적 비리와 후원금 횡령이나 교수, 감독 임명 시 변 실장이나 제3자의 외압 여부, 그림 강매 등 업무상 횡령, 직권남용 등 권력형 비리로 나눠볼 수 있다. 이번에 검찰이 구속영장을 청구한 범죄 사실은 사문서 위조, 업무방해인데 위 부분은 신정아도 자백하고 있고, 검찰이 이미 증거를 확보했으므로 증거인멸의 우려가 없고, 자진해서 귀국하여 출두하였으며 도주 우려도 없고, 실형이 선고될 가능성도 작아서 구속사유가 안 되는 것이다. 후원금 횡령이나 외압, 그림 강매 등은 많은 국민이 의혹을 갖고 있고 죄가 더 중한 것으로 보이나, 위 부분에 대해서는 검찰이 영장청구를 하지도 않고 참고자료로만 제출하였으므로 판사가 참고자료에 대해서는 구속 여부를 판단할 수 없다고 본다. 검찰이 반드시 구속이 필요했다고 생각하면 외압이나 직권남용, 후원금 횡령 부분 등을 영장범죄 사실에 적시하고 소명자료를 제시했어야 할 것이다. 이번에 검찰은 국민감정이 좋지 않고 신정아도 영장실질 심사를 포기하자 당연히 영장이 발부될 것이라고 너무 안이하게 생각하고 증거 확보 등에 소홀했던 것 같다.

[문] 이쯤에서 궁금한 점이 있다. 불구속 상태에서 수사를 하는 것과 구속 상태에서 수사를 하는 것과 어떤 차이점이 있나. 이번 사건을 구속 상태에서 수사를 하게 되면 혐의를 입증하는 데 유리하다고 보는 건가요?

[답] 구속을 하면 아무래도 자백을 받기가 쉽고 수사는 편할 것이다. 그러나 구속하여 정신적, 육체적 압박을 통해 자백을 받거나 다른 범죄(별건)의 수사를 위

해 신병을 구속하는 수사 방식은 지양해야 한다. 수사 편의와 증거 확보를 위해 구속수사를 남용하면 안 된다. 검찰은 피의자의 구속, 불구속 여부에 얽매이거나 피의자 진술에만 의존하지 말고 물적 증거나 참고인 진술을 확보하는 등 과학적 수사로 증거 확보에 주력하여야 한다. 일부 사람은 구속이 되면 외포된 상태여서 쉽게 자백을 하는 경향도 있지만 구속 상태에서 수사를 하게 된다고 해서 혐의를 입증하는 데 유리하다고만 볼 수는 없다.

[문] 그런데, 증거인멸 가능성이 낮고 도망의 우려가 없다고 하더라도 신정아 씨는 지금도 본인의 혐의를 전면 부인하고 있다. 때문에 앞으로도 증거인멸을 할 가능성도 무시할 수 없을 것 같은데, 어떻게 보나요?

[답] 부인한다고 하여 바로 증거인멸의 우려가 있다고 볼 수 없고, 자백한다고 하여 반드시 증거인멸의 우려가 없다고 볼 수도 없다. 검찰에서 자백한 뒤에 법정에서 부인하는 경우도 많다. 피의자가 부인하는 것은 피의자의 법적 권리이고 인간의 기본 본능이며 심리결과, 나중에 유죄가 인정되면 양형 참작 시 불리한 사유가 될 뿐이다.

[문] 또한, 변양균과 신정아 씨는 이번 검찰에 소환되기 전부터 미리 얘기를 맞췄다는 얘기도 있다. 그래서 수사에 차질을 빚고 있다는 검찰의 목소리도 있었는데, 어떻게 보나요?

[답] 공범인 피의자끼리 입을 맞출 것은 예상할 수 있는 일이다. 검찰은 이런 경우까지 대비해서 물증을 확보하고 과학적인 수사를 해야 한다. 또한 변 실장 등 다른 사람이 증거를 인멸할 우려가 있다고 해서 신정아를 구속할 수는 없는 것이다.

[문] 과거의 사례와 비교해봤을 때 이렇게 영장이 기각됐다가도 다시 청구될 수

있는 것인가? 만약, 다시 영장이 청구돼 구속 수사가 진행될 경우, 인권 문제에 대한 논란이 있을 수 있지 않겠나, 어떻게 생각하나요?

[답] 수사 도중 새로운 혐의나 증거가 발견되고 구속 필요성이 생긴 경우, 즉 사정 변경이 있는 경우 영장을 재청구할 수 있는 것이고, 영장이 발부될 수도 있고 실제 그런 경우도 있다. 영장을 재청구하고 발부된다고 하여 인권을 침해한 것은 아니다. 검찰이 후원금 횡령이나 다른 혐의사실, 구속의 필요성을 입증하여 구속영장을 청구하면 영장이 발부될 수도 있을 것이다.

[문] 이번 수사에서 검찰과 법원의 역할은 뭐라고 보나요?

[답] 검찰은 너무 피의자 진술에만 의존하지 말고 과학적인 수사로 피의자의 범죄를 입증할 수 있는 증거를 확보해야 한다. 수사편의를 위해 신병 구속에만 너무 의존하지 말고 치밀하게 증거를 확보해야 한다. 법원은 불구속 수사 원칙과 피의자의 인권보호 차원에서 불구속 수사 및 불구속 재판을 한 뒤에 유죄가 인정되면 엄중한 처벌을 하면 된다.

[문] 마지막으로 이번 신정아 씨 사건에 대해 현재 검찰과 법원의 갈등은 어떻게 풀어나가야 한다고 보나? 그리고 앞으로 수사는 어떻게 진행시켜나가야 한다고 보는지요?

[답] 법원과 검찰의 갈등이라기보다는 구속요건에 대한 견해차이라고 본다. 그런데 검찰이 너무 격렬한 용어를 구사하며(사법 무정부주의, 경악을 금치 못한다) 반발하였는데, 그럴 필요는 없다고 본다. 초반 수사가 미진했고, 앞으로는 변 실장이나 외부의 외압이 있었는지, 후원금은 횡령하였는지에 대하여 증거를 확보하고 구속 수사의 필요성이 있으면 영장을 재청구하면 될 것이다.

◆ 당시 필자가 추가로 개인 블로그에 올린 글

구속의 의미

언론을 비롯한 많은 사람들은 피의자가 구속이 안 되면 죄가 안 되고 처벌을 받지 않는 것으로 잘못 생각하고 있다. 그러나 중한 죄를 저질렀더라도 구속요건에 해당되지 않으면 구속할 수 없고 불구속으로 수사하거나 재판을 하여야 한다. 헌법이나 형사소송법의 대원칙은 무죄추정의 원칙이고, 불구속 수사가 원칙이며, 피의자에게도 검사와 동일하게 방어권을 보장해야 한다는 것이 주된 이유이다.

불구속으로 수사하거나 재판을 하여 유죄가 입증되고 실형을 선고할 사안이면 그때 구속을 하여 집행을 하면 형벌의 목적을 달성할 수 있는 것이다. 따라서 초기에 불구속으로 수사하고 재판한다고 하여 피의자가 죄가 성립되지 않고 처벌받지 않는다는 것이 아니라는 것을 이해해야 한다. 수사나 재판 도중에 피의자가 합리적인 이유 없이 수사기관이나 법정에 출석하지 않거나 증거를 인멸하려고 시도하면 그때는 구속사유가 되므로 그때 구속하면 되는 것이다.

언론 보도 등의 문제점

신정아의 행위에 대해 분노가 솟아오르고 또한 신정아의 사기극에 놀아난 대학, 정부 부처, 미술 관계자 등이 믿고, 학벌사회의 병폐, 정실에 의한 부정한 청탁 및 압력, 사건 후의 거짓말, 자극적이고 선정적인 언론보도 등 문제점이 너무 많다. 특히 언론이 이 사건과 전혀 관련이 없는 신정아의 사생활, 특히 누드 사진은 우리 언론의 한심한 수준을 여실히 드러냈다고 볼 수 있다.

신정아나 변 실장도 사생활을 보호받을 권리가 있고 범법행위에 대해서는 그에 상응한 처벌을 받으면 되는 것이다. 입장을 바꿔서 생각해 보자. 우리 아버지, 형제자매, 자녀가 신정아나 변 실장의 경우라면 지금의 언론 보도나 국민들의 태도에 대하여 과연 수긍할 수 있겠는가?

어떻게 보십니까?
'공수처' 신설

이 글은 필자를 포함한 4명이 〈세계일보〉 2010. 5. 19. 오피니언난에 각자 견해를 밝힌 것이다. 다른 3명의 동의는 얻지 않았지만 이미 신문에 보도된 내용이므로 그대로 인용한다.

이른바 '스폰서 검사' 파문을 계기로 고위공직자 비리수사처(공수처) 설치를 놓고 논란이 일고 있다. 찬성 측에선 "그동안 권력형 비리와 고위 공직자를 포함한 사회 지도층 수사에 있어서 검찰수사의 신뢰성 문제가 지속적으로 제기된 만큼 설치해야 한다."고 주장하는 반면, 반대 측에선 "검찰의 조직 이기주의나 권한 남용을 견제하기 위해 또 다른 무소불위의 권한을 가진 기관을 만든다는 것은 어불성설"이라는 입장이다. 양측의 의견을 들어본다.

찬성 1) 고위공직자·권력형 비리 독립수사기구 전담 바람직(민경한 변호사)

검찰은 50년 동안 제 식구 감싸기, 출세 지향적인 정치 검찰, 청탁과 압력 등에 굴복해 고위 공직자 및 권력형 비리사건 수사에 있어서 많은 문제점을 노출한 바 있으므로 공수처는 반드시 설치해야 한다. 대통령 직속기구로 해야 한다는 견해도 있지만 수사의 실효성을 담보하고 정치적 중립성과 독립성을 유지하며, 국민적 불신을 해소하기 위해서는 국가인권위원회 같이 독립된 기구로 해야 한다.

최근에 조사한 국민 여론조사도 지지 정당을 불문하고 모든 연령대에서 고르게 국민의 74%가 공수처 설치를 찬성할 정도로 검찰에 대한 불신이 심하고 필요성을 절감하고 있다. 공수처가 기소권 없이 수사권만 가질 경우 검찰로부터의 독립과 수사의 효율성 및 완결성을 갖지 못해 제 역할을 수행하기 어려우므로 수사는 물론이고 기소를 담당하도록 해야 한다. 공수처를 견제하는 수단으로는 처장을 임명할 때 변협의 추천과 국회 인사청문회를 거치고, 탄핵대상에 포함시키고, 임기제로 운영할 뿐 아니라 국정조사 시행과 퇴직 후 취업 제한 등을 하고, 자체 비리에 대한 수사가 필요할 경우에는 검찰에서 수사를 하면 되는 것이다.

최근 여러 수사 사례에서 보았듯이 대검 중수부가 너무 정치 지향적이고 표적·편중수사를 했던 것인 만큼 대검 중수부를 폐지하고 공수처를 신설해 과도한 검찰 권력을 분산하고 고위공직자 및 권력형 비리사건에 대해 검찰이 아닌 별도 기구에서 수사와 기소를 담당하게 하는 것이 바람직하다. 이는 정치적 중립성 시비와 국민적 불신을 해소하는 것이므로 공수처에 고위공직자 비리수사를 전담시킬 필요가 있다.

찬성 2) 검찰 자율개혁 요원 – 기소독점권 오남용 방지 해법(윤태범 한국방송통신대 행정학과 교수)

공수처 신설은 해묵은 논쟁이다. 공수처 설치 주장을 담은 법안이 청원됐던 것이 1996년이니 햇수로 15년 가까이 된다. 공수처 문제의 핵심은 권력형 부패에 대한 엄정한 수사를 위한 '기소권'을 갖는 독립적 수사기구의 설치이다.

그동안 수많은 권력형 부패가 있었지만 제대로 처리되지 못했다. 이를 반영하듯 지금도 무전유죄 유전무죄라는 용어를 빈번히 사용하고 있다. 이 같은 문제의 한 가운데에 있는 것이 바로 검찰이다. 그동안 검찰은 각종 권력형 부패를 엄정하게 수사하기보다는 의혹만 증폭시켰다. 게다가 이번 '스폰서 검찰' 사건은 검찰이 권력과 유착돼 있음을 보여주었다. 이러한 문제의 원인은 검찰이 갖고 있는 기소 독점권의 오남용에 있다는 것이 대다수 국민의 생각이다. 검찰은 우리나라에서 권력이 가장 센 기관이다. 그러나 신뢰도와 청렴도는 반대로 가장 낮다. 이것이 바로 검찰의 지금 모습이다.

그동안 공수처 설치 주장은 '기존 법체계에 어긋난다.'는 이유로 혹은 '검찰 자율 개혁에 맡겨야 한다.'는 이유로 무산됐다. 그러나 그동안의 경험으로 검찰권을 난 공불락의 요새로 보호해 준 법체계에 근본적 결함이 있음이, 검찰 자율개혁은 요 원한 것임을 알게 됐다. 이제 문제를 푸는 남은 해법은 공수처 설치이다.

기존 법체계를 이유로 공수처 설치를 반대하는 것은 권력형 부패의 발생을 용 인하고 견제받지 않는 검찰권의 오남용을 방치하겠다는 것과 같다. 이번에는 공 수처 설치 문제가 해결돼 또 다시 해묵은 논쟁거리가 되지 않기를 기대한다.

반대 1) 검찰 수사 대체 '제4부' 설치는 포퓰리즘적 사고(노명선 성균관대 법 대 교수)

공수처 설치가 검찰개혁의 대안이 될 수 없다. 검찰개혁 논의는 검사들이 부패 해 있고 자정 노력에 기대할 수 없으며, 기소와 수사가 독점돼 있어 권한이 남용 되고 있다는 두 가지 점에서 그 대안으로 공수처를 만들자는 것으로 보인다. 그 러나 부패문제는 개인적인 문제이며, 일부 검사의 부적절한 처신에 대해서는 엄 정하게 대처하면 될 것이지 또 다른 수사기관을 만들어 검찰수사를 대체하자는 논의는 포퓰리즘적 사고이다. 권한의 남용을 억제한다면서 또 다른 무소불위의 권한을 가진 기관을 만들자는 것은 논리적 일관성도 없다.

피의사실 공표문제, 수사·기소권의 남용, 인권침해적인 수사관행 등 검찰이 안고 있는 문제에 대해 공수처를 만들어 일시에 해결할 수 있다는 발상은 위험 천만이다. 공수처의 수사과정에서 같은 문제가 생기면 어떻게 할 것인가에 대한 답이 없기 때문이다.

오히려 행정부, 사법부, 입법부로부터 독립된 무소불위의 제4부인 공수처를 설치한다면 국민의 기본권 침해와 직결되는 수사처분을 3권 분립이라는 견제와 통제 밖에 두는 제도를 헌법적으로 수용할 수 있는가. 공수처의 불기소 처분에 대한 통제방법이나 법원의 무죄판단 및 인권침해에 대한 책임부재 등 얻는 것보다 잃는 것이 더 많다.

검찰개혁의 핵심은 주권자인 국민이 직접 통제에 나서는 방법밖에 없다. 제도적 장치로서 일본의 검찰 심사회 또는 미국의 대배심 제도를 생각할 수 있으며 청와대가 태스크포스(TF)팀을 구성해 발 벗고 나선다고 하니 그 결과를 기대해볼만하다.

반대 2) 대통령 직속기구 설치 땐 정치사찰·표적수사 우려(김현성 변호사)

최근 '스폰서 검사' 사태는 검찰개혁에 불을 지폈고, 이른바 공수처 신설문제가 그 중심에 있다. 한 여론조사에서 성인남녀 대부분이 공수처 도입에 찬성하는 것으로 나타났다. 그러나 아직까지 공수처가 구체적으로 어떤 권한을 가지는 어떤 조직인지 그 실체가 명확하지 않다. 그런 의미에서 위 여론조사 결과는 국민 대다수가 고위공직자 비리에 대해 보다 엄격한 수사의 필요성과 이러한 수사에 있어서 기존 검찰에 대한 불신으로 해석할 수 있다. 결국 검찰의 수사권 조정이 불가피하다는 점에서 공수처의 필요성은 인정된다. 그러나 현재 논의 중인 공수처는 다음과 같은 전제조건을 결한 것이므로 더 큰 문제를 야기할 수 있다.

우선, 공수처가 대통령 직속으로 설치된다면 과거 사직동팀과 다를 바 없는 대통령의 초법적 비밀 수사기구가 돼 필연적으로 정치 사찰, 표적수사를 행하게 될 것이다. 이것은 민주주의와 법치주의를 후퇴시킬 수 있기에 반드시 독립기구로 설립돼야 한다. 아울러 고위공직자 비리수사처라고는 하지만 범죄수사는 기본적으로 검찰의 기능이므로 그 역할이 중복되는 경우 양 기관의 불필요한 경쟁과 조직 이기주의 등으로 인한 부작용도 무시할 수 없을 것이다. 따라서 검찰수사가 미흡하거나 부적당한 경우 특검과 같은 권한을 부여할 것인지, 공수처가 수사하는 경우 검찰 수사를 배제할 것인지 등 수사권 조정이 반드시 선행돼야 한다. 한편, 과거 정당한 권한 이상의 권력을 누려왔던 검찰은 국민 앞에 자숙하는 모습을 보여야만 신뢰를 회복할 수 있음을 명심해야 할 것이다.

어떻게 보십니까?
'대검 중수부' 폐지

이 글도 위에서 본바와 같이 〈세계일보〉 2009. 6. 17. 4명의 오피니언의 견해이다.

대검찰청 중앙수사부 폐지론이 노무현 전 대통령 서거를 계기로 다시 수면 위로 부상하고 있다. 노 전 대통령 재임 시절인 2004년 이후 5년 만이다. 대검 중수부는 1981년 발족해 존속해 온 국내 최고 사정기관이다. 이철희 · 장영자 어음사기 사건은 물론 최근의 '박연차 게이트' 사건까지 권력형 비리 수사를 도맡아 했다. 중수부 존폐에 대한 전문가의 의견을 듣고 바람직한 방안을 모색해본다.

반대 1) 감정적 접근은 곤란, 뚜렷한 대안 찾아야(김민호 성균관대 법학전문대학원 교수)

최근 중수부 존폐와 관련된 국민의 의견 조사에서 중수부를 폐지해야 한다는 의견이 폐지할 필요가 없다는 의견보다 높게 나타난 것으로 조사됐다고 한다. 중수부가 우리 사회에 기여하는 바가 없고 많은 문제점만을 가지고 있다면, 그리고 다수의 국민이 폐지를 희망한다면 중수부를 폐지하는 것이 옳을 수도 있다. 그러나 대검 중수부의 폐지는 감정적인 판단에 따라 결정할 수 있는 단순한 성격의 문제가 결코 아니다.

중수부를 폐지해야 한다는 논거는, 검찰총장의 직접 지시를 받는 수사부서는 정치적 영향으로부터 자유로울 수 없으므로 공정한 수사가 담보될 수 없다는 것이다. 이들은 중수부를 폐지하는 대신 검찰총장의 지휘를 받지 않은 특별 수사부서 또는 각 지방검찰청으로 하여금 지금까지 중수부가 해왔던 수사업무를 하도록 하자고 주장한다. 그렇다면 중수부 폐지를 주장하는 사람도 중수부가 해 왔던 역할 자체의 필요성을 부인하는 것은 아닌 것으로 보인다.

수사는 고도의 경험과 순발력을 요하는 업무이다. 뿐만 아니라 정치적으로 민 감한 대형 사건의 경우 언론의 집중적인 관심과 정치권의 무차별적인 영향력 행 사가 불 보듯 뻔한 일이다. 이처럼 어려운 수사 환경에서 수사보안을 지키면서 언론 및 정치권력에 대응할 수 있는 수사부서가 지방검찰청 단위에서 운영될 수 있을 것이라고 기대하기는 정말 어렵다. 따라서 뚜렷한 대안도 없이 무조건 대검 중수부부터 폐지하고 보자는 감정적인 주장보다는 현행 중수부의 조직 또는 수 사절차상 문제점을 발굴해 그 개선책을 찾아내는 노력과 지혜가 필요한 때이다.

반대 2) 권력층 부패 여전, 폐지주장은 정치 공세(오영세 뉴라이트 전국연합 사무처장)

도덕성을 대표적으로 내세웠던 노 전 대통령의 경우에서조차 측근 기업인을 통한 가족의 금품 수수와 소위 '386' 정치인의 비리 혐의가 사실로 밝혀진 것에 서도 알 수 있듯이 우리 사회 권력층의 부패가 존재하는 현 상황에서 대검 중수 부 폐지는 일방적인 정치공세일 뿐이다.

검찰의 권력은 독점적인 수사권과 기소권에서 나오는데 그런 검찰의 권력을 정당하게 행사하고 있는지 이번 기회에 검찰은 냉정하게 돌아봐야 한다. 검찰이 감시와 견제를 받지 않게 한 것은 국민을 위해 권력으로부터 자유로워져야 한다 는 원칙을 반영한 것인데, 지금 상황은 검찰 자체가 권력화되어 정부와 국민보 다는 검찰 조직 자체가 기형적인 형태가 돼 있다.

지금 국민 사이에서는 검찰 조직에 대한 두려움과 의구심에 가득 차 있는 게 현실이다. 심지어 '사법시험을 통과했다고 인간의 자질이 완성되는 것인가.' 하는 검찰 구성원 자체에 대한 불신도 팽배해져 있다. 공정한 수사와 기소권을 행사하는 것이 검찰이라는 국민 신뢰를 회복하기 위해서는 피의자 인권을 강화하고 무엇보다도 범죄사실이 밝혀지기 전까지는 '무죄추정의 원칙'을 지켜나가야 하며, 사소한 부분에서까지 인권보호에 신경을 써야 할 것이다. 끝으로 견제 장치가 없는 검찰의 권력화가 심각한 상황이며 검찰에 대한 국민의 신뢰가 최저치에 도달해 있는 현실에서 검찰 권력에 대한 제도적인 견제장치 마련과 신뢰회복 방안이 시급하다.

찬성 1) 구체적 사건 수사 부적절하고 부작용 많아(민경한 변호사)

대검은 기획, 연구, 평가, 정보 수집 등 정책 기능에 치중해야 하고, 구체적인 사건에 대한 수사는 일선 검찰에서 해야 하며, 대검 중수부가 구체적인 사건에 대해 수사를 하는 것은 적절치 않다고 생각한다. '검찰청 사무 기구에 관한 규정'에 의해 설치된 대검 중수부는 검찰총장이 하명한 사건을 주로 처리하는데 지금까지 주로 정치적인 사건이나 재벌 및 고위 공직자 등이 관련된 대형 부패사건을 처리했다. 그런데 공정하지 못하고 편향적이며 너무 정치적인 영향을 많이 받았다고 비판받아왔고, 부작용이 많았다.

대검 중수부는 검찰총장이 하명한 사건을 처리하고 검찰총장이 구체적인 사건에 대해 직접 지휘, 감독하므로 총장의 성향에 따라 수사 대상이나 수사 방향에 대해 정치적인 결정을 할 가능성이 매우 높다. 또한 검찰총장이 직접 하명했고 지휘, 감독하므로 검찰에서 수사 도중 견제하기도 매우 어렵고, 수사결과에 대해 검찰 총수인 총장이 직접 책임을 지게 되므로 수사 결과에 따라서는 검찰 조직 전체에 대해 큰 영향을 미치게 된다.

따라서 대검 중수부에서 구체적인 사건을 수사하는 것은 부적절하고 많은 부작용이 따르므로 중수부에서 수사를 하지 않아야 하며, 수사를 하지 않는다면 중수부 존재 의의가 없으므로 폐지돼야 한다. 이런 문제점을 극복하기 위해서 현재 중수부에서 처리하고 있는 정치적인 사건이나 재벌 및 고위 공직자 등 대형 비리 사건을 고위공직자 비리조사처 등을 신설해 처리하는 것도 중요한 대안이 될 수 있을 것이다.

찬성 2) '살아있는 권력' 수사 사실상 기대 어려워(이유정 인하대 법대 교수)

검찰은 검사동일체의 원칙에 따라 검찰총장을 정점으로 하는 수직적이고 통일적인 조직체계를 가지고 있다. 그런데 법무부장관이 검찰총장에 대해 지휘권이 있는 구조에서는 법무부장관이 검찰총장을 통해 수사에 직·간접적으로 개입을 할 수 있다. 최근 임채진 검찰총장도 퇴임하면서 이러한 사실을 시인한 바 있다. 대통령 - 법무부장관 - 검찰총장 - 대검 중수부라는 직접적인 라인을 통해 정치적인 외압을 받을 수밖에 없는 구조에서 대검 중수부가 소위 '살아있는 권력'을 수사하기란 사실상 기대하기 어렵다.

검찰 스스로의 비리혐의에 대해서도 엄정한 수사를 기대할 수 없다. 검찰 수뇌부가 편향적인 입장에서 수사방침을 정하고 조사를 시작하면 견제장치도 없고 이를 바로잡을 기회도 없다. 또한 정치적 이해관계가 큰 사건을 대검 중수부가 처리하고, 그러한 수사가 특정 정파의 이익을 옹호하거나 대변하는 결과를 가져오므로 검찰 전체의 정치적 중립성에 악영향을 미친다.

검찰 내부에서도 대부분의 형사부 검사들은 정치적인 사건과 무관하게 법률가로서 공정한 업무처리를 하는데, 대검 중수부로 인해 검찰조직의 정치적 중립성에 대한 의심을 받기 때문에 대검 중수부에 대해 못마땅하게 생각하는 검사도 있다. 대검 중수부가 폐지되면 부패공화국이 된다는 주장은 설득력이 없다. 막강한 검찰 권력이 정치적으로 중립적이지 못하면 반대세력을 탄압하는 도구로 악용될 위험이 크다. 대검 중수부를 폐지하거나, 적어도 그 기능을 이관, 분산해야 한다.

* 2013년 박근혜 정부 때 중수부는 폐지되었다.

민변과 시변

민변 "코드 달라졌을 뿐… 활발", 시변 "경사가 아니라 흉사"

민변과 시변(시민과 변호사) 관계자들은 '민변의 시대가 가고 시변의 시대가 온다.'는 표현에 하나같이 손사래를 쳤다. 하지만 이명박 정부 출범 이후 정부 요직에 진출하는 법조인의 '코드'가 바뀌고 있다는 데는 동의했다.

민변의 민경한 사법위원장은 "정권의 법조인 인재풀이 보수 성향으로 바뀌고 있는 것은 분명한 사실"이라면서 "새 정권에서 공직 진출 가능성이 낮아졌다고 해서 '민변의 시대가 갔다.'고 표현하는 것은 부적절하다."고 말했다. 그는 "민변은 지금도 활발히 활동 중"이라고 덧붙였다.
민변과 시변을 같은 선에 놓고 비교하는 것은 적절하지 않다는 지적이다. 그는 "방향성의 옳고 그름을 떠나 시변은 역사도 짧고 활동도 유명무실한 조직"이라며 20년 동안 다양한 활동을 해오며 대안 제시 능력을 갖춘 민변과 함께 비교할 대상이 아니다."라고 일축했다.

시변은 몹시 조심스러운 반응이다. 이헌 사무총장은 두 공동대표가 한꺼번에 공직에 진출한 것에 대해 "개인적으로 축하하고 국가적으로 다행이지만, 시변 입장에서는 경사가 아니라 흉사"라면서 몸을 낮췄다. 이어 "시변의 참여는 민변의 참여와는 다르다."며 "민변 회원들은 변호사의 전문성·경력과는 무관한 직무에 단지 정권과 코드가 같다는 이유로 진출했기 때문에 '민변의 권력화'라는 비판을 받았다."고 지적했다.

두 단체는 모두 이명박 정부에서 닥칠 변화에 주목했다.

민변의 민 변호사는 "새 정부가 시장과 경쟁을 강조하고 대기업과 특권층 위주의 정책 기조를 보이기 때문에 소수자 보호와 인권침해 방지를 위해 민변의 역할이 필요하다."고 강조했다. 민변이 김대중·노무현 정부 당시 비판과 견제에 소홀했다는 일부의 지적에 대해서는 "구체적으로 예를 들어 비판해보라."고 목소리를 높였다. 그는 "참여정부에 대해 가장 많은 문제 제기를 했던 곳이 민변"이라고 말했다.

시변은 변호사 단체의 권력화를 경계하며 출범했던 '초심'에서 벗어나 권력화되는 것 아니냐는 주변의 우려에 신경을 쓰고 있다. 이헌 사무총장은 "이명박 정부가 우리 성향과 크게 다르지 않다는 점에서 협조를 해야겠지만 시민단체 본연의 임무인 권력 비판과 견제가 우선"이라고 밝혔다. 시변은 당분간 내부 정비를 거쳐 지나친 이념화·보수화보다는 헌법 수호·법치주의 확립에 초점을 맞춘 활동을 전개해 나가겠다고 했다. (《경향신문》 2008. 3. 18.)

'민변의 민변' : 민경한 변호사를 만나다

2018. 3. 5. 〈민변 뉴스레터〉의 회원 인터뷰 코너 '민변의 민변 : 민경한 변호사를 만나다'
내용입니다.

안녕하세요, 민경한 변호사입니다. 성씨가 민 씨(閔氏)이기 때문에 민변 회원
이 되는 건 생래적으로 이미 정해져 있었던 셈이죠(웃음). 오랫동안 유일한 민
씨 회원이었고 그래서 '민변의 민변'으로 불리게 되었지요.

사법시험 3차 시험 낙방과 직장에 다니다 변호사가 되다

저는 1983년 성대 법대 졸업 후 사시공부를 시작해서 83년 1차, 84년 사시 26
회 2차에 합격했는데, 당시 2차 시험이 70%, 3차 시험이 30% 반영되었어요. 3
차 시험에 모교 교수가 고등학교 생활기록부같이 국가관·책임감·지도력·
준법성 등 6개 항목을 수우미양가로 평가하여 위 교수평가 성적이 전체점수에
30% 반영됐어요. 당시 모교 교수가 학생운동 전력 등으로 나에 대한 교수평가
성적을 안 좋게 주어 2차 성적이 합격권에 있었는데, 3차에서 떨어졌어요. 이 제
도는 너무 불합리하다고 해서 26·27회 두 번 시행하고 없어졌지요. 1차 시험
이라도 면제해줬으면 좋았을 텐데, 그때는 3차에서 떨어지면 1차부터 다시 봐야
했어요. 다음해 1, 2차 동시 합격하려고 공부했는데 1차에서 떨어졌고, 빈농의
장남으로 공부를 계속하기 어려워 모 투자신탁 회사를 1년 정도 다녔죠. 원래는
3년 정도 직장생활을 하려고 했는데, 저축도 안 되고 공부도 안 돼서 87년 2월에
사직하고 그해에 사시 29회에 1, 2, 3차 합격했어요.

연수원을 수료하고 광주에서 개업 준비를 하고 있었는데, 미국으로 유학 가는 고교 선배 사무실을 인수하느라 아무런 연고도 없는 인천에서 90년 4월 1일, 개업을 했지요. 그때는 변호사 환경이 좋았고, 만 6년 동안 골프도 안 치고, 토요일도 출근하고, 사무장한테 맡기지 않고 모든 사건을 직접 처리하면서 정말 열심히 했습니다. 경제적 여유는 약간 생겼는데 정신적, 육체적으로 너무 힘들더라고요. 당시 개인 사무실을 하다가 외국 가는 게 쉬운 일이 아니었는데 충전을 위해서 미국으로 갔지요. 96년 5월부터 97년 8월까지 시애틀 워싱턴대학교 로스쿨 객원연구원으로 15개월을 보냈어요. 귀국하면서 고향인 광주로 갔지요.

광주에서 어느 정도 기반을 쌓았지만 2006년 2월, 서울로 오게 되었는데 좀 큰데서 놀고 싶었고, 당시 공직에 진출하고 싶은 마음도 있었지요. 또 제가 연극이나 공연, 스포츠 경기 관람, 외국 여행을 좋아하여 문화생활을 하고 싶었고, 당시 중학생이던 자녀들 교육문제도 있었고요. 광주에서 8년 반을 하다가 서울로 올라온 지 12년 되었네요. 사업적으로는 광주보다 훨씬 못해요. 지금은 서울로 온것이 후회가 되기도 해요.

법조인이라면 잘못된 법과 제도, 관행의 문제점에 관심을

제가 2006년에 90년부터 2005년까지 15년 동안 법률관련 신문이나 일간지에 썼던 칼럼을 모아서 《민변호사의 조용한 외침》이라는 책을 냈어요. 2012년에는 22년간 변호사 활동하면서 법정 안팎에서 보고 들은 판사, 검사, 변호사들의 임상보고서 격으로 《동굴 속에 갇힌 법조인》이라는 책을 냈고요. 금년에는 2006년부터 최근까지 각종 잡지에 썼던 두 번째 칼럼 모음집을 낼 계획입니다. 이전에는 젊었고, 의욕과 열정이 넘쳤지만 이제 열정이나 기력이 떨어져 3번째 책을 마지막으로, 책은 더 이상 내기 어려울 것 같아요.

저는 잘못되거나 부당한 걸 보면 지나치지 못하고 문제점을 지적하고 대안을 제시해야 직성이 풀리는 성격이어서 틈틈이 글도 쓰고, 토론회도 나가고, 언론 인터뷰도 많이 했어요. 부당하고 잘못된 법이나 제도, 관행을 시정해보려고 다양한 방법으로 많이 노력했지요. 법조인들은 법조계나 사회 문제에 대해 비판하고 해결책을 제시하는 것이 필요한데 많은 법조인들이 점잖은 체하면서 생래적으로 그런 걸 싫어하는 것 같아요. 특히 문제 있는 법조인에 대한 비판은 아주 싫어하더라고요. 저는 잘못된 것은 잘못이라고, 옳은 것은 옳다고 원칙을 지키며 소신 있게 강하게 말하다보니 '미스터 쓴 소리', 원칙주의자, '용기와 소신 있는 변호사'라는 평가와 함께 '성격이 너무 강하다.', '융통성이 없다.'는 말을 들어왔지요. 이런 게 바탕이 되어 2014년 민주당에서 저를 특별감찰관으로 추천하였을 것으로 생각됩니다.

법조인이 법으로 밥을 먹고 있고, 법과 제도가 우리 사회에 큰 영향을 미치잖아요. 민변 사법위원회는 법과 제도, 특히 사법제도의 문제점을 분석하고 대안을 연구하는 위원회입니다. 법조인이면 관심을 가져야 하는 분야이기 때문에 사법위원회에 들어와서 사법제도, 법원, 검찰, 변호사들의 여러 가지 문제에 대해서 관심을 갖고 같이 공부하면 좋겠어요.

변호사 초년생에게 충격을 주었던 법조계의 고질적인 세 가지 병폐를 접하다

제가 이렇게 사법개혁에 많은 관심을 갖게 된 계기는 개업 직후 한 달 만에 법조계의 여러 가지 고질적인 병폐를 목격하게 되었어요. 개업 첫날, 사무장 지인으로부터 조그만 형사사건을 수임했는데 소개비를 달라는 거예요. 많은 고민 끝에 어쩔 수 없이 소개비를 주었지요. 두 번째는 며칠 후에 서울중앙지검에서 수사 중인 고교친구의 형 사건을 변론하게 됐어요. 부동산 미등기전매(국토이용관리법 위반)로 구속 기소되었고, 법정 최고형이 6월이에요. 보석까지 청구해서 기각됐는데, 친구가 변호사를 추가 선임하겠다고 양해를 구해서 하지 말라고 했죠. 법정 최고형이 6월이고, 이미 보석도 기각됐고, 후임 변호사가 별로 할 일이 없는 사건이었어요. 그런데 고법 부장판사 출신 변호사가 내 수임료의 10배 수임료를 받으면서 사건을 수임하더라고요. 그런데 담당 판사가 전관예우를 안 해주고 1심에서 4개월 실형이 선고되었고 항소심에서 집행유예로 나갔지요. 1심 판사가 참 괜찮다 싶어서 기억하고 있었는데, 무슨 이유인지 고등법원 부장판사 승진이 안 되더군요.

또 하나는, 제가 검사실에 변론하러 갔는데 검사가 책상 위에 신발을 벗은 두 발을 올려놓은 채 발을 내리지도 않고 나를 세워놓는 거예요. 너무 무례하게 대해서 말 한마디 않고 나와 버렸지요. 그때 검사의 무례한 행동을 강하게 질책하고 나왔어야 했는데 그냥 나온 게 몹시 후회가 돼요. 그땐 개업한지 한 달도 안 돼서 검사한테 그럴 용기가 없었겠죠.

이렇게 한 달 사이에 좋지 못한 세 가지 사건을 목격한 거예요. 소개비 지급, 전관예우, 검사의 갑질. 그러다 보니 '내가 이 길을 계속 가야 하나. 법조계가 원래 이런 곳인가. 이 사람들만의 개인적인 일탈인가.'라는 고민과 혼돈에 빠졌습니다. 그런데 두 달 후인 90년 6월, 전국에서 최초로 인천변호사회에서 변호사 자정작업을 시작한 거예요. 그때부터 앞장섰다가 지금까지 열심히 하게 되었지요. 제가 그때 두 가지를 다짐했어요. 하나는 변호사를 폐업하는 그날까지 정도를 걷는 변호사가 되자. 또 하나는 내가 평생 법조에서 생활해야 하는데, 몸담고 있는 법조계를 조금이라도 개선하기 위해서 사법개혁에 일조를 하자. 지금까지 어느 정도는 나름대로 두 가지 다짐을 지키려고 노력했다고 생각해요.

제가 그런 쪽에 관심이 많고 강한 글도 쓰고, 또 변협 감찰위원 5년을 하다 보니 광주와 인천에서 동료 변호사들이나 기자들이 오히려 정보를 제공해주면서 글 좀 써 달라, 감찰위원으로 문제 삼아 달라는 일도 여러 차례 있었지요. 그래서 제가 남보다 법조계 비리는 많이 알게 되었지요.

민경한 변호사, '민변의 민변'이 되다

민변은 92년도 하반기에 가입했습니다. 민변이 지향하는 가치나 역할, 활동 등에 대해 적극 공감하고 필자의 가치관이나 성격에도 맞아서 당연히 가입했지요. 한편으론 민변 회원은 생활에서도 올바른 변호사가 되어야 한다는 생각으로 변호사의 정체성을 확립하고 스스로를 규율하기 위한 것도 중요한 이유 중 하나지요. 지리적 여건(인천) 때문에 서울에서 진행되는 월례회나 행사에 자주 참석하기가 어려웠어요. 가끔 본부에서 사건을 배당해 주면 몇 개 사건을 변론하는 정도에 그쳤지요. 초기에 가끔 월례회에 참석해도 연수원 동기나 동문이 별로 없어 어색하기도 했고요. 그렇지만 지방회원으로서는 월례회나 총회에 많이 참석한 편이었지요.

1997년 9월, 미국 연수를 마치고 귀국하면서 광주에서 개업 했는데 당시 민변 회원 6명이 개별적으로 활동하다 보니 활성화되지 못했지요. 99년에 연수원을 수료한 28기 변호사 3명이 민변에 가입하더라고요. 나중에 3명 모두 지부장을 했지요. 기존 회원 6명과 28기 회원 3명에 필자가 2명을 더 가입시켜서 총 11명으로 민변 광주·전남지부를 창립하고 필자가 4년간 초대·2대 지부장을 했는데, 최근 10대 지부장이 취임했어요. 회원이 50명이 넘고 전국에서 가장 활발한 지부가 되어 초대 지부장으로서 상당히 흐뭇해요. 2006년 2월, 서울로 오면서 2005년 가을 '평양 아리랑 축전' 때 권유받은 것을 계기로 민변 활동을 열심히 하는 변호사들로 구성된 법무법인 상록에 합류했어요. 이후 사법위원장, 부회장을 하면서 민변 활동을 열심히 했지요.

헌신적으로 공익활동을 하는 민변 회원들과 인권 감수성이 부족한 변협 임원들

변협 인권이사, 인권위원을 하면서 변협 활동도 했는데, 공익활동에 대한 민변 회원들과 변협 위원들의 헌신성은 차이가 많지요. 민변 회원들은 자기 시간과 비용을 들여가면서, 무보수로 헌신적으로 사명감을 가지고 하는데, 변협 임원이나 위원들은 스펙을 쌓기 위한 것으로 보이고, 수당에 관심도 많고, 헌신성도 많이 부족하게 느껴졌어요.

2014년 필자가 변협 인권이사 때, 변협 인권보고서를 발간하는데, 집필자들이 마감 기한도 많이 넘기고 내용도 소홀했어요. 마감 후까지 3개 파트나 펑크를 내서 민변의 조영관, 강문대 변호사가 세월호 부분을, 장완익 변호사가 과거사 분야를 대신 맡았어요. 평소 그 분야에 관심 있고 능력 있는 민변 회원들 아니었으면 짧은 기간에 대신 집필하는 게 불가능했지요. 결국 장애인 파트는 보고서에 싣지 못했어요.

또한 변협 임원들은 매우 보수적이고 인권 감수성이 너무 부족해서 제가 인권이사 때 집행부 회의나 단톡 방에서 자주 싸웠지요. 당시 최고 현안이었던 국정원 댓글사건, 전교조 법외노조 사건, 양심적 병역거부 토론회, 국정원법 개정, 국회의 국정원 합동신문센터 토론회 공동 개최처럼 의견이 대립되는 문제에 대해서는 입장발표도 안하고 토론회도 못하게 했죠. 별로 의견대립이 없는 장애인, 일제피해자, 여성문제 등에 대해서는 의견을 피력하는데, 공권력 남용에 대한 비판이라든가 국민들 사이에 의견이 대립되는 문제에 대해서는 회피를 해요.

2013년 국정원 댓글사건 때, 전 국민이 규탄성명을 내고 시위를 할 때, 필자는 당연히 변협에서도 규탄성명을 내야 한다고 했죠. 결국 못 냈는데 반대한 사람들이 "그것은 민변이나 야당이 제기한 문제라 부적절하다, 정치적인 문제이지 인권문제가 아니다. 시기가 아니다." 등 정말 여러 가지 한심한 이유로 반대하는 거예요. 필자가 너무 화가 치밀어 집행부 카톡방에 '민주주의와 법치 질서를 심각하게 훼손하고 수많은 국민들이 규탄성명을 내고 시위를 하는데 인권단체라는 변협이 규탄성명 하나 못 내냐. 변협 집행부 임원들이 이렇게 인권의식이 없느냐?'고 올리기도 했지요. 2013. 10.경 전교조 법외노조 통보 때도 변협 집행부가 변협 명의 성명은커녕 인권위 명의의 성명이나 의견서도 못 내게 방해를 해서 강하게 논쟁을 하다가 이런 집행부와 더 이상 함께 하고 싶지 않아 인권이사 사퇴 선언을 했어요. 인권위원들이 말리고 해서 다시 하게 되었죠. 2년 동안 변협 집행부와 인권 관련 사업으로 정말 많이 싸웠고, 너무 힘들었어요. 그래서인지 소위 민정수석 '김영한 비망록'의 2014. 6. 28.의 기록에 "변협 첫 직선제 회장 → 회원들에게 민감 / 내부에 민경한 민변 출신자가 인권위원장 / 내부에서 발언권 강하고 / 나이, 고향, 법인명" 등 필자의 이력과 성향까지 기재되었더라고요.

2014년 11월, 법원 국제인권법연구회에서 변협에 양심적 병역거부와 관련한 토론회 공동 주최를 제안했는데 변협 집행부에서 변협은커녕 변협 인권위 명의로도 못 하게 하더라고요. 필자가 몹시도 강하게 주장하니까 협회장이 비밀투표를 하면 반대 의견이 많이 나올 것으로 기대하고 집행부 회의에서 처음으로 비밀투표를 했어요. 그런데 17:9로 찬성의견이 더 많았어요. 회장이 오판한 거죠. 그래서 인권위 명의로 토론회를 하게 되었지요. 당시 발제자인 K 판사가 상당히 전향적이고 강한 발제를 했어요. 그런데 변협은 법원 학술단체와 변협은커녕 인권위 명의로도 양심적 병역거부 토론회 하나 못하게 하려고 비밀투표에 부치는 것이 얼마나 한심해요. 변협에서는 의견 대립이 있고 민감한 인권 사안에 대해서는 회피하고 거의 취급을 안 해요. 필자는 그런 문제일수록 오히려 변협이 최대 인권단체로서 양쪽 주장을 분석, 종합, 비판하고 적극적인 해결책을 제시하는 역할을 해야 한다고 봐요.

민변 회원들은 자기 시간과 노력, 비용을 투자해가면서 헌신적으로 열심히 활동하는 모습을 많이 보지요. 사회문제에 관심도 많고, 전문성과 실력도 있고, 보고서나 성명서 같은 문건도 잘 작성하고 일을 정말 잘해요.

'민변'이라는 이름이 자랑스러울 때

필자는 누구 못지않게 항상 민변에 대한 애정과 자부심을 갖고 있어요. 가끔 주변에서 민변을 폄하하거나 부정적인 시각을 갖고 있는 사람들을 만나면 민변이 얼마나 많은 일을 하는지, 또 민변이 얼마나 '남들이 달가워하지 않는 일'을 도맡아 하는지 얘기해줘요. "민변 홈페이지나 민변이 발간하는 자료집을 보라, 민변 회원들이 얼마나 가치 있고 의미 있는 일을 많이 하는지 알 수 있을 것이다."라고 말해주지요.

또 서울시 공무원 유우성 간첩 조작사건이나 통합진보당 해산 사건, 각종 간첩 사건은 누군가 꼭 변론을 해야 하지만, 일반 변호사들은 많은 수임료를 준대도 맡지 않을 것이에요. 기록이 수만 쪽이나 되고, 재판도 수십 번 해야 하고, 종북으로 찍히는데, 민변 변호사 아니면 이런 사건을 누가 변론하겠어요. 민변 변호사들은 실비 정도의 수임료만 받고 많은 시간과 노력, 비용을 들여가면서 헌신적으로 변론하잖아요. '이석기 내란음모사건' 때는 변호인단의 한 명인 우리 법인의 천 변호사가 수원까지 다니면서 아주 적은 수임료만 받고 1심만 1주에 3, 4회씩 50번 재판을 하고 준비도 많이 했어요. 민변 회원들이 정말 대단하다고 생각돼요. 특히 자부심을 느꼈던 일은 박근혜 대통령 탄핵소추 때였어요. 당시 야당이던 민주당과 국민의 당이 탄핵소추안을 작성해야 하는데 소추사실은 많고, 어디서부터 시작해야 할지 막막하니까 민변으로 연락을 하더라고요. 국민의 당 담당 의원은 필자한테 연락을 하고, 민주당 의원은 다른 민변 간부에게 연락해서 혹시 민변에 탄핵소추안에 참고할 자료가 있느냐고 물었어요. 그때 민변에서 소추안을 만들어 놨기 때문에 그들에게 전해줬더니 그것을 토대로 탄핵소추안을 만들었어요. 밖에서 우리 모임을 그만큼 신뢰하고 있고 민변에서 준비를 잘하고 있었지요.

또 하나 개인적으로는 소송 상대방이 대기업, 국가기관 같이 힘 있는 집단일 때 '일반 변호사들이 그들을 상대로 제대로 싸울 수 있을까.', '상대측에 매수되지 않을까.' 하는 불안감을 갖는 분들이 있더군요. 그런 분들 중 몇 분이 민변 지부장, 민변 부회장이면 상대편의 권력에 굴복하거나 매수되지 않을 거라고 믿고 찾아온 분들이 있었어요.

선관위원장으로서 바라보는 민변 회장이 갖춰야 할 덕목

예전과 달리 민변 회원들의 스펙트럼이 매우 다양해졌어요. 민변 초기와는 달리 여러 현안에 대해 의견 합치가 어렵거나 대립되는 경우도 있고, 갈등이 생기는 경우도 있는 것 같아요. 새로 회장이 되시는 분은 다양한 회원들의 갈등을 줄이고 화합과 소통을 할 수 있는 분위기를 만드는 게 중요할 것 같아요. 또한 민변 규모가 성장하면서 사무처도 커졌고, 민변이 다루는 분야도 엄청 확대됐어요. 회장이나 사무총장이 그런 일을 다 조율하기엔 어려움이 많겠지만 그런 일을 착오 없이 신경 써서 잘 지휘, 감독해야겠죠.

사무실 사정이 어렵더라도 열심히 민변 활동을

변호사가 열심히 변론해서 의뢰인을 위해서 좋은 결과를 얻는 것도 중요하지만, 법률가라면 부당하고 잘못된 법, 제도나 관행, 공권력 남용 등에 대해서 비판과 감시를 하고 대안도 제시하는 역할도 필요하다고 봐요. 필자는 그런 방법의 일환으로 지금까지 법률관련 잡지나 일간신문에 28년 동안 120편정도 칼럼을 썼고, 토론자나 발제자로 30번 이상 참석했고, 각종 신문과 방송 인터뷰도 수없이 했죠. 법무부 감찰위원과 정책위원(3번), 변협 감찰위원(7년)도 했었고, 25명의 예비법조인들(연수생 20명, 로스쿨 5명)의 실무수습 지도를 맡아 법조인의 자세나 역할에 대해서 많이 얘기해줬지요. 필자는 변호사들이 법조관련 문제나 사회문제에 대해서 지속적인 관심을 갖고 글 기고, 토론회 참석, 각종 위원회나 NGO 활동 등 다양한 방법으로 개혁활동에 동참했으면 좋겠어요.

젊은 회원들이 "선배님들 때하고는 다르다. 지금은 사무실 사정이 어려워 민변 활동이나 공익활동을 하기 어렵다."고 말하는데 이해는 돼요. 옛날에 비해 법조 환경이 너무 악화되어 사무실 유지가 어렵잖아요. 회원들이 민변활동을 하기에는 시간적, 경제적, 정신적으로 여유가 없을 거예요. 그러나 어렵다고 사무실에 가만히 있으면 다른 뾰족한 수도 없고 더 침체되지요. 어려운 때일수록 가치 있는 일에 참여하면 보람을 찾을 수 있을 거예요. 민변 위원회나 월례회 등에 적극적으로 참여해서 선후배들과 함께 활동하면 변론 지식이나 경험도 쌓이고, 선후배 또는 시민단체 활동가, 그 분야 전문가들과 인적 네트워크도 형성할 수 있어요. 그렇게 인맥과 전문성이 쌓이면 그 분야에서 사건을 수임할 가능성도 높아지잖아요. 사무실이 어렵다고 너무 소극적이고 처진 상태로 있지 말고, 가치 있는 일에 시간과 노력을 투자하면서 적극적으로 활동했으면 좋겠어요. 꼭 여유가 있을 때만 공익활동을 하는 건 아니잖아요.

필자 때는 시절이 좋아서 특정 분야의 전문화, 특화의 필요성이 별로 없었지요. 앞으로는 변호사 수도 많고 사무실 유지도 어려운 만큼 치열한 경쟁에서 생존하기 위해서는 특정 분야에 전문성을 갖는 것이 중요하다고 봅니다. 관심 있고 자신에게 맞는 분야를 선택해 전문성을 확보해야지요. 또한 변호사 초기에는 지식과 경험을 쌓고 고객을 확보하는 의미에서 어렵고 돈 안 되는 힘든 사건도 가리지 말고 많은 변론 경험을 쌓는 것이 좋다고 봐요.

민변에 대한 부탁 말씀은

필자가 자주 지적하듯이 민변 행사에 회원들의 참석이 너무 저조해요. 회원 수는 많이 늘었는데, 월례회나 각종 행사에 참여하는 회원 수는 별로 안 늘었잖아요. 월례회에 가면 좋은 강연도 듣고, 공짜로 밥 주고, 술도 주잖아요. 총회나 월례회 등에 자주 참석해서 함께하면 좋겠는데 참석이 저조해서 아쉬워요.

개인적으로는 민변 활동이 너무 방대해서 선택과 집중이 좀 필요하다는 생각이 듭니다. 2008년 촛불 집회 이후 최근 10년 사이 활동 범위가 넓어지고 위원회도 많아졌어요. 회원 수가 많이 늘어서 가능할지는 모르겠지만 시간, 인력, 능력의 한계가 있기 때문에 백화점식 활동보다는 선택과 집중을 했으면 하는 생각이 들어요.

필자가 활동하는 사법위원회는 현장성이 좀 부족하다는 생각이 들어요. 법과 제도에 대한 개선을 위해 이론적인 접근도 중요하지만 너무 거대담론에만 머물지 말고, 잘못된 검찰 수사나 법원 판결 등에 대해 조사하고 사례를 수집해서 보고서를 내고, 대안을 제시해야죠. 전관예우, 판·검사의 일탈된 행동에 따른 징계 사례, 잘못된 수사나 재판 사례, 대기업 총수들에 대한 관대한 양형 분석자료 등 하려고 하면 많이 있지요. 그런 점은 노동위원회가 잘 하고 있는 것 같아요. 사법위원회도 현장성이 가미됐으면 좋겠다는 생각이 듭니다.

민변 활동에 적극 참여하는 게 아직 쑥스럽고 변호사 생활에 애로사항이 있는 후배들은 언제든지 필자를 찾아오세요. 필자는 사람과 술을 좋아하고, 특히 민변 동료들과 술 마시는 것을 좋아하는 '민변의 민변'이니까요. 민변 행사에 자주 참석하고 대부분 끝까지 남아서 함께 술을 마셨지요. 작년 송년회 때도 마지막까지 남은 최후의 용사 10여 명 중 한 명입니다. 필자 또래가 없어 아쉬웠지만요. 금년 회갑이 되었고, 40년간 술을 많이 마셨으니 예전만큼 체력이 안 되지만 건강이 허락하는 한, 민변 후배들과 점심을 먹거나 저녁에 술 마시면서 즐겁게 진솔한 얘기를 나누고 싶어요.

'법조계의 삼성'을 비판하다

막강한 영향력의 거대 법률기업 '김앤장'을 토론하기 위해 모인 사람들… "폐쇄적으로 사무실 운영하며 외국 투기자본 도와 국부 유출에도 앞장서"(〈한겨레 21〉 2007. 3. 15. 글 류이근 기자)

민경한(50) 민주사회를 위한 변호사모임(민변) 사법위원회 위원장은 김앤장을 한마디로 "법조계의 삼성"이라고 말했다. 김앤장은 국내 최대 '로펌'이다. 국내외를 다 더하면 변호사가 345명에 이르고, 변리사·공인회계사 등을 포함하면 직원이 1,500명(고문은 제외)에 달하는 하나의 거대한 '법률 기업'이다. 김앤장 스스로도 '국내 최대 규모의 가장 저명한 종합 법률사무소'라고 홈페이지에서 밝히고 있다.

하지만 단순히 국내 최대 로펌으로만 얘기하고 끝낸다면 김앤장을 제대로 소개했다고 볼 수 없다. 삼성을 제대로 보려면 대한민국이 키워낸 세계 최고의 글로벌 기업의 하나로 삼성을 먼저 꼽을 수도 있겠지만, 무노조, 세습 경영, 기업지배 구조 등의 문제점과 '삼성 공화국'으로 상징되는 삼성이 갖는 엄청난 권력을 동시에 봐야 한다. 민 변호사가 김앤장을 삼성에 비유하는 것도, 김앤장을 삼성과 같은 하나의 거대 권력으로 보기 때문이다.

"거대권력에 감시와 비판은 당연"

'거대권력?' 적어도 그가 김앤장을 거대권력으로 보는 근거들은 이렇다. "공정거래위원회나 국세청의 고위 공직자들을 대거 영입하고, 정부 부처나 산하 위원회, 민간에 법률 자문을 해주면서 법률 및 법령의 입안이나 제·개정 등에 영향력을 행사한다. 분쟁 규모가 큰 사건들을 상당 부분 선임하고, 투기자본 세력들이 우리나라 금융기관이나 대기업을 인수하는 데 많은 건을 자문하고 대리하고 있다."

그에게 이런 질문을 하는 이들도 적지 않다. '그렇다고 특정 로펌을 대상으로 토론회까지 하는 것은 부적절한 것 아니냐?' 그의 대답은 명쾌했다. "거대권력은 국가정보원 등 국가기관이 될 수도 있고 삼성이나 현대 등 재벌이 될 수도 있다. 김앤장은 단순한 하나의 로펌이 아니라 법조계에서 막강한 영향력을 행사하는 거대 법률기업이다. 거대권력이 부당하게 행사되는 것은 당연히 비판하고 감시해야 한다." 우리 사회가 왜 하나의 법률사무소에 불과한 김앤장에 '비판적' 관심을 가져야 하는지를 말해주는 대목이다.

지난 3월 6일 국회에선 임종인 의원(무소속) 주최로 '한국사회의 성역 김앤장 법률사무소의 문제점과 대안' 토론회가 열렸다. 법률사무소 하나를 대상으로 국회에서 토론이 이뤄진 것은 전례 없는 일이라고 한다. 김앤장을 공론의 장에 올려놓고 토론해야 할 만큼 김앤장이 지닌 권력과 문제점이 크다는 것을 보여준다. 임의원은 사석에서 기자에게 "동료 의원들로부터 격려가 아닌 '임 의원! 그러다 소송 당하겠어, 조심해!'라는 말을 많이 들었다."고 전했다. 김앤장은 두려운 존재이기도 하다. 이날 장화식 투기자본감시센터 정책위원장은 발제자로 나서 A4지 120장이 넘는 분량으로 김앤장의 문제점을 조목조목 짚어냈다. 다섯 명의 인사들이 토론자로 나섰지만 가장 눈길을 끈 인물은 민경한 변호사였다.

민경한 변호사는 18년간 사법개혁을 외쳐왔다. 국내 최대 로펌인 김앤장의 문제를 제기하는 것도 그 선상에 있다.

토론회에 나가기 전 김앤장에 시달려

다른 직업도 크게 다르지 않겠지만 변호사가 동종 업계의 문제를 지적하는 것은 쉽지 않은 일이다. 더군다나 영역이 좀 다른 법원이나 검찰의 문제점이 아닌 같은 변호사 업계, 그것도 '대표 주자'의 문제를 비판한다는 것은 더욱 고된 일이다. 그도 "법조인들이 법원, 검찰, 변호사 제도나 사람에 대한 비판이나 토론 등을 싫어하는 분위기가 있다. 폐쇄적이고 동종 업계의 제 식구 감싸기 같은 게 있다."고 말한다. 한국 사회에서 질기게 작용하는 지연과 학연은 기본인데다, 법조인들은 사법연수원, 사시 선후배로 촘촘히 엮여 있는 탓이다.

그에게 김앤장은 하루아침에 던져진 토론회 주제가 아니다. "론스타 사건이 터지기 전부터 민변 회원이나 회원 아닌 법조인들로부터도 김앤장의 실상과 문제점을 한 번 파헤쳐보라는 요청을 여러 차례 받았다." 이러한 주변의 권고가 없었더라도, 김앤장에 대한 문제의식은 그의 삶에서 자연히 싹튼 측면이 크다. 변호사로서 그는 지난 18년 동안 끊임없이 사법개혁을 외쳐왔다. 그의 주장은 그동안 여러 매체에 기고한 글을 모은 책《민 변호사의 조용한 외침》에 오롯이 녹아있다. 특히 지난해 5월부터 민변의 사법위원장을 맡으면서 사법개혁을 외치는 그의 목소리는 더욱 커지고 잦아질 수밖에 없었다. 그는 "우리나라 최대이자 최고의 로펌이란 곳이 너무 폐쇄적이고 특이한 형태로 사무실을 운영하고 있다."며 "김앤장이, 해외 투기자본들이 우리나라의 금융기관이나 기업들을 인수하는 데 한두 건이 아니라 여러 건을 맡는데다 많은 고위 공직자를 고액의 연봉을 줘가며 채용하는 것을 보면서 의문을 갖게 됐다."고 말했다.

여느 토론회와 달리 그는 토론회에 나가기 전 김앤장의 집요함에 시달렸다. 민변에도 활동은 거의 안 하지만 김앤장 소속 변호사가 3명 있다. 이들 중 한 변호사가 민변 집행부에 '민변에서 그런 토론회에 나가도 되느냐?'며 항의성 메일을 보냈다. 또 김앤장 관계자가 민변 회장에게 전화를 걸었다. 김앤장 소속 중견 변호사가 세 차례나 그의 사무실을 찾아왔고, 김앤장의 의견을 담은 해명성 자료를 놓고 갔다. 그렇다고 그의 토론 참가나 자세가 달라지진 않았다.

론스타의 외환은행 인수의 중심

이날 토론회에서 제기된 김앤장의 문제점과 언론 보도는 임종인 의원의 인터넷 홈페이지(www.wedream.or.kr)에 잘 소개돼 있다. 민 변호사는 김앤장이 '법률적으로는 민법상 조합인데 외형상으로는 법무법인처럼 행세를 하고 실질은 개인 회사와 마찬가지다.'라는 장화식 정책위원장의 지적에 동의하면서 "이런 특이한 형태를 취하는 것은 쌍방대리를 가능하게 하고 세금을 회피하기 위해서라고 여기는 사람이 많다."고 말했다.

실제 김앤장은 진로의 법률자문을 맡고 있다가, 비밀유지 협약을 위배하고 대주주가 된 골드만삭스의 계열사 세나가 진로에 대한 회사정리 개시신청을 한 것을 수행했다. 그는 "상도의나 법적 정의 관념에 비춰보면 도저히 용납될 수 없는 일"이라고 말했다. 그는 론스타의 외환은행 불법 매입, 뉴브리지 캐피털의 제일은행 인수, 칼라일의 한미은행 인수, 론스타와 국민은행 간의 외환은행 매각 협상, SK와 소버린 자산운용의 경영권 분쟁, 진로의 파산과 골드만삭스의 인수 등 외국계 사모펀드의 국부 유출의 중심에 항상 김앤장이 있었다는 사실을 지적하며, "국내 최대, 최고 로펌이 국부가 해외 투기자본에 의해 유출되는 사건의 대부분을 담당하는 것이 과연 법조 윤리상 타당한 것일까?"는 의문을 던졌다. 법조 윤리나 국민 정서상 맞지 않다는 얘기다. "변호사는 선임 대상에 제한이 없다. 하지만 대법원장이나 대법관 출신이 조폭 사건을 한두 건은 수임할 수 있을지 몰라도, 여러 건을 변론한다면 과연 어느 국민이 납득하겠냐!"

그는 인터뷰를 마치며 기자에게 "김앤장이 보통 (만만한) 데가 아니다. 용어나 사실관계에 신중을 기해 달라."고 당부했다. 기자가 기사를 쓸 때 응당 알아서 그래야 하겠지만, 취재에 응하는 사람한테서 이런 부탁을 듣는 것은 흔치 않은 일이다.

그는 인천을 거쳐 광주에서 터 잡고 오랫동안 변호사 생활을 해왔으며, 지난해 서울로 올라왔다. 미국에서 1년 동안 노동 사건을 공부하기도 했고, 개혁적인 성향의 변호사들이 주축인 민변에서 16년째 활동하고 있다.

법조 사회의 변화를 바라는
'조용한 외침'

민경한 변호사는 초대 민변 광주·전남지부장 출신이다. 1990년 인천에서 변호사를 시작해 97년 광주로 내려가 새 둥지를 틀었다. 이후 그는 〈대한변협신문〉, 〈법률신문〉, 〈광주일보〉 등 각종 매체와 회보 등에 칼럼을 기고하면서 법조 사회에 대해 쓴 목소리를 내며 '광주 법조계의 소금'이라고도 불려 왔다. 그런 그가 올 2월 서울에서 제3의 업무를 시작 했다. 그간의 기반을 뒤로 한 채 새로운 변화를 찾아 과감히 모험을 선택한 그를 서초동 사무실에서 만났다.

"새로운 변화를 모색하고 싶었다."며 민경한 변호사는 말문을 열었다. 그의 나이 올해로 48세, 적지 않은 나이에 그동안 터를 닦은 연고지를 떠나 서울로 올라오는 일이 결코 쉬운 일은 아니었을 텐데, 그가 이런 결심을 하게 된 것이 어떤 연유인지 궁금했다. 그는 서울의 역동성을 경험하고 싶었다며, "각양각색의 다양한 사람들이 모여 살기 때문에 변호사로서 보다 다양한 사건들을 접할 수 있으리란 기대가 컸다."고 밝혔다.

광주 법조계 뒤로 하고 서울에 새둥지 마련

그리하여 시작된 서울 생활. 그러나 3, 4개월 남짓한 기간 동안 낯선 서울 생활이 그리 녹록치만은 않았다. 학연, 지연, 혈연 등 연고주의가 강한 광주에 비해 합리적인 사고가 크게 작용하는 서울이 한결 편한 부분도 있었지만, 다양한 인간 군상이 밀집돼 있는 만큼 익명성으로 인해 일탈 변호사들이 많음을 발견하기도 했다고 한다. "강한 익명성이 변호사들로 하여금 일탈을 부추기는 면이 있는 것 같습니다. 서로간의 예의도 부족한 점이 있고요." 그렇지만 이런 발견을 통해 그는 서울 생활에 점차 적응해 가고 있는 듯했다.

민 변호사는 올 2월 광주 생활을 정리하며 한 권의 책을 출간했다. 법조생활 16년 동안 그가 신문과 회보 등에 기고했던 글들을 엮어 《민 변호사의 조용한 외침》이라는 책을 출간한 것이다. 책을 통해 그간의 생활을 반추해 볼 수 있었다고 의미를 부여한 그는 "과거의 나를 되돌아보고 앞으로 법조인으로서 어떻게 살아갈 것인가에 대한 계획을 세워 보고자 했다."고 출간 동기를 밝혔다. 또한 새로운 모험을 선택한 후 연고지를 떠나는 데 따를 산란했던 마음을 정리하는 데 책 출간이 큰 도움이 됐음도 넌지시 내비쳤다.

그러나 그가 단지 개인적인 정리를 위해서 책을 펴낸 것은 아니다. 책을 통해 전하고 싶은 메시지가 있었다. '정도를 걷는, 성실한 사람이 잘 살고 존중받는 사회가 되어야 한다.'는 평소 지론처럼 그는 책을 통해 독자들이 자신의 생각에 공감하고, 이를 위한 개혁의 목소리를 지지해 주기를 바라고 있었다.

법조 사회에 쏟아내는 쓴 소리

1990년 인천에서 변호사 생활을 시작한 그는 97년에 광주로 내려가 시민단체 활동에 활발하게 참여하기 시작했다. 민변의 초대 광주 · 전남지부장을 맡았던 것은 그가 가장 보람 있게 생각하는 활동이다.

일명 '광주 법조 사회의 소금'이라 불리며 광주지방변호사회 공로상을 수상하기도 한 그가 바라보는 법조계의 변화들은 어떤 것인지 궁금했다. 법조인의 전문화와 법조비리 개혁, 법조인의 공익활동 확대 등을 주장하던 그에게 현재의 법조계는 어떤 모습으로 비춰지고 있을까.

"10여 년 전에 비한다면 상당히 발전했다고 볼 수 있겠지요. 하지만 앞으로도 계속 발전해 나가야 합니다. 지방에서는 아직 변호사 업무의 전문화가 어렵지만 향후 5년에서 10년 사이에 자신의 전문 분야를 특화시키지 않는다면 법조 시장에서 스스로 도태되는 결과가 나올 것이라 예상합니다."

그러나 그는 법조인뿐만 아니라 법조인을 대하는 일반 시민들의 인식에도 변화가 일어나야 함을 촉구했다. 50년이 넘는 법치국가의 역사 속에서도 일반인들의 법에 대한 무지는 법조비리를 부추긴 측면이 분명히 있다며 그는 특히 '전관예우에 대한 편견'은 반드시 고쳐져야 한다고 말했다.

"전관(前官)이라고 해서 모든 것을 잘하는 것은 아님에도 단지 전관이라는 이유 하나로 일반 변호사들보다 훨씬 더 많은 비용을 지불하며 그들에게 의존하는 것은 바람직하지 못합니다. 이제는 예전처럼 '돈과 권력'에 의존해서 문제를 해결하려는 마음을 버려야 합니다."

또한 법률 소비자로서 변호사를 선임하는 데 있어 꼼꼼하게 따져보는 노력이 필요하다고 지적했다. 단순히 주변 사람이나 과장된 사무장의 말, 전관이라는 것만 믿지 말고, 변호사 사무실을 찾아가 변호사와 직접 상의를 하면서 자신에게 적합한지를 판단해야 한다는 것이다.

"옷을 살 때조차도 여러 군데를 둘러보며 이모저모를 따집니다. 그런데 법 문제에 있어서는 이런 인식이 매우 부족합니다. 그리고 이런 인식의 부재는 스스로에게 지나치게 많은 비용을 부담하게 만들고 법조인에 대한 부정적인 인식을 만드는 바탕이 됩니다."

그러면서 그는 자신의 경험담을 덧붙였다.

"지인 중에 목사님 한 분이 계셨는데, 이분이 건물명도 소송 때문에 몇 천만 원을 비용으로 지불하고도 결국 해결을 보지 못했습니다. 나중에 그 사실을 알게 된 제가 전반적인 상황을 들어보니 제때 관련 전문 변호사와 상의했다면 훨씬 효율적으로 해결이 가능했던 문제였습니다. 이런 부분들이 아쉬운 거죠."

법률문제가 발생했을 때에는 즉시 법률 전문가와 상의하는 것이 가장 좋은 방법이라며, 일반인들이 법조인을 만나는 일이 보다 더 일상적으로 바뀌어야 한다고 말했다.

그는 많은 후배 변호사들에게 법조계 선배로서의 충고도 잊지 않았다. "바로 눈앞에 있는 것만을 보지 말고, 멀리 내다보면서 성실히 자신의 일을 해나가길 바랍니다. 이것은 인생 선배로서 제가 경험하고 느낀 것입니다." 또한 관심 있고 뜻있는 시민단체에서의 활동을 강조하며 "사회에 대한 끊임없는 비판과 감시를 통해 보람을 찾을 것"을 당부했다.

민 변호사 방 책상에는 천칭 저울이 하나 놓여있다. 미국 연수 시 골동품 가게에서 구입했다는 그 저울은 매사에 정도를 벗어나지 않고 공평한 마음을 유지하려는 그의 소망이 담겨져 있다. 매일 아침 저울을 바라보며 마음가짐을 새롭게 한다는 민 변호사처럼 우리 법조계 역시 균형을 잘 맞춰 발전해 나가게 되길 소망해 본다. (《시사 법률》 2006년 7월호, '법조 법조인')